De 100-jarige man die uit het raam klom en verdween

Van dezelfde auteur

De zonderlinge avonturen van het geniale bommenmeisje

Jonas Jonasson

De 100-jarige man die uit het raam klom en verdween

Vertaald door Corry van Bree

SIGNATUUR

2011

By agreement with Pontas Literary & Film Agency, Spain
Oorspronkelijke titel: Hundraåringen som klev ut genom fönstret och försvann
Oorspronkelijk verschenen bij Piratförlaget
Vertaald uit het Zweeds door Corry van Bree

Omslagontwerp: Wil Immink Design
Omslagfoto: © Bridgeman Art Library
Foto auteur: Gabriella Corti
Typografie: Pre Press Media Groep, Zeist
Druk- en bindwerk: Wöhrmann, Zutphen

ISBN 978 90 5672 579 2
NUR 302

Eerste druk, februari 2011
Drieënveertigste druk, november 2017

Niemand kon zijn publiek beter boeien dan mijn opa, als hij licht voorovergebogen over zijn stok met zijn mond vol pruimtabak sterke verhalen vertelde.

'Echt? Is dat waar, opa?' vroegen wij kleinkinderen verbaasd.

'Wie alleen de waarheid vertelt, is het niet waard om naar te luisteren,' antwoordde mijn opa.

Dit boek is voor hem.

Jonas Jonasson

1

Maandag 2 mei 2005

Je zou kunnen denken dat hij zijn beslissing eerder had kunnen nemen en dat hij flink genoeg had kunnen zijn om zijn omgeving erover te vertellen.

Allan Karlsson had echter nooit lang gepiekerd. Zodra het idee zich vastzette in zijn hoofd deed hij het raam van zijn kamer op de benedenverdieping van het bejaardentehuis in het Sörmlandse Malmköping open, klom naar buiten en belandde in een plantenperk.

De manoeuvre kostte hem moeite en dat was niet zo vreemd, want Allan was die dag honderd geworden. Over minder dan een uur zou het verjaardagsfeest in de gemeenschappelijke ruimte van het bejaardentehuis losbarsten. Zelfs de wethouder zou aanwezig zijn. En de plaatselijke krant. En alle andere bejaarden. En het voltallige personeel, met de kwaadaardige zuster Alice voorop.

Alleen de hoofdpersoon was niet van plan op te komen dagen.

2

Maandag 2 mei 2005

Allan Karlsson bleef aarzelend in het perk met viooltjes naast het bejaardentehuis staan. Hij had een paar bruine pantoffels aan zijn voeten en vroeg zich af of hij de moeite zou nemen om weer door het raam naar binnen te klimmen om zijn hoed en schoenen te halen, maar toen hij voelde dat zijn portefeuille op de gebruikelijke plek in zijn binnenzak zat, vond hij dat voldoende. Zuster Alice had al meerdere keren getoond dat ze een zesde zintuig had (waar hij zijn brandewijn ook verstopte, ze vond de fles altijd), en misschien voelde ze net op dit moment dat er iets niet klopte.

Hij kon het best vertrekken nu daar nog tijd voor was, dacht Allan, waarna hij met krakende knieën uit het bloemperk stapte. In zijn portefeuille had hij voor zover hij zich dat kon herinneren een paar briefjes van honderd kronen en dat was goed, want het kostte waarschijnlijk geld om te vluchten.

Hij keek achterom naar het bejaardentehuis waarvan hij kortgeleden nog had gedacht dat het zijn laatste verblijfplaats op aarde zou zijn. Daarna zei hij tegen zichzelf dat hij dan maar op een ander tijdstip en op een andere plek moest doodgaan.

Hij begon te lopen, eerst door een park en daarna langs een open terrein waar af en toe markt werd gehouden in het anders zo rustige handelsstadje. Na een paar honderd meter liep Allan de trotse middeleeuwse kerk binnen en hij ging op een bank bij een aantal grafstenen zitten om zijn knieën rust te geven.

De gelovigheid in het gebied was niet groot, zodat hij ervan uit kon gaan dat hij met rust gelaten zou worden. Het viel hem op dat hij een jaargenoot was van ene Henning Algotsson, die onder de steen lag tegenover de plek waar Allan zat. Alleen was Henning eenenzestig jaar eerder gestopt met ademhalen.

Als het in Allans karakter had gezeten, had hij zich misschien afgevraagd waaraan Henning was overleden toen hij nog maar negenendertig jaar was. Maar hij bemoeide zich liever niet met wat andere mensen deden of lieten.

In plaats daarvan bedacht hij dat hij het mis had gehad toen hij in het tehuis zat en dacht dat hij net zo goed dood kon zijn, want hoeveel pijn zijn lichaam ook deed, het was ontegenzeggelijk veel interessanter en leerzamer om op de vlucht te zijn voor zuster Alice dan bewegingloos twee meter onder de grond te liggen.

Allan kwam overeind, trotseerde zijn pijnlijke knieën en vervolgde zijn slecht voorbereide vlucht.

Hij liep in zuidelijke richting over de begraafplaats, tot een stenen muur hem de weg versperde. Die was maar één meter hoog, maar Allan was honderd jaar, geen hoogspringer. Aan de andere kant wachtte Malmköpings busstation en hij had net begrepen dat zijn gammele benen hem daar naartoe brachten. Ooit, vele jaren geleden, was hij de Himalaya overgestoken. Dát was pas moeilijk geweest. Daaraan dacht Allan terwijl hij voor de laatste hindernis stond die hem van het busstation scheidde. Hij dacht er zo intens aan dat de stenen muur voor zijn ogen kromp tot er bijna niets van over was, en toen hij op zijn allerkleinst was klom hij eroverheen, ondanks zijn leeftijd en pijnlijke knieën.

In Malmköping is het zelden druk en deze zonnige voorjaarsdag was daar geen uitzondering op. Allan was nog geen mens tegengekomen sinds hij overhaast had besloten om niet te verschijnen op het feest ter ere van zijn honderdste verjaardag. De wachtruimte van het busstation was zo goed als verlaten toen hij op zijn pantoffels naar binnen slofte. Aan de rechterkant waren twee loketten. Een van de loketten was dicht, terwijl achter het andere loket een kleine, magere man in een uniformjasje zat die een ronde bril droeg en dun, opzijgekamd haar had. De man keek met een verstoorde blik op van zijn computerscherm toen Allan binnenkwam. Misschien vond hij juist wel dat er vanmiddag verschrikkelijk veel mensen in en uit liepen; Allan had namelijk net ontdekt dat hij niet de enige reiziger in de wachtruimte was. In een hoek stond een tenger gebouwde jongeman met lang, blond, vettig haar, een armetierig baardje en een spijkerjack met de tekst NEVER AGAIN op de rug.

Hij trok aan de deur van het gehandicaptentoilet alsof het bordje, waarop in zwarte letters op een oranjegele ondergrond GESLOTEN stond, geen betekenis had.

Daarna liep hij naar de toiletdeur ernaast, maar daar ontstond een ander probleem. Blijkbaar wilde hij zijn grote, grijze koffer op wieltjes niet uit het oog verliezen, maar het toilet was te klein voor allebei.

Allan voelde zich niet echt betrokken bij de problemen van de jongeman. Hij schuifelde naar het loket om te informeren of er de komende minuten een bus zou gaan, het maakte niet uit in welke richting en hoeveel de rit zou kosten.

De loketbediende zag er vermoeid uit en ergens halverwege Allans verhaal was hij waarschijnlijk de draad kwijtgeraakt, want na een paar seconden bedenktijd zei hij: ‘En waar had meneer naartoe willen gaan?’

Allan herhaalde zijn vraag.

De man achter het loket zweeg weer een paar seconden terwijl hij op zijn dienstregeling keek en de woorden van Allan tot zich door liet dringen.

‘Bus 202 naar Strängnäs vertrekt over drie minuten. Is dat iets?’

Dat leek Allan inderdaad iets en hij kreeg te horen dat de bewuste bus vertrok van de halte die recht tegenover de ingang van de wachtruimte lag en dat hij zijn kaartje het best bij de chauffeur kon kopen.

Allan vroeg zich af wat de loketbediende dan deed als hij geen kaartjes verkocht, maar hij zei niets. De man vroeg zich misschien hetzelfde af.

Hij ging op een van de twee lege bankrijen in de hal zitten, alleen met zijn gedachten. Dat verrekte jubileum in het tehuis zou om drie uur beginnen, over twaalf minuten dus. Ze konden elk moment op de deur van zijn kamer kloppen, en daarna zou het circus beginnen.

Hij lachte in zichzelf, terwijl hij tegelijkertijd vanuit zijn ooghoeken zag dat er iemand naar hem toe kwam. Het was de tenger gebouwde jongen met het spijkerjack. Hij liep recht op Allan af, met de grote koffer op sleeptouw.

De jongen bleef op een paar meter afstand van Allan staan en leek de oude man even te bestuderen. 'Yo,' zei hij.

Allan antwoordde vriendelijk dat hij hem ook een prettige middag wenste, en vroeg daarna of hij hem ergens mee van dienst kon zijn. Dat was inderdaad het geval. De jongeman wilde dat Allan een oogje op zijn koffer hield terwijl hij zijn behoefte op het toilet deed. Of, zoals hij zei: 'Ik moet schijten.'

Allan zei dat hij weliswaar oud en gebrekkig was, maar dat zijn ogen nog goed waren en dat het niet al te lastig leek om op de koffer van de jongeman te letten. Daarna raadde hij hem aan om zijn behoefte met een zekere haast te doen, omdat hij een bus moest halen.

Dat laatste hoorde de jongeman niet, want hij liep nog voordat Allan klaar was met antwoorden met snelle stappen naar het toilet.

De honderdjarige had zich nooit geërgerd aan mensen, of daar nu reden voor was of niet, en hij was niet verontwaardigd over de ongemanierdheid van de jongen. Daarentegen voelde hij ook geen uitgesproken sympathie voor hem, en dat had waarschijnlijk invloed op wat er daarna gebeurde.

Bus 202 stopte namelijk een paar seconden nadat de jongeman de toiletdeur achter zich had dichtgedaan voor de ingang van de wachtruimte. Allan keek naar de bus en daarna naar de koffer.

'Hij rijdt tenslotte op wieltjes,' zei hij tegen zichzelf. 'En hij heeft een handvat om hem aan mee te trekken.'

En dus verraste Allan zichzelf door een – dat kan men wel zeggen – optimistisch besluit te nemen.

De buschauffeur was behulpzaam en vriendelijk. Hij hielp de oude man de grote koffer aan boord te tillen.

Allan bedankte voor de hulp en haalde zijn portefeuille uit de binnenzak van zijn colbert. De chauffeur vroeg of meneer helemaal naar Strängnäs ging, terwijl Allan telde hoeveel geld hij had. Zeshonderdvijftig kronen in bankbiljetten en een paar munten. Hij dacht dat hij waarschijnlijk het best zo veel mogelijk geld achter de hand kon houden en legde een briefje van vijftig neer. 'Hoever kan ik hiermee komen?' vroeg hij.

De chauffeur zei dat hij gewend was aan mensen die wisten waar ze naartoe wilden maar niet wat die rit zou kosten, en dat dit precies het omgekeerde was. Daarna keek hij op zijn prijslijst en deelde mee dat Allan voor achtenveertig kronen mee kon rijden tot station Byringe.

Dat leek hem prima. Hij kreeg een kaartje en twee kronen wisselgeld. De chauffeur had de gestolen koffer in het bagagevak achter de chauffeursstoel gezet. Allan ging op de eerste bank aan de rechterkant zitten. Vanaf die plek kon hij door het raam naar de wachtruimte van het busstation kijken. De toiletdeur was nog steeds dicht toen de buschauffeur wegreed. Allan hoopte dat de jongeman een fijne tijd had daarbinnen, aangezien hem een flinke teleurstelling te wachten stond.

De bus naar Strängnäs was vrijwel leeg. Helemaal achterin zat een vrouw van middelbare leeftijd die in Flen was ingestapt en in het midden een jonge moeder met haar twee kinderen, van wie er een in een kinderwagen lag.

Allan vroeg zich af waarom hij de grote grijze koffer had gestolen. Misschien gewoon omdat het mogelijk was geweest? Of omdat de eigenaar ervan een lomperik was? Of omdat er misschien een paar schoenen en zelfs een hoed in zouden zitten? Of omdat de oude man niets te verliezen had? Hij wist het niet. Als het leven overuren maakt, is het eenvoudig om jezelf vrijheden te veroorloven, dacht hij terwijl hij het zich gemakkelijk maakte.

Het was drie uur toen de bus Björndammen passeerde. Allan constateerde dat hij tot zover tevreden was over de manier waarop de dag zich ontwikkelde, dus deed hij zijn ogen dicht om een middagdutje te doen.

Op hetzelfde moment klopte zuster Alice op de deur van kamer 1 in het bejaardentehuis van Malmköping. Ze klopte nog een keer en daarna nog een keer. 'Het is tijd om te stoppen met moeilijk doen, Allan. Iedereen is er, ook de wethouder. Hoor je me? Je hebt toch niet gedronken, Allan? Allan, kom naar buiten! Allan?'

Ongeveer tegelijkertijd ging de toiletdeur van het enige werkende toilet in het busstation van Malmköping open. Een opgeluchte jongen kwam naar buiten. Hij deed een paar stappen naar het midden van de wachtruimte terwijl hij zijn riem met één hand dichtgespte en zijn andere hand door zijn haar haalde. Plotseling bleef hij staan, staarde naar de twee lege bankrijen en keek snel naar rechts en naar links. Daarna zei hij hardop: 'Jezus, wat een ongelofelijke klootzak, godgloeiende ...'

3

Maandag 2 mei 2005

's Middags 2 mei net na drie uur verdween de rust in Malmköping voor een aantal dagen. Zuster Alice van het bejaardentehuis was inmiddels ongerust in plaats van boos en haalde de loper. Omdat Allan niet had geprobeerd zijn vluchtweg te maskeren, constateerde ze meteen dat hij door het raam naar buiten was geklommen. Daar had hij, naar de sporen te oordelen, een tijdje tussen de viooltjes rondgestampt, waarna hij was verdwenen.

Uit hoofde van zijn functie voelde de wethouder zich geroepen om de leiding te nemen. Hij stuurde het personeel in groepjes van twee weg om te gaan zoeken. Allan kon niet ver weg zijn, dus moesten de groepen zich richten op de nabije omgeving. Hij stuurde een groep naar het park, een naar de staatsslijter (zuster Alice wist dat Allan daar soms verzeild raakte), een naar de overige winkels in Storgatan en een naar het dorpshuis op de heuvel. Hijzelf bleef intussen in het bejaardentehuis om een oogje te houden op de oudjes die niet in rook waren opgegaan en om na te denken over de volgende stap. Bovendien drukte hij de zoekers op het hart om discreet te zijn; ze hoefden geen onnodige publiciteit te trekken.

Het busstation viel niet onder het primaire zoekgebied van de wethouder. Daar was echter een eenmansgroep, bestaande uit een heel boze jongeman, alle hoeken en gaten aan het doorzoeken. Omdat de oude man noch de koffer te vinden was, beende hij vastbesloten naar het loket, met de bedoeling informatie te krijgen over de eventuele reisplannen van de oude man.

De loketbediende was zijn werk weliswaar beu, maar hij had zijn beroepseer. Daarom vertelde hij de schreeuwende jongeling dat hij niet kon sjoemelen met de integriteit van de reizigers, en hij voegde eraan toe dat hij onder geen enkele voorwaarde van plan was hem de informatie te geven die hij wilde hebben.

De jongeman zweeg even en leek dit te vertalen in normaal Zweeds. Daarna liep hij naar de niet al te stevige kantoordeur. Hij deed geen moeite te controleren of deze op slot was, maar nam een aanloop en trapte de deur met zijn rechterschoen in zodat de stukken in het rond vlogen. De kleine man had niet eens tijd om de telefoonhoorn te pakken en om hulp te bellen. De jongeling pakte hem stevig bij zijn oren en tilde hem omhoog.

'Ik weet misschien niet wat integritéít is, maar ik kan mensen verdomd goed aan het praten krijgen,' zei hij tegen zijn slachtoffer voordat hij hem met een bonk op zijn draaistoel liet vallen.

Daarna legde hij uit wat hij met behulp van een hamer en een spijker van plan was te doen met het geslachtsorgaan van de loketbediende als hij hem niet gehoorzaamde. De beschrijving was zo aanschouwelijk dat de man onmiddellijk besloot te vertellen wat hij wist, namelijk dat de bewuste bejaarde waarschijnlijk de bus naar Strängnäs had genomen. Hij kon niet zeggen of de man een koffer had meegenomen.

Daarna zweeg hij om te controleren hoe tevreden de jongeling was met wat hij had gezegd en besloot dat het beter was om nog wat aanvullende informatie te geven. Hij vertelde dat er tussen Malmköping en Strängnäs twaalf bushaltes waren en dat de bejaarde natuurlijk bij elke halte zou kunnen uitstappen. De buschauffeur wist misschien meer en hij was volgens de dienstregeling vanavond om tien over zeven terug in Malmköping, op de terugweg naar Flen.

De jongeman ging naast hem zitten. 'Ik moet nadenken,' zei hij.

En dat deed hij. Hij bedacht dat hij natuurlijk het mobiele nummer van de buschauffeur uit de loketbediende zou kunnen schudden, om daarna de chauffeur te bellen en te zeggen dat zijn reiziger de koffer had gestolen. Maar dan was er natuurlijk een risico dat de buschauffeur de politie zou inschakelen en dat wilde hij niet. Bovendien was er eigenlijk niet zoveel haast bij, want de bejaarde man leek verschrikkelijk oud en moest nu een koffer meeslepen als hij vanaf het busstation in Strängnäs een trein, bus of taxi nam. Daardoor liet hij nieuwe sporen achter, er was altijd wel iemand die hangend aan zijn oren wilde vertellen waar de bejaarde naartoe was gegaan. De jongeman vertrouwde op zijn vermogen om mensen te overreden hem te vertellen wat ze wisten.

Hij besloot om op de bus te wachten en de chauffeur zonder overdreven vriendelijkheid uit te horen.

Nadat hij dat besluit had genomen, kwam hij overeind en vertelde de loketbediende wat er met hem, zijn vrouw, zijn kinderen en zijn huis zou gebeuren als hij de politie of iemand anders vertelde wat er net was gebeurd.

De man had geen vrouw of kinderen, maar wilde heel graag zowel zijn oren als zijn geslachtsorgaan in redelijke staat houden. Dus beloofde hij op zijn erewoord van spoorwegbeambte om tegen niemand iets te zeggen.

Die belofte hield hij tot de volgende dag.

De tweemansgroepen kwamen naar het bejaardentehuis terug en rapporteerden hun bevindingen, of liever gezegd het ontbreken daarvan, en er werd besloten de politie in te schakelen.

Allan werd wakker doordat de chauffeur hem een vriendelijke por gaf en hem meedeelde dat ze bij station Byringe waren. Meteen daarna begon de chauffeur de koffer door de voorste deur naar buiten te sjouwen, met Allan op sleeptouw.

De chauffeur vroeg of Allan het verder zelf kon redden en die antwoordde dat hij zich niet ongerust hoefde te maken. Daarna bedankte hij hem voor zijn hulp en zwaaide naar de bus terwijl deze zijn weg naar Strängnäs vervolgde.

De middagzon bereikte Allan niet door de hoge sparren, en hij begon het koud te krijgen in zijn dunne colbert en pantoffels. Hij zag Byringe nergens, laat staan een station. Er was alleen maar bos, en een smal grindpad dat naar rechts liep en tussen de bomen verdween.

Allan bedacht dat er misschien warme kleren in de koffer zaten, maar die zat op slot en zonder schroevendraaier of ander gereedschap kreeg hij hem onmogelijk open. Er zat niets anders op dan in beweging te komen, want als hij hier bleef staan zou hij doodvriezen.

Hij begon met korte, sloffende stappen het grindpad dat het bos in liep te volgen. Achter hem sprong de koffer alle kanten op over het grind.

Na een paar honderd meter bereikte hij station Byringe. Het bleek een opgeheven station te zijn dat naast een erg opgeheven spoorlijn lag.

Natuurlijk was hij kras voor een honderdjarige, maar er was in korte tijd heel veel gebeurd. Allan ging op de koffer zitten om kracht te verzamelen en zijn gedachten te ordenen.

Schuin links voor hem verrees het vervallen, gele stationsgebouw van twee verdiepingen; alle ramen op de benedenverdieping waren dichtgetimmerd met onbehandelde planken. Schuin rechts van hem kon hij de gesloten spoorlijn volgen, die kaarsrecht nog dieper het bos in liep. Het was de natuur nog niet gelukt om de rails te laten verdwijnen, maar dat leek slechts een kwestie van tijd.

Het houten perron leek niet veilig om op te lopen. Langs de buitenste plank was nog steeds een geschilderde zin zichtbaar: NIET OP DE RAILS LOPEN. De rails kon tegenwoordig zonder gevaar worden betreden, dacht Allan, maar zou iemand die in het bezit was van zijn volle verstand het perron vrijwillig betreden?

Hij kreeg onmiddellijk antwoord op zijn vraag, want op dat moment ging de vervallen deur van het stationsgebouw open en een man van in de zeventig met een pet, een geruit overhemd, een zwartleren vest, laarzen, bruine ogen en een grijze stoppelbaard kwam vastberaden het gebouw uit lopen. Hij vertrouwde er blijkbaar op dat de planken niet onder zijn gewicht zouden bezwijken en hield al zijn aandacht op de bejaarde voor hem gericht.

Hij zag er nogal vijandig uit, maar plotseling was het alsof hij onzeker werd, misschien omdat hij zag hoe oud de man was die zijn grond had betreden.

Allan bleef op de gestolen koffer zitten. Hij wist niet wat hij moest zeggen en had ook geen energie om iets te zeggen.

'Wie ben je en wat doe je bij mijn perron?' vroeg de man met de pet.

Allan gaf geen antwoord; hij wist niet of hij een vriend of een vijand tegenover zich had. Daarna bedacht hij dat het verstandig was om geen ruzie te maken met de enige in de wijde omgeving die hem misschien in de warmte zou binnenlaten voordat de avondkilte inviel. Daarom besloot hij de waarheid te vertellen.

Hij zei dat hij Allan heette, dat hij vandaag honderd jaar was geworden en dat hij gezond was voor zijn leeftijd, zo gezond zelfs dat hij was weggelopen uit het bejaardentehuis, dat het hem bovendien was gelukt om een koffer van een jongeman te stelen die op dit moment beslist niet blij zou zijn, dat zijn knieën niet in topvorm waren en dat hij heel graag een tijdje wilde uitrusten van al het lopen.

Toen Allan klaar was met zijn uitleg zweeg hij, bleef op de koffer zitten en wachtte het vonnis af.

'Warempel, een dief!' zei de man met de pet glimlachend.

'Een oude dief,' antwoordde Allan nors.

De man sprong van het perron en liep naar de honderdjarige om hem nauwkeuriger te kunnen bekijken.

'Ben je echt honderd jaar?' vroeg hij. 'Dan heb je waarschijnlijk honger.'

Allan begreep de logica niet, maar hij had inderdaad honger, dus vroeg hij wat er op het menu stond en of het misschien mogelijk was dat hij er een borrel bij kreeg.

De man met de pet stak zijn hand uit om zich voor te stellen als Julius Jonsson en Allan overeind te trekken. Daarna zei hij tegen Allan dat hij de koffer zou nemen, dat er elandenbiefstuk op het menu stond en dat ze er zoveel borrels bij zouden drinken dat het voldoende was voor zowel lichaam als knieën.

Julius Jonsson had jarenlang niemand gehad om mee te praten, dus was Allans gezelschap welkom. De borrels – eerst een voor de ene knie en daarna voor de andere, gevolgd door een paar borrels voor de rug en de nek en een om de eetlust op te wekken – maakten hun tongen los. Allan vroeg hoe Julius in zijn levensonderhoud voorzag en kreeg bij wijze van antwoord een heel verhaal te horen.

Julius was in het noorden geboren, in Strömbacka niet ver van Hudiksval, als enig kind van het boerenechtpaar Anders en Elvina Jonsson. Hij werkte als boerenknecht op de familieboerderij en kreeg elke dag een pak slaag van zijn vader, die van mening was dat Julius nergens voor deugde. In het jaar waarin Julius vijfentwintig werd, stierf zijn moeder aan kanker, waar hij verdriet van had, en vlak daarna verdween zijn vader in het moeras toen hij probeerde een vaars te redden. Julius had ook verdriet van die gebeurtenis, want hij was gehecht geweest aan de vaars.

De jonge Julius had geen talent voor het boerenleven (daar had zijn vader gelijk in gehad) en hij had er ook geen zin in. Hij verkocht de boerderij, op een paar hectare bos na, omdat hij dacht dat die op zijn oude dag goed van pas konden komen.

Hij ging naar Stockholm, waar hij in twee jaar al zijn geld verbraste, en keerde daarna naar het bos terug.

Toen Hudiksvallstraktens Elektriska een opdracht had voor de levering van vijfduizend elektriciteitsmasten, besloot Julius enthousiast om mee te bieden en hij stuurde een offerte. En omdat hij zich niet bezighield met details zoals werkgeversbijdragen, omzetbelasting en dergelijke kreeg hij de opdracht. Met behulp van een tiental Hongaarse vluchtelingen lukte het hem zelfs de palen op tijd te leveren, en hij kreeg er meer geld voor dan hij ooit voor mogelijk had gehouden.

Tot zover was alles in orde, maar hij had een klein beetje bedrog moeten plegen omdat de bomen die hij had gebruikt niet helemaal volgroeid waren. De palen waren daarom een meter korter dan ze besteld waren, en dat zou niemand gemerkt hebben als niet zowat iedere boer net een maaidorser had aangeschaft.

Hudiksvallstraktens Elektriska plaatste de palen in korte tijd op de akkers en weilanden, en toen het tijd was voor de oogst werden de elektriciteitsdraden op één ochtend op zesentwintig plekken stukgetrokken door tweeëntwintig pas aangeschafte maaidorsers. Het gebied zat wekenlang zonder stroom, het oogsten kwam tot stilstand, de melkmachines werkten niet meer. Het duurde niet lang voordat de woede van de boeren, die zich eerst tegen Hudiksvallstraktens Elektriska had gericht, zich tegen de jonge Julius keerde.

'Ik kan je vertellen dat ze er niet blij mee waren. Ik moest me zeven maanden lang in het stadshotel in Sundsvall verstoppen en daarna was mijn geld op. Nemen we nog een borrel?' vroeg Julius.

Dat vond Allan een goed idee. Ze hadden de elandenbiefstuk eerst weggespoeld met bier, en hij voelde zich zo verbazingwekkend goed dat hij bijna bang voor de dood begon te worden.

Julius ging verder met zijn verhaal. Toen hij op een dag bijna was overreden door een tractor in het centrum van Sundsvall (achter het stuur zat een boer met moordlust in zijn ogen) begreep hij dat de streek zijn kleine vergissing de komende tijd niet zou vergeten. Hij veranderde dus van omgeving en belandde in Mariefred, waar hij zich een tijdje bezighield met kleine diefstallen tot hij genoeg had van het stadsleven en het hem lukte om het gesloten stationsgebouw in Byringe op de kop te tikken voor de vijfentwintigduizend kronen die hij op een nacht in de kluis van hotel-restaurant Gripsholm had buitgemaakt. Hij leefde nu hoofdzakelijk van bijdragen van de gemeenschap, ongeoorloofd jagen in het bos van de buren, beperkte productie en distributie van zelfgestookte alcohol, en het doorverkopen van spullen die hij bij de buren stal. Hij was niet bepaald populair in de omgeving, vertelde Julius en Allan antwoordde tussen twee happen door dat hij dat bijna kon begrijpen.

Julius stelde voor dat ze bij wijze van 'toetje' een laatste borrel zouden nemen en Allan antwoordde dat hij altijd een zwak voor dat soort toetjes had gehad, maar dat hij eerst een bezoek aan het toilet moest brengen. Julius kwam overeind, stak de plafondlamp aan omdat het donker begon te worden en zei dat er een werkende wc rechts van de trap in de hal was, waarna hij beloofde dat de glazen weer vol zouden zijn als Allan terugkwam.

Allan vond het toilet en ging staan om te plassen, en zoals gewoonlijk belandden niet alle druppels op de juiste plek. Een paar vielen in plaats daarvan, zoals meestal, zachtjes op de pantoffels.

Ergens halverwege het proces hoorde hij iemand lopen. Hij was even bang dat het Julius was, die ervandoor ging met zijn gestolen koffer. Het geluid nam echter in sterkte toe. Iemand liep de trap op.

Allan besefte dat het risico groot was dat de voetstappen die hij achter de toiletdeur hoorde afkomstig waren van de jongen van het station. En als hij het was, dan was hij waarschijnlijk niet in een goed humeur.

De bus uit Strängnäs arriveerde drie minuten voor de vastgestelde tijd op het busstation van Malmköping. De bus was leeg en de chaffeur had het gaspedaal na de laatste halte iets dieper ingedrukt om tijd te hebben voor een sigaret voordat hij verder reed naar Flen.

Het lukte hem echter niet om zijn sigaret op te steken, omdat er ineens een tenger gebouwde jongeman voor hem stond.

'Wil je naar Flen?' vroeg de chauffeur onzeker, want er was iets aan de jongen wat niet goed voelde.

'Ik ga niet naar Flen. En jij ook niet,' antwoordde deze.

De vier uur die hij had moeten wachten voordat de bus terug was, waren te veel geweest voor het weinige geduld dat hij kon opbrengen. Na twee uur had hij bovendien bedacht dat hij onmiddellijk een auto in beslag had moeten nemen, zodat hij de bus ver voor Strängnäs had kunnen klemrijden.

Tot overmaat van ramp reden er politieauto's rond in het kleine handelsstadje. De politie kon elk moment het busstation binnenvallen en de loketbediende vragen waarom hij er zo bang uitzag en waarom de deur naar zijn kantoor op halfzeven hing.

De jongen begreep trouwens niet wat de politie hier deed. De baas van Never Again had drie redenen gehad om juist Malmköping als transactieplek uit te kiezen: ten eerste was het vlak bij Stockholm, ten tweede waren er relatief gezien goede verbindingen en ten derde – en dat was het belangrijkst – was de arm van de wet niet lang genoeg om het stadje te bereiken. Er was met andere woorden geen politie in Malmköping.

Of liever gezegd, die zou er niet moeten zijn, maar het wemelde er op dit moment van! Eerst dacht hij dat de politieagenten hem zochten, maar dat zou betekenen dat de loketbediende had gepraat en de jongeling wist absoluut zeker dat hij dat niet had gedaan. In afwachting van de bus had hij niet zoveel meer te doen gehad dan de man bewaken en de telefoon van het loket stukslaan.

Toen de bus eindelijk kwam en hij zag dat er geen passagiers in zaten, besloot hij meteen om zowel de chauffeur als de bus te kidnappen.

Het duurde maar twintig seconden om de chauffeur over te halen de bus te keren en weer in noordelijke richting te rijden. Dat was bijna een persoonlijk record, dacht de jongeman terwijl hij op dezelfde plek in de bus ging zitten waar de bejaarde op wie hij jacht maakte eerder die dag had gezeten.

De buschauffeur trilde van angst, maar hield het ergste onderdrukt met een kalmerende sigaret. Er heerste weliswaar een rookverbod aan boord, maar de enige wet waaraan hij op dat moment gehoorzaamde zat schuin achter hem in de bus.

Tijdens de reis vroeg de jongen de chauffeur waar de oude kofferdief naartoe was gegaan. De chauffeur vertelde dat de oude man was uitgestapt bij een halte met de naam station Byringe en dat het puur toeval was dat hij daar terechtgekomen was. Daarna vertelde hij over de omgekeerde handelwijze met het briefje van vijftig en de vraag hoe ver hij daarmee kon komen.

Over station Byringe wist de chauffeur niet veel, behalve dat er zelden iemand in- of uitstapte. Hij dacht dat er in het bos een gesloten treinstation lag, vandaar de naam, en dat het dorp Byringe ergens in de buurt lag. Veel verder was de oude man waarschijnlijk niet gekomen, vermoedde de chauffeur. Hij was tenslotte oud en de koffer was zwaar, ook al zaten er wieltjes onder.

De jongeman werd meteen veel rustiger. Hij had besloten zijn baas in Stockholm niet te bellen, omdat deze een van de weinige personen was die mensen beter angst kon aanjagen dan hijzelf, alleen door middel van woorden. Hij huiverde bij de gedachte wat zijn baas zou zeggen als die hoorde dat de koffer verdwenen was. Het was beter om het probleem eerst op te lossen en het daarna te vertellen. En nu de oude man niet naar Strängnäs was gegaan en daarvandaan verder was gereisd, zou hij de koffer sneller terug hebben dan hij een tijdlang had gevreesd.

'Hier is het,' zei de chauffeur. 'Deze halte is station Byringe.'

Hij liet het gaspedaal los en stuurde langzaam naar de kant. Werd hij nu vermoord?

Maar nee. Het mobieltje van de chauffeur stierf echter wel een snelle dood onder een van de schoenen van de jongen en er rolde een serie familiegerelateerde doodsbedreigingen uit zijn mond, mocht de chauffeur op het idee komen om contact met de politie op te nemen.

Daarna stapte de jongeman uit en liet de chauffeur en de bus vertrekken. De arme chauffeur was zo bang dat hij de bus niet durfde te keren, maar helemaal naar Strängnäs reed, de bus midden in Trädgårdsgatan parkeerde, in een shocktoestand naar de bar van hotel Delia liep en in rap tempo vier glazen whisky dronk. Na nog twee glazen whisky bood de barkeeper hem een telefoon aan voor het geval hij iemand wilde bellen. Hij begon te huilen en belde zijn vrouw.

De jongeman dacht dat hij sporen van de koffer op wieltjes op het grindpad zag. Het probleem zou dus snel opgelost zijn en dat was maar goed ook, want het begon te schemeren.

Soms wenste hij dat hij iets georganiseerder was. Hij besefte ineens dat hij in een schemerig bos stond en dat het zo meteen aardedonker zou zijn.

Maar zijn gepieker werd plotseling onderbroken toen hij onder aan de heuvel die hij net had beklommen een vervallen, deels dichtgetimmerd, geel gebouw zag. Op de bovenverdieping stak iemand een plafondlamp aan. 'Ik heb je, ouwe,' mompelde hij.

Allan maakte af waar hij mee bezig was. Daarna deed hij de toiletdeur voorzichtig open en probeerde te horen wat er in de keuken gebeurde. Hij kreeg onmiddellijk de bevestiging die hij niet wilde hebben: hij herkende de stem van de jongen, die tegen Julius Jonsson brulde dat hij moest vertellen waar 'die andere klotebejaarde' was.

Allan sloop heel zachtjes op zijn pantoffels naar de keukendeur. De jongeman hield de oren van Julius in dezelfde greep als hij eerder bij de loketbediende in het busstation van Malmköping had gedaan. Terwijl hij de arme Julius door elkaar schudde, bleef hij vragen waar Allan was. Julius vertrok zijn gezicht, maar maakte geen aanstalten antwoord te geven. Allan inventariseerde de hal op zoek naar een geschikt wapen. Tussen de rotzooi lagen een koevoet, een plank, een bus insectenspray en een pak rattengif. Allan overwoog eerst het rattengif te nemen, maar hij had geen idee hoe hij een of twee eetlepels bij de jongen naar binnen moest krijgen. De koevoet was te zwaar voor de honderdjarige en de insectenspray ... Nee, het moest de plank worden.

Allan pakte zijn wapen stevig beet en was met vier voor zijn leeftijd sensationeel snelle stappen bij zijn toekomstige slachtoffer.

De jongeman voelde waarschijnlijk dat Allan achter hem stond, want op het moment dat deze mikte, liet hij Julius los en draaide zich om.

Hij kreeg de plank vol tegen zijn voorhoofd en staarde nog heel even naar Allan voordat hij achteroverviel en met zijn hoofd tegen de rand van de keukentafel sloeg.

Geen bloed, geen gekreun, niets. Hij lag daar gewoon, met gesloten ogen.

'Goed geraakt,' zei Julius.

'Dank je,' zei Allan. 'Waar is het toetje dat je had beloofd?'

Allan en Julius gingen aan de keukentafel zitten terwijl de langharige jongeman bij hun voeten lag. Julius schonk de borrels in, gaf een glas aan Allan en hief zijn eigen glas op voor een toost.

'Zo,' zei Julius toen de borrel achterovergeslagen was. 'Ik neem aan dat dit de eigenaar van de koffer is?'

Het was eerder een constatering dan een vraag. Allan begreep dat het tijd was om het een en ander iets gedetailleerder uit te leggen.

Eigenlijk viel er niet zoveel uit te leggen; het grootste deel van wat er die dag was gebeurd, begreep hij zelf niet eens, maar hij vertelde nog een keer over zijn vlucht uit het bejaardentehuis, de toevallige diefstal van de koffer in het buscentrum van

Malmköping en zijn bezorgdheid omdat de jongen, die nu bewusteloos op de grond lag, hem waarschijnlijk heel snel te pakken zou krijgen. Daarna bood hij zijn oprechte verontschuldigingen aan omdat Julius met rode, pijnlijke oren aan tafel zat. Deze was bijna ontroerd en vond het onzin dat Allan zijn verontschuldigingen aanbood, omdat er eindelijk een beetje spanning in zijn leven was gekomen.

Daarna zei Julius dat hij het tijd vond om samen een kijkje in de koffer te nemen. Het feit dat hij op slot was, leek hem geen enkel bezwaar.

Maar eerst moesten ze het probleem op de grond oplossen. Het was niet goed als de jongen wakker werd en verderging met waar hij was gebleven toen hij het bewustzijn verloor.

Allan stelde voor dat ze hem aan een boom voor het stationsgebouw zouden vastbinden, maar Julius wierp tegen dat het in het dorp te horen zou zijn als de jongen begon te schreeuwen als hij bijkwam. Daar woonden weliswaar nog maar een handvol gezinnen, maar ze hadden allemaal goede redenen om een hekel aan Julius te hebben, en ze zouden zich waarschijnlijk aan de kant van de jongen scharen als ze de kans daarvoor kregen.

Julius' idee was beter. Hij had achter de keuken een geïsoleerde vrieskast waarin hij zijn gestroopte en in stukken gesneden elanden bewaarde. Op dit moment stond de vrieskast niet aan omdat er geen elandenvlees in zat.

Allan controleerde de vrieskast en vond dat het een uitstekende gevangenis zonder nodeloos comfort was. Hij was twee bij drie meter, wat misschien iets meer was dan de jongeman verdiende, maar aan de andere kant was er geen reden om mensen onnodig te kwellen.

De oude mannen sleepten de jongen samen de vrieskast in. Hij kreunde toen ze hem op een omgekeerde kist in een hoek zetten, met zijn lichaam tegen de wand. Hij begon weer bij bewustzijn te komen. Ze konden zich maar beter naar buiten haasten en de deur op slot doen.

Nadat ze dat hadden gedaan, tilde Julius de koffer op de keukentafel, bekeek het slot, likte de vork af waarmee hij zojuist zijn elandenbiefstuk met aardappelen had gegeten en maakte het slot binnen een paar seconden open. Daarna liet hij Allan de koffer openmaken, omdat die hem tenslotte had gestolen.

'Wat van mij is, is van jou,' zei Allan. 'We delen de buit eerlijk, maar als er schoenen in mijn maat in zitten, dan zijn ze voor mij.'

Daarna maakte hij het deksel open.

'Dat is verdomme het toppunt,' zeiden ze tegelijk.

4

1905-1929

Allan Emmanuel Karlsson werd op 2 mei 1905 geboren. De dag ervoor was zijn moeder naar de 1 mei-optocht in Flen geweest, waar ze had gedemonstreerd voor kiesrecht voor vrouwen, een achturige werkdag en andere onbereikbare idealen. De demonstratie had er in elk geval voor gezorgd dat haar weeën op gang kwamen en vlak na middernacht baarde ze met behulp van de oude buurvrouw haar eerste en enige zoon in een pachtboerderijtje in Yxhult.

Allan Karlssons vader had een zorgzaam en tegelijkertijd boos karakter. Hij was zorgzaam voor zijn gezin, maar boos op de samenleving in het algemeen en op iedereen die die samenleving vertegenwoordigde. Hij werd met de nek aangekeken door de vooraanstaande burgers, vooral nadat hij een keer op het plein in Flen had gestaan om het nut van voorbehoedsmiddelen te promoten, waarvoor hij een boete van tien kronen kreeg. Bovendien hoefde hij zich nooit meer zorgen te maken over dat onderwerp omdat Allans moeder hem van pure schaamte uit huis schopte. Allan was op dat moment zes jaar en oud genoeg om een uitvoerige verklaring van zijn moeder te eisen waarom het bed van zijn vader plotseling naar de houtschuur naast de keuken was verplaatst, maar hij kreeg als antwoord dat hij niet zoveel moest vragen, wilde hij geen draai om zijn oren krijgen. Omdat Allan, net als alle kinderen in alle tijden, geen draai om zijn oren wilde, liet hij de zaak rusten.

Vanaf die dag verscheen Allans vader steeds minder vaak in

zijn eigen huis. Overdag was hij aan het werk bij de spoorwegen, 's avonds discussieerde hij tijdens bijeenkomsten her en der over het socialisme, en waar hij daarna zijn nachten doorbracht werd Allan nooit duidelijk.

Zijn vader nam in elk geval zijn financiële verantwoordelijkheid. Hij gaf het grootste deel van zijn salaris elke week aan zijn vrouw, tot hij op een dag ontslagen werd nadat hij lichamelijk geweld had gebruikt tegen een reiziger die toevallig had verteld dat hij op weg was naar Stockholm om samen met duizenden anderen zijn opwachting te maken bij de koning op het burchtplein, om hem duidelijk te maken dat hij bereid was hem te verdedigen.

'Verdedig je om te beginnen hier maar tegen,' had Allans vader gezegd, waarna hij de man een rechtse had gegeven zodat deze achteruitvloog.

Door zijn onmiddellijke ontslag kon hij zijn gezin niet langer onderhouden. Zijn reputatie als pleger van een geweldsmisdrijf en voorvechter van voorbehoedsmiddelen zorgde ervoor dat het geen nut had een andere baan te zoeken. Het enige wat overbleef was de revolutie afwachten, of nog beter, om die te versnellen, want het ging allemaal verdomd langzaam. Allans vader wilde resultaat zien en hij besefte dat het Zweedse socialisme een internationaal voorbeeld nodig had. Pas dan zou de vaart erin komen.

Allans vader pakte een koffer in en vertrok naar Rusland om de tsaar ten val te brengen. Allans moeder miste natuurlijk het uitblijvende salaris van de spoorwegen, maar was er verder tevreden mee dat haar echtgenoot niet alleen uit de streek, maar ook uit het land was vertrokken.

Nadat de kostwinner was geëmigreerd, kwam het op Allans moeder en de net negenjarige Allan neer om ervoor te zorgen dat ze de huishoudelijke financiën op orde hielden. Zijn moeder liet de veertien volgroeide berken rond het pachtboerderijtje vellen en kapte en kloofde daarna net zo lang tot ze brandhout had voor de verkoop, terwijl het Allan lukte om een slecht betaalde baan als loopjongen bij Nitroglycerin BV's productiebedrijf bij Flen te krijgen.

Uit de brieven die regelmatig vanuit Sint Petersburg arriveerden, constateerde Allans moeder met stijgende verbazing dat de overtuiging van Allans vader over de zegen van het socialisme na een tijdje begon te wankelen.

In zijn brieven vertelde hij over vrienden en bekenden uit het Russische politieke establishment. Degene die hij het meest citeerde was een man die Carl heette, maar die Fabbe werd genoemd.

Volgens Allans vader verdedigde Fabbe de stelling dat de mensen in het algemeen niet begrepen wat het beste voor hen was en dat ze iemand nodig hadden die hun hand vasthield. Daarom was autocratie superieur aan democratie, en moest de verantwoordelijke klasse erop toezien dat de autocraat in kwestie zijn verantwoordelijkheid nam. Neem alleen het feit dat zeven van de tien bolsjewieken niet kunnen lezen, had Fabbe gegrinnikt. We kunnen de macht toch niet aan een stel analfabeten geven?

In de brieven naar zijn gezin in Yxhult had Allans vader de bolsjewieken op dat punt altijd verdedigd, want zijn vrouw en zoon moesten eens weten hoe het leven van een Russische analfabeet eruitzag. Het was geen wonder dat die mensen ongeletterd waren.

Erger was de manier waarop de bolsjewieken zich gedroegen. Ze waren smerig en dronken wodka alsof ze spoorwegwerkers in Zweden waren, degenen die de rails dwars door Sörmland aanlegden. Allans vader had zich altijd afgevraagd hoe de rails zo recht kon worden als je bedacht hoeveel brandewijn de spoorwegwerkers dronken, en telkens als het Zweedse spoor een bocht maakte, had hij een zweem van wantrouwen gevoeld.

Met de bolsjewieken was het minstens zo erg gesteld. Fabbe beweerde dat het socialisme ermee zou eindigen dat iedereen probeerde elkaar te doden, tot er nog maar een kwart over was die het voor het zeggen had. Dan was het beter om tsaar Nikolaas te steunen, een goede en geleerde man met een wereldvisie.

Fabbe wist waarover hij praatte; hij had de tsaar ontmoet, meer dan eens zelfs. Hij beweerde dat Nicolaas II een goed hart had. De tsaar had alleen veel pech in zijn leven gehad, maar dat zou toch niet eeuwig duren? Mislukte oogsten en de opstand van de bolsjewieken waren de schuldigen, en daarna begonnen de Duitsers ruzie te maken, alleen omdat de tsaar het leger mobiliseerde. Daar had hij echter uitsluitend een vredelievende reden voor. De tsaar was toch niet degene die de aartshertog en zijn vrouw in Sarajevo had vermoord? Of wel soms?

Zo redeneerde Fabbe, wie dat ook was, blijkbaar, en op de een of andere manier was Allans vader het met hem eens. Hij voelde bovendien sympathie voor en verbondenheid met de spraakmakende tegenspoed van de tsaar. Daar moest vroeg of laat een omslag in komen, niet alleen voor de Russische tsaar, maar ook voor gewone, fatsoenlijke mensen uit de streek rond Flen.

Zijn vader stuurde geen geld uit Rusland, maar na een paar jaar arriveerde er op een keer een pakket met een emaillen paasei, dat zijn vader had gewonnen van zijn Russische kameraad, die behalve drinken, discussiëren en kaarten met Allans vader niet veel meer deed dan dat soort eieren maken.

Allans vader schonk het paasei aan zijn 'lieve vrouw', die boos werd en zei dat die verdomde sukkel beter een echt ei had kunnen sturen zodat zijn gezin de buik rond had kunnen eten. Het scheelde een haar of zijn moeder had het cadeau uit het raam gegooid, maar toen bedacht ze zich. Misschien wilde groothandelaar Gustavsson er een kleinigheid voor betalen.

Tot zijn moeders verbazing bood groothandelaar Gustavsson na twee dagen bedenktijd achttien kronen voor Fabbes ei. Weliswaar in de vorm van kwijtgescholden kredieten, maar toch.

Daarna hoopte zijn moeder dat ze meer eieren zou krijgen, maar in plaats daarvan kreeg ze in de volgende brief te horen dat de generaals van de tsaar hun autocraat in de steek hadden gelaten en dat deze moest aftreden. Allans vader vervloekte in zijn brief zijn eiproducerende vriend, die naar Zwitserland was gevlucht. Hijzelf zou in elk geval blijven en de strijd aangaan met Lenin, de parvenu en paljas die de macht had gegrepen.

Voor Allans vader had de situatie een persoonlijke dimensie gekregen, omdat Lenin het particuliere bezit van grond verbood op de dag nadat Allans vader twaalf vierkante meter had gekocht om Zweedse aardbeien op te verbouwen. De grond kostte slechts vier roebel, maar mijn aardbeienland nationaliseert men niet ongestraft, schreef Allans vader in zijn allerlaatste brief naar huis. En hij besloot met: Nu is het oorlog!

Het was inderdaad oorlog. In bijna de hele wereld, en al jarenlang. Deze was uitgebroken vlak nadat de kleine Allan zijn loopjongensbaan bij Nitroglycerin BV had gekregen. Terwijl Allan dozen vulde met dynamiet, luisterde hij naar het commentaar van de arbeiders op de gebeurtenissen. Hij vroeg zich af hoe ze zoveel konden weten, maar hij verbaasde zich vooral over alle ellende die de volwassenen veroorzaakten. Oostenrijk verklaarde Servië de oorlog. Duitsland verklaarde Rusland de oorlog. Daarna bezetten de Duitsers Luxemburg in één middag, waarna ze Frankrijk de oorlog verklaarden. Engeland verklaarde Duitsland de oorlog en bij wijze van antwoord verklaarden de Duitsers België de oorlog. Daarop verklaarde Oostenrijk Rusland de oorlog, en Servië verklaarde Duitsland de oorlog.

Zo bleven ze bezig. De Japanners bemoeiden zich ermee en later de Amerikanen. Om de een of andere reden namen de Engelsen eerst Bagdad in, en daarna Jeruzalem. De Grieken en de Bulgaren begonnen een oorlog tegen elkaar en daarna was het tijd voor de tsaar van Rusland om afstand van de troon te doen, terwijl de Arabieren Damascus innamen ...

'Nu is het oorlog,' had zijn vader geschreven. Meteen daarna liet een van Lenins handlangers tsaar Nicolaas en zijn gezin executeren. Allan constateerde dat de pech van de tsaar had aangehouden.

Nog een paar weken later stuurde de Zweedse ambassade in Petrograd een telegram naar Yxhult met de mededeling dat Allans vader dood was. Volgens de ambtenaar had Allans vader zijn stukje grond van twaalf vierkante meter afgezet en het gebied tot zelfstandige republiek uitgeroepen. Hij had zijn kleine staat Het Echte Rusland genoemd en was om het leven gekomen in de chaos die ontstond toen twee regeringssoldaten naar zijn grond waren gekomen om de afzetting weg te halen. In de ijver om de grenzen van zijn land te beschermen, had Allans vader zijn vuisten gebruikt. De soldaten drongen niet tot hem door en uiteindelijk zagen ze geen andere uitweg dan een kogel tussen zijn ogen afvuren, zodat ze rustig verder konden werken.

'Had je niet op een iets minder onnozele manier kunnen doodgaan?' zei Allans moeder tegen het telegram van de ambassade.

Ze had er niet op gerekend dat haar echtgenoot ooit weer thuis zou komen, maar de laatste tijd was ze daar toch op gaan hopen, want haar longen werkten niet goed en het was niet gemakkelijk om de vaart te houden in het hout kloven. Allans moeder zuchtte rochelend en daarna was ze klaar met rouwen. Ze zei tegen Allan dat de situatie nu eenmaal was zoals die was en zou worden zoals die werd. Daarna woelde ze vriendelijk door het haar van haar zoon en ging naar buiten om meer hout te hakken.

Allan snapte niet goed wat zijn moeder daarmee bedoelde, maar hij begreep dat zijn vader dood was, dat zijn moeder bloed ophoestte en dat de oorlog voorbij was.

Twee jaar later overleed zijn moeder. Op de drempel van het pachtboerderijtje verscheen een chagrijnige groothandelaar die vond dat Allans moeder haar krediet van 8,40 kronen best had kunnen betalen voordat ze stierf. Allan was echter niet van plan om de man meer vet te mesten dan nodig was.

De groothandelaar was weliswaar groothandelaar, maar hij was ook tenger, in tegenstelling tot de vijftienjarige Allan. De jongen was op weg om een man te worden, en als hij maar half zo krankzinnig was als zijn vader zou er van alles in zijn hoofd kunnen opkomen, redeneerde groothandelaar Gustavsson, die nog een tijdje mee wilde gaan om zijn geld te tellen. Daarom werd er nooit meer over de schuld gesproken.

Dat zijn moeder een kapitaal van meerdere honderden kronen had gespaard, kon de jonge Allan niet begrijpen. Het geld was er echter, en het was voldoende voor zowel zijn moeders begrafenis als het opstarten van zijn bedrijf, Dynamit-Karlsson. Allan was pas vijftien jaar toen zijn moeder stierf, maar hij had alles wat hij moest weten over het maken van explosieven geleerd bij Nitroglycerin BV.

Hij experimenteerde er flink op los in de grindgroeve achter het pachtboerderijtje; op een keer zo flink dat de koe van de dichtstbijzijnde buren twee kilometer verderop een miskraam kreeg. Dat kwam Allan echter nooit ter ore, omdat de buurman net als groothandelaar Gustavsson een beetje bang was voor de zoon van die gekke Karlsson.

Allan had in zijn tijd als loopjongen interesse gekregen voor wat er in Zweden en in de wereld gebeurde. Minstens een keer per week ging hij op de fiets naar de bibliotheek in Flen om het laatste nieuws te lezen. Daar ontmoette hij soms jongeren die dol waren op discussiëren en die hem allemaal mee wilden krijgen in een of andere politieke beweging. Maar hoewel het hem interesseerde wat er speelde, had hij er absoluut geen behoefte aan om zelf mee te doen en invloed uit te oefenen.

Hij had tenslotte vanuit politiek oogpunt een revolutionaire opvoeding gehad. Aan de ene kant was hij afkomstig uit de arbeidersklasse, iets anders zou je niet kunnen zeggen van iemand die op negenjarige leeftijd van school gaat om in een fabriek te werken. Aan de andere kant respecteerde hij de herinnering aan zijn vader, en het was zijn vader tijdens zijn veel te korte leven gelukt om van alles aan te hangen. Hij was links begonnen, had daarna achter tsaar Nicolaas II gestaan en was zijn leven geëindigd met een ruzie met Vladimir Iljitsj Lenin over een stuk grond.

Zijn moeder had tussen haar hoestbuien door alles vervloekt, van de koning tot de bolsjewieken en daartussen Hjalmar Branting, groothandelaar Gustavsson en – niet het minst – Allans vader.

Allan was beslist niet dom. Hij was weliswaar maar drie jaar naar school gegaan, maar dat was voldoende geweest om te leren lezen, schrijven en rekenen. De politiek zo bewuste collega's bij Nitroglycerin BV hadden hem bovendien nieuwsgierig naar de wereld gemaakt.

Wat de levensfilosofie van de jonge Allan uiteindelijk definitief vormde, was de uitspraak van zijn moeder toen ze het bericht van zijn vaders overlijden had gekregen. Het duurde weliswaar een tijdje voordat die opmerking zich vastzette in Allans ziel, maar daarna zat ze daar voor eeuwig. *Het is zoals het is en het wordt zoals het wordt.*

Dat betekende onder andere dat je je niet aanstelde. In elk geval niet als je daar geen reden voor had. Zoals bijvoorbeeld toen het bericht van zijn vaders dood het huisje in Yxhult bereikte. Volgens de gezinstraditie reageerde Allan met hout hakken, extra lang en extra zwijgzaam. Of toen zijn moeder dezelfde weg ging en naar de wachtende lijkwagen voor het huisje werd gedragen. Allan bleef in de keuken staan, volgde het schouwspel door het raam en zei zachtjes, zodat alleen hij het kon horen: 'Dag, mama.'

Daarmee had hij een hoofdstuk van zijn leven afgesloten.

Allan ploeterde voort in zijn dynamietfabriek en bouwde in het eerste jaar van de jaren twintig een aanzienlijke klantenkring op in Sörmland. Op zaterdagavond, als zijn leeftijdgenoten in schuren gingen dansen, zat Allan thuis en bedacht nieuwe formules om de kwaliteit van zijn dynamiet te verbeteren. Op zondag ging hij naar de grindgroeve om proefexplosies te houden. Niet tussen elf en een uur, dat had hij aan de geestelijke in Yxhult beloofd als deze in ruil daarvoor niet te veel klaagde over Allans afwezigheid in de kerk.

Allan kon prima alleen zijn en dat was maar goed ook, want

hij was het vaak. Hij was niet aangesloten bij de arbeidersbeweging, wat betekende dat hij in sociale kringen werd veracht, terwijl hij tegelijkertijd als arbeider en de zoon van zijn vader niet thuishoorde in de kringen van de bourgeoisie. Daar liep groothandelaar Gustavsson trouwens rond, en die ging liever dood dan dat hij zich inliet met die snotneus van een Karlsson. Stel je voor dat die knaap ontdekte wat Gustavsson had gekregen voor het ei dat hij destijds voor een grijpstuiver van Allans moeder had gekocht en dat hij had doorverkocht aan een diplomaat in Stockholm. Dankzij die transactie was groothandelaar Gustavsson in de streek de derde trotse eigenaar van een auto geworden.

Dat was een fortuinlijke gebeurtenis geweest, maar groothandelaar Gustavssons geluk duurde minder lang dan hij zelf had gehoopt. Op een zondag in augustus 1925 besloot hij na de kerkdienst een ritje in zijn auto te maken, voornamelijk om zich te laten zien. Helaas koos hij de weg die langs Allans pachtboerderij in Yxhult liep. In de bocht voor het huisje werd Gustavsson misschien zenuwachtig (of stuurde God of de voorzienigheid op de een of andere manier de gebeurtenissen), want de versnellingspook haperde en Gustavsson reed met zijn auto recht in de grindgroeve achter het pachtboerderijtje, in plaats van de flauwe bocht naar rechts te maken. Het zou nog erger worden, want op het moment dat het Gustavsson lukte om zijn op hol geslagen auto tot stilstand te brengen, voerde Allan de eerste proefexplosie van die zondag uit.

Allan lag in elkaar gedoken achter het buitentoilet zonder iets te zien of te horen. Dat er iets mis was, begreep hij pas toen hij naar de grindgroeve terugliep om de explosie te beoordelen. Delen van de auto van de groothandelaar lagen verspreid door de groeve, en hier en daar ook delen van de groothandelaar zelf.

Het hoofd van de man was het dichtst bij het boerderijtje geland, op een zacht stukje gras. Het staarde met een lege blik naar de ravage.

De vier jaren daarna had Allan vooral veel tijd om te lezen en zich te verdiepen in de maatschappelijke ontwikkelingen. Hij werd namelijk meteen opgesloten, hoewel het niet gemakkelijk was om uit te zoeken waarvoor. Langzamerhand werd Allans vader, de oude revolutionair, erbij betrokken. Dat gebeurde toen een jonge, ijverige leerling van professor Bernhard Lundborg in Uppsala besloot om met behulp van Allan carrière te maken. Na diverse omzwervingen belandde Allan in de klauwen van Lundborg en hij werd onmiddellijk onder dwang gesteriliseerd op 'eugenetische en sociale indicatie', wat wilde zeggen dat hij waarschijnlijk een beetje achterlijk was en dat hij zoveel van zijn vader in zich had dat de staat verdere voortplanting van het geslacht Karlsson wilde voorkomen.

Allan stoorde zich niet aan de sterilisatie, hij vond integendeel dat hij goed werd behandeld in de kliniek van professor Lundborg. Hij moest af en toe vragen over van alles en nog wat beantwoorden, onder andere over zijn behoefte om dingen en mensen op te blazen en of hij misschien negerbloed had. Daarop antwoordde Allan dat hij het prettiger vond om dingen dan mensen op te blazen. Het was een goed gevoel om een stuk rots dat in de weg lag doormidden te splijten. Als het in plaats daarvan om een mens ging, vond Allan het voldoende om de persoon in kwestie te vragen opzij te gaan. Vond de professor dat ook?

Bernhard Lundborg liet zich niet snel verleiden tot filosofische discussies met zijn patiënten, en hij herhaalde in plaats daarvan zijn vraag over het negerbloed. Allan antwoordde dat hij dat niet wist, maar dat zijn ouders net zo'n bleke huid hadden gehad als hij zelf, als de professor genoegen nam met dat antwoord? Daarna voegde Allan eraan toe dat hij heel graag een echte neger wilde zien als de professor toevallig zo iemand in voorraad had.

Lundborg en zijn assistenten gaven geen antwoord op Allans tegenvragen, maar ze maakten aantekeningen en humden en lieten hem daarna met rust, soms meerdere dagen achter elkaar. Deze dagen besteedde Allan aan lezen. De kranten natuurlijk, maar ook literatuur uit de ziekenhuisbibliotheek, die een aanzienlijke omvang had. Voeg daar drie maaltijden per dag, een toilet binnenshuis en een eigen kamer aan toe, en het was duidelijk dat Allan het prima naar zijn zin had als dwangverpleegde. De sfeer was maar één keer een beetje vervelend geweest; dat was toen Allan de professor nieuwsgierig had gevraagd wat er zo verschrikkelijk aan was om een neger of een Jood te zijn. Bij wijze van uitzondering antwoordde de professor niet met zwijgen, maar bulderde hij dat meneer Karlsson zich met zijn eigen zaken moest bemoeien en niet met die van anderen.

De jaren gingen voorbij en de ondervragingen werden steeds schaarser. Toen stelde het parlement een onderzoek in naar sterilisatie van 'in biologisch opzicht minderwaardigen' en nadat daar een rapport over was uitgekomen kreeg professor Lundborg met een dusdanige opleving in de werkzaamheden te maken dat hij Allans bed plotseling voor iemand anders nodig had. In de voorzomer van 1929 werd Allan daarom als gerehabiliteerd beschouwd en de straat op gestuurd, met nauwelijks voldoende zakgeld om de trein naar Flen te nemen. Hij moest de laatste kilometers naar Yxhult lopen, maar dat vond hij geen probleem. Na vier jaar achter slot en grendel wilde hij zijn benen graag strekken.

5

Maandag 2 mei 2005

De lokale krant plaatste het nieuws over de oude man die op zijn honderdste verjaardag in rook was opgegaan al snel op zijn website. De journalist van de krant schreef, bij gebrek aan echt nieuws, dat een ontvoering niet uitgesloten kon worden. De honderdjarige was volgens getuigen helder van geest en was waarschijnlijk niet verdwaald.

Het is nogal bijzonder om op je honderdste verjaardag te verdwijnen. De lokale radio sloot zich aan bij de lokale krant, wat een vervolg kreeg op de landelijke radio, het Zweedse telegrambureau, teletekst, de websites van de landelijke kranten en de nieuwsprogramma's die 's middags en 's avonds op tv werden uitgezonden.

De politie in Flen kon niet anders dan de zaak overdragen aan de districtsrecherche, die twee surveillancewagens plus recherchecommissaris Aronsson in burger stuurde. Deze kreeg onmiddellijk gezelschap van diverse reportageteams die van plan waren het gebied uit te kammen. De enorme media-aandacht was voor de districtshoofdcommissaris van politie aanleiding om het onderzoek ter plaatse te leiden, zodat hij misschien zelf ook in beeld zou komen.

Het inleidende politieonderzoek bestond eruit dat de surveillancewagens kriskras door het stadje reden, terwijl rechercheurs langs de deuren gingen om vragen te stellen. De wethouder was inmiddels naar zijn huis in Flen gegaan en had al zijn telefoons uitgezet. Er kon nooit iets goeds van komen als je werd betrokken bij de ondankbare verdwijning van een bejaarde, redeneerde hij.

Er kwam een aantal losse tips binnen, die varieerden van de melding dat Allan fietsend in Katrineholm was gezien tot de verklaring dat hij in een apotheek in Nyköping in de rij had gestaan en onvriendelijk gedrag had vertoond. Maar deze en soortgelijke waarnemingen konden om verschillende redenen terzijde worden geschoven. Het is bijvoorbeeld onmogelijk om in Katrineholm gezien te worden terwijl je tegelijkertijd aantoonbaar luncht in je kamer in het bejaardentehuis in Malmköping.

De districtshoofdcommissaris regelde dat er zoekacties werden georganiseerd met een honderdtal vrijwilligers uit de omgeving, en hij was oprecht verbaasd toen dat geen resultaat opleverde. Tot dat moment was hij er namelijk vrij zeker van geweest dat het om een gewone verdwijning van een demente bejaarde ging, ondanks de getuigenissen over de goede gezondheid van de oude man.

Het onderzoek had in eerste instantie geen resultaat, tot de uit Eskilstuna bestelde politiehond 's avonds om halfacht arriveerde. De hond snuffelde even aan Allans stoel en aan de voetsporen tussen de viooltjes voor het raam, liep het park in en aan de andere kant uit, stak de straat over, ging de middeleeuwse kerk binnen, sprong over de stenen muur en stopte pas toen hij voor de wachtruimte van het busstation van Malmköping stond.

De wachtruimte was op slot. Van een medewerker van Sörmlandstrafiken in Flen kreeg de politie te horen dat het busstation op doordeweekse dagen om halfacht dichtging, als de werkdag van de beambte in Malmköping eindigde. Maar, voegde de medewerker eraan toe, als de politie absoluut niet kon wachten tot de volgende dag, konden ze naar het huis van de man in Malmköping gaan. Hij heette Ronny Hulth en stond naar alle waarschijnlijkheid in het telefoonboek.

Terwijl de districtshoofdcommissaris voor de camera's buiten het bejaardentehuis verkondigde dat hij de hulp van de bevolking nodig had voor een nieuwe zoekactie die gedurende de avond en nacht zou worden gehouden, omdat de honderdjarige licht gekleed was en misschien in de war was, ging commissaris Göran Aronsson naar het huis van Ronny Hulth en belde aan. De hond had immers duidelijk aangegeven dat de bejaarde in de wachtruimte van het busstation was geweest, en loketmedewerker Hulth zou in staat moeten zijn om te vertellen of de oude man Malmköping per bus had verlaten.

Ronny Hulth deed echter niet open. Hij zat in zijn slaapkamer met naar beneden getrokken jaloezieën en liefkoosde zijn kat. 'Ga weg,' fluisterde Ronny Hulth tegen de voordeur. 'Ga weg. Wegwezen!'

Dat deed de recherchecommissaris uiteindelijk. Enerzijds dacht hij net als zijn chef dat de bejaarde in de omgeving ronddwaalde, anderzijds dacht hij dat er ook nog niets aan de hand was als de oude man de bus had genomen. Die Ronny Hulth was waarschijnlijk bij een vriendinnetje. De eerste stap morgenochtend zou zijn om hem op zijn werk op te zoeken. Als de bejaarde dan nog niet was gelokaliseerd.

Om twee minuten over negen kreeg de communicatiecentrale van het politiedistrict in Eskilstuna een telefoontje:

'Ja, met Bertil Karlgren hier. Ik bel omdat ... ik bel eigenlijk namens mijn vrouw. Of tja ... ja, mijn vrouw, Gerda Karlgren, is een paar dagen in Flen bij onze dochter en haar echtgenoot op bezoek geweest. Ze krijgen een baby en dan ... daar zit altijd heel veel werk aan vast, dat kun je wel zeggen. Maar vandaag was het tijd om naar huis te gaan en ze nam de vroege middagbus naar huis, en de bus rijdt via Malmköping, we wonen in Strängnäs ... Tja, het is misschien niets, maar we hoorden op de radio over een verdwenen honderdjarige. Hebben jullie hem al gevonden? Nee? Tja, mijn vrouw zegt dat er in Malmköping een verschrikkelijk oude man in de bus stapte en dat hij een grote koffer bij zich had. Mijn vrouw zat achterin en de bejaarde zat voorin zodat ze hem niet zo goed heeft gezien en ze hoorde natuurlijk niet waar de oude man en de chauffeur over praatten. Wat zeg

je, Gerda? O, Gerda zegt dat ze sowieso nooit iemand afluistert ... Maar in elk geval was het vreemd ... De oude man stapte halverwege Strängnäs al uit, hij was maar een klein stukje meegereden met zijn grote koffer. En hij zag er heel oud uit. Nee, Gerda weet niet welke halte het was, maar het was midden in het bos ... ergens halverwege. Tussen Malmköping en Strängnäs.'

Het gesprek werd opgenomen, uitgetypt en naar het hotel in Malmköping gefaxt waar commissaris Aronsson logeerde.

6

Maandag 2 mei-dinsdag 3 mei 2005

De koffer was tot de rand gevuld met stapels bankbiljetten van vijfhonderd kronen. Julius maakte een snelle schatting. Tien stapels in de lengte, vijf stapels in de breedte. Vijftien bundels van minstens vijftigduizend per stapel ...

'Zevenendertigenhalf miljoen, als ik het goed heb uitgerekend,' zei hij.

'Dat is veel geld,' zei Allan.

'Laat me hieruit, klootzakken!' klonk het uit de vrieskast.

De jongeman bleef lawaai maken; hij schreeuwde en schopte en schreeuwde weer. Allan en Julius moesten nadenken over hun verrassende ontdekking, maar dat ging niet met al dat kabaal. Uiteindelijk vond Allan het tijd worden dat de jongeman een beetje afkoelde, en hij zette de vriezer aan.

Het duurde niet lang voordat de jongen merkte dat zijn situatie veranderd was. Hij zweeg omdat hij moest nadenken. Dat was normaal gesproken al niet zo gemakkelijk voor hem, en nu had hij bovendien barstende hoofdpijn.

Na een paar minuten piekeren had hij in elk geval besloten dat het hem niet zou lukken om zich met dreigen of schoppen uit zijn benarde situatie te bevrijden. Wat overbleef was hulp van buitenaf inroepen. Zijn baas bellen. Het was een verschrikkelijke gedachte, maar het alternatief leek nog erger.

De jongen aarzelde nog heel even terwijl de kou tot hem doordrong. Uiteindelijk pakte hij zijn mobiel.

Hij had geen bereik.

De avond werd nacht en de nacht werd ochtend. Allan deed zijn ogen open, maar wist niet waar hij was. Was hij dan toch in zijn slaap overleden?

Een kordate mannenstem wenste hem goedemorgen en vertelde dat hij twee nieuwtjes had, een goed en een slecht. Welk wilde Allan het eerst horen?

Allan wilde allereerst begrijpen waar hij was en waarom. Zijn knieën deden pijn, dus leefde hij nog. Maar hij had toch ... en daarna was hij ... en ... die man heette toch Julius ...?

De puzzelstukjes vielen op hun plek, Allan was wakker. Hij lag op een matras op de vloer in Julius' slaapkamer, en Julius stond in de deuropening en herhaalde zijn vraag. Wilde Allan eerst het goede of het slechte nieuws horen?

'Het goede nieuws,' zei Allan. 'Het slechte nieuws mag je overslaan.'

'Goed,' zei Julius en hij vertelde dat het goede nieuws was dat het ontbijt klaarstond in de keuken. Er was koffie, brood met elandenbiefstuk en eieren van de buren.

Een ontbijt zonder pap! Dat was werkelijk goed nieuws. Toen Allan aan de keukentafel was gaan zitten, voelde hij dat hij er klaar voor was om het slechte nieuws te horen.

'Het slechte nieuws,' zei Julius terwijl hij zijn stem enigszins liet dalen. 'Het slechte nieuws is dat we gisteren iets te veel gedronken hebben en daarom vergeten zijn de vriezer uit te zetten.'

'En?' vroeg Allan.

'En ... degene die daarin zit is nu tamelijk dood.'

Allan krabde zich bezorgd in zijn nek voordat hij besloot dat hij zijn dag niet liet verpesten door zo'n slordigheid.

'Dat is erg,' zei hij. 'Maar ik moet zeggen dat je eitjes perfect gelukt zijn, niet te hard en niet te zacht.'

Recherchecommissaris Aronsson werd om acht uur 's ochtends wakker met een slecht humeur. Een verdwenen bejaarde, bewust of onbewust, zou geen zaak moeten zijn voor iemand met commissariskwaliteiten.

Aronsson douchte, kleedde zich aan en liep naar de parterre van hotel Plevnagården voor het ontbijt. Onderweg ontmoette hij de receptionist, die hem een fax gaf die was gearriveerd vlak nadat de receptie de vorige avond was gesloten.

Een uur later had commissaris Aronsson een nieuwe kijk op de zaak. De fax, een uitdraai van een binnengekomen telefoontje van de districtscentrale, was eerst van onduidelijke waarde, maar toen Aronsson de bleke Ronny Hulth sprak, die achter het loket van het treinstation zat, duurde het niet lang voordat Hulth instortte en vertelde wat hij had meegemaakt.

Meteen daarna werd er uit Eskilstuna gebeld om te vertellen dat Sörmlandstrafiken in Flen sinds de vorige avond een bus miste, en dat Aronsson ene Jessica Björkman moest bellen, de vrouw van de buschauffeur die blijkbaar was ontvoerd, maar daarna was vrijgelaten.

Commissaris Aronsson ging terug naar Plevnagården om een kop koffie te drinken en de pas verkregen informatie samen te vatten. Hij schreef zijn waarnemingen op terwijl hij nadacht:

Een oude man, Allan Karlsson, verdwijnt uit zijn kamer in het bejaardentehuis vlak voordat zijn honderdste verjaardag in de gemeenschappelijke ruimte wordt gevierd. Karlsson is of was in een sensationeel goede conditie voor zijn leeftijd, daar hebben we veel bewijs van, om te beginnen het puur fysieke feit dat het hem is gelukt om zelf uit het raam te klimmen, voor zover hij natuurlijk geen hulp van buitenaf heeft gehad, maar latere waarnemingen wijzen erop dat hij zelfstandig heeft gehandeld. Verder getuigt afdelingshoofd Alice Englund dat 'Allan natuurlijk oud is, maar dat hij ook een klagende sukkel is die verdomme precies weet wat hij doet'.

Volgens de aanwijzingen van de speurhond is Karlsson door Malmköping gewandeld en belandde hij uiteindelijk in de wachtruimte van het busstation, waar hij, volgens getuige Ronny Hulth, meteen naar het loket van Hulth is gelopen, of liever gezegd geschuifeld. Bovendien getuigt Hulth dat Karlsson pantoffels droeg in plaats van schoenen.

Hulths getuigenis toont verder aan dat Karlsson eerder op de vlucht was dan dat hij een bepaald reisdoel had. Karlsson wilde snel uit Malmköping weg, de richting en manier van vervoer leken daar ondergeschikt aan te zijn.

Dat wordt trouwens bevestigd door Jessica Björkman, de vrouw van buschauffeur Lennart Ramnér. De buschauffeur kon nog niet worden verhoord omdat hij te veel slaaptabletten heeft geslikt, maar Björkmans getuigenis lijkt duidelijk. Karlsson heeft bij Ramnér een kaartje gekocht waarbij hij uitging van een bepaald bedrag. De bestemming werd de halte bij station Byringe. Er is geen reden om aan te nemen dat iemand of iets daar op Karlsson wachtte.

Inmiddels is er een nieuw detail aan het verhaal toegevoegd. Loketbediende Hulth heeft weliswaar niet gezien of Karlsson zich wederrechtelijk een koffer heeft toegeëigend voordat hij aan boord van de bus naar Byringe stapte, maar dat lijkt een duidelijke zaak door het gewelddadige optreden van een vermoedelijk lid van de criminele organisatie Never Again.

Jessica Björkman heeft niets gehoord over een koffer in het verhaal dat ze uit haar gedrogeerde echtgenoot heeft gekregen, maar de fax van de districtscentrale bevestigt dat Karlsson waarschijnlijk – hoe onwaarschijnlijk het ook is – de koffer van het Never Again-lid heeft gestolen.

Björkmans verhaal, in combinatie met de fax van Eskilstuna, toont aan dat eerst Karlsson, om ongeveer tien voor halfvier 's middags, met een speling van een paar minuten, en daarna het Never Again-lid ongeveer vier uur later, zijn uitgestapt bij station Byringe, en daarna naar een onbekende bestemming zijn gelopen. De eerstgenoemde honderd jaar oud, een koffer meeslepend, de laatstgenoemde ongeveer zeventig tot vijfenzeventig jaar jonger.

Commissaris Aronsson sloeg zijn notitieboekje dicht en dronk het restant van zijn koffie. Het was tien voor halfelf.

Tijd om naar station Byringe te gaan.

Tijdens het ontbijt besprak Julius met Allan wat hij 's ochtends allemaal had gedaan en bedacht terwijl Allan nog sliep.

Hij begon over het ongeluk met de vrieskast. Toen hij besefte dat de temperatuur minstens tien uur lang onder nul was geweest, bewapende hij zich met een koevoet en deed de deur open. Als de jongeman nog in leven was, zou hij niet helder en alert genoeg zijn om weerstand te bieden aan de koevoet.

Deze veiligheidsmaatregel was echter overbodig. De jongeling zat in elkaar gedoken op zijn lege kist. Hij had ijskristallen op zijn lichaam en zijn ogen staarden koud in het niets. Kortom, hij was zo dood als een in stukken gesneden eland.

Julius vond het jammer, maar ook handig. Ze hadden die dolleman niet zomaar vrij kunnen laten. Hij had de vrieskast afgezet en de deur open laten staan. Dood was de jongeling toch, hij hoefde niet diepgevroren te zijn.

Julius stak het fornuis in de keuken aan en telde daarna het geld na. Het was geen zevenendertigenhalf miljoen, zoals hij gisteravond in alle haast had geschat. Het was precies vijftig miljoen.

Allan luisterde geïnteresseerd naar Julius' verslag terwijl hij met meer eetlust van zijn ontbijt genoot dan hij in lange tijd had gedaan. Hij zei pas iets toen Julius bij het financiële deel was beland. 'Tja, vijftig miljoen is gemakkelijker door twee te delen. Wil je trouwens zo vriendelijk zijn om me het zout aan te geven?'

Julius deed wat Allan had gevraagd, waarna hij zei dat hij zevenendertigenhalf ook door twee had kunnen delen als dat nodig was geweest, maar hij was het met Allan eens dat vijftig gemakkelijker was. Daarna werd hij ernstig. Hij ging tegenover Allan aan de keukentafel zitten en zei dat het waarschijnlijk tijd was om het vervallen station voorgoed achter zich te laten. De jongeling in de vrieskast deed niemand meer kwaad, maar wie wist wat hij had teweeggebracht voordat hij bij Byringe aankwam. Er konden elk moment tien nieuwe jongelingen in de keuken staan schreeuwen, allemaal net zo boos als degene die nu voorgoed stil was.

Allan was het met hem eens, maar herinnerde Julius eraan dat hij behoorlijk op leeftijd was en minder beweeglijk dan vroeger. Julius hield vol dat ze hiervandaan moesten, maar beloofde ervoor te zorgen dat ze zo weinig mogelijk hoefden te lopen. Het was bovendien beter om de jongeling in de vrieskast mee te nemen. Het zou absoluut niet in hun voordeel zijn als eventuele bezoekers een lijk in hun kielzog zouden vinden.

Het ontbijt was op en het was tijd om haast te maken. Julius en Allan droegen het lijk uit de vrieskast naar de keuken en zetten het op een stoel, waarna ze kracht verzamelden voor de volgende stap.

Allan bekeek de jongeling van top tot teen. 'Hij heeft ongewoon kleine voeten voor iemand die zo lang is. Ik neem aan dat hij zijn schoenen niet meer nodig heeft.'

Julius antwoordde dat het 's ochtends kil was, en dat het risico dat Allans tenen zouden bevriezen groter was dan dat de jongeling dit overkwam. Als hij dacht dat de schoenen van de jongeling hem zouden passen, dan was het waarschijnlijk geen probleem om ze te nemen.

Ze waren een beetje te groot voor Allan, maar stevig én beduidend beter dan het paar versleten pantoffels.

De volgende stap was om de jongeling naar de hal te dragen en hem van de trap te rollen. Toen ze zich alle drie op het perron bevonden, twee rechtop en een liggend, vroeg Allan wat Julius nu van plan was.

'We hoeven niet te lopen,' zei deze, waarna hij van het perron sprong en in een schuurtje bij het enkelspoor verdween.

Meteen daarna kwam hij de schuur weer uit, rijdend op een lorrie.

'Model 1954,' zei hij. 'Stap maar op.'

Julius, die helemaal vooraan zat, trapte. Allan zat recht achter hem en liet zijn benen meegaan met de trappers, en het lijk zat op de zitplaats rechts, met een donkere zonnebril voor zijn starende ogen en de steel van een bezem onder zijn hoofd om het omhoog te houden.

Om vijf voor halfelf ging het gezelschap op weg. Drie minuten later arriveerde er een donkerblauwe Volvo bij het gesloten station van Byringe. Commissaris Göran Aronsson stapte uit.

Het gebouw zag er onmiskenbaar verlaten uit, maar het kon geen kwaad om het van dichtbij te bekijken voordat hij naar het dorp Byringe reed om langs de deuren te gaan.

Aronsson klom voorzichtig op het perron, dat er niet bepaald solide uitzag, en deed de voordeur open. 'Volk!' riep hij. Hij kreeg geen antwoord en liep de trap op naar de eerste verdieping. Warempel, het huis bleek ondanks alles toch bewoond. Het fornuis in de keuken gloeide en er stond een bijna opgegeten ontbijt voor twee personen op tafel.

En op de vloer stond een paar versleten pantoffels.

Never Again noemde zich officieel een motorclub, maar was in werkelijkheid een bende criminele jongemannen, die werden geleid door een nog criminelere man van middelbare leeftijd.

De leider van de groep heette Per-Gunnar Gerdin, maar niemand durfde hem iets anders dan 'de Baas' te noemen, want dat had hij zo bepaald, en hij was bijna twee meter lang, woog zo'n honderddertig kilo en zwaaide graag met een mes als iemand of iets zich tegen hem verzette.

De Baas was zijn criminele carrière voorzichtig begonnen. Samen met een kameraad importeerde hij fruit en groenten naar Zweden. Hij sjoemelde met de waarheid omtrent het land van herkomst, met het doel de belasting te omzeilen en een hogere kiloprijs aan de consument te berekenen.

De Baas wilde de zaken uitbreiden door bijvoorbeeld formaline door het voedsel te mengen. Hij had gehoord dat dat her en der in Azië gebeurde en hij had het plan opgevat om Zweedse gehaktballen uit de Filippijnen te importeren. Dat kon goedkoop met de boot, want met de juiste hoeveelheid formaline bleven de gehaktballen drie maanden goed, zelfs bij een temperatuur van dertig graden.

Helaas wilde zijn kameraad niet meedoen. Hij was van mening dat formaline geschikt was om lijken te balsemen, niet om gehaktballen het eeuwige leven te geven.

Ze gingen allebei hun eigen weg en de Baas bedacht dat hij beter een muts over zijn hoofd kon trekken om de dagopbrengst van zijn concurrent Stockholm Fruitimport BV te stelen.

Met behulp van een kapmes en dreigend gebrul was hij binnen de kortste keren eenenveertigduizend kronen rijker. Waarom zou hij het zichzelf moeilijk maken met importeren als hij zoveel geld kon verdienen met zo weinig moeite?

Hij ging verder op de ingeslagen weg en werd zelfstandig ondernemer in de berovingsbranche. Na een paar decennia vond de Baas dat het tijd werd om groter te gaan denken. Hij zocht een stel aanzienlijk jongere handlangers, die hij allemaal een belachelijke bijnaam gaf (de ene noemde hij Bikker, de andere Hompie) en met wie hij twee geslaagde overvallen op waardetransporten uitvoerde.

Een derde overval eindigde echter met een gevangenisstraf van vierenhalf jaar voor de drie. Terwijl hij zijn straf uitzat, kreeg de Baas het idee voor Never Again. In een eerste stadium zou de bende bestaan uit een vijftigtal leden, die in drie operationele takken werden verdeeld: 'beroving', 'narcotica' en 'chantage'. De naam Never Again werd geboren uit het visioen van de Baas om een misdaadstructuur op te zetten die zo professioneel en waterdicht was dat hij nooit meer in de gevangenis terecht zou komen.

In het begin verliep het rekruteringsproces in de gevangenis heel goed, maar toen raakte er een brief van de moeder van de Baas zoek in de gevangenis. In de brief schreef zijn moeder onder andere dat haar kleine Per-Gunnar ervoor moest zorgen dat hij in de gevangenis niet in slecht gezelschap terechtkwam, dat hij moest oppassen voor zijn gevoelige amandelen en dat ze ernaar verlangde om weer Schateiland met hem te spelen als hij vrijkwam.

Het maakte daarna niet meer uit dat de Baas in de rij voor het eten bijna een paar Joegoslaven neerstak. Zijn gezag was ondermijnd. Van de dertig tot dat moment gerekruteerde gevangenen haakten er zevenentwintig af. Behalve Bikker en Hompie bleef alleen José María Rodriguez over, een Venezolaan, die de naam Caracas kreeg, naar de hoofdstad van zijn vaderland. Hoe de Baas ook dreigde en vloekte in de gevangenis, hij kreeg niet meer leden voor zijn club, en op een dag kwamen hij en zijn drie handlangers vrij.

Eerst was de Baas van plan het idee van Never Again af te schrijven, maar Caracas had toevallig een Colombiaanse kameraad met een rekbaar geweten en twijfelachtige vrienden, van het een kwam het ander en binnen de kortste keren was Zweden, via Never Again, het transitland voor Oost-Europa van een Colombiaans drugskartel. De zaken gingen steeds beter en er was geen reden of personeel om de takken 'beroving' en 'chantage' op te pakken.

De Baas had overleg in Stockholm met Hompie en Caracas. Er was iets gebeurd met Bikker, de prutser die de opdracht had gekregen om de tot dat moment grootste transactie van de bende uit te voeren. De Baas had 's ochtends contact gehad met de Russen en die zwoeren dat ze het spul hadden gekregen en het geld hadden overhandigd. Als de koerier van Never Again er daarna met de koffer vandoor was gegaan, was dat niet het probleem van de Russen. Maar als Never Again de Russen hierom ten dans wilde vragen, dan zouden dezen niet weigeren. Ze konden dansen als dat nodig was, zowel de wals als de mazurka.

De Baas ging er voorlopig van uit dat de Russen de waarheid spraken (en bovendien was hij er vrij zeker van dat ze beter dansten dan hij). Dat Bikker er vrijwillig met het geld vandoor was gegaan, sloot hij uit, daarvoor was hij te onnozel. Of te slim, het was maar hoe je het wilde bekijken.

De enige verklaring was dat iemand van de transactie had geweten, het juiste moment in Malmköping of tijdens Bikkers terugreis naar Stockholm had afgewacht, hem had uitgeschakeld en beslag had gelegd op de koffer.

Maar wie?

Hij stuurde Hompie op pad.

Julius, Allan en het lijk reden door het bos van Sörmland. Bij Vidkärr hadden ze de pech dat ze een boer tegenkwamen van wie Julius de naam niet kende. De boer inspecteerde zijn gewassen toen het drietal op de lorrie kwam aanrijden.

'Goedemorgen,' zei Julius.

'Mooi weertje,' zei Allan.

Het lijk en de boer zeiden niets, maar de laatste keek het trio een hele tijd na.

Hoe dichter de lorrie Åkers Styckebruk naderde, des te bezorgder werd Julius. Hij had gedacht dat ze onderweg wel een waterloop zouden passeren waarin ze het lijk konden dumpen, maar ze kwamen niets tegen. Voordat Julius klaar was met piekeren reed de lorrie het industriegebied van Åkers Styckebruk al op. Julius remde. Het lijk viel naar voren en sloeg met zijn voorhoofd tegen een ijzeren handvat.

Dat had pijn kunnen doen als de omstandigheden enigszins anders waren geweest, dacht Allan.

Julius stapte van de lorrie en ging achter een boom staan om het industriegebied te inspecteren. De enorme deuren van een fabriekshal stonden open, maar het terrein leek verlaten. Julius keek op zijn horloge. Het was tien over twaalf. Lunchtijd, besefte hij terwijl hij een grote container in het oog kreeg. Hij verkondigde dat hij van plan was een korte verkenningsronde te maken.

Hij klom in de container en bleef ruim een minuut uit het zicht van Allan. Daarna kwam hij weer naar buiten. Toen hij bij de lorrie terug was, vertelde hij dat hij wist wat ze met het lijk moesten doen.

De container was voor de helft gevuld met cilinders, met een diameter van minstens een meter en zeker drie meter lang, die allemaal waren verpakt in beschermende houten kisten, met een luik aan de korte kant. Allan was volkomen uitgeput toen het zware lichaam eindelijk op zijn plek in een van de twee binnenste cilinders lag, maar toen hij het houten luik sloot en het adres zag, vrolijkte hij op.

Addis Abeba.

Ze gingen op de lorrie tussen de bomen zitten om uit te rusten, en vlak daarna kwam het fabrieksterrein weer tot leven. Een vorkheftruckchauffeur bracht meer cilinders tot de container vol was. Daarna sloot hij hem af, haalde een nieuwe container en ging verder met laden.

Nadat ze even hadden toegekeken, zei Julius dat het tijd was om de lorrie achter te laten. Hij stelde voor om het korte stuk naar het centrum van Åkers Styckebruk te lopen en daar een oplossing te zoeken.

Commissaris Aronsson liep door het oude stationsgebouw van Byringe, maar vond niets interessants, behalve de pantoffels die mogelijk aan de honderdjarige toebehoorden. Hij was van plan ze mee te nemen om ze aan het personeel van het bejaardentehuis te laten zien.

Op de keukenvloer lagen waterdruppels die naar een vrieskast leidden die uit stond en waarvan de deur open was. Dat leek hem echter niet relevant.

Aronsson besloot naar Byringe te rijden om langs de deuren te gaan. In drie huizen was iemand thuis en van alle drie kreeg hij te horen dat er een Julius Jonsson op de eerste verdieping van het stationsgebouw woonde, dat het een dief en een oplichter was met wie niemand iets te maken wilde hebben en dat niemand iets vreemds had gehoord of gezien vanaf de vorige avond tot nu. Maar iedereen beschouwde het als vanzelfsprekend dat Julius Jonsson iets op zijn kerfstok had.

'Gooi hem in de gevangenis,' eiste de meest verontwaardigde buurman.

'Waarvoor dan?' vroeg de commissaris vermoeid.

'Omdat hij mijn eieren 's nachts uit het kippenhok steelt, omdat hij mijn nieuwe stepslee afgelopen winter heeft gestolen, hem heeft overgeschilderd en vervolgens beweerde dat hij van hem was, omdat hij boeken op mijn naam bestelt, mijn brievenbus leeghaalt als ze zijn bezorgd en mij de rekening laat betalen, omdat hij zijn eigengestookte alcohol aan mijn veertienjarige zoon probeert te verkopen, omdat hij ...'

'Ja, ja, het is al goed. Ik zal hem oppakken,' zei de commissaris. 'Ik moet hem alleen eerst vinden.'

Aronsson reed terug naar Malmköping en was ongeveer halverwege toen zijn mobiel ging. Het waren de collega's van de communicatiecentrale. Een boer, Tengroth uit Vidkärr, had gebeld met een interessante tip. Een bekende kruimeldief uit de streek was een uur geleden op een lorrie over de gesloten spoorlijn tussen Byringe en Åkers Styckebruk langs Tengroths grond gereden. Op de lorrie bevonden zich bovendien een oude man, een grote koffer en een jongeman met een zonnebril. De jongeman leek volgens boer Tengroth het bevel te voeren, hoewel hij geen schoenen droeg.

'Nu begrijp ik er verdomme helemaal niets meer van,' zei commissaris Aronsson terwijl hij de auto keerde.

Na een paar honderd meter daalde Allans toch al lage wandeltempo. Hij klaagde niet, maar Julius zag dat zijn knieën ernstige problemen begonnen te veroorzaken. Een stukje verderop was aan de rechterkant een snackbar. Julius beloofde Allan dat hij hem op een worst zou trakteren als het hem lukte naar de kiosk te komen en Julius verhoogde zijn tempo. Toen Allan bij de snackbar arriveerde, had Julius zijn broodje gegrilde worst al bijna op, en hij had meer gedaan.

'Allan,' zei hij. 'Kom Benny begroeten. Hij is onze nieuwe privéchauffeur.'

Benny was de eigenaar van de snackbar, een vijftiger met een paardenstaart. In ongeveer twee minuten was het Julius gelukt om een broodje worst, een Fanta en Benny's zilverkleurige Mercedes uit 1988 met inbegrip van Benny zelf te kopen, voor een bedrag van honderdduizend kronen.

Allan keek naar de snackbareigenaar, die nog steeds op zijn post achter de toonbank stond. 'Hebben we jou ook gekocht of alleen gehuurd?' vroeg hij uiteindelijk.

'De auto is gekocht, de chauffeur gehuurd,' antwoordde Benny. 'Om te beginnen voor tien dagen, daarna overleggen we opnieuw. Een broodje worst is trouwens bij het bedrag inbegrepen.'

Allan wilde een normale gekookte worst, als dat geen probleem was. Verder vond hij honderdduizend kronen een behoorlijk bedrag voor zo'n oude auto, ook al was de chauffeur inbegrepen, dus zou het niet meer dan correct zijn als hij er een glas chocolademelk bij kreeg.

Daar was Benny het zonder meer mee eens. Hij zou zijn snackbar achterlaten en een chocolademelk meer of minder maakte niets uit. De zaken gingen toch slecht; een snackbar runnen in Åkers Styckebruk was net zo'n slecht idee geweest als het vanaf het begin had geleken.

Het was tijd om te vertrekken. Ze gingen in de auto zitten, Allan voorin, zodat hij zijn benen goed kon strekken.

'Waar willen de heren naartoe?' vroeg Benny.

'Laten we naar het zuiden gaan,' zei Allan.

Tien minuten later arriveerde commissaris Aronsson in Åkers Styckebruk. Hij hoefde alleen maar de rails met zijn ogen te volgen om de oude lorrie achter de fabriek te ontdekken.

De lorrie bevatte geen zichtbare sporen. Werknemers waren aan de achterkant van de fabriek bezig met het inladen van cilinders in containers. Geen van hen had de lorrie zien aankomen. Wel hadden ze vlak na de lunch twee oude mannen over de weg zien lopen, de ene met een grote koffer op sleeptouw, de andere een stuk achter hem. Ze liepen in de richting van het benzinestation en de snackbar, maar niemand wist waar ze daarna naartoe waren gegaan.

Aronsson vroeg of het echt maar twee mannen waren geweest, en geen drie, maar de werknemers hadden geen derde persoon gezien.

Terwijl hij in de richting van het benzinestation en de snackbar reed, dacht Aronsson na over de nieuwe informatie. Het verband was hem nog minder duidelijk dan daarvoor.

Hij stopte eerst bij de snackbar. Hij begon honger te krijgen, dus dat kwam goed uit, maar de snackbar was gesloten. Het was natuurlijk ook niet haalbaar om in deze uithoek een snackbar te runnen, dacht Aronsson terwijl hij verder reed naar het benzinestation. Daar hadden ze niets gehoord of gezien, maar ze konden Aronsson in elk geval iets te eten verkopen, ook al smaakte het naar benzinestation.

Na een snelle lunch reed Aronsson langs de supermarkt, de bloemenwinkel en de makelaar. En hij stopte om te praten met vier fabrieksarbeiders. Niemand kon echter iets vertellen over twee of drie mannen met een koffer. Het spoor eindigde ergens tussen de fabriek en het benzinestation. Commissaris Aronsson besloot terug te keren naar Malmköping. Hij had een paar pantoffels dat geïdentificeerd moest worden.

Aronsson belde vanuit de auto naar zijn hoofdcommissaris en gaf hem de actuele stand van zaken. De hoofdcommissaris was dankbaar, want hij moest om twee uur 's middags een persconferentie houden in Plevnagården en tot nu toe had hij niets te melden.

De man zat niet graag verlegen om woorden als hij dat kon vermijden, en tijdens de persconferentie weidde hij flink uit, niet gehinderd door Aronsson die nog niet terug was in Malmköping. De hoofdcommissaris verkondigde dat Allan Karlssons verdwijning zich bijna zeker had ontwikkeld tot een ontvoeringsdrama, precies zoals de plaatselijke krant de vorige dag al op zijn website had vermeld. De politie had nu ook aanwijzingen dat Karlsson nog in leven was, maar dat hij zich in handen van mensen uit de onderwereld bevond.

De journalisten hadden natuurlijk veel vragen, maar de hoofdcommissaris weerde zich kranig. Hij vertelde nog dat Karlsson en zijn vermoedelijke ontvoerders vandaag rond lunchtijd waren gezien in het kleine dorp Åkers Styckebruk. En hij riep de beste vriend van de politie, het publiek, op om zich te melden met waarnemingen.

Tot teleurstelling van de hoofdcommissaris leken de televisieteams al naar huis te zijn. Gelukkig waren *Expressen* en *Aftonbladet* er wel, en de plaatselijke krant en een plaatselijke radioverslaggever. Helemaal achter in de eetzaal van hotel Plevnagården stond een man die de hoofdcommissaris niet herkende. Misschien was hij van het Zweedse persbureau?

Het was Hompie echter. Hij was door de Baas in Stockholm gestuurd, die ervan overtuigd begon te raken dat Bikker toch was gevlucht met de poen.

Toen commissaris Aronsson bij hotel Plevnagården aankwam, was de persconferentie al afgelopen. Op weg naar het hotel was Aronsson gestopt bij het bejaardentehuis en daar had hij de bevestiging gekregen dat de gevonden pantoffels van Allan Karlsson waren (zuster Alice had eraan geroken en met een vertrokken gezicht geknikt).

In de foyer van het hotel liep hij zijn hoofdcommissaris tegen het lijf. De man vertelde over de persconferentie en gaf Aronsson opdracht het raadsel op te lossen, het liefst op zo'n manier dat er geen conflicten ontstonden tussen de werkelijkheid en wat hij vandaag tegen de pers had gezegd.

Aronsson nam een kop koffie en ging zitten om na te denken over de laatste ontwikkelingen. Van alles waarover hij kon piekeren, koos Aronsson ervoor zich te focussen op de onderlinge relatie tussen de drie lorriereizigers. Als Tengroth gelijk had en Karlsson en Jonsson onder dwang van de passagier op de lorrie waren meegenomen, dan vond er een gijzeldrama plaats. Dat had de hoofdcommissaris echter net verteld op de persconferentie, en de man had maar zelden gelijk. Bovendien waren er getuigen die Karlsson en Jonsson met de koffer in Åkers Styckebruk hadden zien lopen. Was het Karlsson en Jonsson in dat geval gelukt om het jonge, sterke Never Again-lid te overmeesteren en in een greppel te gooien?

Onwaarschijnlijk, maar niet onmogelijk. Aronsson besloot de speurhond uit Eskilstuna weer te laten komen. Het zou een lange wandeling worden voor de hond en zijn baas, helemaal van het land van boer Tengroth naar de fabriek in Åkers. Ergens daartussen was het Never Again-lid tenslotte verdwenen.

Karlsson en Jonsson waren daarna zelf in rook opgegaan tussen de fabriek en het benzinestation, een afstand van tweehonderd meter.

Aronssons mobiel ging over. Het was de communicatiecentrale die een nieuwe tip had gekregen. Deze keer was de honderdjarige gezien in Mjölby, op de passagiersstoel van een Mercedes; waarschijnlijk was hij ontvoerd door de man van middelbare leeftijd met de paardenstaart die achter het stuur zat.

'Zullen we het natrekken?' vroeg zijn collega.

'Nee,' zuchtte Aronsson.

Een lang leven als commissaris had hem geleerd onderscheid te maken tussen de echte tips en de rotzooi. Het was troostrijk om daaraan te denken als het meeste in nevelen was gehuld.

Benny stopte in Mjölby om te tanken. Julius deed de koffer voorzichtig open en haalde er een briefje van vijfhonderd uit om te betalen.

Daarna zei hij dat hij zijn benen wilde strekken en hij vroeg Allan in de auto te blijven om op de koffer te letten.

Benny was het eerst klaar en ging achter het stuur zitten. Vlak daarna kwam Julius terug, die opdracht gaf om te vertrekken. De Mercedes reed verder in zuidelijke richting.

Even later klonk er geritsel op de achterbank. Julius hield Allan en Benny een geopende zak snoep voor. 'Kijk eens wat ik heb gejat,' zei hij.

Allan trok zijn wenkbrauwen op. 'Heb je een zak snoep gestolen terwijl we vijftig miljoen kronen in de koffer hebben?'

'Hebben jullie vijftig miljoen kronen in de koffer?' vroeg Benny.

'Niet helemaal,' zei Julius. 'Jij hebt tenslotte honderdduizend kronen gekregen.'

'En we hebben vijfhonderd kronen gebruikt voor de benzine,' zei Allan.

Benny zweeg een paar seconden. 'Dus jullie hebben negenenveertig miljoen achthonderdnegenennegentigduizend vijfhonderd kronen in de koffer?'

Het bleef even stil. Daarna zei Julius dat hij alles net zo goed kon uitleggen. Als Benny daarna de afspraak tussen de partijen wilde verbreken, was dat geen probleem.

Benny had de meeste moeite met het feit dat er iemand was omgekomen. Maar het was tenslotte een ongeluk geweest.

Hij dacht even na en kwam tot de conclusie dat de vijftig miljoen vanaf het begin in verkeerde handen was geweest, en dat het geld misschien zelfs van groot belang voor de mensheid kon zijn. Bovendien vond hij het geen prettig idee om de eerste dag van zijn nieuwe baan al ontslag te nemen.

Daarom beloofde Benny aan te blijven en hij vroeg wat de heren hierna voor plannen hadden. Tot dat moment had hij het niet willen vragen, hij vond nieuwsgierigheid geen goede eigenschap voor een privéchauffeur, maar nu was hij min of meer medeplichtig geworden.

Allan en Julius gaven toe dat ze helemaal geen plan hadden, maar dat ze in elk geval verder wilden rijden tot het begon te schemeren, waarna ze wilden proberen ergens onderdak te vinden. Als ze dat hadden, konden ze de situatie uitvoerig bespreken.

'Vijftig miljoen,' zei Benny glimlachend terwijl hij schakelde.

Een avondkrantjournalist die een verhaal in het vizier heeft is niet gemakkelijk tegen te houden. Het duurde niet lang voordat journalisten van *Expressen* en *Aftonbladet* een beduidend helderder beeld hadden van de gebeurtenissen dan de hoofdcommissaris 's middags tijdens de persconferentie had gegeven. Deze keer won *Expressen* het van *Aftonbladet* doordat de verslaggever van deze krant loketbediende Ronny Hulth het eerst lokaliseerde en naar diens huis reed. Om hem buiten het bereik van *Aftonbladet* te houden, nam hij hem mee naar een hotel in Eskilstuna voor de nacht. Hulth was eerst bang geweest om iets te vertellen, hij herinnerde zich nog heel goed waar de boze jongeman mee had gedreigd, maar de verslaggever beloofde dat Hulth anoniem zou blijven en verzekerde hem tevens met klem dat er niets met hem zou gebeuren omdat de motorclub wist dat de politie betrokken was bij de zaak.

Expressen liet het echter niet bij Hulth. Ook de buschauffeur werd in het net gevangen, net als de dorpsbewoners van Byringe, de boer in Vidkärr en verschillende werknemers van de fabriek in Åkers Styckebruk. Dat leverde de volgende dag een aantal dramatische artikelen op.

De zilverkleurige Mercedes reed verder. Allan snurkte voorin, Julius lag achterin met de koffer als ongemakkelijk hoofdkussen en Benny koos naar beste vermogen een rijrichting.

In Mjölby besloot Benny om de E4 achter zich te laten en rijksweg 32 in de richting van Tranås te nemen. Hij stopte echter niet toen hij in het stadje arriveerde, maar reed verder in zuidelijke richting. Toen ze de provincie Kronoberg binnenreden sloeg hij weer af, het bos van Småland in. Daar hoopte hij een geschikte overnachtingsplek te vinden.

Julius werd wakker. Hij keek om zich heen, zag overal bos en vroeg waar ze waren.

Benny vertelde dat ze zo'n twintig kilometer ten noorden van Växjö waren en dat hij had nagedacht terwijl de heren sliepen.

Hij had bedacht dat het om veiligheidsredenen het best was om een discrete overnachtingsplek te zoeken. Ze wisten tenslotte niet door wie ze werden gevolgd, maar iemand die een koffer met vijftig miljoen criminele kronen had gestolen, hoefde er niet op te rekenen dat hij met rust werd gelaten als hij daar zijn best niet voor deed. Daarom was Benny van de weg af gegaan die hen naar Växjö zou brengen, en nu naderden ze het pretentieloze dorp Rottne. Hij wilde proberen of ze een hotel konden vinden waar ze hun intrek in konden nemen.

'Goed denkwerk,' prees Julius hem. 'Maar niet helemaal goed genoeg.'

In Rottne zou er immers in het beste geval een klein, versleten hotel zijn waar nooit iemand overnachtte. Als daar plotseling op een avond drie mannen opdoken die niet hadden gereserveerd, zou dat absoluut de aandacht trekken. Het was beter om een boerderij of een pachtboerderijtje midden in het bos te zoeken en de bewoners geld te geven voor een overnachting en wat eten.

Benny besefte dat Julius' redenatie verstandig klonk en hij sloeg af bij het eerste bescheiden grindpad dat hij in het oog kreeg.

Het schemerde toen de drie mannen na nauwelijks vier bochtige kilometers een brievenbus aan de rand van het grindpad zagen. Op de brievenbus stond SJÖTORP, daarnaast was een afslag die waarschijnlijk naar een huis leidde. Na honderd meter over een bochtige, smalle weg zagen ze een gebouw. Het was een stevig rood pachtboerderijtje van twee verdiepingen met witte hoeken, een stal en een gebouwtje bij een meer.

Het huis zag er bewoond uit en Benny reed langzaam naar de ingang van het woonhuis. Er kwam een vrouw van middelbare leeftijd naar buiten. Ze had rood, kroezend haar, was gekleed in een nog roder trainingspak en had een herdershond bij zich.

Het gezelschap stapte uit de Mercedes en liep naar de vrouw toe. Julius gluurde naar de hond, maar die leek niet op het punt te staan aan te vallen. Hij leek eerder nieuwsgierig naar de gasten en bijna vriendelijk.

Daarom durfde Julius zijn ogen van de hond af te halen. Hij wenste de vrouw vriendelijk goedenavond en vertelde dat ze op zoek waren naar een overnachtingsadres en misschien iets te eten.

De vrouw bekeek de bonte verzameling die voor haar stond: een bejaarde, een bijna bejaarde en ... een héél knappe man, moest ze toegeven. Van de juiste leeftijd. En met een paardenstaart! Ze lachte in zichzelf en Julius dacht dat ze beet hadden, maar toen zei ze: 'Het is hier verdomme geen hotel.'

Allan zuchtte. Hij had echt verlangd naar iets te eten en een bed. Het leven kostte veel kracht, nu hij had besloten dat hij nog een tijdje in leven zou blijven. Je kon zeggen wat je wilde over zijn tijd in het bejaardentehuis, maar hij kreeg er in elk geval geen spierpijn in zijn hele lichaam van.

Julius keek teleurgesteld en zei dat hij en zijn vrienden verdwaald en moe waren en dat ze natuurlijk bereid waren om te betalen als ze vannacht mochten blijven. Het eten konden ze in het ergste geval overslaan.

'Je krijgt duizend kronen per persoon als je ons een plek geeft om te slapen,' voegde hij eraan toe.

'Duizend kronen?' vroeg de vrouw. 'Zijn jullie op de vlucht?'

Julius wuifde die vraag weg en legde opnieuw uit dat ze een lange reis achter de rug hadden en dat hij zich nog een tijdje zou kunnen redden, maar dat Allan een dagje ouder was.

'Ik ben gisteren honderd jaar geworden,' zei Allan met een zwakke stem.

'Honderd jaar?' vroeg de vrouw geschrokken. 'Dat is me verdomme wat.'

Ze zweeg even en leek na te denken. 'Jezus, goed dan,' zei ze uiteindelijk. 'Jullie mogen blijven. Maar laat die duizend kronen maar zitten. Zoals ik al zei, is het hier verdomme geen hotel.'

Benny keek bewonderend naar haar. Hij had nog nooit een vrouw in zo'n korte tijd zo horen vloeken en hij vond het heel charmant.

'Schoonheid, mag ik je hond aaien?' vroeg hij.

'Schoonheid?' antwoordde de vrouw. 'Ben je blind? Maar je

mag hem verdomme aaien. Buster is een schat. Jullie kunnen allemaal een eigen kamer op de eerste verdieping nemen. Er is voldoende plaats. De lakens zijn schoon, maar let op het rattengif op de vloer. Over een uur heb ik het eten klaar.'

Ze liep langs de drie gasten in de richting van de stal, met Buster rechts van haar. Benny riep haar na en vroeg of ze een naam had. Ze antwoordde zonder zich om te draaien dat ze Gunilla heette, maar dat ze schoonheid prima vond klinken 'zodat hij dat verdomme mocht blijven zeggen'. Dat beloofde Benny.

'Ik geloof dat ik verliefd ben,' zei Benny.

'Ik weet dat ik moe ben,' zei Allan.

Op dat moment klonk er een gebrul uit de stal waarvan zelfs de dodelijk vermoeide Allan zijn ogen opensperde. Het leek gelsof het afkomstig was van een heel groot en misschien gekweld dier.

'Schreeuw niet zo, Sonja,' zei de Schoonheid. 'Ik kom verdomme al.'

7

1929-1939

Het pachtboerderijtje in Yxhult vormde geen mooie aanblik. Het was overwoekerd gedurende de jaren dat Allan in professor Lundborgs ziekenhuis opgenomen was geweest. De dakpannen waren van het dak gewaaid en lagen verspreid op de grond, de plee was om de een of andere reden omgevallen en een keukenraam stond open en sloeg heen en weer.

Allan liep naar binnen en ging in zijn stoffige keuken zitten. Hij was in het pachtboerderijtje geboren en getogen, maar hij had zich nog nooit zo ontheemd gevoeld als op dit moment.

Hij bekeek zijn dynamietstaven en bevestigde ze op de juiste plekken, waarna hij zijn fietskar vulde met de paar spullen die hij bezat. In de schemering van 3 juni 1929 vertrok hij uit Yxhult bij Flen. De lading dynamiet detoneerde zoals hij dat had berekend precies dertig minuten later. Het pachtboerderijtje vloog in de lucht.

Een uur later zat Allan op het politiebureau in Flen en at hij een avondmaaltijd terwijl hij een uitbrander kreeg van hoofdcommissaris Krook. De politie in Flen had net een politieauto gekregen en ze hadden de man die zijn eigen woning had opgeblazen al snel te pakken gehad.

Deze keer was de aanklacht duidelijker. 'Vernieling die gevaar oplevert voor de openbare veiligheid,' zei hoofdcommissaris Krook autoritair.

'Kunt u me het brood aangeven?' vroeg Allan.

Allan beëindigde zijn maaltijd en daarna werd hij naar de cel gebracht waar hij de vorige keer ook had gezeten.

'Hebben jullie de krant van vandaag misschien ergens liggen?' vroeg Allan. 'Bij wijze van avondlectuur, bedoel ik.'

Hoofdcommissaris Krook gaf antwoord door de lamp aan het plafond uit te doen en de deur dicht te gooien. De volgende ochtend was het eerste wat hij deed 'dat gekkenhuis' in Uppsala bellen om ze te vertellen dat ze Allan Karlsson moesten komen ophalen.

De medewerker van Bernhard Lundborg wilde echter niet luisteren. Karlssons behandeling was afgerond en nu moesten ze anderen castreren en analyseren. Als de hoofdcommissaris eens wist van hoeveel mensen ze het land moesten redden: Joden en zigeuners en hele en halve negers en zwakzinnigen en ga zo maar door. Dat meneer Karlsson zijn eigen huis had opgeblazen, kwalificeerde hem niet voor een nieuwe reis naar Uppsala.

Zo gebeurde het dat Allan Karlsson na vruchtbare onderhandelingen 's ochtends opnieuw op zijn fiets met fietskar zat. Deze keer met eten voor drie dagen en twee dekens voor als het koud werd. Hij zwaaide naar politiecommissaris Krook, die niet terugzwaaide, en daarna fietste hij in noordelijke richting.

Tegen de middag had de weg hem naar Hälleforsnäs geleid, wat hij voorlopig voldoende vond. Allan ging op een grasheuvel zitten, spreidde een deken uit en opende zijn voedselpakket. Terwijl hij kauwde op een snee suikerbrood met metworst bestudeerde hij de fabriekshal die voor hem lag. Voor de fabriek lag een stapel gegoten kanonlopen. Allan dacht dat ze in een fabriek waar kanonnen werden gemaakt misschien behoefte hadden aan iemand die ervoor zorgde dat het flink knalde als het moest knallen. Daarna bedacht hij dat het tenslotte geen doel op zich was om zo ver mogelijk bij Yxhult vandaan te fietsen. Hälleforsnäs was misschien net zo geschikt. Als ze tenminste werk hadden.

Na een kort gesprek met de fabrieksdirecteur, waarin Allan bepaalde delen van zijn leven wegliet, kreeg hij een baan als ontstekingstechnicus.

De kanonfabricage stond op een laag pitje in de gieterij in Hälleforsnäs en de bestellingen namen af. Minister van Defensie Per Albin Hansson had na de Eerste Wereldoorlog de bijdrage aan het leger verminderd, terwijl Gustav V in zijn paleis tandenknarste. Per Albin, die een analytische geest had, redeneerde dat Zweden beter bewapend had moeten zijn voor de oorlog als je erop terugkeek, maar dat het nergens toe diende om dat nu, tien jaar later, te doen. Bovendien hadden ze tegenwoordig de Volkenbond.

De consequentie voor de Sörmlandse metaalgieterij was enerzijds dat de werkzaamheden een vreedzamer karakter kregen, en anderzijds dat er werknemers werden ontslagen.

Allan mocht echter blijven, want ontstekingstechnici waren schaars. De fabrikant kon zijn oren nauwelijks geloven toen Allan voor hem stond en een expert op het gebied van allerlei soorten explosieven bleek te zijn. Tot dat moment had de fabrikant volledig moeten vertrouwen op de ontstekingstechnicus die hij had en daar voelde hij zich niet prettig bij, want dat was een buitenlander die nauwelijks Zweeds praatte en zwart haar had, ook op zijn lichaam.

Allan verdeelde mensen niet in kleuren; hij had de vragen van professor Lundborg altijd een beetje vreemd gevonden. Hij wilde dolgraag zijn eerste neger ontmoeten, of negerin, dat maakte hem niet uit. Hij las vol verlangen de advertenties in de krant waarin werd aangekondigd dat Josephine Baker in Stockholm zou optreden, maar moest zich tevredenstellen met Estebán, zijn blanke maar donkerharige Spaanse collega-ontstekingstechnicus.

Allan en Estebán konden het goed met elkaar vinden. Ze woonden samen in een krot in een rij arbeiderswoningen naast de fabriek, waar Estebán hem over zijn dramatische achtergrond vertelde. Hij had een meisje ontmoet op een feest in Madrid en was stiekem een tamelijk onschuldige relatie met haar begonnen zonder dat hij wist dat ze de dochter van minister-president Miguel Primo de Rivera was, en dat was geen man om ruzie mee te krijgen. Hij bestuurde het land zoals hij dat wilde, met de koning hulpeloos op sleeptouw. Minister-president was een vriendelijke omschrijving voor dictator, vond Estebán, maar zijn dochter was verdraaid mooi!

Estebáns arbeidersverleden beviel zijn potentiële schoonvader op geen enkele manier. In zijn eerste en enige ontmoeting met Primo de Rivera kreeg Estebán daarom te horen dat hij twee alternatieven had. De eerste was zo ver mogelijk van Spaanse grond verdwijnen, de tweede was meteen een nekschot krijgen.

Terwijl Primo de Rivera zijn geweer ontgrendelde, antwoordde Estebán dat hij net had besloten dat hij voor het eerste alternatief koos, waarna hij zich haastig uit de kamer terugtrok zonder nog een blik in de richting van het snikkende meisje te werpen.

Zo ver mogelijk, dacht Estebán, en hij vertrok naar het noorden, en daarna nog verder naar het noorden en uiteindelijk zo ver naar het noorden dat de meren er 's winters dichtvroren. Toen vond hij het genoeg. En daar was hij sindsdien gebleven. De baan in de gieterij had hij drie jaar eerder gekregen met behulp van een priester die voor hem vertaalde en, God moge het hem vergeven, een verzonnen verhaal dat hij zich in Spanje had beziggehouden met explosieven terwijl hij eigenlijk voornamelijk tomaten had geplukt.

Naderhand had Estebán niet alleen begrijpelijk Zweeds leren praten, maar was hij ook een redelijk bekwame ontstekingstechnicus geworden. En nu, met Allan naast zich, ontwikkelde hij zich tot een echte vakman.

Allan had het naar zijn zin in het arbeidershuisje van de gieterij. Na een jaar kon hij zich verstaanbaar maken in het Spaans dat Estebán hem had geleerd. Na twee jaar was zijn Spaans bijna vloeiend. Het duurde echter drie jaar voordat Estebán zijn pogingen opgaf om Allan zijn Spaanse variant van het internationale socialisme op te dringen. Hij had van alles geprobeerd, maar Allan was er niet ontvankelijk voor. Estebán begreep er niets van. Het was niet zo dat Allan een tegengestelde mening had en dat hij hem vertelde hoe de wereld er volgens hem uit zou moeten zien, hij had gewoon helemaal geen mening. Estebán had uiteindelijk geen andere keus dan zich verzoenen met het besef dat hij het niet begreep.

Omgekeerd moest Allan met bijna dezelfde situatie omgaan. Estebán was een goede vriend, die er niets aan kon doen dat hij was vergiftigd door die verdomde politiek, maar daarin stond hij absoluut niet alleen.

De jaargetijden volgden elkaar nog een tijd op voordat Allans leven een nieuwe wending nam. Het begon ermee dat Estebán het bericht kreeg dat Primo de Rivera was afgetreden en het land was ontvlucht. Nu wachtte de democratie, misschien zelfs het socialisme, en dat wilde Estebán niet missen.

Daarom was hij van plan zo snel mogelijk naar huis te gaan. De gieterij liep immers steeds beroerder omdat Per Albin had besloten dat er geen oorlog meer zou komen. Estebán was van mening dat de twee ontstekingstechnici binnenkort toch ontslag zouden krijgen. Wat had zijn vriend Allan voor plannen? Had hij zin met hem mee te gaan?

Allan dacht na. Aan de ene kant was hij niet geïnteresseerd in een revolutie, of dat nu een Spaanse of een andere was. Dat zou immers alleen tot een nieuwe revolutie in tegengestelde richting leiden. Aan de andere kant lag Spanje in het buitenland, en omdat hij zijn hele leven over het buitenland had gelezen, zou het niet gek zijn om het een keer echt mee te maken. En misschien zouden ze onderweg zelfs een of twee negers tegen het lijf lopen?

Toen Estebán beloofde dat ze op weg naar Spanje op zijn minst één neger zouden zien, kon Allan niet meer weigeren. Ze besloten dat ze zouden wachten tot ze hun weekloon hadden gekregen en daarna in stilte uit de fabriek zouden vertrekken.

Zondagochtend vijf uur was het zover. Allan en Estebán

stonden klaar om met fiets en fietskar naar het zuiden af te reizen, in de richting van Spanje. De gieterij in Hälleforsnäs had geen ontstekingstechnici meer in dienst.

Allan Karlsson en Estebán trokken drie maanden door Europa en onderweg ontmoette Allan meer negers dan hij ooit had kunnen dromen. Na de eerste was hij zijn belangstelling echter al kwijt. Het bleek dat het enige verschil de kleur van de huid was. Misschien was Lundborg als kind geschrokken van een neger, dacht Allan.

Allan en Estebán kwamen aan in een land dat in chaos verkeerde. De koning was naar Rome gevlucht en na zijn vertrek was de republiek uitgeroepen. Van links werd geroepen om de revolutie, terwijl men rechts bang was door wat er in het Rusland van Stalin was gebeurd. Zou dat hier ook gebeuren?

Vlak daarna vond er een mislukte militaire staatsgreep van rechts plaats, gevolgd door een algemene staking van links. Daarna kwamen er verkiezingen. Links won en rechts mokte, of misschien was het andersom, dat wist Allan niet zo precies. Uiteindelijk brak er in elk geval een burgeroorlog uit.

Allan wist niets beters te doen dan in de buurt blijven van zijn vriend Estebán, die het leger in ging en onmiddellijk tot sergeant werd benoemd toen het de pelotonscommandant duidelijk werd dat hij wist hoe hij dingen moest opblazen.

Estebán droeg zijn uniform met trots en keek uit naar zijn eerste actie in het leger. Het peloton kreeg de opdracht om een paar bruggen in een vallei in Aragón op te blazen, en Estebáns groep kreeg de eerste brug toegewezen. Estebán was zo vrolijk door het vertrouwen dat hij had gekregen dat hij op een steen ging staan, zijn geweer in zijn linkerhand pakte, het in de lucht stak en riep: 'Dood aan het fascisme, dood aan alle fascist...'

Het lukte hem echter niet om zijn zin af te maken, omdat zijn schedel en delen van één schouder werden weggeschoten door een projectiel dat misschien de allereerste afgevuurde vijandelijke granaat was. Allan inspecteerde wat er over was van zijn vriend en besloot dat het geen zin had om de resten bij elkaar te zoeken. Hij voelde plotseling een intens verlangen om hout te hakken naast het pachtboerderijtje in Yxhult.

De granaat die Estebán had gedood, was misschien de eerste van de oorlog, maar beslist niet de laatste. Allan was van plan om naar huis te gaan, maar de oorlog was plotseling overal. Bovendien was het een huiveringwekkend lange wandeling naar Zweden, en als hij daar eenmaal was zou er niemand op hem wachten.

Daarom ging hij naar Estebáns compagniecommandant, stelde zich voor als de beste pyrotechnicus van het continent en zei dat hij zich voor kon stellen dat hij bruggen en andere infrastructurele constructies op zou blazen voor de compagniecommandant, in ruil voor drie maaltijden per dag en een roes van de wijn als de omstandigheden dat toelieten.

De compagniecommandant, die op het punt stond om Allan te laten executeren omdat hij koppig weigerde om het socialisme en de republiek te prijzen en bovendien eiste om in burgerkleren te werken, had echter een probleem. Zijn enige springstofexpert lag namelijk sinds kort in stukjes rond een steen op een heuvel een eind verderop.

Señor Karlsson mocht dus a) in leven blijven, kreeg b) drie maaltijden per dag, c) het recht om burgerkleren te dragen, en d) het recht om net als de anderen af en toe een redelijke hoeveelheid wijn te drinken. In ruil daarvoor zou hij opblazen wat er van hem verlangd werd. Bovendien werden twee soldaten belast met de taak een oogje op de Zweed te houden, want het kon niet worden uitgesloten dat hij een spion was.

De maanden gingen voorbij en werden jaren. Allan blies op wat opgeblazen moest worden en deed dat met grote vakbekwaamheid. Het was absoluut geen ongevaarlijk werk. Vaak moest hij naar het doelwit sluipen, de explosieven met een tijdmechanisme aanbrengen en daarna terugsluipen naar veilig gebied. Na drie maanden kwam een van de twee soldaten die de opdracht hadden Allan te bewaken om (hij kroop per ongeluk een vijandelijk kamp binnen). Na nog een halfjaar verdween de andere (hij ging rechtop staan om zijn rug te strekken, waarna hij onmiddellijk werd neergeschoten). De compagniecommandant deed geen moeite ze door andere bewakers te vervangen, daarvoor had señor Karlsson zich veel te goed gedragen.

Allan zag het nut er niet van in om een heleboel mensen nodeloos te vermoorden, dus zorgde hij er meestal voor dat de bruggen leeg waren op het moment dat ze opgeblazen werden. Zo ging het ook met de allerlaatste brug die Allan opblies voordat de oorlog voorbij was. Op het moment dat hij klaar was met het aanbrengen van de springstof en was teruggekropen naar een struik achter een van de bruggenhoofden, kwam er een vijandelijke patrouille aanslenteren, met een kleine met medailles behangen man in het midden. Ze kwamen van de andere kant en leken er geen idee van te hebben dat de republikeinen in de buurt waren, laat staan dat ze op het punt stonden om Estebán en tienduizenden andere Spanjaarden gezelschap in de eeuwigheid te houden.

Allan kwam achter de struik overeind en begon met zijn armen te zwaaien. 'Ga daar weg!' riep hij tegen de kleine met medailles behangen man en diens gezelschap. 'Verdwijn, voordat jullie opgeblazen worden!'

De man deinsde terug, maar zijn gezelschap ging om hem heen staan. Daarna trokken ze hem over de brug en stopten niet voordat ze bij Allans struik waren. Er waren acht geweren op de Zweed gericht en minstens een ervan zou zijn afgevuurd als de brug niet plotseling achter hen in de lucht was gevlogen. De drukgolf duwde de kleine met medailles behangen man in Allans struik. In de chaos durfde geen van de mannen die bij hem hoorden een kogel op Allan af te vuren, uit angst de verkeerde te raken. Bovendien leek hij een burger, en toen de rook was opgetrokken, was er geen sprake meer van dat Allan doodgeschoten zou worden. De kleine met medailles behangen man gaf Allan een hand en verkondigde dat een echte generaal wist hoe hij zijn waardering moest laten blijken en dat de groep het best weer naar de andere oever kon gaan, met of zonder brug. Als zijn redder met hen mee wilde was hij meer dan welkom, de generaal wilde hem graag uitnodigen voor het diner.

'Paella Andaluz,' zei de generaal. 'Mijn kok komt uit het zuiden. *¿Comprende?*'

Allan begreep dat hij het leven van de generalíssimo in eigen persoon had gered, dat het waarschijnlijk een voordeel was dat hij zijn smerige vest droeg in plaats van een vijandelijk uniform, dat zijn vrienden op de heuvel een paar honderd meter verderop het verloop van de gebeurtenissen via een verrekijker volgden en dat het voor zijn gezondheid beter zou zijn om naar de andere kant over te lopen in deze oorlog waarvan hij toch niet begreep waar die op neerkwam.

Bovendien had hij honger. '*Sí, por favor, mí general,*' zei Allan. 'Paella zou fantastisch zijn. Misschien zelfs met een of twee glazen rode wijn erbij?'

Tien jaar eerder had Allan werk gezocht als ontstekingstechnicus bij de gieterij in Hälleforsnäs. Destijds had hij ervoor gekozen om bepaalde dingen van zijn curriculum vitae te schrappen, zoals het feit dat hij vier jaar in een gekkenhuis had gezeten en dat hij daarna zijn eigen huis had opgeblazen.

Allan dacht daaraan terug terwijl hij met generaal Franco praatte. Aan de ene kant hield hij niet van liegen, maar aan de andere kant had het geen nut om de generaal te vertellen dat hij degene was die de explosieven onder de brug had aangebracht en dat hij drie jaar lang voor het republikeinse leger had gewerkt. Allan was niet bang om dat te vertellen, maar als hij eten en wijn tegemoet kon zien, kon de waarheid voorlopig terzijde worden geschoven, besloot hij, waarna hij breed naar de generaal glimlachte.

Hij vertelde dus dat hij achter de struik had gezeten omdat hij op de vlucht was voor de republikeinen, waardoor hij had gezien hoe de explosieven werden aangebracht en dat was een geluk, want anders had hij de generaal niet kunnen waarschuwen.

De reden dat Allan in deze oorlog was beland, was dat hij naar Spanje was gelokt door een vriend, een man met een nauwe band met de overleden Primo di Rivera. Toen deze was gedood door een vijandelijke granaat had Allan eenzaam moeten vechten om in leven te blijven. Hij was in de klauwen van de republikeinen beland, maar het was hem uiteindelijk gelukt zich los te rukken.

Daarna vertelde hij snel dat zijn vader een van tsaar Nicolaas' trouwste volgelingen was geweest en dat hij een martelaarsdood was gestorven in de hopeloze strijd tegen Lenin.

Het diner werd geserveerd in de tent van de generale staf. Hoe meer rode wijn Allan dronk, des te schilderachtiger werd zijn beschrijving van zijn vaders heldendaden. Generaal Franco was ontroerd. Eerst werd zijn leven gered, daarna bleek dat zijn redder bijna familie was van tsaar Nicolaas II.

Het eten smaakte voortreffelijk, iets anders durfde de Andalusische kok immers niet. En de wijn vloeide in een oneindige rij toosten voor Allan, voor Allans vader, voor tsaar Nicolaas en voor de familie van de tsaar. Uiteindelijk viel de generaal in slaap tijdens de omhelzing die hij Allan gaf om te bezegelen dat ze elkaar waren gaan tutoyeren.

Toen de heren wakker werden was de oorlog voorbij. Generaal Franco nam het regeren van het nieuwe Spanje op zich en bood Allan een functie aan als hoofd van zijn lijfwacht. Allan bedankte voor het aanbod en zei dat het waarschijnlijk tijd was om naar huis terug te gaan. Franco schreef een brief waarin hij Allan zijn onvoorwaardelijke bescherming bood en gaf Allan daarna een vorstelijk escorte naar Lissabon, waar volgens de generaal boten naar het noorden vertrokken.

Het bleek dat vanuit Lissabon boten in alle mogelijke richtingen vertrokken. Allan stond op de kade en dacht even na. Daarna zwaaide hij met de brief van de generaal voor de ogen van de kapitein van een schip dat onder de Spaanse vlag voer, en meteen had hij een gratis lift.

De boot ging weliswaar niet naar Zweden, maar op de kade had Allan zich toch al afgevraagd wat hij daar te zoeken had.

8

Dinsdag 3 mei-woensdag 4 mei 2005

Na de persconferentie die 's middags was gehouden, nam Hompie een biertje en ging zitten om na te denken. Maar hoe hij ook nadacht, hij snapte er niets van. Had Bikker de honderdjarige ontvoerd? Of had het een niets met het ander te maken? Hij kreeg hoofdpijn van het nadenken, dus stopte hij ermee, belde de Baas en rapporteerde dat hij niets te rapporteren had. De opdracht die hij daarop kreeg was dat hij in Malmköping moest blijven en verdere bevelen moest afwachten.

Hompie was zijn criminele carrière begonnen in Braås, dat maar een kilometer of twintig van de plek lag waar Allan en zijn nieuwe vrienden zich op dit moment bevonden. Hij had zich aangesloten bij een aantal gelijkgezinden en samen hadden ze motorclub The Violence opgericht. Hompie was de leider; hij bepaalde in welke kiosk werd ingebroken om sigaretten te stelen. Hij had ook de naam The Violence bedacht – het geweld. Helaas had hij zijn vriendin de opdracht gegeven om de naam van de motorclub op alle leren jacks te naaien. Ze had nooit goed leren spellen op school, niet in het Zweeds en al helemaal niet in het Engels, en daarom naaide ze per ongeluk The Violins op de jacks. Omdat de clubleden echter allemaal even weinig succes op school hadden gehad, was er niemand van de groep die de blunder in de gaten had.

Ze waren dan ook heel verbaasd toen er op een dag een brief voor The Violins in Braås arriveerde van de leider van het concertgebouw in Växjö. In de brief werd gevraagd of de groep zich bezighield met klassieke muziek en of ze in dat geval wilden optreden tijdens een concert dat de trots van hun stad zou geven, het kamerorkest Musica Vitae.

Hompie dacht dat iemand hem in de maling nam en reed 's nachts naar Växjö om een straatsteen door de ingang van het concertgebouw te gooien.

Alles verliep volgens plan, behalve dat Hompies leren handschoen uitschoot en samen met de steen in de foyer van het concertgebouw belandde. Omdat het alarm op hetzelfde moment afging, was het niet raadzaam om zijn eigendom op te halen.

Het was erg om maar één handschoen te hebben. Hompie was namelijk op de motor en zijn hand werd ijskoud tijdens de nachtelijke rit naar Braås. Erger nog was dat zijn vriendin zijn naam en adres in de handschoen had genaaid, voor het geval deze zoek zou raken. Daarom haalde de politie Hompie de volgende ochtend al op voor een verhoor.

Tijdens het verhoor verklaarde Hompie dat hij was geprovoceerd door het bestuur van het concertgebouw. Het verhaal over The Violence dat The Violins werd, werd in *Smålandsposten* gepubliceerd, en Hompie stond in heel Braås voor gek. In blinde woede besloot hij om de volgende kiosk die hij ging beroven in brand te steken in plaats van er genoegen mee te nemen de deur open te trappen. Dat leidde ertoe dat de Turks-Bulgaarse eigenaar, die in de opslagplaats van zijn kiosk lag te slapen om diefstal tegen te gaan, het er nauwelijks levend vanaf bracht. Hompie verloor zijn andere handschoen (die ongelukkigerwijs net zo netjes van een adres was voorzien) op de plaats van het misdrijf en enige tijd later was hij voor het eerst in zijn leven op weg naar de gevangenis. Toen hij zijn straf had uitgezeten vond Hompie het beter om Braås en zijn vriendin achter zich te laten.

The Violence bleef bestaan, en de leden hielden de verkeerd gespelde leren jacks, maar de bende veranderde van werkterrein. Ze hielden zich bezig met autodiefstal en het terugdraaien van meterstanden. Vooral dat laatste kon lucratief zijn. Of zoals de nieuwe leider, Hompies broertje, altijd zei: 'Niets knapt een auto zo op dan dat hij plotseling maar de helft van het aantal kilometers heeft gereden.'

Hompie had sporadisch contact met zijn broertje en zijn vroegere leven, maar hij verlangde er niet naar terug.

Het was lastig om aan nieuwe dingen te denken en net zo lastig om aan vroeger te denken. Het was beter om een derde biertje te nemen en daarna, gehoorzaam aan het bevel van de Baas, een hotel te zoeken.

Het was al bijna donker toen commissaris Aronsson met de hondenbegeleider en politiehond Kicki aankwam bij Åkers Styckebruk, na de lange wandeling langs de spoorlijn vanaf Vidkärr.

De hond had onderweg nergens op gereageerd. Aronsson vroeg zich af of ze begreep dat ze aan het werk was en dat ze geen gewone avondwandeling maakte. Toen het trio echter bij de verlaten lorrie arriveerde, ging de hond in de houding staan, of hoe je dat ook noemde. Daarna tilde ze een poot op en begon te blaffen. Aronsson voelde een sprankje hoop opkomen.

'Heeft dat iets te betekenen?' vroeg hij.

De hondenbegeleider legde uit dat Kicki verschillende manieren had om iets aan te geven, afhankelijk van wat ze wilde overbrengen.

'Vertel dan wat de hond daarmee wil zeggen!' riep Aronsson, terwijl hij naar de hond wees die nog steeds op drie poten stond te blaffen.

'Dat,' antwoordde de hondenbegeleider, 'betekent dat zich een dood lichaam op de lorrie heeft bevonden.'

'Een dood lichaam? Een lijk?'

Commissaris Aronsson zag één moment voor zich hoe het Never Again-lid de arme honderdjarige Allan Karlsson doodsloeg, maar daarna combineerde hij de nieuwe informatie met de feiten die hij al had opgeslagen.

'Het moet precies andersom zijn geweest,' mompelde hij, terwijl hij zich merkwaardig opgelucht voelde.

De Schoonheid serveerde gebraden gehakt met aardappelen en vossenbessen en daarbij bier en Gammeldansk. De gasten hadden honger, maar eerst wilden ze weten wat voor dier ze in de stal hadden gehoord.

'Dat was Sonja,' zei de Schoonheid. 'Mijn olifant.'

'Ik dacht al dat ik het geluid herkende,' zei Benny.

De voormalige snackbareigenaar leed aan liefde op het eerste gezicht. De voortdurend vloekende roodharige vrouw met de weelderige boezem leek immers zo uit een roman van Paasilinna gestapt. De Fin had weliswaar nooit over een olifant geschreven, maar Benny dacht dat dat slechts een kwestie van tijd zou zijn.

De olifant had een jaar geleden op een vroege augustusochtend in de tuin van de Schoonheid gestaan om appels te jatten. Als ze had kunnen praten, had ze misschien verteld dat ze de avond ervoor was ontsnapt uit een circus in Växjö omdat ze iets te drinken wilde hebben, terwijl de verzorger van de olifant met dezelfde behoefte naar de stad was gegaan in plaats van zijn werk te doen.

De olifant was in de schemering bij het Helgasjön aangekomen, waar ze had besloten om meer te doen dan alleen haar dorst lessen. Een verfrissend bad zou heerlijk zijn, dacht de olifant, waarna ze het ondiepe meer in liep.

Heel plotseling was het water echter niet zo ondiep meer, en de olifant moest gebruikmaken van haar aangeboren instinct om te zwemmen. Olifanten denken over het algemeen minder logisch dan mensen, en deze olifant leverde daar het bewijs voor doordat ze tweeënhalve kilometer naar de overkant zwom om weer vaste grond onder haar poten te krijgen, in plaats van om te keren en vier meter terug te zwemmen.

Die olifantenlogica had twee consequenties. De eerste was dat ze doodverklaard werd door de circusmensen en later door de politie, die het spoor van de olifant naar het Helgasjön was gevolgd. De tweede was dat het de olifant onder bescherming van de duisternis lukte om naar de appelbomen van de Schoonheid te lopen zonder dat iemand dat in de gaten had.

Het bovenstaande wist de Schoonheid natuurlijk niet, maar ze kon achteraf het meeste verklaren toen ze in de plaatselijke krant las over een verdwenen en doodverklaarde olifant.

Ze begon ermee de olifant een naam te geven. Het werd Sonja, naar haar idool Sonya Hedenbratt. Daarop volgden een paar dagen bemiddeling tussen Sonja en de herdershond Buster voordat die twee elkaar konden verdragen.

De winter was één grote zoektocht naar voedsel voor de arme Sonja, die at als een paard. Het kwam heel goed uit dat de oude vader van de Schoonheid de pijp uitging en dat zijn enige dochter daarom een miljoen kronen erfde (hij had twintig jaar geleden toen hij met pensioen ging zijn succesvolle borstelmakersbedrijf verkocht en het geld daarna verstandig belegd). De Schoonheid stopte met haar werk als receptioniste bij het medisch centrum in Rottne om fulltime moeder voor de hond en de olifant te worden.

Het werd voorjaar, zodat Sonja zich weer met gras en bladeren kon voeden, en toen kwam de Mercedes de tuin in rijden; het eerste bezoek nadat haar vader zaliger twee jaar geleden voor het laatst bij zijn dochter op visite was geweest.

Allan en Julius zwegen en lieten het verhaal van de Schoonheid bezinken, maar Benny zei: ‘Waarom brult Sonja zo? Ik denk dat ze ergens pijn heeft.’

De Schoonheid sperde haar ogen verbaasd open. ‘Kun je dat verdomme horen?’

Benny gaf niet meteen antwoord. Hij nam een hap om zichzelf bedenktijd te geven. Daarna zei hij: ‘Ik ben bijna dierenarts. Willen jullie de lange of de korte versie horen?’

Iedereen was het erover eens dat de lange versie de voorkeur had, maar de Schoonheid drong erop aan dat Benny en zij eerst naar de stal zouden gaan om naar Sonja’s pijnlijke linkervoorpoot te kijken.

Allan en Julius bleven aan tafel zitten. Ze vroegen zich af hoe het mogelijk was dat een dierenarts met een paardenstaart was geëindigd als mislukte snackbareigenaar in een Sörmlandse uithoek. Trouwens, een dierenarts met een paardenstaart? Het waren echt vreemde tijden.

Benny onderzocht de arme Sonja zelfverzekerd, hij had zoiets eerder meegemaakt tijdens zijn stage in de dierentuin van Kolmården. Onder de tweede teennagel zat een afgebroken tak, waardoor delen van de voet ontstoken waren. De Schoonheid had geprobeerd de tak te verwijderen, maar had er niet voldoende kracht voor gehad. Het kostte Benny maar een paar minuten met behulp van een moersleutel, terwijl hij kalmerend tegen Sonja praatte. De voet was echter ontstoken.

'We hebben antibiotica nodig,' zei Benny. 'Een tot twee kilo.'

Het aanschaffen van medicijnen vereiste een nachtelijk ritje naar Rottne en Benny en de Schoonheid gingen weer aan de eettafel zitten tot het tijd was om te vertrekken.

Ze aten met veel smaak en spoelden het eten weg met bier en Gammeldansk, behalve Benny, die vruchtensap dronk. Na de laatste hap verhuisden ze naar de zitkamer en de fauteuils bij de open haard, waarna Benny de opdracht kreeg te vertellen waarom hij bijna dierenarts was.

Het was ermee begonnen dat Benny en zijn één jaar oudere broer Bosse, die waren opgegroeid in Enskede ten zuiden van Stockholm, een serie zomers bij hun oom Frank in Dalarna hadden doorgebracht. De oom, die altijd Frasse werd genoemd, was een succesvolle aannemer, die een aantal plaatselijke bedrijven bezat. Oom Frasse verkocht alles, van caravans tot grind en bijna alles wat daar tussenin zat. Behalve aan slapen en eten besteedde Frasse zijn leven aan werken. Hij had een aantal mislukte relaties achter de rug, want alle vrouwen kregen al snel genoeg van Frasse, omdat hij alleen werkte, at en sliep (en op zondag een douche nam).

Gedurende een aantal zomers in de jaren zestig werden Benny en Bosse door hun vader, oom Frasses oudere broer, naar hem toe gestuurd met de argumentatie dat de kinderen frisse lucht nodig hadden. Daar kwam niet veel van, omdat Benny en Bosse in oom Frasses grindgroeve moesten helpen, maar de jongens hadden het naar hun zin, hoewel het werk zwaar was en ze twee maanden aan één stuk door stof in plaats van frisse lucht inademden. 's Avonds serveerde oom Frasse vermaningen bij het avondeten. Zijn belangrijkste stokpaardje was: 'Zorg ervoor dat jullie een goede opleiding krijgen, jongens, anders eindigen jullie net als ik.'

Het leek Benny en Bosse niet zo'n ramp om te eindigen als oom Frasse, in elk geval niet voordat hij omkwam door een ongeluk in de steengroeve, maar hij had zelf altijd moeite gehad met zijn beperkte opleiding. Hij kon nauwelijks Zweeds schrijven, was slecht in rekenen, verstond geen woord Engels en kon met hangen en wurgen vertellen dat de hoofdstad van Noorwegen Oslo heette als iemand het in zijn hoofd haalde hem daarnaar te vragen. Het enige waar oom Frasse verstand van had was zakendoen, en daardoor was hij stinkend rijk geworden.

Het was niet precies bekend hoe welgesteld oom Frasse bij zijn overlijden was. Het noodlot sloeg in elk geval toe toen Bosse negentien was en Benny bijna achttien zou worden. Op een dag nam een advocaat contact op met Bosse en Benny en deelde hun mee dat ze beiden werden genoemd in het testament van oom Frasse, maar dat de zaak gecompliceerd lag en er waarschijnlijk een gesprek nodig was.

In zijn kantoor kregen de broers te horen dat ze op de dag dat beiden een vervolgopleiding na de middelbare school hadden afgerond een onbekende maar aanzienlijke som geld zouden krijgen.

Ook kregen de broers tijdens hun studietijd een flinke, geïndexeerde maandelijkse toelage via de advocaat. De studie mocht echter niet afgebroken worden, want dan zou de maandelijkse toelage gestopt worden, en deze toelage stopte ook voor de broer die een examen had afgelegd en dus voor zichzelf kon zorgen. Er stonden nog een aantal min of meer lastige details in het testament, maar in hoofdzaak kwam het erop neer dat de broers rijk zouden zijn zodra ze beiden klaar waren met hun opleiding.

Bosse en Benny meldden zich onmiddellijk aan voor een lascursus van zeven weken en kregen de bevestiging van de advocaat dat dat in overeenstemming was met het testament, 'hoewel ik vermoed dat jullie oom Frank misschien een hogere opleiding voor jullie in gedachten had'.

Halverwege de cursus gebeurden er twee dingen. Het eerste was dat Benny er eens en voor altijd genoeg van had om het pispaaltje van zijn oudere broer te zijn. Dat was al jaren zo, maar nu was het tijd om zijn broer te vertellen dat ze allebei volwassen begonnen te worden en dat Bosse iemand anders moest zoeken om te koeioneren.

Het tweede was dat Benny erachter kwam dat hij helemaal geen lasser wilde worden en dat hij er zo weinig talent voor had dat hij niet eens van plan was de cursus af te maken.

Daarover maakten de broers een tijdje ruzie, waarna het Benny lukte zich binnen te praten bij een studie plantkunde aan de universiteit van Stockholm. Volgens de advocaat kon het testament niet anders uitgelegd worden dan dat het prima was om van studierichting te veranderen, mits er geen onderbreking ontstond.

Bosse was vlak daarna klaar met zijn lassersopleiding, maar kreeg geen cent van oom Frasses geld omdat zijn broer Benny nog steeds studeerde. Bovendien trok de advocaat de maandelijkse toelage van Bosse per direct in, wat in overeenstemming was met het testament.

De broers kregen daar flinke ruzie over. Toen Bosse op een nacht in een dronken bui Benny's mooie nieuwe 125-cc motor stuktrapte (die hij had gekocht van de royale maandelijkse toelage) was het over met de broederliefde en alle consideratie.

Bosse begon zaken te doen in de geest van oom Frasse, maar dan zonder diens talent. Na een tijdje verhuisde hij naar

Västergötland, deels om een nieuwe start te maken, deels om het risico te vermijden dat hij zijn verdomde broer naar de keel zou vliegen. Intussen bleef Benny jaar na jaar in de studentenwereld hangen. De maandelijkse toelage was tenslotte ruim en door vlak voor het examen te stoppen met zijn opleiding en aan een nieuwe studie te beginnen, kon Benny er goed van leven, terwijl zijn betweterige sukkel van een broer op zijn geld moest blijven wachten.

Benny hield het dertig jaar vol, totdat de stokoude advocaat op een dag contact met hem opnam en meedeelde dat de erfenis op was en dat er geen maandelijkse toelage meer uitbetaald zou worden. De broers konden de erfenis kortom vergeten, deelde de advocaat mee, die nu negentig was en zich misschien voornamelijk ter wille van het testament in leven had gehouden, want een paar weken later stierf hij in zijn televisiestoel.

Dat was nog maar een paar maanden geleden gebeurd en Benny moest dus plotseling een baan zoeken. Dat lukte niet, hoewel hij een van de best opgeleide personen van Zweden was. Op de arbeidsmarkt werd echter niet gevraagd naar een recordaantal studiejaren, maar naar aantoonbare studieresultaten. Benny had minstens tien examens bijna afgelegd, en toch moest hij uiteindelijk investeren in een snackbar om iets te doen te hebben. Benny en Bosse hadden verder contact met elkaar gehad over de mededeling van de advocaat dat de erfenis opgestudeerd was, en Bosses toon tijdens dat gesprek was dusdanig geweest dat Benny geen onmiddellijke plannen had om bij hem op bezoek te gaan.

'Wat ben je behalve dierenarts nog meer bijna geworden?' vroeg de Schoonheid met glinsterende ogen.

Benny begreep dat hij niet te veel moest loslaten over de ontwikkelingen van de afgelopen dagen, dus was hij dankbaar voor die vraag. Hij kon zich niet alles herinneren, zei hij, je doet tenslotte heel wat kennis op als je drie decennia lang aan één stuk door in de schoolbanken zit, als je tenminste af en toe huiswerk maakt. Benny wist in elk geval dat hij bijna dierenarts, bijna dokter algemene geneeskunde, bijna architect, bijna ingenieur, bijna botanicus, bijna taaldocent, bijna sportpedagoog, bijna geschiedkundige en bijna nog een handvol andere dingen was. Daarnaast had hij nog een aantal korte opleidingen van wisselende kwaliteit en betekenis bijna afgemaakt. Hij kon waarschijnlijk bovendien bijna omschreven worden als overdreven leergierig, omdat hij soms meerdere cursussen tegelijkertijd had gedaan.

Ineens bedacht Benny iets wat hij ook bijna was, wat hij bovendien bijna was vergeten. Hij ging staan, keek naar de Schoonheid en begon voor te dragen:

Uit mijn arme, duistere leven
Uit mijn eenzaamheids langzame nacht
Hef ik een lied voor jou aan, mijn vrouw
Mijn vorstelijk glanzende schat.

Het was doodstil. Alleen de Schoonheid mompelde een onhoorbare vloek terwijl haar wangen rood werden.

'Erik Axel Karlfeldt,' verduidelijkte Benny. 'Met zijn woorden wil ik graag bedanken voor het eten en de warmte. Ik heb zeker niet verteld dat ik ook bijna literatuurwetenschapper ben?'

Na een poosje verontschuldigde Allan zich terwijl de andere drie overgingen op koffie, met een glaasje cognac voor wie daar trek in had.

Julius overstelpte de Schoonheid met vragen over het pachtboerderijtje en haar verleden, deels omdat hij nieuwsgierig was, deels omdat hij tot elke prijs wilde voorkomen dat ze zou vragen wie ze waren, waar ze naartoe gingen en waarom ze dat deden. Het werkte omdat de Schoonheid begon te praten over haar jeugd, over de man met wie ze op haar achttiende was getrouwd en die ze er tien jaar later had uitgeschopt (dat deel van het verhaal bevatte extra veel gevloek), over haar kinderloosheid, over Sjötorp, dat het zomerhuis van haar ouders was geweest voordat haar moeder zeven jaar geleden overleed en haar vader haar permanent in het huis liet wonen, over haar verschrikkelijk saaie baan als receptioniste bij het medisch centrum in Rottne en over het geld van de erfenis dat begon op te raken zodat ze binnenkort waarschijnlijk een baan moest zoeken.

'En dat terwijl ik al drieënveertig ben,' zei de Schoonheid. 'Dat is verdomme halverwege het graf.'

'Daar moet je niet te overtuigd van zijn,' zei Julius.

De hondenbegeleider gaf Kicki nieuwe instructies en ze begon snuffelend bij de lorrie vandaan te lopen. Commissaris Aronsson hoopte dat het lijk ergens zou opduiken, maar al na dertig meter op het fabrieksterrein begon Kicki in cirkels te lopen en leek ze op goed geluk te zoeken tot ze smekend naar haar begeleider keek.

'Het spijt Kicki, maar ze kan niet aangeven waar het lijk is gebleven,' zei de hondenbegeleider.

Met die informatie was de hondenbegeleider niet zo precies als hij misschien had moeten zijn. Commissaris Aronsson vertaalde het antwoord namelijk met de conclusie dat Kicki het lijk bij de lorrie was kwijtgeraakt, maar als Kicki had kunnen praten, zou ze gezegd hebben dat het lichaam een aantal meters het fabrieksterrein op was vervoerd voordat het verdween. Dan had commissaris Aronsson waarschijnlijk geprobeerd te achterhalen welke transporten de afgelopen uren van de fabriek waren vertrokken. Het antwoord was in dat geval één transport geweest: een vrachtwagen met aanhanger die op weg was naar Göteborg om in de haven te lossen. Aronsson had het plaatselijke politiedistrict langs de E20 kunnen inschakelen en dan was de vrachtwagen ergens voor Trollhättan naar de kant gehaald. Nu verdween het lijk in plaats daarvan het land uit.

Nauwelijks drie weken later werd een jonge, Egyptische vrachtbewaker misselijk van de stank die opsteeg uit de laadruimte van de aak die het Suezkanaal net achter zich had gelaten.

Uiteindelijk kon hij het niet langer verdragen. Hij bevochtigde een doek en knoopte die voor zijn mond en neus. In een van de houten kisten vond hij de verklaring. Er lag een half vergaan lijk in.

De Egyptische zeeman dacht even na. Het was geen aantrekkelijk idee om het lijk te laten liggen zodat de rest van de reis verpest werd. Bovendien zou hij in dat geval langdurig worden verhoord door de politie in Djibouti, en iedereen wist hoe de politie in Djibouti was.

Het was ook geen prettig idee om het kadaver te verplaatsen, maar uiteindelijk nam hij een besluit. Eerst haalde hij alle waardevolle spullen uit de zakken van het lijk, hij moest tenslotte iets overhouden aan de overlast, en daarna duwde hij het lichaam overboord.

De ooit zo tenger gebouwde jongeman met het lange, blonde, vettige haar, het armetierige baardje en een jeansjack met de tekst Never Again op de rug veranderde met een plons in visvoer in de Rode Zee.

Het gezelschap in Sjötorp verspreidde zich net voor middernacht. Julius ging naar de eerste verdieping om te slapen terwijl Benny en de Schoonheid in de Mercedes stapten voor een bezoekje na sluitingstijd aan het medisch centrum in Rottne. Toen ze halverwege waren ontdekten ze Allan onder een deken op de achterbank. Allan werd wakker en legde uit dat hij naar buiten was gegaan om een luchtje te scheppen en daar had bedacht dat hij in de auto kon slapen, omdat de trappen naar de eerste verdieping een beetje te veel hadden geleken voor zijn zwakke knieën, het was tenslotte een lange dag geweest.

Het duo was een trio geworden, maar dat hinderde niet. De Schoonheid vertelde meer over haar plan. Ze zouden het medisch centrum binnengaan met behulp van de sleutel die ze vergeten was terug te geven toen ze ontslag had genomen. Als ze binnen waren, zou ze inloggen op de computer van dokter Erlandsson en op Erlandssons naam een recept voor antibiotica uitschrijven. Daarvoor waren Erlandssons inloggegevens natuurlijk vereist, maar dat was geen probleem, verkondigde de Schoonheid, want dokter Erlandsson was niet alleen verwaand, hij was ook een stomme idioot. Toen het nieuwe geautomatiseerde systeem een paar jaar geleden was geïnstalleerd, had de Schoonheid de dokter moeten leren hoe hij elektronische recepten moest uitschrijven, en zij had de gebruikersnaam en het wachtwoord gekozen.

De Mercedes bereikte de plek waar het misdrijf zou plaatsvinden. Benny, Allan en de Schoonheid stapten uit en observeerden de omgeving voordat ze in actie kwamen. Vreemd genoeg reed er een auto langzaam voorbij toen ze op het trottoir stonden. De chauffeur keek net zo verbaasd naar het trio als het trio terugkeek. Een levende ziel in Rottne die wakker was na middernacht was een sensatie.

De auto verdween en de duisternis en de stilte verspreidden zich opnieuw. De Schoonheid leidde Benny en Allan door de personeelsdeur aan de achterkant van het medisch centrum naar binnen, en daarna naar de kamer van dokter Erlandsson. Daar startte ze dokter Erlandssons computer op en logde in.

Plotseling begon ze langdurig te vloeken. Ze had net bedacht dat ze niet zonder meer een recept voor 'een kilo antibiotica' kon uitschrijven.

'Schrijf maar op: erytromycine, ryfamycine, gentamicine en rifampicine, tweehonderdvijftig gram van elk,' zei Benny. 'Dan pakken we de ontsteking van twee kanten aan.'

De Schoonheid keek bewonderend naar Benny en vroeg hem te gaan zitten en zelf te typen wat hij net had gezegd. Benny deed wat hem was gevraagd en voegde er wat eerstehulpartikelen aan toe. Het was goed om die te hebben, nu ze toch bezig waren met aanvragen.

Het was net zo gemakkelijk om uit het medisch centrum te komen als het was geweest om naar binnen te gaan, en de rit naar huis verliep zonder incidenten. Benny en de Schoonheid hielpen Allan naar de eerste verdieping en toen het bijna half-twee 's nachts was ging de laatste lamp in Sjötorp uit.

Op dit tijdstip waren er niet veel mensen wakker, maar in Bråås, zo'n twintig kilometer van Sjötorp, lag een jongeman onrustig te woelen omdat hij behoefte had aan een sigaret. Het was Hompies broertje, de nieuwe leider van The Violence. Drie uur eerder had hij zijn laatste sigaret gerookt en natuurlijk had hij onmiddellijk daarna enorm veel trek in nog een sigaret gekregen. Hompies broertje vervloekte zichzelf dat hij was vergeten nieuwe sigaretten te kopen voordat de winkels in het dorp dichtgingen, wat altijd heel vroeg was.

Eerst wilde hij tot de volgende ochtend wachten, maar tegen middernacht was dat niet meer gelukt. Hompies broertje kreeg het idee om de goede oude tijd te laten herleven door zich met een koevoet toegang tot een kiosk te verschaffen. Maar niet in Bråås, hij moest tenslotte aan zijn reputatie denken.

Het was natuurlijk het best om het een flink eind verderop te proberen, maar daarvoor was zijn behoefte aan een sigaret te groot. Het werd een compromis, Rottne, dat een kwartier verderop lag. In neutrale kleren reed hij even na middernacht in zijn oude Volvo 240 rustig het dorp binnen. Ter hoogte van het medisch centrum zag hij tot zijn verbazing drie mensen op de stoep. Ze stonden daar gewoon: een vrouw met rood haar, een man met een paardenstaart en vlak daarachter een weerzinwekkend oude bejaarde.

Hompies broertje maakte geen diepteanalyse van de gebeurtenis (hij maakte over het algemeen zelden diepteanalyses van gebeurtenissen). In plaats daarvan reed hij nog een kilometer door dezelfde straat, stopte onder een boom een stukje bij de kiosk vandaan, deed een mislukte poging om in te breken omdat de eigenaar zijn deur had beveiligd tegen koevoeten en reed weer naar huis, met net zoveel behoefte aan een sigaret als eerst.

Toen Allan de volgende ochtend even na elf uur wakker werd, voelde hij zich sterk. Hij keek uit het raam naar het Smålandse sparrenbos, dat zich uitspreidde rond het net zo Smålandse meer. Het deed hem aan Sörmland denken. Het leek een mooie dag te worden.

Hij trok de enige kleren aan die hij had en bedacht dat hij misschien wat van het geld kon gebruiken om zijn garderobe aan te vullen. Julius, Benny en hij hadden niet eens een tandenborstel bij zich.

Toen Allan de zitkamer in kwam, zaten Julius en Benny al aan het ontbijt. De Schoonheid had borden en glazen op tafel gezet en had instructies opgeschreven voor de zelfbediening in de keuken. Daarna was ze naar Rottne vertrokken.

Julius zei dat hij had bedacht dat ze nog een nacht in Sjötorp moesten blijven omdat de omgeving zo betoverend mooi was. Waar moesten ze naartoe als ze nu vertrokken? Ze hadden waarschijnlijk nog een dag bedenktijd nodig, ze moesten het tenslotte eens worden over een houdbaar verhaal als iemand vroeg wie ze waren en waar ze naartoe gingen. Maar om te blijven hadden ze toestemming van de Schoonheid nodig.

Benny volgde het gesprek geïnteresseerd en hoopte dat het zou eindigen met nog een nacht op dezelfde plek. Zijn gevoelens voor de Schoonheid waren niet verminderd sinds de vorige avond, integendeel, hij was teleurgesteld geweest omdat hij haar niet onmiddellijk zag toen hij naar beneden kwam voor het ontbijt. Ze had in elk geval 'bedankt voor gisteren' op het briefje geschreven. Zou ze daarmee het gedicht bedoelen dat Benny had voorgedragen? Hij hoopte dat ze snel terugkwam.

Het duurde echter nog bijna een uur voordat ze de tuin in reed. Ze had het rode trainingspak verwisseld voor een jurk, en Benny vroeg zich af of ze naar de kapper was geweest. Hij deed enthousiast een paar stappen in haar richting. 'Schoonheid! Welkom thuis!' riep hij.

Allan en Julius, die vlak achter hem stonden, glimlachten,

maar hun glimlach bevroor op het moment dat de Schoonheid het woord nam. Ze liep eerst vlak langs Benny en daarna langs de andere twee, waarna ze op de trap van Sjötorp stilstond en zich omdraaide. 'Klootzakken! Ik weet alles! En nu wil ik de rest verdomme ook horen. Bijeenkomst in de zitkamer. Nu!' zei ze.

Daarna verdween ze het huis in.

De Schoonheid was de dag begonnen met het voederen van Sonja met pasgemaaid gras en daarna had ze zich aangekleed. Met tegenzin had ze aan zichzelf toegegeven dat ze mooi wilde zijn voor Benny. Daarom had ze het rode trainingspak verwisseld voor een lichtgele jurk en had ze haar kroezige haar in twee vlechten gedwongen. Bovendien had ze zich een beetje opgemaakt en alles bekroond met een lekker luchtje, waarna ze in haar auto was gestapt en naar Rottne was gereden om levensmiddelen in te slaan.

Buster zat zoals altijd naast haar op de passagiersstoel en blafte toen de auto afsloeg bij de supermarkt in Rottne. Achteraf had de Schoonheid zich afgevraagd of het geblaf werd veroorzaakt doordat Buster de affiche van *Expressen*, die bij de ingang hing, had gezien. Op de affiche stonden twee foto's – onderaan een van Julius en bovenaan een van de bejaarde Allan. De tekst luidde als volgt:

Politie verdenkt:
100-JARIGE
ONTVOERD
door criminele
ORGANISATIE
Jacht op bekende
MEESTERDIEF

Het gezicht van de Schoonheid werd vuurrood en haar gedachten schoten alle kanten uit. Ze liet haar plan om levensmiddelen in te slaan onmiddellijk varen, want die drie klootzakken schopte ze nog voor de lunch haar huis uit! Ze ging eerst nog wel naar de apotheek om de medicijnen op te halen die Benny de vorige nacht had besteld, en daarna kocht ze een exemplaar van *Expressen* om meer details te weten te komen.

Hoe meer ze las, des te bozer werd ze, maar tegelijkertijd snapte ze het niet goed. Was Benny het Never Again-lid? Was Julius een meesterdief? En wie had wie ontvoerd? Ze leken immers heel goed met elkaar overweg te kunnen.

Uiteindelijk won haar boosheid het van haar nieuwsgierigheid. Want hoe het ook zat, ze was in de maling genomen. En Gunilla Björklund liet zich niet ongestraft in de maling nemen! *Schoonheid van me.* Bah!

Ze ging achter het stuur zitten en las het artikel opnieuw: *Allan Karlsson is afgelopen maandag op zijn honderdste verjaardag verdwenen uit het bejaardentehuis in Malmköping. De politie vermoedt dat hij is ontvoerd door de criminele motorclub Never Again.* Expressen *is ter ore gekomen dat de bekende meesterdief Julius Jonsson eveneens bij de zaak betrokken is.*

Daarna volgde een wirwar van informatie en getuigenissen. Allan Karlsson was gezien in de wachtruimte van het busstation in Malmköping, daarna was hij in de bus naar Strängnäs gestapt, en daar was een Never Again-lid woedend om geworden. Maar wacht ... '... een blonde man van dertigjarige leeftijd ...' Dat was niet bepaald een adequate beschrijving van Benny. De Schoonheid voelde zich ... opgelucht?

Het verhaal ging ermee verder dat Allan Karlsson de vorige dag op een lorrie midden in het Sörmlandse bos was gezien, samen met meesterdief Jonsson en het eerder zo boze Never Again-lid. *Expressen* kon niet precies uitleggen hoe de relatie tussen de drie was, maar de algemeen heersende theorie was dat Allan Karlsson in de macht van de anderen was. Dat had boer Tengroth in Vidkärr in elk geval gedacht toen de verslaggever van *Expressen* hem ondervroeg.

Tot slot kon *Expressen* nog een ander detail onthullen, namelijk dat snackbareigenaar Benny Ljungberg de vorige dag spoorloos was verdwenen uit Åkers Styckebruk, waar de honderdjarige en de meesterdief het laatst waren gezien. Dat kon een medewerker van het benzinestation, dat er vlak naast lag, vertellen.

De Schoonheid vouwde de krant op en duwde hem in Busters bek. Daarna reed ze naar haar pachtboerderijtje in het bos, waarvan ze nu wist dat er een honderdjarige, een meesterdief en een snackbareigenaar logeerden. De laatste was mooi en charmant en had duidelijk medische kennis, maar dit was geen moment voor romantiek. Heel even was de Schoonheid eerder verdrietig dan boos, maar toen ze thuiskwam had ze haar boosheid weer voldoende geactiveerd.

Ze rukte de krant uit de bek van Buster, sloeg de voorpagina met de foto's van Allan en Julius open en vloekte en tierde een tijdje voordat ze het artikel hardop begon voor te lezen. Daarna eiste ze een verklaring over wat er aan de hand was en de belofte dat ze daarna binnen vijf minuten vertrokken waren, het maakte niet uit in welke richting. Ze vouwde de krant op en stak hem weer in Busters bek, sloeg haar armen over elkaar en besloot met een ijzig en vastbesloten: 'Nou?'

Benny keek naar Allan, die naar Julius keek, die merkwaardig genoeg begon te glimlachen. 'Een meesterdief,' zei hij. 'Meen je dat nou? Ben ik een meesterdief? Dat is niet verkeerd.'

De Schoonheid was niet onder de indruk. Haar gezicht was al rood en werd nog roder toen ze Julius vertelde dat hij zo meteen een in elkaar geslagen meesterdief zou zijn als ze niet meteen te horen kreeg wat er aan de hand was. Daarna herhaalde ze tegen het gezelschap wat ze daarstraks tegen zichzelf had gezegd, namelijk dat niemand Gunilla Björklund van Sjötorp ongestraft in de maling nam. Ze zette haar woorden kracht bij door een oud jachtgeweer dat aan de muur hing te pakken. Er kon weliswaar niet mee worden geschoten, besefte ze, maar het was waarschijnlijk voldoende om de schedels van meesterdieven, snackbareigenaars en ouwe kerels in te slaan als dat nodig was.

Allan vroeg de Schoonheid bedenktijd. Hij wilde graag een gesprek onder vier ogen met Julius, als dat goed was. Ze ging mopperend akkoord, maar waarschuwde Allan dat hij geen geintjes moest uithalen. Deze beloofde zich te gedragen, pakte Julius bij zijn arm, trok hem de keuken uit en deed de deur achter hen dicht.

Allan begon het overleg door Julius te vragen of hij een manier wist om de Schoonheid te kalmeren. Volgens Julius konden ze de situatie alleen nog redden door de Schoonheid een deel van de inhoud van de koffer aan te bieden.

Daarop knikte Allan. Het leek hem ook het beste om de inhoud van de koffer onder hen vieren te verdelen: Allan, Julius, Benny en de Schoonheid. Dan bestond er geen risico dat de twee laatstgenoemden met de verkeerde mensen zouden praten. Bovendien konden ze dan van de zomer in Sjötorp blijven, en daarna was de criminele bende waarschijnlijk gestopt met zoeken.

'Twaalfenhalf miljoen kronen voor een paar weken onderdak,' zuchtte Julius, maar met een berustende uitdrukking op zijn gezicht.

Julius en Allan gingen naar de zitkamer terug en Allan vroeg de Schoonheid en Benny nog dertig seconden geduld, terwijl Julius naar zijn kamer liep en meteen daarna met de koffer terugkeerde. Hij legde hem op de lange tafel die in het midden van de keuken stond en maakte hem open.

'Allan en ik hebben besloten dat we dit eerlijk tussen ons vieren willen verdelen.'

'Godallemachtig,' zei de Schoonheid.

'Eerlijk verdelen?' vroeg Benny.

'Ja, maar jouw honderdduizend kronen moet je teruggeven,' zei Allan. 'En het wisselgeld van het benzinegeld.'

'Godvergeten godallemachtig,' zei de Schoonheid.

'Als jullie allemaal gaan zitten, dan zal ik het uitleggen,' zei Julius.

De Schoonheid vond het net als Benny moeilijk om het lijk en het feit dat het in een houten kist was gedumpt te verwerken, maar ze was diep onder de indruk van Allan omdat hij uit het raam was geklommen en gewoon uit zijn leven was verdwenen.

'Ik had hetzelfde moeten doen nadat ik veertien dagen met die klootzak was getrouwd.'

De rust keerde terug in Sjötorp. De Schoonheid en Buster gingen opnieuw op weg om eten, drinken, kleren, verzorgingsproducten en nog veel meer in te slaan. Ze betaalde alles contant, met briefjes van vijfhonderd uit een bundel.

Commissaris Aronsson verhoorde de getuige van het benzinestation in Mjölby, een vrouwelijke beveiligingsfunctionaris van in de vijftig. Zowel haar beroep als de manier waarop ze verslag deed van haar bevindingen maakte haar geloofwaardig. Ze kon Allan aanwijzen op foto's die een week geleden in het bejaardentehuis waren genomen tijdens een feest voor een bewoner die tachtig was geworden. Zuster Alice had de foto's uitgedeeld, niet alleen aan de politie maar ook aan geïnteresseerde mediavertegenwoordigers.

Commissaris Aronsson moest toegeven dat hij de tip van de vorige dag verkeerd had beoordeeld, maar daar was niets aan te doen. Hij probeerde de situatie te analyseren. Als hij deze puur vanuit een vluchtperspectief bekeek, waren er twee mogelijkheden: de twee oude mannen en de snackbareigenaar wisten waar ze naartoe gingen, of ze reisden in het wilde weg in zuidelijke richting. Aronsson had een voorkeur voor de eerste mogelijkheid, omdat het gemakkelijker was om iemand te volgen die wist waar hij naartoe ging dan iemand die ronddwaalde. Met deze mensen was dat echter niet in te schatten. Er was geen vanzelfsprekende connectie tussen Allan Karlsson en Julius Jonsson aan de ene, en Benny Ljungberg aan de andere kant. Jonsson en Ljungberg konden kennissen zijn, ze woonden tenslotte nauwelijks twintig kilometer bij elkaar vandaan. Het was echter ook mogelijk dat Ljungberg was ontvoerd en was gedwongen om achter het stuur te gaan zitten. Ook de honderdjarige kon onder dwang zijn meegenomen, al spraken twee dingen dat tegen: 1) het feit dat Allan Karlsson bij station Byringe uit de bus was gestapt, en 2) de getuigenverklaringen dat Julius Jonsson en Allan Karlsson tijdens de rit op de lorrie door het bos en hun wandeling door Åkers Styckebruk op goede voet met elkaar leken te staan.

In elk geval had de getuige gezien dat de zilverkleurige Mercedes van de E4 was afgeslagen en rijksweg 32 naar Tranås had genomen. Wie over de E4 in zuidelijke richting rijdt en bij Mjölby afslaat naar rijksweg 32, heeft het aantal aannemelijke eindbestemmingen onmiddellijk beperkt. Het gebied rond Västervik/Vimmerby/Kalmar kon hij buiten beschouwing laten, want dan zou de auto al bij Norrköping zijn afgeslagen, of misschien bij Linköping, afhankelijk van waar ze de E4 op waren gekomen.

Jönköping/Värnamo en verder naar het zuiden kon hij ook uitsluiten, want dan was er helemaal geen reden om de E4 te verlaten. Misschien waren ze op weg geweest naar Oskarshamn of verder naar Gotland, maar de passagierslijsten van de veerboot naar Gotland wezen daar niet op. Daarmee bleef eigenlijk alleen het noorden van Småland over: Tranås, Eksjö, misschien Nässjö, Åseda, Vetlanda en daaromheen. Eventueel meer in zuidelijke richting naar Växjö, maar dan had de Mercedes niet bepaald de snelste weg gekozen. Dat was op zich heel goed mogelijk, want als de oude mannen en de snackbareigenaar zich opgejaagd voelden, was het begrijpelijk dat ze kleine wegen kozen.

Wat ervoor pleitte dat ze zich nog steeds in het gebied bevonden dat commissaris Aronsson net had afgebakend, was ten eerste het feit dat er twee personen zonder geldig paspoort in de auto zaten – waarschijnlijk waren ze daarom niet op weg naar het buitenland – en ten tweede het feit dat de medewerkers van commissaris Aronsson naar elk denkbaar benzinestation tussen de driehonderd en vijfhonderd kilometer van Mjölby hadden gebeld. Niemand had de zilverkleurige Mercedes met de drie opvallende inzittenden gezien. Natuurlijk hadden ze bij een onbemand benzinestation kunnen tanken, maar mensen kozen over het algemeen bemande stations, omdat ze na een bepaald aantal kilometers een zak snoep, een fles frisdrank of een worst wilden. Wat bovendien in het voordeel van een bemand benzinestation sprak, was dat ze er al een keer zo een hadden gekozen, namelijk in Mjölby.

'Tranås, Eksjö, Nässjö, Vetlanda, Åseda ... en omstreken,' zei commissaris Aronsson tevreden tegen zichzelf, maar meteen daarop betrok zijn gezicht weer. 'En daarna?'

Toen de leider van The Violence in Braås na zijn vreselijke nacht 's ochtends wakker werd, ging hij onmiddellijk naar het benzinestation om eindelijk een eind te kunnen maken aan zijn verlangen naar een sigaret. Bij de ingang zag hij de affiche van *Expressen*. Op de grote foto stond de ouwe man die hij de afgelopen nacht in Rottne had gezien.

In zijn haast vergat hij om sigaretten te vragen, maar hij kocht *Expressen*, verbaasde zich over het verhaal en belde zijn oudere broer Hompie.

Het mysterie van de verdwenen en waarschijnlijk ontvoerde honderdjarige hield het land bezig. TV4 zond 's avonds een documentaire uit, *Koude Feiten Special*, waarin men op zich niet verder kwam dan wat *Expressen* en *Aftonbladet* al hadden gemeld. Toch trokken ze meer dan anderhalf miljoen kijkers, onder wie de honderdjarige en zijn drie nieuwe vrienden in het Smålandse Sjötorp.

'Als ik niet beter had geweten, zou ik medelijden met die oude man hebben,' zei Allan.

De Schoonheid bekeek de situatie iets minder zorgeloos en was van mening dat Allan, Julius en Benny de komende tijd beter uit de buurt van mensen konden blijven. En de Mercedes zouden ze vanaf vandaag achter de stal parkeren. Ze was van plan om de volgende ochtend op pad te gaan om de verhuisbus te kopen die ze al een tijd op het oog had. Er zou binnenkort sprake kunnen zijn van een haastig vertrek, en met de bus kon iedereen mee, met inbegrip van Sonja.

9

1939-1945

Op 1 september 1939 liep Allans schip onder de Spaanse vlag de haven van New York binnen. Allan was van plan om wat in Amerika rond te kijken en daarna de boot terug te nemen, maar diezelfde dag viel een van de vrienden van de generalísimo Polen binnen, en toen was het weer volop oorlog in Europa. Het schip onder de Spaanse vlag werd eerst in bewaring en later in beslag genomen, waarna het werd ingelijfd bij de Amerikaanse marine tot de vrede in 1945 werd getekend.

Alle mannen aan boord werden naar het immigratiebureau op Ellis Island gebracht. Daar kregen ze dezelfde vier vragen van de immigratieambtenaar: 1) Naam? 2) Nationaliteit? 3) Beroep? 4) Reden van het bezoek aan de Verenigde Staten van Amerika?

Allans kameraden van het schip deelden mee dat ze eenvoudige Spaanse zeelieden waren die nergens naartoe konden omdat hun schip in beslag was genomen. Daarna werden ze al snel het land in gelaten, waar ze zich zo goed mogelijk moesten zien te redden.

Allan onderscheidde zich van de anderen, ten eerste doordat hij een naam had die de Spaanstalige tolk niet kon uitspreken, ten tweede doordat hij afkomstig was uit *Suecia*, en ten derde omdat hij naar waarheid vertelde dat hij springstofexpert was met werkervaring, die hij had opgedaan in de kanonvervaardigingsindustrie en in de oorlog in Spanje.

Daarop haalde Allan de brief van generaal Franco tevoorschijn. De Spaanse tolk vertaalde deze geschrokken voor de immigratieambtenaar, die onmiddellijk zijn chef erbij haalde.

In eerste instantie wilden ze de fascistische Zweed meteen terugsturen naar waar hij vandaan kwam. Dat bleek echter niet zo gemakkelijk, dus ging het verhoor verder en hoe meer de hoogste immigratieambtenaar uit Allan kreeg, des te minder fascistisch de Zweed leek. Hij was geen communist of nationaalsocialist. Hij was blijkbaar gewoon niets meer dan een springstofexpert. Zijn bewering dat hij en generaal Franco elkaar tutoyeerden was bovendien zo absurd dat het gewoonweg niet waar kon zijn.

De hoogste immigratiebaas had een broer in Los Alamos, New Mexico, en voor zover hij wist hield zijn broer zich bezig met het vervaardigen van bommen en dat soort dingen voor het leger. Bij gebrek aan een beter idee zetten ze Allan voorlopig vast tot de immigratiechef en zijn broer elkaar spraken. De broer was er niet zo enthousiast over om een potentiële aanhanger van Franco op zijn dak te krijgen, maar aan de andere kant had hij alle experts nodig die hij kon krijgen en waarschijnlijk konden ze voldoende ongekwalificeerd en niet al te geheim werk voor de Zweed vinden als hij zijn broer daarmee een plezier deed.

Een tijd later stapte Allan voor het eerst van zijn leven in een vliegtuig en in de late herfst van 1939 arriveerde hij op de Amerikaanse legerbasis in Los Alamos, waar men al snel ontdekte dat hij geen woord Engels sprak. Een Spaanssprekende luitenant kreeg de taak om uit te zoeken hoe vakbekwaam de Zweed eigenlijk was, en Allan moest zijn formules opschrijven. De luitenant nam de aantekeningen door, vond op zich dat de Zweed blijk van vindingrijkheid gaf, maar zuchtte ook en zei dat de kracht in Allans ladingen nauwelijks voldoende was om een auto de lucht in te laten vliegen.

'Natuurlijk wel,' antwoordde Allan. 'Niet alleen een auto, maar ook de inzittenden. Dat heb ik bewezen.'

Allan mocht blijven, in het begin in de meest afgelegen barakken, maar naarmate de maanden en jaren verstreken en Allan steeds beter Engels begon te spreken, kreeg hij minder bewegingsbeperkingen op de basis. Hij was buitengewoon oplettend en leerde overdag hoe hij ladingen van een heel ander kaliber kon maken dan degene die hij op zondag zelf tot ontploffing had gebracht in de grindgroeve achter zijn pachtboerderijtje. 's Avonds, als de meeste jongemannen van de Los Alamos-basis naar de stad gingen om jacht te maken op vrouwen, zat Allan in de bibliotheek en verbeterde zijn kennis op het gebied van geavanceerde explosietechniek.

Allan leerde steeds meer, terwijl de oorlog in Europa (en zo langzamerhand in de wereld) steeds omvangrijker werd. Hoewel hij zijn kennis niet mocht gebruiken omdat hij nog steeds assistent was (maar wel een bijzonder gewaardeerde), nam hij alles in zich op. Het ging niet langer om nitroglycerine en natriumnitraat – dat was voor sjacheraars – maar om waterstof en uranium en andere krachtige maar o zo gecompliceerde stoffen.

Vanaf 1942 werden er beduidend strengere geheimhoudingsregels ingevoerd in Los Alamos. De basis had de geheime opdracht van president Roosevelt gekregen om een bom te fabriceren die in één klap tien tot twintig Spaanse bruggen kon opblazen als dat nodig was. Assistenten waren zelfs in de meest beveiligde ruimten nodig en de populaire Allan kreeg de hoogste veiligheidsstatus toegekend.

Hij moest toegeven dat de Amerikanen vindingrijk waren. In plaats van de proeven waaraan Allan gewend was, experimenteerden ze nu met een paar kleine atomen die zich deelden zodat de knal groter zou zijn dan alles wat de wereld tot dat moment had gezien.

In april 1945 was de bom bijna klaar. De onderzoekers – en Allan – wisten hoe ze een kernreactie tot stand moesten brengen, maar niet hoe ze deze konden controleren. Het probleem fascineerde Allan, en 's avonds was hij in de bibliotheek op zoek naar informatie. De Zweedse assistent gaf niet op en op een avond had hij de oplossing!

Dat voorjaar zaten de belangrijkste militairen wekelijks in lange besprekingen met de meest vooraanstaande natuurkundigen. Wetenschappelijk directeur Oppenheimer zat aan het hoofd van de tafel en Allan zorgde voor koffie met iets lekkers erbij.

De natuurkundigen woelden door hun haren, de militairen krabden aan hun kin, ze klaagden een tijdje en vroegen Allan om bij te schenken. Zo waren ze week na week bezig. Allan had de oplossing voor het probleem van de groep al enige tijd, maar hij vond het niet gepast dat de ober bij wijze van spreken aan de kok vertelde hoe hij het eten moest bereiden, dus hield hij zijn kennis voor zich.

Tot hij zichzelf, terwijl hij koffie inschonk voor wetenschappelijk directeur Oppenheimer, tot zijn eigen verbazing hoorde zeggen: 'Sorry, maar waarom delen jullie het uranium niet in twee gelijke delen?'

'Wat?' vroeg Oppenheimer, die niet zozeer had geluisterd naar wat Allan had gezegd, maar die geschokt was omdat de assistent zijn mond had opengedaan.

Allan kon niet anders dan doorgaan. 'Als jullie het uranium in twee gelijke delen opsplitsen, en ervoor zorgen dat die delen bij elkaar komen als het moment daar is, dan knalt het waar jullie willen dat het knalt in plaats van hier op de basis.'

'Gelijke delen?' vroeg wetenschappelijk directeur Oppenheimer.

'Tja, de delen hoeven niet even groot te zijn, het belangrijkste is immers dat ze groot genoeg worden als ze bij elkaar komen.'

Luitenant Lewis, die een goed woordje had gedaan om Allan als assistent aan te nemen, zag eruit alsof hij de Zweed wilde vermoorden, maar een van de natuurkundigen aan tafel reageerde met hardop denken. 'Hoe bedoel je dat, dat we ze laten samenkomen? En wanneer? In de lucht?'

'Precies. Jullie hebben er immers geen probleem mee om iets te laten exploderen. Het probleem is dat jullie de explosie niet kunnen controleren. Maar een kritische massa gedeeld door twee worden twee niet-kritische massa's, nietwaar? En omgekeerd worden twee niet-kritische massa's samen één kritische massa.'

'En hoe had meneer ... Sorry, maar wie bent u?' vroeg Oppenheimer.

'Ik ben Allan Karlsson,' zei Allan.

'Hoe had meneer Karlsson gedacht dat we ze bij elkaar moeten brengen?' ging Oppenheimer verder.

'Met een gewone, eerlijke springlading,' zei Allan. 'Daar ben ik goed in, maar ik weet zeker dat jullie daar zelf ook achter kunnen komen.'

De fysici in het algemeen en de wetenschappelijk directeur in het bijzonder waren niet dom. Oppenheimer had binnen een paar seconden een enorme hoeveelheid vergelijkingen overdacht en kwam tot de conclusie dat Allan waarschijnlijk gelijk had. Stel je voor dat er zo'n eenvoudige oplossing was voor zo'n ingewikkeld probleem! Een gewone, eerlijke springlading in het achterste deel van de bom kon op afstand ontstoken worden en een niet-kritische massa met uranium-235 naar een ontmoeting met een andere niet-kritische massa sturen, die onmiddellijk kritisch zou worden. De neutronen komen in beweging, de uraniumatomen beginnen te splijten. De kettingreactie is in gang gezet en ...

'Beng,' zei Oppenheimer tegen zichzelf.

'Precies,' zei Allan.

Op dat moment ging de deur van de geheime vergaderzaal open en kwam vicepresident Truman binnen voor een van zijn zeldzame bezoekjes.

'Ga zitten,' zei de vicepresident tegen de mannen, die haastig in de houding waren gaan staan.

Voor alle zekerheid ging Allan ook op een van de lege stoelen zitten die rond de tafel stonden. Als een vicepresident zei dat iedereen moest gaan zitten, was het maar beter om dat te doen.

De vicepresident wilde een verslag over de stand van zaken

van Oppenheimer, die weer overeind sprong en in de haast niets anders wist te zeggen dan dat meneer Karlsson achteraan in de hoek waarschijnlijk net de oplossing had aangedragen voor het probleem hoe de detonatie gecontroleerd kon worden. Zijn oplossing was weliswaar nog niet bewezen, maar Oppenheimer zei dat hij waarschijnlijk voor de hele groep sprak als hij de overtuiging uitte dat het probleem net geschiedenis was geworden en dat er binnen een periode van drie maanden een proefexplosie kon plaatsvinden.

De vicepresident keek de tafel rond en zag iedereen bevestigend knikken. Luitenant Lewis begon weer voorzichtig adem te halen. Uiteindelijk belandde de blik van de vicepresident op Allan.

'U bent absoluut de held van de dag, meneer Karlsson. Ik ga een hapje eten voordat ik terugga naar Washington. Hebt u zin me gezelschap te houden?'

Allan dacht dat het blijkbaar een gemeenschappelijke eigenschap was van de wereldleiders dat ze iemand wilden uitnodigen voor het avondeten zodra ze ergens tevreden over waren, maar dat zei hij niet. In plaats daarvan nam hij de uitnodiging van de vicepresident aan en beide mannen liepen de zaal uit. Wetenschappelijk directeur Oppenheimer keek opgelucht en tegelijkertijd ongelukkig.

Vicepresident Truman had zijn favoriete Mexicaanse restaurant in het centrum van Los Alamos laten sluiten, zodat Allan en Truman de plek voor zichzelf hadden, afgezien van een tiental lijfwachten die in verschillende hoeken verspreid stonden.

De verantwoordelijke veiligheidschef had erop gewezen dat meneer Karlsson geen Amerikaan was en niet was nagetrokken, maar Truman wuifde de bezwaren weg met het commentaar dat hij vandaag de meest patriottische man was gebleken die je je kon indenken.

Truman was in een uitstekend humeur. Meteen na het diner zou de Air Force 2 niet naar Washington, maar naar Georgia vliegen, waar president Roosenvelt zich in een medische instelling bevond om zijn polioklachten te verlichten. Dit nieuws wilde de president onmiddellijk horen, daarvan was Harry Truman overtuigd.

'Ik beslis wat we eten en jij kiest wat we drinken,' zei hij vrolijk terwijl hij de wijnkaart aan Allan gaf.

Daarna keerde Truman zich naar de ober, die de flinke bestelling van taco's, enchilada, maïstortilla's en een serie verschillende sauzen opnam.

'En wat wilt u erbij drinken, meneer?' vroeg de ober.

'Twee flessen tequila,' antwoordde Allan.

Harry Truman lachte en vroeg of hij van plan was om de vicepresident onder tafel te drinken. Allan antwoordde dat hij de afgelopen jaren had geleerd dat de Mexicanen brandewijn konden maken die bijna net zo zuiver was als de Zweedse, maar dat de vicepresident natuurlijk melk mocht drinken als hij dat prettiger vond.

'Nee, beloofd is beloofd,' zei vicepresident Truman, waarna hij de bestelling aanvulde met citroenen en zout.

Drie uur later noemden de twee mannen elkaar 'Harry' en 'Allan'. Het is ongelofelijk wat een paar flessen tequila voor de verbroedering tussen mensen kunnen doen. Het had de vicepresident, die steeds benevelder werd, een hele tijd gekost om te begrijpen hoe je Allans naam precies uitsprak. Allan vertelde hoe de groothandelaar bij Yxhult in de lucht was gevlogen en hoe hij het leven van generaal Franco had gered. De vicepresident amuseerde Allan daarna door president Roosevelts pogingen om uit zijn rolstoel op te staan te imiteren.

Toen de stemming een hoogtepunt had bereikt, kwam de veiligheidschef naast de vicepresident staan.

'Kan ik u even spreken, sir?'

'Ga je gang,' lalde de vicepresident.

'Onder vier ogen graag, sir.'

'Je lijkt verdorie precies op Humphrey Bogart! Zie je dat, Allan?'

'Sir ...' zei de opgelaten veiligheidschef.
'Vertel, waar gaat het verdorie over?' siste de vicepresident.
'Sir, het gaat over president Roosevelt.'
'Wat is er nu weer met die ouwe bok?' grinnikte de vicepresident.
'Hij is dood, sir.'

10

Maandag 9 mei 2005

Hompie zat al vier dagen voor de supermarkt in Rottne. Hij was in eerste instantie op zoek naar Bikker en in tweede instantie naar een honderdjarige man, een roodharig oud wijf van een iets jonger model, een vent met een paardenstaart van wie het uiterlijk niet bekend was, en een Mercedes. Het was niet zijn idee geweest om daar te gaan zitten, dat had de Baas bedacht. Nadat zijn broertje hem had gebeld dat de honderdjarige voor honderd procent zeker midden in de nacht op de stoep voor een medisch centrum in Småland had gestaan, had Hompie dat natuurlijk onmiddellijk aan de Baas gerapporteerd, die daarna had beslist dat de meest bezochte supermarkt van de omgeving bewaakt moest worden. De Baas hield er rekening mee dat ze zich waarschijnlijk nog in het gebied bevonden, nu ze midden in de nacht door Rottne hadden gewandeld, en iedereen kreeg vroeg of laat honger en had dan eten nodig. De logica klonk goed. Maar dat was zoals gezegd vier dagen geleden, en de moed begon Hompie in de schoenen te zinken.

Zijn concentratie verminderde, daarom zag hij de roodharige vrouw die het parkeerterrein op reed in een rode VW Passat in plaats van de zilverkleurige Mercedes die hij had verwacht in eerste instantie niet. Maar omdat ze daarna zo vriendelijk was om vlak voor zijn neus naar de winkel te lopen, zag hij haar toch. Hij wist natuurlijk niet zeker of zij het was, maar volgens de getuigenverklaring had ze de juiste leeftijd, en ze had absoluut de juiste kleur haar.

Hompie belde de Baas in Stockholm, die minder enthousiast

was. Hij had immers in eerste instantie op Bikker gehoopt of in elk geval op die verdomde bejaarde.

Hompie moest het kenteken van de auto noteren en de roodharige discreet volgen om te zien waar ze naartoe ging. Daarna moest hij opnieuw verslag uitbrengen.

Commissaris Aronsson had de afgelopen vier dagen in een hotel in Åseda doorgebracht. De gedachte daarachter was dat hij dicht bij het centrum van de gebeurtenissen was als er een nieuwe getuigenverklaring opdook.

Dat gebeurde echter niet en Aronsson was net van plan om naar huis te gaan toen Eskilstuna van zich liet horen. Het afluisteren van de telefoon van Never Again-leider Per-Gunnar Gerdin had resultaat opgeleverd.

Gerdin, alias 'de Baas', was een paar jaar geleden beroemd geworden toen *Svenska Dagbladet* onthulde dat er in gevangenis Hall een omvangrijk crimineel netwerk met de naam Never Again werd opgezet. De overige media haakten erop in en in de avondbladen verscheen zowel een foto als de naam van leider Gerdin. Dat het initiatief op niets uitliep door opmerkingen in een brief van Per-Gunnars moeder bereikte de media nooit.

Commissaris Aronsson had een paar dagen eerder opdracht gegeven dat Gerdins telefoon afgeluisterd moest worden, en nu hadden ze beet. Het bewuste gesprek was opgenomen, uitgetypt en naar Aronsson in Åseda gefaxt:

'Hallo?'

'Met mij.'

'Heb je iets te melden?'

'Misschien wel. Ik zit voor de supermarkt, en daarnet ging er een roodharige vrouw, niet al te jong, naar binnen om boodschappen te doen.'

'Alleen de vrouw? Zonder Bikker? Of de honderdjarige?'

'Nee, alleen de vrouw. Ik weet trouwens niet of…'

'Reed ze in de Mercedes?'

'Dat heb ik niet gezien ... maar er staat geen Mercedes op het parkeerterrein dus ze moet ergens anders in gereden hebben.'

(vijf seconden stilte)

'Hallo?'

'Ja, ik ben er nog, ik denk verdomme na.'

'Natuurlijk, ik wilde alleen ...'

'Er zijn natuurlijk meer roodharige vrouwen in Småland ...'

'Ja, maar ze heeft de juiste leeftijd volgens ...'

'Je doet het volgende: volg haar met je auto, schrijf het kenteken op, onderneem geen actie maar kijk waar ze naartoe gaat. Daarna breng je weer verslag aan me uit.'

(vijf seconden stilte)

'Heb je het begrepen of moet ik het nog een keer zeggen?'

'Ik heb het begrepen. Ik meld me zodra ik meer weet ...'

'En de volgende keer bel je naar mijn prepaid telefoon. Ik heb toch gezegd dat zakelijke gesprekken naar die telefoon moeten?'

'Ja, maar dat is toch alleen als we zakendoen met de Russen? Ik dacht dat je die nu niet gebruikte ...'

'Idioot.'

(gegrom, waarna het gesprek wordt afgesloten)

Commisaris Aronsson las de tekst en legde de nieuwe stukjes in de puzzel.

'Bikker', over wie Gerdin het had gehad, moest Bengt Bylund zijn, het lid van Never Again dat nu waarschijnlijk dood was. En degene die Gerdin had gebeld was vermoedelijk Henrik 'Hompie' Hultén, die ergens in Småland op zoek was naar Bikker.

Aronssons vermoedens waren bevestigd, en nu verfijnde hij zijn conclusies: Allan Karlsson bevond zich ergens in Småland, samen met Julius Jonsson, Benny Ljungberg en zijn Mercedes, alsmede een roodharige dame van onbekende leeftijd, maar niet al te jong.

Bij Never Again in Stockholm geloofden ze dat Bikker zich

bij de groep had aangesloten. Zou hij in dat geval op de vlucht zijn voor zijn collega-bendeleden? Waarom had hij anders geen contact met hen opgenomen? *Omdat hij dood was natuurlijk!* Dat had de Baas echter niet begrepen, die dacht dat Bikker zich had verstopt in Småland, samen met ... waar kwam de roodharige in beeld?

Aronsson besloot opdracht te geven om een onderzoek naar de families van Allan, Benny en Julius te starten. Had een van hen misschien een zus of een nicht of zo die in Småland woonde en de juiste haarkleur had?

'Ze heeft de juiste leeftijd volgens ...' had Hompie gezegd. Volgens wie? Had iemand iets tegen hem gezegd? Iemand die de groep in Småland had gezien en had gebeld om de tip te geven? Jammer dat het afluisteren van de telefoon niet een paar dagen eerder was gestart.

Hompie was de roodharige vrouw waarschijnlijk vanaf de supermarkt gevolgd en was daarmee gestopt omdat het de verkeerde roodharige bleek te zijn, of ... Hompie wist nu waar Allan Karlsson en zijn vrienden zich bevonden. In dat geval ging de Baas waarschijnlijk ook snel naar Småland, om de waarheid uit Allan en zijn gevolg te krijgen over wat er met Bikker en zijn koffer was gebeurd.

Aronsson pakte zijn telefoon en belde naar de onderzoeksleider in Eskilstuna. Officier van justitie Conny Ranelid was in het begin niet erg betrokken geweest bij de zaak, maar zijn interesse nam toe met elke nieuwe verwikkeling die Aronsson meldde.

'Verlies Gerdin en zijn loopjongen niet uit het oog,' zei hij.

De Schoonheid zette twee tassen met eten in de kofferbak van haar auto en begon aan de terugweg naar Sjötorp.

Hompie volgde op veilige afstand. Het eerste wat hij deed toen ze op de provinciale weg waren, was de Baas bellen (naar zijn prepaid telefoon natuurlijk) om het merk en kenteken van de auto van de roodharige door te geven. Daarna beloofde hij contact op te nemen als ze op de plaats van bestemming waren.

De roodharige reed Rottne uit, maar sloeg meteen af naar een grindpad. Hompie herkende het, hij was hier een keer geweest tijdens een autorally waarbij zijn ex-vriendin had kaartgelezen; toen de helft van de wedstrijd achter de rug was had ze gemerkt dat ze de kaart ondersteboven hield.

Het grindpad was droog en de auto van de roodharige waaide stof op. Hompie kon haar daarom volgen zonder haar in het zicht te houden. Helaas verdween de stofwolk na een paar kilometer. Verdomme! Hompie ging sneller rijden, maar de stofwolk was en bleef weg.

Eerst raakte Hompie in paniek, maar al snel kalmeerde hij weer. Ze was dus ergens van de weg afgeslagen. Hij hoefde alleen om te keren en te zoeken.

Bijna een kilometer terug op dezelfde weg zag hij een brievenbus en een smal pad naar rechts. Daar was ze beslist in gereden! Hij draaide haastig aan het stuur en reed met hoge snelheid over het smalle pad. Het idee om discreet en voorzichtig te zijn was op de een of andere manier achtergebleven bij de brievenbus.

Het ging snel, en voordat Hompie het in de gaten had was het pad geëindigd en vervangen door een erf. Als hij nog iets sneller had gereden, had hij niet op tijd kunnen stoppen en was hij tegen de oude man aangereden die daar stond en ... een olifant voerde?

Allan en Sonja waren al snel bevriend geraakt. Ze hadden tenslotte veel gemeen. De een was op een dag door het raam naar buiten geklommen en had daarmee zijn bestaan een nieuwe richting gegeven, terwijl de ander om dezelfde reden een meer in was gelopen. En beiden hadden daarna in de wereld rondgekeken.

Sonja deed voor niemand circuskunsten, maar ze mocht de oude man graag. Hij gaf haar fruit, krabde over haar slurf en praatte vriendelijk tegen haar. Als de oude man dus aan Sonja vroeg om te gaan zitten, dan ging ze zitten, als hij haar vroeg om een rondje om haar as te draaien, dan deed ze dat graag. Ze liet hem zelfs zien dat ze op haar achterpoten kon staan, hoewel de oude man het commando daarvoor niet kende. Dat ze een of twee appels voor de moeite kreeg en extra veel over haar slurf werd gekrabd was een bonus. De Schoonheid vond het intussen heerlijk om samen met Benny en Buster op de verandatrap te zitten, met een kop koffie en hondensnoepjes voor de hond. Ze keken toe hoe Allan en Sonja hun relatie op het erf uitbouwden, terwijl Julius in het meer op baars viste.

De voorjaarswarmte hield aan. De zon had de hele week geschenen en de weersvoorspellingen meldden dat het hogedrukgebied zou aanhouden.

Benny, die eveneens bijna architect was, had razendsnel geschetst hoe de verhuisbus, die de Schoonheid net had aangeschaft, moest worden ingericht om bij Sonja in de smaak te vallen. Toen de Schoonheid in de gaten kreeg dat Julius niet alleen een dief was, maar ook een voormalige houthandelaar en vrij handig was met hamer en spijkers, zei ze tegen Buster dat ze nuttige vrienden had gemaakt en dat het een geluk was dat ze hen die avond niet had weggestuurd. Het kostte Julius weinig moeite om de verhuisbus volgens Benny's instructies aan te passen. Daarna wandelde Sonja samen met Allan de bus in en uit om hem uit te proberen, en ze leek haar nieuwe verblijf te waarderen, hoewel ze het nut niet inzag van twee stallen in plaats van een. Het was een beetje krap, maar er was een dubbele hoeveelheid voedsel om op te kauwen, in een bak links van haar en een voor haar, en rechts was water om te drinken. De vloer was verhoogd en liep naar achteren licht naar beneden, en Sonja's mest liep in een geul. De geul was tot de rand met hooi gevuld om de meeste mest te absorberen die Sonja tijdens de reis eventueel liet lopen.

Daarbij kwam een uitgebreid ventilatiesysteem in de vorm van geboorde gaten langs beide kanten van de bus, en een glazen schuifraam naar de chauffeurscabine, zodat Sonja tijdens de rit oogcontact met haar bazinnetje had. De verhuisbus was kortom veranderd in een luxe olifantenvoertuig, en dat in maar een paar dagen tijd.

Hoe meer voorbereidingen er achter de rug waren, des te minder enthousiast ze werden om te vertrekken. Het leven in Sjötorp was heel prettig. Niet het minst voor Benny en de Schoonheid, die al voor de derde nacht op rij vonden dat het zonde was om lakens in verschillende kamers te verslijten als ze net zo goed één bed konden delen. De avonden bij de open haard waren heel gezellig, en bestonden vooral uit lekker eten, drinken en luisteren naar Allan Karlssons merkwaardige levensverhaal.

Op maandagochtend waren de koelkast en de voorraadkast bijna leeg en was het hoog tijd voor de Schoonheid om naar Rottne te rijden en inkopen te doen. Ze maakte de rit voor alle zekerheid in haar eigen oude auto. De Mercedes bleef waar hij was, verborgen achter de stal.

Ze haalde een tas met van alles voor haar en de mannen en een andere met verse Argentijnse appels voor Sonja. Toen de Schoonheid weer terug was gaf ze de tas met appels aan Allan, stopte de rest in de koelkast en de voorraadkast in de keuken, en ging daarna met een kilo Belgische aardbeien bij Benny en Buster op de verandatrap zitten. Daar zat Julius nu trouwens ook, tijdens een van zijn zeldzame vispauzes.

Op dat moment kwam er een Ford Mustang aanscheuren die Allan en Sonja bijna ondersteboven reed.

Sonja bleef er het kalmst onder. Ze was zo geconcentreerd op de volgende appel van Allan dat ze niet zag of hoorde wat er om haar heen gebeurde.

Allan was zo vaak bijna dood geweest dat een glanzende Ford Mustang nauwelijks verschil maakte. Als de auto op tijd stopte, dan deed hij dat. En dat deed hij inderdaad. De Schoonheid, Benny en Julius sprongen alle drie overeind en bleven in een rij op de veranda staan in afwachting van wat er zou gaan gebeuren. Ook Buster, die had geleerd dat hij niet mocht blaffen als er bezoek was, keek alert naar de bezoeker.

Hompie, die even geschrokken was, sprong uit zijn Mustang en tastte naar zijn pistool, dat in een tas op de vloer voor de achterbank stond. Hij richtte het wapen op Allan en de drie vrienden die naast elkaar op de veranda stonden en zei (een beetje fantasieloos misschien): 'Handen omhoog!'

'Handen omhoog?' Het was het stomste wat Allan in tijden had gehoord en hij begon meteen een discussie over de kwestie. Wat dacht hij dat er anders zou gebeuren? Dat Allan, honderd jaar oud, appels naar hem zou gooien? Of dat de breekbare dame op de veranda hem zou doorboren met Belgische aardbeien? Of dat ...

'Nou, ja, hou jullie handen waar jullie willen, maar haal geen trucjes uit.'

'Trucjes?'

'Hou je kop, ouwe zak! Vertel me in plaats daarvan maar waar die verdomde koffer is. En degene die er verantwoordelijk voor is.'

Dit is het dus, dacht de Schoonheid. Het was voorbij met het geluk in het leven. De werkelijkheid had hen allemaal ingehaald. Niemand gaf Hompie antwoord. Ze probeerden allemaal uit alle macht een oplossing te bedenken, behalve misschien de olifant, die met haar rug naar het drama stond en het tijd vond om te poepen. En als een olifant toegeeft aan die drang gebeurt dat zelden ongemerkt voor degenen die zich in de buurt bevinden.

'Jezus,' zei Hompie terwijl hij snel een paar stappen naar voren deed om uit de buurt van de brij te blijven die uit de oli... 'Waarom hebben jullie een olifant?'

Er kwam nog steeds geen antwoord. Nu kon Buster zich echter niet langer inhouden. Hij voelde duidelijk dat er iets mis was. Hij wilde dolgraag blaffen tegen de vreemde man, maar omdat hij de regels kende begon hij dof te grommen. Daardoor ontdekte Hompie dat er een herdershond op de veranda stond. Hij draaide zich van de olifant af, richtte zijn pistool op het beest en zag eruit alsof hij bereid was om te schieten als dat nodig mocht zijn.

Op dat moment ontstond er een idee in het honderdjarige brein van Allan. Het was vergezocht, en het kon zijn dood betekenen, als hij tenminste niet onsterfelijk was. Hij haalde diep adem en begon met een naïeve glimlach rond zijn mond naar de lomperik met het pistool toe te schuifelen. 'Wat een prachtig pistool heb je daar,' zei hij met een beverige stem. 'Is dat echt? Mag ik het even vasthouden?'

Benny, Julius en de Schoonheid dachten alle drie dat hij gek was geworden.

'Blijf staan, Allan!' riep Benny.

'Ja, blijf staan, ouwe zak, anders schiet ik je neer,' zei Hompie.

Allan bleef echter sloffend naar hem toe lopen. Hompie deed een stap naar achteren, richtte het wapen nog dreigender op Allan, en toen deed hij precies wat Allan had gehoopt dat hij zou doen. Hij deed in alle stress nóg een stap naar achteren en ...

Wie ooit zijn voet in de kleverige drab waaruit verse olifantenpoep bestaat heeft gezet, weet dat het bijna onmogelijk is om te blijven staan. Hompies achterste voet gleed weg, hij zwaaide met zijn armen in een poging zijn evenwicht te bewaren, deed nog een stap naar achteren waardoor hij met twee voeten in de derrie stond, viel hulpeloos achterover en belandde zachtjes op zijn rug.

'Zit, Sonja, zit,' zei Allan als laatste onderdeel van zijn vergezochte plan.

'Nee, verdomme, Sonja, niet zitten!' riep de Schoonheid, die plotseling begreep wat er op het punt stond te gebeuren.

'Jezus,' zei Hompie terwijl hij op zijn rug in de mest van de olifant lag.

Sonja, die met haar rug naar alles toe stond, had Allans commando luid en duidelijk gehoord. En de bejaarde was altijd vriendelijk tegen haar, dus deed ze hem graag een plezier. Bovendien dacht Sonja dat haar bazinnetje het commando bevestigde. 'Niet' kwam namelijk niet voor in Sonja's woordenschat.

Ze ging dus zitten. Haar achterwerk landde op iets zachts en warms, er klonk een dof krakend geluid en een korte piep, en daarna was het stil. Sonja zat. Zou ze nu nog meer appels krijgen?

'Dat was nummer twee,' zei Julius.

'Wat een verdomde klerezooi,' zei de Schoonheid.

De Baas wachtte drie uur lang tot Hompie contact zou opnemen. Daarna besloot hij dat er iets moest zijn gebeurd met die nietsnut. Het was tijd om de zaak in eigen hand te nemen, dat was duidelijk. De Baas trok eerst het kenteken na dat Hompie hem had gegeven. Het duurde maar een paar minuten om via de Rijksdienst voor het Wegverkeer te achterhalen dat het ging om een rode VW Passat, die eigendom was van Gunilla Björklund, Sjötorp, Rottne, Småland.

11

1945-1947

Als het mogelijk is om in één seconde volkomen nuchter te worden nadat je net een hele fles tequila naar binnen hebt gegoten, dan gebeurde dat met vicepresident Harry S. Truman.

President Roosevelts plotselinge overlijden zorgde er natuurlijk voor dat de vicepresident het gezellige diner met Allan moest beëindigen en onmiddellijk naar het Witte Huis in Washington moest. Allan bleef eenzaam in het restaurant achter en discussieerde een hele tijd met de ober over het al dan niet betalen van de rekening. Uiteindelijk accepteerde de ober Allans argument dat de aanstaande president van de VS beslist kredietwaardig zou zijn, en dat de ober nu in elk geval wist waar Truman woonde.

Allan maakte een verfrissende wandeling naar de legerbasis en ging verder met zijn werk als assistent van Amerika's meest vooraanstaande fysici, wiskundigen en scheikundigen, ook al begonnen deze zich opgelaten te voelen in zijn gezelschap. De sfeer werd steeds ongemakkelijker en Allan kreeg na een paar weken het gevoel dat het tijd was om verder te gaan. Een telefoontje uit Washington loste de kwestie op.

'Hallo, Allan, met Harry.'

'Welke Harry?' vroeg Allan.

'Truman, Allan. Harry S. Truman. De president, potverdorie.'

'Wat leuk! Nog bedankt voor het etentje, meneer de president. Ik hoop dat u niet zelf achter de stuurknuppel bent gaan zitten op weg naar Washington?'

Dat had de president inderdaad niet gedaan. Ondanks de ernst van de situatie was hij op een bank in de Air Force 2 in slaap gevallen en pas wakker geworden toen het vijf uur later tijd was om te landen.

Het was echter zo dat Truman een paar kwesties van zijn voorganger had geërfd, en voor een daarvan kon hij wellicht Allans hulp gebruiken, als deze daar kans toe zag.

Daar zag Allan absoluut kans toe, en de volgende ochtend meldde hij zich voor de laatste keer af bij de basis in Los Alamos.

De Oval Office, waar Allan tegenover zijn drinkmaatje uit Los Alamos zat terwijl hij naar diens uiteenzetting luisterde, was bijna net zo ovaal als Allan had gedacht.

De president vertelde dat hij werd lastiggevallen door een vrouw die hij om politieke redenen niet kon negeren. Ze heette Song Meiling, had Allan misschien al eens over haar gehoord? Nee?

Hoe dan ook, ze was de vrouw van Chiang Kai-shek, de leider van de Kwomintang, oftewel de Chinese Nationalistische Partij. Ze was beeldschoon, had in Amerika gestudeerd, was de beste vriendin van mevrouw Roosevelt, trok duizenden toeschouwers als ze ergens verscheen en had zelfs een toespraak voor het congres gehouden. Nu maakte ze president Truman echter het leven zuur omdat ze wilde dat hij alle mondelinge beloften nakwam die ze volgens haar van president Roosevelt had gekregen voor wat betreft de strijd tegen het communisme.

'Ik wist wel dat het weer met politiek te maken zou hebben,' zei Allan.

'Het is een beetje moeilijk om dat te ontwijken als je president van de VS bent,' zei Harry Truman.

Op dit moment heerste er windstilte in de strijd tussen de Kwomintang en de communisten, want ze deden iets gemeenschappelijks in Mantsjoerije. Maar straks zouden de Japanners verslagen zijn en dan begon de Chinese binnenlandse strijd beslist weer.

'Hoe weet je dat de Japanners verslagen worden?' vroeg Allan.

'Dat zou jij toch moeten weten,' antwoordde Truman, waarna hij het onderwerp meteen weer liet rusten.

De president ging verder met een langdradige beschouwing over de ontwikkelingen in China. De verslagen van de inlichtingendienst meldden dat de communisten aan de winnende hand waren in de burgeroorlog, en bij de Office of Strategic Services trok men Chiang Kai-sheks militaire strategie in twijfel. Het was duidelijk dat Chiang Kai-shek zich ten doel had gesteld om de macht in de steden te behouden, terwijl hij toeliet dat het communisme zich in de dorpen verspreidde. De Amerikaanse agenten zouden waarschijnlijk geen moeite hebben om de leider van de communisten, Mao Zedong, snel uit te schakelen, maar er was natuurlijk een risico dat zijn ideeën aanhang zouden krijgen onder de bevolking. Zelfs Chiang Kai-sheks vrouw Song Meiling besefte dat er meer moest worden gedaan. Ze had een alternatief plan ontwikkeld, parallel aan dat van haar echtgenoot.

De president weidde verder uit over het parallelle plan, maar Allan luisterde niet meer. In plaats daarvan keek hij verstrooid om zich heen terwijl hij zich afvroeg of de ramen kogelvrij waren, waar de deur links naartoe zou leiden, of het niet buitengewoon lastig was om het enorme tapijt naar de stomerij te brengen als dat nodig was ... Uiteindelijk voelde hij zich gedwongen om de president te onderbreken voordat deze vragen zou gaan stellen om te controleren hoeveel Allan van zijn verhaal had begrepen,

'Sorry, Harry, maar wat wil je dat ik ga doen?'

'Tja, zoals ik al zei gaat het erom de beweeglijkheid van de communisten op het platteland te stoppen ...'

'Wat wil je dat ik ga doen?'

'Song Meiling oefent druk uit om meer Amerikaanse wapens

te krijgen, en ze wil een volledige uitrusting boven op wat er al is aangeboden.'

'Wat wil je dat ik ga doen?'

Nadat Allan zijn vraag voor de derde keer had gesteld, zweeg de president even alsof hij een aanloop moest nemen voordat hij verderging. 'Ik wil dat je naar China gaat om bruggen op te blazen.'

'Waarom zeg je dat niet meteen?' vroeg Allan terwijl hij begon te stralen.

'Zoveel mogelijk bruggen, zodat je de communisten de pas ...'

'Het zal leuk zijn een nieuw land te zien,' zei Allan.

'Ik wil dat je Song Meilings mannen opleidt in de kunst van het bruggen opblazen en dat ...'

'Wanneer vertrek ik?'

Allan was uiteraard springstofexpert en hij was onder het genot van veel tequila goed bevriend geraakt met de huidige Amerikaanse president, maar hij was eveneens een Zweed. Als hij een klein beetje interesse had gehad in het politieke spel had hij de president misschien gevraagd waarom juist híj voor deze opdracht was uitgekozen. De president had die vraag verwacht, en als Allan hem had gesteld, had hij naar waarheid geantwoord dat het niet gepast was voor de VS om twee parallelle en potentieel tegenstrijdige militaire projecten in China te steunen. Officieel steunde de VS Chiang Kai-shek en zijn Chinese Nationalistische Partij. Nu vulden ze die steun stilzwijgend aan, door middel van een scheepslading benodigdheden voor het opblazen van bruggen op grote schaal, wat was afgedwongen door Chiang Kai-sheks vrouw, de beeldschone, adderachtige (volgens de president), half-Amerikaanse Song Meiling. Truman kon niet uitsluiten dat alles onder het genot van een kopje thee tussen Song Meiling en Eleanor Roosevelt was bekokstoofd. Het was een bijzonder lastige situatie, maar nu hoefde de president alleen nog Allan Karlsson en Song

Meiling met elkaar in contact te brengen, en daarna was de zaak voor hem uit de wereld.

De volgende kwestie die op zijn bureau lag was formeler, want mentaal had hij al een beslissing genomen. Het enige wat hiervoor nog vereist was, was dat hij als het ware op de knop drukte. Op een eiland ten oosten van de Filippijnen wachtte de bemanning van de B29 op het groene licht van de president. Alle testen waren voltooid. Er kon niets misgaan.

De volgende dag zou het 6 augustus 1945 zijn.

Allans blijdschap omdat er iets nieuws in zijn leven ging gebeuren, verdween toen hij Song Meiling voor de eerste keer sprak. Allan had instructies gekregen om haar in een hotelsuite in Washington te ontmoeten. Nadat hij door enkele rijen lijfwachten was geleid stond hij voor de vrouw in kwestie en stak zijn hand uit. 'Dag mevrouw, ik ben Allan Karlsson,' zei hij.

Song Meiling gaf hem geen hand. In plaats daarna wees ze naar een stoel naast de hare. 'Zit,' zei ze.

Allan was gedurende de jaren beschuldigd dat hij van alles was, van krankzinnig tot een fascist, maar geen hónd. Hij overwoog om iets te zeggen over de ongepaste toon van de vrouw, maar besloot uiteindelijk dat niet te doen omdat het hem interesseerde wat er hierna kwam.

Toen Allan was gaan zitten, begon Song Meiling aan het ergste wat hij kon bedenken, namelijk een politiek betoog. Ze noemde president Roosevelt de opdrachtgever van het project en dat vond Allan vreemd, want je kon vanuit het graf toch geen militaire operatie organiseren?

Ze praatte over het belang om de communisten tegen te houden, om Mao Zedong te verhinderen zijn politieke vergif van provincie naar provincie te verspreiden en – heel merkwaardig, vond Allan – dat Chiang Kai-shek er niets van begreep.

'Hoe staat het eigenlijk met de liefde tussen jullie?' vroeg Allan.

Song Meiling antwoordde dat zoiets een boerenkinkel zoals hij niets aanging. Karlsson was door president Truman aangewezen als haar rechterhand bij deze operatie, en voortaan zou hij alleen antwoorden als hij werd aangesproken en verder niet.

Allan werd nooit boos, hij dacht dat hij dat vermogen niet had, maar nu verdedigde hij zich in elk geval.

'Ik doe hieraan mee omdat de president me dat heeft gevraagd, maar als u zich zo chagrijnig blijft gedragen, denk ik dat ik ervan afzie. Ik kan China altijd een andere keer bezoeken, en ik heb al bruggen opgeblazen, dus voor mij hoeft het niet zo nodig.'

Song Meiling had niet meer meegemaakt dat iemand tegen haar in ging sinds haar moeder had geprobeerd haar huwelijk met een boeddhist tegen te houden, en dat was jaren geleden. Bovendien had haar moeder later haar verontschuldigingen moeten aanbieden, omdat de regeling haar dochter rechtstreeks naar de top had gebracht.

Ze moest nadenken. Ze had de situatie duidelijk verkeerd beoordeeld. Tot nu toe waren alle Amerikanen gaan trillen als ze begon te schermen met haar persoonlijke vrienden de heer en mevrouw Roosevelt, maar hoe moest ze deze man aanpakken als hij daar niet gevoelig voor was? Wie was deze prutser eigenlijk die Truman op haar dak had gestuurd?

Song Meiling was beslist niet iemand die zich zomaar met iedereen verbroederde, maar haar vastberadenheid won het van haar principes. Daarom veranderde ze van tactiek. 'We zijn vergeten elkaar netjes te begroeten,' zei ze terwijl ze haar hand op westerse wijze uitstak. 'Maar beter laat dan nooit.'

Allan was niet haatdragend. Hij pakte haar uitgestrekte hand en glimlachte toegeeflijk.

Twee dagen later vloog Allan samen met Song Meiling en twintig van haar lijfwachten naar Los Angeles. Daar wachtte het schip dat hen en de lading dynamiet naar Shanghai zou brengen.

Allan wist dat hij tijdens de lange tocht over de Stille Zuidzee onmogelijk de hele tijd uit de buurt van Song Meiling kon blijven, daarvoor was het schip te klein. Daarom accepteerde hij een vaste plek aan de kapiteinstafel voor het diner. Het voordeel ervan was het heerlijke eten, het nadeel was dat Allan en de kapitein niet met z'n tweeën waren, maar in gezelschap van Song Meiling, die over niets anders dan politiek leek te kunnen praten.

In plaats van brandewijn werd er groene bananenlikeur geserveerd. Allan nam aan wat hem werd aangeboden, maar hij vond dat alcoholhoudende drankjes door je keel naar je maag moesten stromen, het liefst zo snel mogelijk, en niet aan je verhemelte moesten blijven plakken.

Song Meiling liet zich de likeur wel goed smaken en hoe meer glazen ze op een avond dronk, des te subjectiever werden haar ellenlange politieke betogen.

Allan leerde tijdens de diners op de Stille Zuidzee geheel onvrijwillig dat Mao Zedong en zijn communisten de burgeroorlog heel goed zouden kunnen winnen en dat dat hoofdzakelijk zou komen doordat Chiang Kai-shek, Song Meilings echtgenoot, ongeschikt was als opperbevelhebber. Bovendien voerde hij op dit moment vredesonderhandelingen met Mao Zedong in de Zuid-Chinese stad Chongqing. Hadden meneer Karlsson en de kapitein ooit zoiets stoms gehoord? Om met een communist te onderhandelen! Dat kon in alle redelijkheid toch nergens toe leiden?

Song Meiling was ervan overtuigd dat de onderhandelingen afgebroken zouden worden. Haar spionageverslagen meldden bovendien dat een aanzienlijk deel van het communistische leger niet ver van Chongqing, in het onbegaanbare berggebied van de provincie Sichuan, op zijn leider Mao wachtte. Haar zorgvuldig geselecteerde spionnen waren net als zijzelf van mening dat Mao en zijn leger zich in noordoostelijke richting zouden begeven, naar Shaanxi en Henan, in hun weerzinwekkende propagandatocht door het land.

Allan hield tijdens deze betogen zijn mond om de politieke analyses niet langer te laten duren dan absoluut noodzakelijk was, maar de hopeloos vriendelijke kapitein stelde vraag na vraag terwijl hij de zoete groene bananenbrij opnieuw inschonk.

Zo vroeg de kapitein bijvoorbeeld waarom Mao Zedong eigenlijk zo'n dreiging vormde. De Kwomintang had tenslotte de steun van de VS en was, voor zover de kapitein dat had begrepen, superieur op militair gebied.

De vraag verlengde de kwelling van die avond met bijna een uur. Song Meiling legde uit dat Chiang Kai-shek uitging van de absoluut verkeerde veronderstelling dat het controleren van de steden het belangrijkst was.

Song Meiling was niet van plan om de strijd met Mao aan te gaan met haar kleine nevenproject dat ze samen met Allan en een aantal van haar lijfwachten zou opstarten, hoe zou ze dat moeten doen? Twintig slecht bewapende mannen, eenentwintig als je meneer Karlsson meerekende, tegenover een heel leger bekwame tegenstanders in het bergachtige Sichuan.

Het plan was in plaats daarvan om in eerste instantie een eind te maken aan de beweeglijkheid van Mao, om het veel moeilijker te maken voor het communistenleger om zich te verplaatsen, en haar stakker van een echtgenoot te laten beseffen dat hij die kans moest grijpen om met zijn leger naar het platteland te trekken en de Chinese bevolking duidelijk te maken dat ze de Kwomintang nodig hadden om hen tegen het communisme te beschermen, en niet andersom. Song Meiling had net als Mao begrepen wat Chiang Kai-shek tot nu toe weigerde te beseffen – namelijk dat het gemakkelijker was om de leider van een volk te worden als dat volk ook aan jouw kant stond.

Het was natuurlijk fantastisch dat Chiang Kai-shek was uitgenodigd voor de vredesonderhandelingen in Chongqing in het zuidwestelijke deel van het land; zelfs blinde kippen vinden af en toe een korrel gerst op de grond. Met maar een beetje geluk zouden Mao en zijn soldaten nog ten zuiden van de Jangtsekiang zijn als de onderhandelingen afgebroken werden en Song Meiling daar met Karlsson en haar lijfwachten arriveerde. Dat was het moment voor Karlsson om bruggen op te blazen! En dan zou Mao nog een hele tijd vastzitten in de bergen halverwege Tibet.

'Maar als hij zich aan de verkéérde kant van de rivier bevindt, dan hergroeperen we gewoon. Er zijn vijftigduizend rivieren in China, dus waar hij ook naartoe trekt, hij zal altijd een waterloop op zijn pad vinden.'

'Het zal zeker interessant zijn om te zien waar dat allemaal toe leidt,' zei Allan oprecht. 'Trouwens, hoewel we het daar niet over hebben, heeft de kapitein misschien nog een drupje brandewijn om de likeur mee weg te spoelen?'

Dat had de kapitein helaas niet, maar er waren wel andere smaken als meneer Karlsson wilde variëren: citroenlikeur, roomlikeur, muntlikeur ...

'Laten we het er niet meer over hebben,' zei Allan. 'Wanneer bereiken we Shanghai ongeveer?'

De Jangtsekiang is geen gewone waterloop. De rivier strekt zich over duizenden kilometers uit en is op sommige plekken kilometers breed. Bovendien is hij tot ver in het land diep genoeg voor vaartuigen van duizenden tonnen.

Hij is mooi, zoals hij langs steden, akkers en steile klippen door het Chinese landschap kronkelt.

Allan Karlsson en de twintig lijfwachten van Song Meiling vertrokken op een rivierboot naar Sichuan, met de bedoeling de communistenleider Mao Zedong het leven zuur te maken. De reis begon op 12 oktober 1945, twee dagen nadat de vredesonderhandelingen inderdaad waren afgebroken.

De tocht ging niet overdreven snel, want de twintig lijfwachten wilden graag een dag of drie feestvieren zodra de boot een nieuwe haven binnenliep. Ze stopten vaak. Eerst in Nanjing, daarna in Wuhu, Anqing, Jiujiang, Huangshi, Wuhan, Yueyang, Yidu, Fengjie, Wanxian, Chongqing en Luzhou. En in elke haven wachtten dronkenschap, prostituees en algemene zedeloosheid.

Omdat een dergelijke levensstijl veel geld kost, bedachten de twintig lijfwachten van Song Meiling een nieuwe belasting. Boeren die hun goederen in de haven wilden lossen moesten een bijdrage van vijf yuan betalen of anders onverrichterzake terugkeren. Wie protesteerde werd doodgeschoten.

De belastingopbrengsten werden onmiddellijk geconsumeerd in de meest obscure wijken van de stad, die heel praktisch altijd in de buurt van de haven lagen. Allan was van mening dat als Song Meiling het belangrijk vond om het volk aan haar kant te hebben, ze die kwestie misschien met haar lijfwachten had moeten bespreken. Maar dat was godzijdank haar probleem, ook al was ze inmiddels naar haar zomerhuis bij Taipei vertrokken, en niet dat van Allan.

Het duurde twee maanden voordat de rivierboot met Allan en de twintig lijfwachten de provincie Sichuan bereikte en toen was Mao Zedongs leger al lang naar het noorden getrokken. Bovendien knepen de communisten er niet tussenuit via bergweggetjes, maar trokken ze naar de dalen en leverden ze strijd met een compagnie van de Kwomintang die de stad Yibin bezette.

Yibin stond op het punt in handen van de communisten te vallen. Drieduizend Kwomintangsoldaten waren gedood in de strijd, minstens vijfentwintighonderd van hen omdat ze te dronken waren om oorlog te voeren. De tegenstander verloor driehonderd vermoedelijk nuchtere communisten.

De slag om Yibin eindigde ondanks alles in een succes voor de Kwomintang, want onder de vijftig gevangengenomen communisten bevond zich een diamant. Negenenveertig gevangenen konden gewoon worden doodgeschoten en daarna in een kuil worden gegooid, maar de vijftigste was niemand minder dan de mooie Jiang Qing, de toneelspeelster die marxist-leninist werd en – vooral – Mao Zedongs derde vrouw.

Er volgde onmiddellijk langdurig overleg tussen de compagnieleiding van de Kwomintang in Yibin en de lijfwachten van Song Meiling. Ze verschilden van mening over wie de verantwoordelijkheid voor stergevangene Jiang Qing op zich zou nemen. De companieleiding had haar opgesloten in afwachting van de aankomst van de boot met Song Meilings lijfwachten. Ze hadden niets anders gedurfd, omdat Song Meiling aan boord had kunnen zijn en met haar wilde niemand ruzie krijgen.

Song Meiling was echter in Taipei en toen leek het de compagnieleiding heel eenvoudig. Jiang Qing zou eerst worden verkracht door de ruwste soldaten en daarna, als ze nog steeds in leven was, werd ze doodgeschoten.

De lijfwachten van Song Meiling hadden op zich niets tegen de verkrachting, ze konden zich zelfs voorstellen dat ze daarbij hielpen, maar Jiang Qing mocht absoluut niet om het leven komen. In plaats daarvan moest ze naar Song Meiling of in elk geval naar Chiang Kai-shek gebracht worden. Er was tenslotte een groot politiek belang mee gemoeid, verkondigden ze hautain tegen de compagnieleider. Deze gaf uiteindelijk toe en beloofde chagrijnig dat hij zijn diamant nog dezelfde middag zou overhandigen. De bijeenkomst werd afgesloten en de lijfwachten besloten hun overwinning te vieren met een rondje in de stad. Stel je voor hoe leuk ze het zouden krijgen als de diamant eenmaal aan boord was!

De slotonderhandelingen hadden plaatsgevonden op het dek van de rivierboot die Allan en de lijfwachten vervoerde. Allan verbaasde zich over het feit dat hij het grootste deel begreep van wat er was gezegd. Terwijl de lijfwachten zich in de verschillende steden hadden geamuseerd, had Allan op het achterdek gezeten, samen met de sympathieke scheepsjongen Ah Ming, die een enorm pedagogisch talent bleek te hebben. In twee maanden had Ah Ming Allan zo goed Chinees leren praten dat hij zich ermee kon redden.

Allan had als kind geleerd om mensen die geen borrel namen als daar een reden voor was te wantrouwen. Hij was nog maar zes jaar oud toen zijn vader zijn hand op zijn kleine schouder had gelegd en had gezegd: 'Je moet oppassen voor de dominee, zoon. En voor iedereen die geen brandewijn drinkt. Maar het ergst van alles zijn dominees die geen brandewijn drinken.'

Aan de andere kant leek Allans vader niet helemaal nuchter toen hij op een dag een onschuldige treinreiziger een oplawaai verkocht en met onmiddellijke ingang afscheid van de Staatsspoorwegen moest nemen. Dat had er op zijn beurt toe geleid dat Allans moeder zelf ook een paar wijze woorden tot haar zoon had gericht. 'Blijf uit de buurt van zuipschuiten, Allan, dat had ik ook moeten doen.'

De kleine jongen groeide op en vormde zijn eigen mening uit wat zijn ouders hem hadden meegegeven. Dominees en politici konden er wat Allan betreft mee door, en het deed er niet toe of ze communist, fascist, kapitalist of wat er verder nog bestond waren. Daarentegen was hij het met zijn vader eens dat echte mannen geen limonade dronken. En hij was het met zijn moeder eens dat je je moest gedragen, ook al was je soms een beetje aangeschoten.

Praktisch gezien betekende dit dat Allan tijdens de reis over de rivier zijn animo kwijtraakte om Song Meiling en haar twintig dronken lijfwachten te helpen (het waren er trouwens nog maar negentien omdat er een overboord was gevallen en was verdronken). Hij wilde er liever niet bij zijn als de lijfwachten de gevangene verkrachtten die opgesloten zat, of ze nu communist was of niet en met wie ze ook was getrouwd.

Allan besloot dus om te vertrekken en de gevangene mee te nemen. Hij vertelde zijn nieuwe vriend Ah Ming wat hij van plan was en vroeg bescheiden of deze de toekomstige voortvluchtigen zou kunnen helpen met een beetje proviand. Dat beloofde Ah Ming op één voorwaarde – dat hij mee mocht.

Achttien van de negentien lijfwachten van Song Meiling vermaakten zich samen met de kok en de kapitein van de rivierboot in de rosse buurt van Yibin. De negentiende soldaat, degene die het kortste strootje had getrokken, zat te mokken bij de deur naar de trap die naar Jiang Qings gevangeniscel onderdeks leidde.

Allan ging naast de lijfwacht zitten om een praatje te maken en stelde voor dat ze samen iets zouden drinken. De wacht antwoordde dat hij verantwoordelijk was voor misschien wel de belangrijkste gevangene van het land en dat het dan niet gepast was om rijstbrandewijn te drinken.

'Daar ben ik het absoluut mee eens,' zei Allan. 'Maar één glaasje kan toch geen kwaad?'

'Nee,' zei de lijfwacht nadenkend. 'Eén glaasje kan natuurlijk geen kwaad.'

Twee uur later hadden Allan en de lijfwacht de tweede fles leeggedronken, terwijl Ah Ming heen en weer rende om lekkernijen uit de voorraadkast te serveren. Allan was inmiddels aangeschoten, maar de lijfwacht was op het dek in slaap gevallen.

'Zo,' zei Allan terwijl hij naar de bewusteloze Chinese lijfwacht bij zijn voeten keek. 'Drink nooit met een Zweed als je zelf geen Fin of in elk geval een Rus bent.'

Springstofexpert Allan Karlsson, scheepsjongen Ah Ming en Jiang Qing, de oneindig dankbare vrouw van de communistenleider Mao, verlieten de rivierboot onder bescherming van de duisternis en beklommen even later de berg waar Jiang Qing al veel tijd in gezelschap van de troepen van haar man had doorgebracht. Jiang Qing was bekend bij alle Tibetaanse nomaden in de omgeving en het was geen probleem voor de vluchtelingen om voedsel te krijgen, ook niet toen de proviand van Ah Ming op was. Het was niet zo vreemd dat de Tibetanen deze Mao gunstig gezind waren. Het was algemeen bekend dat Tibets onafhankelijkheid zou worden afgekondigd als de communisten de strijd om China eenmaal hadden gewonnen.

Jiang Qing wilde samen met Allan en Ah Ming in een wijde boog rond het door de Kwomintang gecontroleerde gebied naar het noorden trekken. Het zou een paar maanden duren voordat ze Xi'an in de provincie Shaanxi bereiken, waar de man van Jiang Qing zich bevond, als ze tenminste een beetje opschoten.

Scheepsjongen Ah Ming was in het geheim communist geworden toen hij zag hoe de lijfwachten zich gedroegen en was dolenthousiast over Jiangs Qings belofte dat hij Mao zou mogen bedienen als ze daar eenmaal waren.

Allan meende echter dat het communistische kamp zich heel goed zonder hem zou kunnen redden. Vond Jiang Qing het een probleem als hij niet meeging, maar in plaats daarvan naar huis vertrok?

Jiang Qing antwoordde dat Zweden verschrikkelijk ver weg lag en vroeg hoe hij van plan was dat te gaan doen.

Allan antwoordde dat een boot of een vliegtuig natuurlijk het meest voor de hand lag, maar dat de wereldhavens daarvoor op een heel verkeerde plek lagen. Luchthavens had hij in de bergen niet gezien en hij had trouwens ook geen geld voor een vliegtuig.

'Ik zal moeten lopen,' zei Allan.

Het dorpshoofd dat de drie vluchtelingen zo ruimhartig had opgenomen, had een broer die enorm bereisd was. De broer was helemaal naar Ulanbaatar in het noorden en Kabul in het westen geweest. Bovendien had hij zijn tenen in het water van de Golf van Bengalen gestoken tijdens een reis naar Zuid-Azië. Maar nu was hij terug in het dorp en het dorpshoofd riep hem bij zich en vroeg of hij een wereldkaart voor meneer Karlsson wilde tekenen, zodat deze de weg naar Zweden kon vinden. De volgende dag was de kaart al klaar.

Zelfs als je ervoor zorgt dat je goed gekleed bent, mag je het stoutmoedig noemen om met behulp van een zelfgemaakte wereldkaart en een kompas de Himalaya over te steken. Eigenlijk had Allan de bergketen aan de noordkant kunnen passeren, om daarna langs het noorden van zowel de Aralzee als de Kaspische Zee naar Europa te lopen, maar de werkelijkheid en de zelfgemaakte kaart kwamen niet helemaal overeen. Dat wist Allan echter niet, dus nam hij afscheid van Jiang Qing en Ah Ming en begon hij aan zijn wandeling, die hem door Tibet, over de Himalaya, door Brits-Indië, Afghanistan, Iran, Turkije en Europa naar Zweden zou brengen.

Na twee maanden lopen kreeg Allan te horen dat hij waarschijnlijk de verkeerde kant van de bergkam had gekozen en dat hij het best terug kon gaan om opnieuw te beginnen. Nog vier maanden later (aan de goede kant van de bergkam) bedacht hij dat het allemaal wel erg langzaam ging. Op een markt in een bergdorp onderhandelde hij met behulp van gebarentaal en het Chinees dat hij sprak daarom zo goed mogelijk over de prijs van een kameel.

Er volgden nog twee maanden in eenzaamheid, schommelend op een kamelenrug, voordat Allan drie vreemdelingen tegenkwam die ook op een kameel reisden. Allan begroette hen in alle talen die hij sprak: Chinees, Spaans, Engels en Zweeds, en in het Engels lukte het.

Een van de mannen vroeg Allan wie hij was en waar hij naartoe ging. Allan stelde zich voor en zei dat hij op weg was naar zijn geboorteland Zweden. De man keek hem met grote ogen aan. Was hij van plan om op de kameel helemaal naar Noord-Europa te rijden?

'Met een kleine onderbreking als ik de boot over de Öresund neem,' zei Allan.

Wat de Öresund was, wisten de drie mannen niet, maar nadat Allan hun had verzekerd dat hij niet loyaal was aan de sjah van Iran stelden ze hem voor om samen verder te reizen.

De mannen vertelden dat ze elkaar hadden leren kennen

tijdens hun studie Engels aan de universiteit van Teheran. In tegenstelling tot de overige studenten van hun jaar hadden ze de taal niet gekozen om de Engelse soevereiniteit gemakkelijker te kunnen dienen. Na hun studie hadden ze twee jaar in de communistische inspiratiebron van Mao Zedongs onmiddellijke nabijheid doorgebracht, en nu waren ze op weg naar huis, naar Iran.

'Wij zijn marxisten,' zei een van de mannen. 'We voeren strijd uit naam van de internationale arbeider, uit zijn naam gaan we de socialistische revolutie in Iran en in de hele wereld doordrijven, we schaffen het kapitalistische systeem af, we bouwen een samenleving die is gebaseerd op de economische en sociale gelijkheid van iedereen en op het verwezenlijken van de individuele vermogens van ieder individu, in een wereld waarin eenieder produceert naar vermogen en neemt naar behoefte.'

'Zo zo,' zei Allan. 'Hebben jullie misschien een drupje brandewijn over?'

Dat hadden de mannen. Op dat moment kreeg Allan meteen vertrouwen in de gezamenlijke reis.

Elf maanden later was het de vier mannen gelukt om elkaars leven minstens drie keer te redden. Ze hadden samen lawines, struikrovers, zware kou en herhaalde perioden van hongersnood overleefd. Twee van de kamelen waren omgekomen, een derde hadden ze moeten slachten en opeten en de vierde moesten ze afstaan aan een Afghaanse douanebeambte om het land binnen te komen in plaats van gearresteerd te worden.

Allan had nooit gedacht dat het gemakkelijk was om de Himalaya over te steken. Achteraf was hij echter blij dat hij zich had kunnen aansluiten bij de sympathieke Iraanse communisten, want het was niet goed gegaan als hij in zijn eentje had moeten vechten tegen de zandstormen in de valleien, de overstromende rivieren en de kou van min veertig graden in de bergen. De groep was door de kou gedwongen geweest om op tweeduizend meter hoogte haar kamp op te slaan en daar te wachten tot de winter van 1946-1947 voorbij was.

De drie communisten hadden natuurlijk geprobeerd om Allan voor hun strijd te rekruteren, vooral toen ze beseften hoe behendig hij met dynamiet en dergelijke was. Allan antwoordde dat hij hen gelukwenste, maar dat hij op weg was naar zijn huisje in Yxhult. In alle haast vergat Allan dat hij het huisje achttien jaar eerder had opgeblazen.

Uiteindelijk gaven de mannen hun overredingspogingen op en waren ze er tevreden mee dat Allan een goede vriend was, en bovendien iemand die niet klaagde over een beetje sneeuw. Allans aanzien in de groep steeg nog meer toen hij in afwachting van beter weer en gebrek aan andere dingen om zich mee bezig te houden had ontdekt hoe je sterkedrank van geitenmelk kon maken. De communisten snapten niet hoe hij het deed, maar er zat flink wat alcohol in de melk en gelukkig kregen ze het daardoor niet alleen warmer, maar werd hun situatie ook minder saai.

In het voorjaar van 1947 waren ze eindelijk aan de zuidkant van de hoogste bergketen ter wereld aangekomen. Hoe dichter de kameraden de Iraanse grens naderden, des te enthousiaster praatten ze over de toekomst van Iran. De tijd was gekomen om eens en voor altijd alle buitenlanders het land uit te jagen. De Engelsen hadden de corrupte sjah al die jaren gesteund en dat was erg genoeg, maar toen de sjah het uiteindelijk zat was om aan de leiband van de Engelsen te lopen en begon tegen te sputteren, vervingen de Engelsen hem door zijn zoon.

De zoon was gemakkelijker om te kopen dan zijn vader, zodat de Engelsen en de Amerikanen de zeggenschap over de Iraanse olie hadden. Daar zouden de drie door Mao Zedong geïnspireerde Iraanse communisten een eind aan maken. Het probleem was dat de andere Iraanse communisten zich meer aangetrokken voelden tot Stalins Sovjet-Unie, en daarnaast waren er veel storende revolutionaire elementen die hun religie bij de strijd betrokken.

Zodra de vier vrienden Iraanse grond betraden, werden ze gearresteerd door een grenspatrouille die toevallig passeerde. De drie communisten hadden helaas alle drie een exemplaar van het *Communistisch Manifest* bij zich (tot overmaat van ramp in het Perzisch), en ze werden ter plekke doodgeschoten. Allan overleefde het omdat hij literatuurloos was. Bovendien zag hij er buitenlands uit en dat vereiste nader onderzoek.

Hij had geen tijd om verdriet te hebben. Zijn handen werden op zijn rug gebonden en hij werd op een deken in de laadbak van een vrachtauto gegooid. Met zijn neus in de deken vroeg hij in het Engels of ze hem naar de Zweedse ambassade in Teheran konden brengen, of naar de Amerikaanse ambassade als Zweden geen vertegenwoordiging had in de stad.

'*Khafe sho*!' was het dreigend klinkende antwoord.

Allan verstond het niet, maar begreep het toch. Het kon geen kwaad om voorlopig zijn mond te houden.

Een halve wereldbol daarvandaan, in Washington D.C., had president Harry S. Truman zijn eigen zorgen. Het begon verkiezingstijd te worden in Amerika en dan was het belangrijk om de juiste positie te bepalen. De grootste strategische kwestie was in hoeverre hij bereid was om de negers in het Zuiden over hun rug te aaien. Het evenwicht bestond eruit om aan de ene kant modern gedrag te vertonen en aan de andere kant niet te soft te lijken. Op die manier hield je de publieke opinie aan jouw kant.

Op het wereldtoneel moest hij met Stalin zien om te gaan. In dat geval was hij echter niet bereid tot het sluiten van compromissen. Het was Stalin gelukt om zo af en toe iemand te charmeren, maar daar hoorde Harry S. Truman niet bij.

In het licht van dit alles behoorde China tot het verleden. Stalin steunde Mao Zedong, maar Truman kon dat niet blijven doen met die amateur van een Chiang Kai-shek. Song Meiling had gekregen waarom ze had gevraagd, maar nu moest het genoeg zijn. Hij vroeg zich trouwens af wat er met Allan Karlsson was gebeurd. Aardige vent, werkelijk waar.

Chiang Kai-sheks militaire mogelijkheden verminderden gestaag en Song Meilings nevenproject mislukte doordat de verantwoordelijke springstofexpert was verdwenen en bovendien Mao's vrouw had meegenomen.

Song Meiling eiste onmiddellijk een ontmoeting met president Truman, zodat ze hem met haar blote handen kon wurgen omdat hij Allan Karlsson op haar af had gestuurd, maar Truman had geen tijd om haar te ontvangen. In plaats daarvan keerden de VS de Kwomintang de rug toe; corruptie, hyperinflatie en hongersnood speelden Mao Zedong allemaal in de kaart. Uiteindelijk waren Chiang Kai-shek, Song Meiling en hun volgelingen genoodzaakt naar Taiwan te vluchten. Het vasteland van China werd communistisch.

12

Maandag 9 mei 2005

De vrienden in Sjötorp begrepen dat het de hoogste tijd was om plaats te nemen in de verhuisbus en voorgoed te vertrekken, maar voor het zover was moesten ze nog een aantal zaken regelen.

De Schoonheid trok een regenjas met capuchon en rubberhandschoenen aan en pakte de waterslang om de man waarop Sonja net was gaan zitten schoon te spoelen. Eerst wurmde ze het pistool uit de rechterhand van de dode en legde dat voorzichtig op de veranda (waarna ze vergat dat ze het daar had neergelegd), met de loop op een dikke spar vier meter verderop gericht. Je wist tenslotte nooit of zo'n schietwapen ineens af zou gaan.

Toen Hompie uit Sonja's mest was bevrijd, werd hij door Julius en Benny onder de achterbank van zijn eigen Ford Mustang gelegd. Normaal gesproken was dat niet gelukt, maar hij was tenslotte netjes geplet.

Daarna ging Julius achter het stuur van de Ford Mustang zitten en reed weg, met Benny in de Passat van de Schoonheid achter hem. Ze wilden een verlaten plek zoeken die op veilige afstand van Sjötorp lag en de auto van de ruziezoeker daar overgieten met benzine en in brand steken, net zoals echte gangsters in zo'n situatie doen.

Daarvoor hadden ze echter eerst een jerrycan nodig, en daarna benzine om de jerrycan mee te vullen. Julius en Benny stopten dus bij een benzinestation langs Sjösåsvägen in Braås. Benny ging naar binnen om een en ander te regelen en Julius om iets eetbaars te kopen.

Een nieuwe Ford Mustang met een V-motor van meer dan driehonderd pk bij een benzinestation in Braås is bijna net zo sensationeel als een Boeing 747 in Sveavägen in Stockholm. Het duurde dan ook niet langer dan een seconde voordat Hompies broertje en een van zijn collega's van The Violence, die zich ook bij het benzinestation bevonden, besloten om de dag te plukken. Het broertje sprong in de Mustang terwijl zijn collega de vermoedelijke eigenaar in de gaten hield, die tussen de snoeprekken in het benzinestation rondliep. Wat een vangst! En wat een idioot! Hij had de sleutels in het contactslot laten zitten!

Toen Benny en Julius naar buiten kwamen, de een met een net aangeschafte jerrycan die hij met benzine wilde vullen, de ander met een krant onder zijn arm en zijn mond vol snoep, was de Mustang weg.

Dus reden ze in de niet gestolen Passat terug naar Sjötorp. De lege jerrycan was nog steeds leeg. En dat konden ze net zo goed zo laten.

De Mustang was zwart en had twee lichtgele strepen in de lengte over het dak. Een prachtexemplaar waar Hompies broertje en zijn kameraden een flink bedrag voor zouden krijgen. De diefstal was zowel toevallig als probleemloos geweest. Minder dan vijf minuten na de ongeplande wederrechterlijke toe-eigening stond de auto veilig opgeborgen in de garage van The Violence.

De volgende dag verwisselden ze de nummerplaten, waarna Hompies broertje een van zijn bendeleden opdracht gaf om de auto naar hun compagnon in Riga te brengen, waarna hij met de boot terug moest komen. Zoals altijd zorgden de Letten er daarna met behulp van valse nummerplaten en papieren voor dat de auto particulier werd terugverkocht aan iemand van The Violence en hup, er was weer een gestolen auto legaal geworden.

Deze keer ging het echter anders, want de auto van de Zweden begon verschrikkelijk te stinken terwijl hij in de garage in Ziepniekkalns aan de zuidrand van Riga stond. De chef van de garage ging op onderzoek uit en ontdekte een lijk onder de achterbank van de auto. Hij vloekte als een ketter, haalde de nummerplaten en alles wat de auto naar de eigenaar zou kunnen leiden weg, en begon de prachtige Mustang daarna net zolang in te deuken tot de auto waardeloos leek. Daarna zocht hij een alcoholist, die hij omkocht met vier flessen wijn om het wrak met lijk en al voor vernietiging naar een autosloperij te brengen.

De vrienden in Sjötorp waren klaar voor vertrek. Het was natuurlijk zorgwekkend dat de Mustang met de dode ruziezoeker was gestolen, maar daar dachten ze niet meer aan toen Allan eenmaal had besloten dat het was zoals het was en dat het werd zoals het werd. Bovendien, verkondigde hij, bestond er goede hoop dat de autodieven geen contact met de politie zouden opnemen. Het lag tenslotte in het karakter van autodieven om in principe afstand te houden van alles wat met de politie te maken had.

Het was halfzes 's avonds en het duurde nog even voordat de duisternis zou invallen. Een mooie tijd om te vertrekken, want de verhuisbus was groot en de wegen in het begin smal en bochtig.

Sonja stond op haar plek in haar stal op wielen, en alle sporen van de olifant waren zorgvuldig weggeboend van het erf en uit de stal. De Passat en Benny's Mercedes bleven achter, daar was niets illegaals mee gebeurd.

De Schoonheid was eerst van plan geweest zelf te rijden, ze was ervan overtuigd dat ze wist hoe ze een vrachtwagen moest besturen. Het bleek echter dat Benny bijna rijschoolleraar was en alle letters bezat die je op een rijbewijs kon verzamelen, waardoor hij waarschijnlijk het best achter het stuur kon zitten.

Bij de brievenbus draaide Benny naar links, weg van Rottne en Braås. Volgens de Schoonheid zouden ze na een lastig begin over grindpaden Åby bereiken, waarna ze over nauwelijks een halfuur ten zuiden van Lammhult weg 30 zouden nemen. Misschien was het verstandig om die tijd te vullen met bedenken waar ze eigenlijk naartoe gingen.

Vier uur eerder had de Baas ongeduldig zitten wachten op de enige van zijn handlangers die nog niet was verdwenen. Zodra Caracas terug was van zijn bezigheid, wat dat ook was, zou de Baas hem opdracht geven naar het zuiden te gaan. Maar niet op zijn motor en niet met zijn clubjack aan. Het was tijd om voorzichtig te worden.

De Baas begon overigens te twijfelen aan zijn eerdere strategie met de clubjacks met het Never Again-symbool op de rug. Het was in het begin de bedoeling geweest om respect bij buitenstaanders af te dwingen en daarnaast een identiteit en eensgezindheid in de groep te creëren. Nu de organisatie echter veel kleiner was dan de Baas voor ogen had gehad, zou het hem ook zonder jacks wel lukken om een eenheid met Bikker, Hompie en Caracas te vormen. Bovendien was de aard van hun werkzaamheden tegenwoordig zo dat het clubjack als signaal bijna contraproductief werkte. Zijn opdracht aan Bikker voor de transactie in Malmköping was tweeledig geweest: enerzijds moest hij daar uit naam van de discretie met het openbaar vervoer naartoe reizen, en anderzijds moest hij het clubjack met het Never Again-symbool op de rug dragen om de Russen te tonen met wie ze ruzie zochten als ze ruzie zochten.

Maar nu was Bikker op de vlucht, of wat er ook was gebeurd, terwijl hij op zijn rug een merkteken droeg dat min of meer zei: 'Als je iets wilt weten, bel dan mijn baas'.

Verdomme, dacht de Baas. Als deze toestand achter de rug was, zouden ze de jacks verbranden. En waar bleef Caracas in jezusnaam? Ze moesten vertrekken!

Caracas verscheen acht minuten later en vertelde verontschuldigend dat hij naar de supermarkt was geweest om een watermeloen te kopen.

'De halve organisatie is verdwenen, samen met vijftig miljoen kronen, en jij gaat fruit kopen?' Het geduld van de Baas was op. Hij pakte de watermeloen en sloeg er zo hard mee op het hoofd van de arme Caracas dat hij barstte. Caracas begon te huilen en zei dat hij niet meer mee wilde doen. Hij had tenslotte alleen maar problemen met de Baas vanaf het moment dat eerst Bikker en daarna Hompie waren verdwenen. Alsof het zijn schuld was. Hij was van plan een taxi te bellen, naar Arlanda te rijden en het vliegtuig naar zijn familie in Caracas te nemen. Daar kon hij in elk geval zijn echte naam terugkrijgen.

'¡*Vete a la mierda*!' huilde Caracas, waarna hij naar buiten rende.

De Baas zuchtte. De situatie werd steeds chaotischer. Eerst verdween Bikker, daarna verdween Hompie, en de Baas moest achteraf toegeven dat hij inderdaad een deel van zijn frustratie had afgereageerd op Caracas.

Nu was hij alleen in zijn jacht op ... Tja, hij wist niet eens waarnaar hij op jacht was. Moest hij Bikker zoeken? Was hij zo stom geweest om de koffer te stelen? En wat was er met Hompie gebeurd?

De Baas reed overeenkomstig zijn status in het nieuwste model BMW X5, en meestal veel te snel. De agenten die hem in de onopvallende politieauto schaduwden, turfden het aantal verkeersovertredingen tijdens de rit naar Småland en waren het er na driehonderd kilometer over eens dat de man achter het stuur van de BMW zijn rijbewijs gedurende de komende decennia kwijt zou zijn als hij voor alles wat hij tot nu toe had uitgehaald in het verkeer gerechtelijk zou worden vervolgd.

Toen ze Åseda passeerden, loste commissaris Aronsson zijn

collega's uit Stockholm af, bedankte voor de hulp en deelde mee dat hij het verder zelf wel redde.

Met behulp van het gps-navigatiesysteem in de BMW had de Baas geen probleem om de weg naar Sjötorp te vinden, maar hoe dichterbij hij kwam, des te ongeduldiger hij werd.

De man voor hem reed zo snel dat commissaris Aronsson moeite had hem bij te houden. Hij moest tenslotte de hele tijd een zekere afstand houden zodat Per-Gunnar Gerdin niet zou merken dat hij werd gevolgd. Alleen op de lange rechte stukken zag hij de BMW nog in de verte ... tot hij hem niet meer zag!

Waar was Gerdin naartoe gegaan? Misschien was hij ergens afgeslagen? Aronsson ging langzamer rijden en voelde het zweet op zijn voorhoofd uitbreken; de gedachte aan wat er misschien op het punt stond te gebeuren zinde hem niet.

Er was een afslag naar links, had hij die genomen? Of was hij rechtdoor gereden? De weg was hier bezaaid met verkeersdrempels, dan had hij Gerdin toch moeten inhalen? Als hij niet vlak daarvoor was afgeslagen?

Dat moest het zijn. Aronsson keerde de auto en sloeg af op de plek waarvan hij dacht dat Gerdin dat ook had gedaan. Nu moest hij zijn ogen goed openhouden, want als Gerdin dit weggetje had genomen, had hij zijn bestemming bijna bereikt.

De Baas stond boven op zijn rem om terug te gaan van honderdtachtig naar twintig kilometer per uur en sloeg snel af naar het grindpad dat de routeplanner aangaf. Hij was nog maar 3,7 kilometer van zijn doel verwijderd.

Tweehonderd meter voor de brievenbus van Sjötorp maakte de weg een laatste bocht en achter die bocht zag de Baas de achterkant van een grote verhuisbus, die achteruit de oprit af reed die de Baas blijkbaar moest nemen. Wat moest hij nu doen? Wie zat er in de bus? En wie bleef er achter in Sjötorp?

Hij besloot de verhuisbus te laten gaan en reed het slingerende pad op dat uitkwam bij het erf van een woonhuis, een stal en een schuur die betere tijden had gekend.

Hij zag echter geen Bikker. Geen Hompie. Geen bejaarde. Geen roodharige vrouw. En al helemaal geen koffer op wielen. Er was duidelijk niemand aanwezig, maar achter de stal stonden twee auto's: een rode VW Passat en een zilverkleurige Mercedes.

'Absoluut de juiste plek,' zei de Baas tegen zichzelf. 'Maar misschien een paar minuten te laat?'

Hij besloot de verhuisbus achterna te gaan. Een voorsprong van drie tot vier minuten op een kronkelend grindpad was niet onoverkomelijk.

De Baas drukte het gaspedaal in en de BMW spoot weg. Bij de brievenbus sloeg hij links af, net als de verhuisbus had gedaan. Daarna drukte hij het gaspedaal in en verdween in een stofwolk. Hij zag de blauwe Volvo niet eens die vanaf de andere richting naderde.

Commissaris Aronsson was eerst blij dat hij weer oogcontact had met Gerdin, maar toen hij bedacht wat voor snelheid Gerdin uit zijn auto haalde, was hij dat gevoel meteen weer kwijt. Hij had geen enkele kans om hem bij te houden, dus kon hij net zo goed een kijkje bij het huis nemen. De plek waar Gerdin was gekeerd, heette Sjötorp; op de brievenbus stond de naam GUNILLA BJÖRKLUND.

'Het zou me niets verbazen als je rood haar hebt, Gunilla,' zei commissaris Aronsson tegen zichzelf.

Hij ontdekte onmiddellijk, net als de Baas daarnet, dat Sjötorp verlaten was, hoewel hij beduidend langer de tijd nam voor zijn zoektocht naar puzzelstukjes. Een van die stukjes vond hij in de vorm van de krant van vandaag in de keuken en verse groenten in de koelkast. Het vertrek had dus eerder die dag plaatsgevonden. Een ander puzzelstukje bestond uit de Mercedes en de Passat, die hij achter de schuur ontdekte. Aronsson was al bekend met de Mercedes, en hij gokte dat de Passat van Gunilla Björklund was.

Commissaris Aronsson deed nog twee bijzonder interessante ontdekkingen. De eerste was een pistool op de houten veranda van het woonhuis. Wat deed dat daar? En wiens vingerafdrukken zouden erop staan? Aronsson gokte op die van Hompie, terwijl hij het wapen voorzichtig in een plastic zak stopte.

De tweede ontdekking deed hij in de brievenbus toen hij vertrok. Tussen de post van die dag vond hij een brief van de Rijksdienst voor het Wegverkeer, die de wisseling van eigenaar van een gele Scania uit 1992 bevestigde.

'Zijn jullie in een verhuisbus vertrokken?' zei de commissaris tegen zichzelf.

De gele verhuisbus reed langzaam over de bochtige weg. Het duurde niet lang voordat de BMW hem had ingehaald, maar de Baas moest erachter blijven rijden en had dus tijd om erover na te denken wie er in de bus zaten en of ze misschien een grijze koffer op wielen bij zich hadden.

De vrienden, die niets in de gaten hadden, praatten in de bus over hun situatie en waren het er al snel over eens dat ze het best een plek konden zoeken waar ze zich een paar weken konden verbergen. Dat waren ze in Sjötorp al van plan geweest, maar dat was plotseling een heel slecht plan geworden toen ze onverwacht bezoek kregen en Sonja op het bezoek in kwestie was gaan zitten.

Allan, Julius, Benny en de Schoonheid hadden echter het gemeenschappelijke probleem dat ze heel weinig familieleden en vrienden bezaten die eventueel een gele verhuisbus met bijbehorende mensen en dieren wilden opnemen.

Allan zei verontschuldigend dat hij honderd jaar oud was, dat zijn vrienden allemaal om verschillende redenen waren gestorven en dat ze anders sowieso van ouderdom overleden hadden moeten zijn. Het was immers maar weinigen gegund om iedereen jaar na jaar te overleven.

Julius zei dat zijn specialiteit vijanden in plaats van vrienden maken was. De vriendschap met Allan, Benny en de Schoonheid wilde hij graag verdiepen, maar dat was in dit verband niet relevant.

De Schoonheid bekende dat ze absoluut niet sociaal was geweest gedurende de jaren na haar scheiding, en daarna belandde er een geheime olifant in de stal, iets wat haar sociale leven niet meteen had gestimuleerd. Zij had dus ook niemand met wie ze contact op kon nemen en om hulp kon vragen.

Dus bleef Benny over. Hij had immers een broer. De meest woedende broer ter wereld.

Julius vroeg of ze de broer niet konden omkopen en Benny begon te stralen. Ze hadden tenslotte miljoenen in de koffer! Omkopen zou niet gaan, want Bosses trots was groter dan zijn inhaligheid, maar Benny dacht dat hij de oplossing had. Hij zou vragen of hij na al die jaren mocht doen wat juist was.

Daarop belde Benny zijn broer. Zodra hij zijn naam had gezegd, riep Bosse dat hij een geladen jachtgeweer had en dat zijn broertje buitengewoon welkom was als hij een salvo in zijn kont wilde krijgen.

Benny zei dat hij daar niet naar verlangde, maar dat hij – samen met een paar vrienden – toch wilde langskomen om het financiële geschil tussen de broers op te lossen. Er was tenslotte een zekere discrepantie tussen de broers met betrekking tot de erfenis van oom Frasse. 'Wat zeg je van drie miljoen?' vroeg hij.

Bosse was even stil, omdat hij nadacht over de situatie. Hij kende zijn broertje goed genoeg om te weten dat Benny hem over zoiets nooit in de maling zou nemen. Drie miljoen! Fantastisch! Maar misschien zat er nog meer in het vat.

'Wat zeg je van vier?' probeerde hij.

Benny had echter eens en voor altijd besloten dat zijn grote broer hem nooit meer op zijn kop zou zitten. 'We kunnen ook een hotel nemen als je denkt dat we je tot last zullen zijn,' zei hij.

Daarop antwoordde Bosse dat zijn broertje hem nog nooit tot last was geweest. Benny en zijn vrienden waren van harte welkom en als Benny oud zeer wilde regelen met drie miljoen

– of drieënhalf als hij daar behoefte aan had – dan was dat alleen maar een pre.

Benny kreeg de routebeschrijving naar het huis van zijn broer en meldde dat ze er over een paar uur zouden zijn.

Alles leek goed te komen, en bovendien werd de weg nu breder en rechter.

Dat was net wat de Baas nodig had, een brede en rechte weg. Hij had bijna tien minuten vastgezeten achter de bus terwijl de BMW aangaf dat hij behoefte had aan benzine, de Baas had vanaf Stockholm niet meer getankt.

Het zou een nachtmerrie zijn als de benzine midden in het bos op was en hij moest toekijken hoe de gele verhuisbus in de verte verdween, misschien met Bikker en Hompie en de koffer of wie en wat de bus ook bevatte.

Daarom trapte hij het gaspedaal tot de bodem in, was in een seconde voorbij de gele bus, reed nog honderdvijftig meter door, liet de BMW gecontroleerd slippen en bleef dwars op de weg staan. Hij pakte het pistool uit het handschoenenvakje en maakte zich klaar om het net ingehaalde voertuig in beslag te nemen.

De Baas was analytischer aangelegd dan zijn dode of geëmigreerde assistenten. Het idee om dwars op het grindpad te gaan staan om de bus tot stoppen te dwingen had zijn oorsprong in het feit dat de benzine van de BMW bijna op was, maar hij had daar de uiterst correcte veronderstelling aan toegevoegd dat de chauffeur van de verhuisbus ervoor zou kiezen te stoppen. Die conclusie was gebaseerd op de wetenschap dat mensen over het algemeen niet met enthousiasme op andere mensen in het verkeer botsten.

Benny remde inderdaad. De Baas had dus gelijk.

Hij had echter niet goed genoeg nagedacht, omdat hij bij zijn calculatie het risico had moeten laten meewegen dat de lading van de bus uit een olifant van een paar ton zou kunnen bestaan, en hij had zich moeten afvragen wat dat voor consequenties zou hebben voor de remweg van de bus, niet in het minst omdat de ondergrond uit grind in plaats van asfalt bestond.

Benny deed zijn uiterste best om een botsing te vermijden, maar zijn snelheid was toch nog zo'n vijftig kilometer per uur toen de vijftien ton zware verhuisbus met olifant en al de auto ramde die dwars op de weg stond, waarop de auto drie meter de lucht in vloog, twintig meter verderop hard op de grond landde en tegen een tachtig jaar oude spar aan botste.

'Dat is nummer drie,' vermoedde Julius.

Alle passagiers van de bus sprongen naar buiten en liepen naar de vernielde BMW.

Hangend over het stuur, vermoedelijk dood, zat een voor de vrienden onbekende man, die nog steeds een pistool vasthield van precies hetzelfde model als waar nummer twee hen eerder die dag mee had gedreigd.

'Driemaal is scheepsrecht,' zei Julius. 'Ik vraag me af wanneer ze van plan zijn te stoppen.'

Benny protesteerde tegen Julius' luchtige toon. Het was al erg genoeg om één ruziezoeker per dag te doden, maar vandaag waren het er al twee en het was nog niet eens zes uur 's avonds.

Allan stelde voor dat ze dode nummer drie ergens zouden verstoppen omdat het nooit nuttig kon zijn om te nauw verbonden te zijn met de mensen die je had gedood. Daarop begon de Schoonheid de dode, die over het stuur hing, uit te schelden omdat hij zo verdomd stom was geweest om dwars op de weg te gaan staan.

De dode antwoordde met een zwak gerochel en bewoog één been.

Commissaris Aronsson had niets beters te doen dan zijn rit in dezelfde richting voort te zetten als de Baas bijna een halfuur eerder had gedaan. Hij hield er geen rekening mee dat hij de Never Again-leider zou inhalen, maar misschien kwam hij onderweg nog iets interessants tegen? Bovendien lag Växjö niet al te ver weg en de commissaris moest toch ergens inchecken om de situatie samen te vatten en een paar uur slaap te krijgen.

Nadat hij een tijdje had gereden, ontdekte Aronsson het wrak van een nieuwe BMW X5, die tegen een spar was gebotst. Aronsson dacht eerst dat het niet vreemd was dat Gerdin van de weg was geraakt als je bedacht hoe snel hij bij Sjötorp was weggereden, maar nader onderzoek gaf Aronsson een ander beeld.

Ten eerste was de auto leeg. Er lag behoorlijk wat bloed op de chauffeursstoel, maar de chauffeur was onvindbaar.

Ten tweede was de rechterkant van de auto op een onnatuurlijke manier ingedeukt, en hier en daar waren duidelijk sporen van gele verf te zien. Het leek erop dat iets groots en geels de auto in volle vaart had geramd.

'Bijvoorbeeld een gele verhuisbus uit het jaar 1992,' mompelde Aronsson.

Dat was eigenlijk al geen vooruitstrevende gok, maar het werd nog gemakkelijker toen bleek dat de voornummerplaat van de gele verhuisbus stevig in de linkerachterdeur van de BMW zat gedrukt. Aronsson hoefde alleen de cijfers en letters te vergelijken met de vermelding van de Rijksdienst voor het Wegverkeer om zeker te zijn van zijn zaak.

Hij begreep nog steeds niet wat er aan de hand was, maar één ding werd hem steeds duidelijker, hoe onwaarschijnlijk het ook was: de honderdjarige Allan Karlsson en zijn aanhang leken er goed in te zijn om mensen te doden en de lijken daarna weg te moffelen.

13

1947-1948

Allan had comfortabelere nachten meegemaakt dan liggend op zijn buik op de vloer van een laadbak op weg naar Teheran. Het was bovendien koud, en hij had geen speciaal behandelde geitenmelk om zich mee te warmen. Zijn handen waren bovendien vastgebonden op zijn rug.

Het is dus niet vreemd dat hij blij was toen de rit ten einde was. De vrachtwagen stopte aan het eind van de ochtend voor de hoofdingang van een groot bruin gebouw in het centrum van de hoofdstad.

Twee soldaten hielpen hem overeind en klopten het ergste stof van hem af. Daarna maakten ze het touw los waarmee Allans handen waren vastgebonden en bewaakten hem verder met een geweer.

Als Allan Perzisch had gesproken, had hij op het kleine, goudgele messing bordje bij de ingang kunnen lezen waar hij was terechtgekomen, maar dat sprak hij niet en het kon hem ook niets schelen. Hij vond het belangrijker om te weten of hij misschien een ontbijt tegemoet kon zien.

De soldaten wisten natuurlijk wel waar ze de van communisme verdachte man naartoe hadden gebracht, en toen ze Allan door de deur naar binnen duwden nam een van de soldaten afscheid van hem met een grijns en de Engelse woorden: '*Good luck*.'

Allan bedankte hem, ook al begreep hij dat het ironisch was bedoeld.

Toen Allan op de juiste manier was geregistreerd, werd hij naar een gevangeniscel gebracht die iets verder in de dichtstbijzijnde gang lag.

De gevangenis was een paradijs vergeleken met waar Allan de laatste tijd aan gewend was geraakt. Vier bedden op een rij, twee dekens op elk bed, elektrisch licht aan het plafond, een wasbak met stromend water in één hoek achteraan en in de andere hoek een toilet met een deksel. Bovendien had Allan een flink bord pap en een liter water gekregen.

Drie van de bedden waren onbezet, maar op de vierde lag een man op zijn rug, met verstrengelde handen en gesloten ogen. Toen Allan de cel werd binnengeleid, ontwaakte de man uit zijn dutje en kwam overeind. Hij was lang en mager en droeg zwarte kleren die een contrast vormden met zijn witte boordje. Allan stak zijn hand uit om zich voor te stellen en zei dat hij het betreurde dat hij de plaatselijke taal niet sprak, maar dat hij hoopte dat meneer pastoor misschien een paar woorden Engels kende?

De in het zwart geklede man verkondigde dat hij dat inderdaad deed, omdat hij was geboren en getogen in Oxford en daar ook had gestudeerd. Hij stelde zich voor als Kevin Ferguson, een anglicaanse geestelijke die al twaalf jaar in Iran verbleef, op zoek naar verdwaalde zielen die hij voor het ware geloof kon rekruteren. Hoe stond het er trouwens op religieus gebied voor met meneer Karlsson?

Allan antwoordde dat hij puur fysiek gezien geen controle had over zijn verblijfplaats, maar dat hij niet het gevoel had dat zijn ziel was verdwaald. Hij was met betrekking tot het geloof altijd uitgegaan van de redenatie dat het nauwelijks zin had naar iets te raden als je het niet met zekerheid wist.

Hij zag dat Ferguson met een betoog wilde beginnen, en daarom vroeg hij snel of de priester zo vriendelijk wilde zijn om Allans wens te respecteren dat hij niet anglicaans of iets anders wilde worden.

Het werd een compromis. Priester Ferguson deed een halfhartige poging met zijn opmerking dat het meneer Karlsson waarschijnlijk niet zou schaden als de priester in elk geval de drie-eenheidsleer wat zou toelichten. En de drie-eenheid was toevallig de eerste van de 39 artikelen van de anglicaanse geloofsbelijdenis.

Allan antwoordde echter dat de priester er geen idee van had hoe weinig interesse hij vooral in de drie-eenheid had. 'Van alle eenheden op de wereld is de drie-eenheid degene waarin ik het minst geïnteresseerd ben,' zei Allan.

Dat vond priester Ferguson zo'n domme opmerking dat hij beloofde meneer Karlsson in religieus opzicht met rust te laten, 'hoewel God er zeer waarschijnlijk iets mee bedoeld heeft toen hij ons in dezelfde cel plaatste'.

Priester Ferguson begon de situatie waarin Allan en hij zich bevonden uit te leggen. 'Het ziet er niet goed uit,' zei hij. 'We kunnen allebei op weg zijn naar onze Schepper, en als ik die belofte daarnet niet had gedaan, had ik eraan toegevoegd dat het juist daarom de hoogste tijd voor u is om zich tot het juiste geloof te bekeren.'

Allan keek de priester streng aan, maar zei niets. In plaats daarvan liet hij de geestelijke verdergaan met zijn verhaal dat ze zich in een gevangeniscel bij de overheidsdienst voor Binnenlandse Inlichtingen en Veiligheid, kortom de veiligheidspolitie bevonden. Dat vond meneer Karlsson misschien veilig klinken, maar de waarheid was dat de veiligheidspolitie uitsluitend goed zorgde voor de veiligheid van de sjah en eigenlijk was bedoeld om de Iraanse bevolking angst en respect in te boezemen, en daarnaast om zoveel mogelijk socialisten, communisten, islamieten en ongewenste elementen in het algemeen te vermoorden.

'Zoals anglicaanse geestelijken?' vroeg Allan.

Ferguson antwoordde dat anglicaanse geestelijken op zich niets te vrezen hadden in Iran, maar dat hij bang was dat hij misschien iets te ver was gegaan.

'De prognose is niet goed voor iemand die in de klauwen van

de veiligheidspolitie belandt, en ik ben bang dat dit voor mij het eindpunt is,' zei priester Ferguson.

Allan kreeg medelijden met zijn celgenoot, hoewel hij een priester was. Hij zei troostend dat ze samen wel een manier zouden vinden om hier weg te komen, maar dat alles zijn tijd had. Nu wilde hij eerst weten wat de priester had gedaan waardoor hij in deze situatie was terechtgekomen.

Priester Kevin Ferguson snoof en vermande zich. Hij legde uit dat hij niet bang was om dood te gaan, maar dat hij van mening was dat hij nog heel veel te doen had op deze wereld. De geestelijke legde zijn leven zoals altijd in Gods handen, maar als meneer Karlsson, in afwachting van wat God zou besluiten, een uitweg voor zichzelf en de priester kon bedenken, dan was de priester ervan overtuigd dat God daar niet boos om zou worden.

Daarna begon hij met zijn verhaal. Toen hij net was afgestudeerd, had de Heer in een droom tegen hem gepraat. 'Trek als missionaris de wereld in,' had de Heer gezegd, maar daarna had hij niets meer van zich laten horen, zodat de geestelijke zelf moest bedenken waar hij naartoe zou gaan.

Van een Engelse vriend, een bisschop, had hij de tip gekregen naar Iran te gaan – een land waar de vrijheid van religie op de grofste manier met de voeten werd getreden. Het aantal anglicanen in Iran was bijvoorbeeld niet meetbaar, terwijl het wemelde van de sjiieten, soennieten, Joden en mensen die zich bekeerden tot zuivere hocus pocus-religies. Als er christenen waren, waren dat Armeniërs of Assyriërs en iedereen wist dat de Armeniërs en Assyriërs het geloof grotendeels verkeerd interpreteerden.

Allan zei dat hij dat niet had geweten, maar dat hij het nu wist en dat hij de priester daar dankbaar voor was.

De geestelijke ging verder met zijn verhaal. Iran en Groot-Brittannië stonden op goede voet met elkaar en met behulp van een van de hoogst geplaatste politieke contacten van de kerk was het de priester gelukt een lift in een Engels diplomatenvliegtuig naar Teheran te krijgen.

Dat was ruim tien jaar geleden gebeurd, rond 1935. Sindsdien had hij zijn religie in een steeds grotere cirkel rond de hoofdstad gepredikt. In het begin richtte hij zich op de verschillende religieuze ceremoniën. Hij ging moskeeën, synagogen en tempels binnen en wachtte een geschikt moment af om de ceremonie met behulp van een tolk te onderbreken om de wáre leer te verkondigen.

Allan prees zijn celgenoot en zei dat hij beslist een heel moedig mens was. De vraag was alleen hoe het was gesteld met zijn intelligentie, want dat kon toch nooit goed gaan?

Priester Ferguson bekende dat het inderdaad niet één keer goed was gegaan. Hij had nooit mogen uitpraten, zijn tolk en hij waren voortdurend naar buiten gegooid en hadden bijna altijd een pak slaag gekregen. Dat had de geestelijke er echter niet van weerhouden zijn strijd voort te zetten. Hij wist dat hij kleine anglicaanse zaadjes plantte in de ziel van iedereen die hij ontmoette.

Uiteindelijk had het gerucht over de priester echter zodanig de ronde gedaan dat het moeilijk begon te worden om tolken te krijgen. Geen enkele tolk was tot dat moment meer dan één keer met hem meegegaan, en na een tijdje waren ze waarschijnlijk tegen elkaar gaan roddelen.

Daarom laste de priester een pauze in om zich te haasten met zijn studie Perzisch. Intussen bedacht hij hoe hij zijn tactiek kon verfijnen en na verloop van tijd voelde hij zich zo vertrouwd met de taal dat hij zijn nieuwe plan in praktijk kon brengen.

In plaats van naar tempels en ceremoniën te gaan bezocht hij markten waarvan hij wist dat de respectievelijke dwaalleren flink waren vertegenwoordigd onder de bezoekers. Daar ging hij op een meegenomen houten kist staan om aandacht te vragen.

Deze handelwijze leverde hem weliswaar minder slaag op dan tijdens de eerste jaren, maar het aantal geredde zielen was nog altijd niet wat priester Ferguson zich ervan had voorgesteld.

Allan vroeg hoeveel bekeerlingen de priester in de praktijk had gemaakt en kreeg als antwoord dat dat afhankelijk was van de manier waarop je de kwestie bekeek. Aan de ene kant had priester Ferguson namelijk precies één bekeerling van elke religie gekregen, dat wil zeggen in totaal acht. Aan de andere kant had hij een paar maanden geleden begrepen dat alle acht in feite net zo goed spionnen van de veiligheidsdienst konden zijn, die hem in de gaten moesten houden.

'Tussen nul en acht dus,' zei Allan.

'Waarschijnlijk dichter bij de nul dan bij de acht,' antwoordde de priester Ferguson.

'In twaalf jaar,' zei Allan.

De geestelijke erkende dat hij het moeilijk had gehad toen hij besefte dat zijn magere resultaat eigenlijk nog magerder was. En hij begreep dat het met deze werkwijze nooit zou lukken in dit land, want hoe graag de Iraniërs zich ook wilden bekeren, ze durfden het niet. De veiligheidspolitie was tenslotte overal en als je van religie veranderde, werd er een dossier van je aangelegd dat in het archief van de veiligheidspolitie verdween. En van een dossier in het archief tot het moment dat je op een dag spoorloos verdween was zelden een lange weg.

Allan vroeg of de priester zich weleens had afgevraagd of er misschien ook Iraniërs waren die helemaal los van priester Ferguson of de veiligheidspolitie gewoon tevreden waren met hun religie.

Ferguson antwoordde dat hij zelden iemand zo onkundig had horen praten, maar dat hij zich niet kon verdedigen omdat meneer Karlsson alle anglicaanse toelichtingen had verboden. Kon meneer Karlsson daarom proberen om naar de rest van zijn verhaal te luisteren zonder hem meer te onderbreken dan noodzakelijk was?

Het gevolg van priester Fergusons inzicht dat de veiligheidspolitie had geïnfiltreerd in zijn missie, was dat hij op een níéuwe manier was gaan denken, een grótere manier.

De geestelijke ontdeed zich eerst van zijn acht vermoedelijk spionerende volgelingen, daarna nam hij contact op met de ondergrondse communistische beweging om een ontmoeting te regelen. Hij zei dat hij een Engelse vertegenwoordiger was van De Ware Leer en dat hij een afspraak wilde om de toekomst te bespreken.

Het kostte tijd om het gesprek te organiseren, maar uiteindelijk zat hij met vijf heren van het communistische bestuur van de provincie Razavi-Khorasan aan tafel. Eigenlijk had hij de communisten uit Teheran willen ontmoeten, omdat priester Ferguson het idee had dat zij waarschijnlijk degenen waren die de beslissingen namen, maar deze ontmoeting kon ook werken.

Of niet.

Priester Ferguson presenteerde zijn idee aan de communisten, dat er in het kort op neerkwam dat het anglicanisme de staatsreligie in Iran zou worden op de dag dat de communisten de leiding overnamen. Als de communisten daarmee instemden, beloofde priester Ferguson dat hij minister van Geloof zou worden zodat hij ervoor kon zorgen dat er vanaf het begin voldoende bijbels voorhanden waren. Kerken moesten naderhand worden gebouwd, maar in het begin konden gesloten synagogen en moskeeën voor dat doel worden gebruikt. Hoelang dachten de heren communisten dat het nog zou duren voordat de communistische revolutie een feit was?

De communisten hadden niet enthousiast en nieuwsgierig gereageerd, zoals priester Ferguson zich had voorgesteld. In plaats daarvan werd het hem duidelijk dat er helemaal geen anglicanisme of welk -isme dan ook naast de communisten zou staan als het juiste moment daar was. Bovendien werd de geestelijke flink uitgescholden omdat hij onder valse voorwendselen een afspraak had gewild. Een ergere verspilling van tijd hadden de communisten nog nooit meegemaakt.

Met drie tegen twee werd daarna besloten dat priester Ferguson een pak slaag zou krijgen voordat hij op de trein naar Teheran werd gezet, en met vijf tegen nul werd besloten dat het beter was voor de gezondheid van de priester als hij geen moeite deed om terug te komen.

Allan glimlachte en zei dat het toch volkomen uitzichtloos was om te proberen religieuze afspraken met communisten te maken, begreep de priester dat niet?

De priester antwoordde dat heidenen zoals meneer Karlsson beter geen oordeel over verstandig of onverstandig konden hebben. Natuurlijk had hij begrepen dat de kansen op succes klein waren.

'Maar stelt u zich voor, meneer Karlsson, stelt u zich voor dat het was gelukt. Stelt u zich voor dat ik de aartsbisschop van Canterbury had kunnen telegraferen om te melden dat er in één keer vijftig miljoen nieuwe anglicanen bijgekomen waren?'

Allan gaf toe dat het verschil tussen krankzinnigheid en genialiteit fragiel kon zijn.

In elk geval bleek dat de politie van de sjah de communisten uit Razavi-Khorasan had afgeluisterd, en zodra priester Ferguson in de hoofdstad uit de trein stapte, werd hij verhoord.

'En toen bekende ik alles en nog een beetje meer,' zei Ferguson. 'Mijn magere lichaam is niet gemaakt om martelingen te verdragen. Een flink pak slaag is één ding, maar marteling is iets heel anders.'

Meteen na zijn onmiddellijke bekentenis was priester Ferguson naar deze gevangeniscel overgebracht, en hij werd al bijna twee weken met rust gelaten omdat het hoofd van de veiligheidsdienst, de vicepremier, een dienstreis naar Londen maakte.

Over de veiligheidspolitie werd gezegd dat een beter geleide organisatie niet denkbaar was. De zegen van de hoogste baas was natuurlijk niet nodig om de bevolking op een routinematige manier angst aan te jagen, of communisten, socialisten en islamieten te vermoorden. Zodra iets echter enigszins buiten dit kader viel, was hij degene die de beslissingen nam. De sjah had hem de titel van vicepremier gegeven, maar volgens priester Ferguson was hij gewoon een moordenaar.

‘En volgens de gevangenbewaarders kun je “vice” het best achterwege laten als je hem aanspreekt, als het er zo slecht voorstaat dat je tegenover hem komt te zitten, wat voor ons helaas het geval lijkt te zijn.’

Misschien was de priester meer met ondergrondse communisten omgegaan dan hij wilde toegeven, besefte Allan toen Ferguson verderging: ‘Vanaf het moment dat de wereldoorlog voorbij was, is de Amerikaanse CIA hier aanwezig om de veiligheidspolitie van de sjah op te bouwen.’

‘De CIA?’ vroeg Allan.

‘Ja, zo heten ze tegenwoordig. Vroeger was het de OSS, maar ze doen hetzelfde smerige werk. Zij hebben de Iraanse politie allerlei trucs en martelpraktijken geleerd. Hoe kan er een mens geschapen zijn die het de CIA toestaat om de wereld op deze manier te vernietigen?’

‘Bedoel je de Amerikaanse president?’

‘Harry S. Truman zal branden in de hel, let op mijn woorden,’ zei priester Ferguson.

‘Denk je?’ vroeg Allan.

De dagen gingen voorbij in de gevangenis van de veiligheidspolitie in Teheran. Allan had zijn levensverhaal aan priester Ferguson verteld zonder iets achter te houden. Daarna werd de geestelijke heel zwijgzaam; hij praatte niet meer tegen Allan toen hij besefte wat voor relatie zijn celgenoot had met de Amerikaanse president en – nog erger! – dc bombardementen op Japan.

In plaats daarvan richtte hij zich tot God en vroeg Hem om raad. Had de Heer meneer Karlsson gestuurd om hem te helpen, of zat de duivel erachter?

God antwoordde met stilte, dat deed hij soms, en dat beschouwde priester Ferguson altijd als een teken dat hij zelf moest nadenken. Op zich was het tot nu toe goed afgelopen als hij zelf een beslissing nam, maar dat was geen reden om God niet meer om raad te vragen.

Na twee dagen en nachten voors en tegens tegen elkaar afgewogen te hebben kwam priester Ferguson tot de conclusie dat hij voorlopig vrede zou sluiten met de heiden in het bed naast hem en hij deelde Allan mee dat hij van plan was om weer tegen hem te praten.

Allan zei dat het weliswaar heerlijk rustig was geweest toen de priester zweeg, maar dat het waarschijnlijk op termijn toch zijn voorkeur had dat ze elkaar antwoord gaven als ze aangesproken werden.

'Bovendien moeten we proberen hier op de een of andere manier weg te komen, het liefst voordat die oppermoordenaar terugkomt uit Londen. Dan is het niet handig als we allebei in onze eigen hoek zitten te mokken, vindt u ook niet, priester?'

Daar was priester Ferguson het natuurlijk mee eens.

De gevangenis was geen echte gevangenis met overal dubbele sloten en grendels. Integendeel, de bewakers deden soms niet eens moeite de deur goed op slot te doen. Er stonden echter altijd minstens vier bewakers bij de ingang van het gebouw, die waarschijnlijk niet alleen zouden toekijken als Allan en de priester een ontsnappingspoging zouden wagen.

'Kunnen we op de een of andere manier een opstootje veroorzaken?' vroeg Allan. 'Zodat we daarna in de algemene chaos weg kunnen sluipen?'

Hij wilde in alle rust nadenken en daarom gaf hij de priester de opdracht om via de gevangenisbewakers uit te zoeken hoeveel tijd ze hadden, met andere woorden, wanneer de oppermoordenaar precies terug zou zijn. Op welk moment had het allemaal geen zin meer?

De geestelijke beloofde het te vragen zodra hij daar de kans voor kreeg. Op dat moment werd er aan de deur gerammeld. De jongste en vriendelijkste gevangenisbewaker stak zijn hoofd om de deur. 'De premier is terug uit Engeland en het is tijd voor het verhoor,' zei hij meelevend. 'Wie van jullie wil eerst?'

De chef van de overheidsdienst voor Binnenlandse Inlichtingen en Veiligheid zat in zijn kantoor in Teheran en was in een erbarmelijk slecht humeur.

Hij was net naar Londen geweest, waar hij een uitbrander van de Engelsen had gekregen. Hij, de premier (zo goed als), hoofd van een overheidsinstantie, een van de belangrijkste mensen van de Iraanse samenleving, had een uitbrander gekregen van de Engelsen!

Het enige wat de sjah deed was de belangrijke Engelsen tevreden houden, zodat het de taak van de chef was om het land te zuiveren van alle opruiende elementen die een ander bestuur leken te willen. Dat was geen gemakkelijke taak, want wie was er eigenlijk tevreden over de sjah? De islamieten niet, de communisten niet en de arbeiders in de olieindustrie die zich letterlijk doodwerkten voor één Engelse pond per week al helemaal niet.

En daarom had hij nu een uitbrander in plaats van lof gekregen!

De politiechef wist dat hij nalatig was geweest toen hij een tijd geleden een beetje hardhandig was opgetreden tegen een opgepakte provocateur van onduidelijke afkomst. De provocateur had geweigerd iets anders te zeggen dan dat hij eiste vrijgelaten te worden omdat hij er alleen op had aangedrongen dat de rij in de slagerij voor iedereen gold, dus ook voor werknemers van de veiligheidspolitie.

Nadat de provocateur de kwestie had uitgelegd, had hij zijn armen over elkaar geslagen en alle vragen over zijn identiteit met zwijgen beantwoord. De politiechef was niet ingenomen met de gelaatsuitdrukking van de provocateur (die ontzettend provocerend was), dus maakte hij gebruik van een aantal van de nieuwste martelmethoden van de CIA, waarna was gebleken dat de provocateur een medewerker van de Engelse ambassade was en dat was natuurlijk heel vervelend.

De oplossing was om hem eerst zo goed mogelijk op te lappen, hem daarna vrij te laten en ervoor te zorgen dat hij onmiddellijk werd overreden door een vrachtwagen, die daarna razendsnel van de plek des onheils verdween. Op die manier ontwijk je diplomatieke crises, had de politiechef tevreden geredeneerd.

De Engelsen zochten echter alles wat er over was van de werknemer bij elkaar, stuurden dat naar Londen en onderzochten het met een vergrootglas. Daarna was de politiechef naar Londen geroepen om een verklaring af te leggen over het feit dat de medewerker van de ambassade in Teheran eerst drie dagen verdwenen was, plotseling voor het hoofdkantoor van de veiligheidspolitie op straat opdook en meteen daarna werd overreden, waarbij hij zo ernstig gewond was geraakt dat het bijna niet mogelijk was geweest om vast te stellen dat hij was gemarteld voordat hij overleed.

De politiechef had natuurlijk glashard ontkend dat hij iets over de kwestie wist, zo functioneerde het politieke spel, maar deze werknemer bleek de zoon te zijn van een lord die op zijn beurt een goede vriend was van de onlangs afgetreden Winston Churchill en nu wilden de Engelsen per se een voorbeeld stellen.

Daarom was de overheidsdienst voor Binnenlandse Inlichtingen en Veiligheid de verantwoordelijkheid kwijtgeraakt voor het bezoek dat voornoemde Churchill over een paar weken aan Teheran zou brengen. In plaats daarvan zouden die amateuristische lijfwachten van de sjah het bezoek beveiligen, wat natuurlijk ver boven hun competentie lag. Het was een enorm prestigeverlies voor de politiechef en het distantieerde hem van de sjah op een manier die niet goed voelde.

Om zijn bittere gedachten te verdrijven had de politiechef de eerste van de twee vijanden van de samenleving die in de cel wachtten laten roepen. Hij rekende op een kort verhoor, een snelle en discrete terechtstelling en een traditionele crematie van het lijk. Daarna ging hij lunchen en 's middags had hij dan tijd voor de andere.

Allan Karlsson had vrijwillig aangeboden eerst te gaan. De politiechef wachtte op hem in de deuropening van zijn kantoor, gaf hem een hand, vroeg hem te gaan zitten en bood hem een kop koffie aan, of wilde meneer Karlsson misschien een sigaret?

Allan bedacht dat hij weliswaar nog nooit een oppermoordenaar had ontmoet, maar dat hij toch had gedacht dat ze onvriendelijker zouden zijn dan deze oppermoordenaar leek. Hij accepteerde de koffie maar weigerde de sigaret, als de premier dat tenminste geen probleem vond?

De politiechef probeerde zijn verhoren altijd op een beleefde manier te beginnen. Je hoefde je tenslotte niet als een lomperik te gedragen alleen omdat je straks iemand dood zou schieten. Bovendien vond de politiechef het grappig om te zien hoe er een sprankje hoop opvlamde in de ogen van zijn slachtoffers. De mensen waren over het algemeen zo naïef.

Dit slachtoffer zag er echter niet bepaald bang uit, nog niet. En hij had de politiechef aangesproken op de manier zoals hij aangesproken wilde worden. Een interessant en goed begin.

In het verhoor over wie hij was vertelde Allan, bij gebrek aan een gedegen overlevingsstrategie, selectieve stukjes uit het laatste deel van zijn leven: namelijk dat hij een springstofexpert was die door president Harry S. Truman naar China was gestuurd met de onmogelijke opdracht de communisten te bevechten, dat hij daarna aan zijn lange wandeling naar Zweden was begonnen en dat het hem speet dat Iran in de weg lag, dat hij genoodzaakt was geweest om zonder visum het land binnen te komen, maar dat hij beloofde om onmiddellijk te vertrekken als de premier hem dat toestond.

De politiechef had een serie vervolgvragen gesteld, vooral over het feit dat Allan was opgepakt terwijl hij in gezelschap verkeerde van Iraanse communisten. Allan had eerlijk geantwoord dat hij de communisten toevallig was tegengekomen en dat ze hadden afgesproken elkaar bij hun tocht over de Himalaya te helpen. Daarna voegde Allan eraan toe dat de premier, als hij ooit van plan mocht zijn om te voet over de Himalaya te trekken, niet kieskeurig moest zijn in het aannemen van hulp van anderen, omdat die bergen ijzingwekkend hoog waren als ze daarvoor in de stemming waren.

De politiechef had geen plannen om te voet over de Himalaya te trekken, en was evenmin van plan de man tegenover hem vrij te laten, maar er was een idee in hem ontkiemd. Misschien kon hij profijt hebben van deze internationaal ervaren springstofexpert voordat hij hem voorgoed liet verdwijnen? Met een stem die misschien een beetje te enthousiast klonk vroeg de politiechef meneer Karlsson wat voor verleden hij had als het ging om het vermoorden van beroemde en goed bewaakte mensen.

Allan had zich nooit beziggehouden met het willens en wetens beramen van de moord op een mens alsof het een brug was en daar had hij ook geen behoefte aan, maar hij moest het nu slim spelen. Had de kettingrokende oppermoordenaar tegenover hem iemand in gedachten? 'Glenn Miller.'

'Glenn Miller?' herhaalde de politiechef.

Allan herinnerde zich de algemene verbijstering in Los Alamos in New Mexico toen bleek dat de jonge jazzlegende Glenn Miller werd vermist nadat zijn Amerikaanse legervliegtuig voor de Engelse kust was verdwenen.

'Inderdaad,' bevestigde Allan met een zweem van geheimzinnigheid in zijn stem. 'Ik had de opdracht gekregen om het op een vliegtuigongeluk te laten lijken en dat is me gelukt. Ik zorgde ervoor dat beide motoren in brand vlogen, en het vliegtuig verdween in het Engelse Kanaal. Niemand heeft hem sindsdien nog gezien. Een lot dat een overloper naar de nazi's waardig is als u het me vraagt.'

'Was Glenn Miller een nazi?' vroeg de politiechef verbaasd.

Allan knikte bevestigend (en vroeg in stilte alle nabestaanden van Glenn Miller om vergiffenis). De politiechef probeerde zich te herstellen van de informatie dat zijn grote jazzheld de boodschappenjongen van Hitler was geweest.

Inmiddels bedacht Allan dat het misschien beter was om de leiding in de dialoog te nemen voordat de oppermoordenaar een heleboel vervolgvragen ging stellen rond de liquidatie van Glenn Miller.

'Als meneer de premier dat wil, ben ik bereid om met maximale discretie wie dan ook uit de weg te ruimen, als we kunnen afspreken dat we daarna als vrienden uit elkaar gaan.'

De politiechef was nog steeds van slag door de tragische onthulling over de man achter *Moonlight Serenade*, maar dat betekende niet dat deze gevangene met hem kon sollen. Hij was absoluut niet van plan om over de toekomst van Allan Karlsson te onderhandelen.

'Je ruimt uit de weg wie ik wil, en in ruil daarvoor wil ik eventueel de mogelijkheid overwegen om je in leven te laten,' zei hij, waarna hij zich over de tafel boog om zijn sigaret in Allans halfleeg gedronken kop koffie te doven.

'Precies, dat bedoelde ik ook,' zei Allan. 'Ik drukte me alleen een beetje onhandig uit.'

Het verhoor had een andere wending genomen dan de politiechef gewend was. In plaats van de vermoedelijke vijand van de samenleving uit de weg te ruimen had hij de bijeenkomst verdaagd om de nieuwe situatie in alle rust op zich in te laten werken. Na de lunch kwamen de politiechef en Allan weer bij elkaar en kregen de plannen vorm.

Het was de bedoeling Winston Churchill van het leven te beroven terwijl hij onder bescherming stond van de lijfwachten van de sjah. Het moest echter zo gebeuren dat niemand het verband zou kunnen leggen met de overheidsdienst voor Binnenlandse Inlichtingen en Veiligheid, en al helemaal niet met het hoofd daarvan. Omdat je er gerust op kon rekenen dat de Engelsen de kwestie zorgvuldig zouden onderzoeken, mochten ze op geen enkel punt slordig zijn. Als het plan lukte, zouden de gevolgen op alle mogelijke manieren in het voordeel van de politiechef zijn.

Ten eerste zou het de superieure Engelsen, die de verantwoordelijkheid voor de veiligheid van het bezoek van Churchill van de politiechef hadden afgepakt, de mond snoeren. Verder was de politiechef er heel zeker van dat hij de opdracht van de sjah zou krijgen om zijn lijfwacht te zuiveren nadat deze zo jammerlijk had gefaald. En als de rook was opgetrokken zou de positie van de politiechef danig zijn versterkt.

De politiechef kwam na een tijdje met de informatie dat Irans enige gepantserde auto, een speciaal gefabriceerde DeSoto Suburban, een halve trap naar beneden in de garage van de overheidsdienst stond. Hij was wijnrood en heel elegant, verkondigde de politiechef. Waarschijnlijk zouden de lijfwachten zeer binnenkort contact opnemen met betrekking tot de auto, want hoe moesten ze Churchill anders van de luchthaven naar het paleis van de sjah vervoeren?

Allan zei dat een goed geproportioneerde springlading in het onderstel van de auto misschien de oplossing zou kunnen zijn. Maar rekening houdend met de behoefte van de premier dat er geen sporen naar hem mochten leiden, stelde Allan twee bijzondere maatregelen voor.

De eerste was dat de springlading uit precies dezelfde ingrediënten zou bestaan die Mao Zedongs communisten in China gebruikten. Allan wist daar toevallig alles van en hij was er zeker van dat hij er daarom voor kon zorgen dat de aanslag een daad van de communisten leek.

De tweede maatregel was dat de springstof werd verborgen in het voorste deel van het chassis van de DeSoto, en dat deze niet meteen zou detoneren, maar met behulp van een afstandsbediening zou loskomen van zijn plek, om een tiende deel van een seconde later te ontploffen als hij de grond raakte.

In dat tiende deel zou de lading zich onder het achterste deel van de auto bevinden, dat wil zeggen de plek waar Winston Churchill met zekerheid op zijn sigaar zat te zuigen. De springstof zou een gat in de vloer van de auto slaan en Churchill naar de eeuwige jachtvelden sturen, maar zou ook een grote kuil in de weg slaan.

'Op die manier laten we de mensen geloven dat de lading in de straat was begraven in plaats van dat iemand de springstof in de auto had verborgen. Dat kleine rookgordijn past de premier waarschijnlijk precies?'

De politiechef grinnikte van blijdschap en enthousiasme en doofde zijn net opgestoken sigaret in Allans nieuw ingeschonken kop koffie. Allan zei dat de premier natuurlijk kon doen wat hij wilde met zijn sigaretten en Allans koffie, maar dat hij best naar de stad wilde gaan om een nieuwe, mooie asbak voor de premier te kopen als hij niet tevreden was over de asbak die naast hem stond.

De politiechef trok zich niets aan van Allans gepraat over asbakken, maar keurde het voorstel goed en verlangde een complete lijst van wat meneer Karlsson nodig had om de auto in kwestie zo snel mogelijk te kunnen aanpassen.

Allan noteerde de namen van de negen ingrediënten die hij nodig had. Bovendien voegde hij er een tiende aan toe – nitroglycerine – dat hij goed zou kunnen gebruiken. En een elfde, een pot inkt.

Verder wilde Allan een van de meest betrouwbare medewerkers van de premier lenen als assistent en inkoopchef, en hij wilde dat Ferguson zou fungeren als tolk.

De politiechef mompelde dat hij die priester het liefst meteen uit de weg wilde ruimen omdat hij niet van geestelijken hield, maar goed, het was belangrijk dat ze geen tijd verspilden. Daarop doofde hij zijn sigaret opnieuw in Allans koffie, om indirect mee te delen dat het gesprek voorbij was en om Allan er nogmaals aan te herinneren wie hier degene was die de beslissingen nam.

De dagen gingen voorbij en alles liep volgens plan. Het hoofd van de lijfwachten had inderdaad contact opgenomen en meegedeeld, niet gevraagd, dat hij van plan was de DeSoto aanstaande woensdag op te halen. De politiechef was daar zo boos over dat hij één moment vergat dat het eigenlijk helemaal perfect was. Want stel dat de lijfwachten geen contact hadden opgenomen over de auto? En het hoofd van de lijfwachten zou zijn straf tenslotte al heel snel krijgen.

Nu wist Allan hoeveel tijd hij had om de springstof aan te brengen. Helaas had priester Ferguson ook begrepen wat er op het punt stond te gebeuren. Niet alleen zou hij medeschuldig zijn aan de moord op voormalig minister-president Churchill, maar hij had bovendien reden om aan te nemen dat zijn eigen leven vlak daarna zou eindigen. En hij keek er niet naar uit om de Heer te ontmoeten als hij net iemand had vermoord.

Allan kalmeerde de priester door te vertellen dat hij voor alles een plan had. Ten eerste zag hij bepaalde mogelijkheden voor hun vlucht, en ten tweede hoefde dat niet noodzakelijkerwijs ten koste van meneer Churchill te gaan.

De situatie vereiste echter dat de priester deed wat Allan hem opdroeg als het juiste moment was gekomen, en de priester zegde dat toe. Meneer Karlsson was tenslotte de enige hoop die hij had om in leven te blijven, God gaf namelijk nog steeds geen antwoord als hij hem aansprak. Dat was nu al bijna een maand zo. Was hij misschien boos op de geestelijke omdat hij een overeenkomst met de communisten had willen sluiten?

Het werd woensdag. De DeSoto was klaar. De springstof in het onderstel van de auto was nogal zwaar voor zijn taak, maar was helemaal verborgen voor iemand die toevallig op zoek was naar onregelmatigheden.

Allan toonde de politiechef hoe de afstandsbediening werkte en legde gedetailleerd uit wat het eindresultaat zou zijn als de lading ontplofte. De politiechef glimlachte gelukkig en doofde zijn achttiende sigaret van die dag in Allans koffie.

Allan pakte een nieuwe kop koffie, die hij achter de gereedschapskist had verstopt, en zette hem strategisch op de tafel naast de halve trap die naar de gang, de gevangeniscellen en de ingang leidde. Daarna pakte hij de arm van de geestelijke onopvallend vast en liep samen met hem de garage uit terwijl de politiechef rondjes rond de DeSoto bleef lopen, zijn negentiende sigaret van die dag rookte en genoot als hij dacht aan het ophanden zijnde bezoek.

De priester besefte dat het ernst was doordat Allan zijn arm in een ijzeren greep hield. Het was tijd om meneer Karlsson blind te gehoorzamen.

Ze liepen langs hun cel naar de ingang. Allan bleef niet bij de gewapende bewakers staan, maar passeerde hen zelfverzekerd terwijl hij de arm van de priester nog steeds stevig vasthield.

De bewakers waren gewend aan Karlsson en de priester en verwachtten geen vluchtpoging, daarom riep het hoofd van de bewakers nogal verbaasd: 'Staan blijven! Waar denken jullie naartoe te gaan?'

Allan bleef op de drempel naar de vrijheid staan en trok een verwonderd gezicht. 'We mogen weg. Heeft de premier dat niet tegen jullie gezegd?'

Priester Ferguson was verstijfd van angst, maar dwong zichzelf wat zuurstof door zijn neus in te ademen zodat hij niet flauw zou vallen.

'Blijf daar staan,' zei het hoofd van de bewakers vastbesloten. 'Jullie gaan nergens naartoe voordat de premier heeft bevestigd wat jullie vertellen.'

Er werden drie bewakers aangewezen om de geestelijke en meneer Karlsson nauwlettend in de gaten te houden, terwijl het hoofd van de bewakers de gang naar de garage in liep om navraag te doen.

Omdat de politiechef Allan en de priester helemaal geen toestemming had gegeven om te vertrekken en dat ook niet van plan was, reageerde hij fel. 'Wat zeg je me daar? Wel verdomme ...'

De politiechef vloekte zelden. Hij vond het belangrijk om een zekere stijl op te houden, maar nu was hij verontwaardigd.

En getrouw aan zijn gewoonte doofde hij zijn sigaret in die verdomde koffie van Karlsson.

Deze keer bevatte de kop echter geen koffie, maar zuivere nitroglycerine vermengd met zwarte inkt. Er klonk een harde knal terwijl de vicepremier en het hoofd van de bewaking uiteen werden gereten. Een witte wolk golfde vanuit de garage door de gang waarin Allan, de priester en de drie bewakers stonden.

'We gaan,' zei Allan tegen de priester, en dat deden ze.

De drie bewakers waren alert genoeg om te weten dat ze Karlsson en de priester moesten tegenhouden, maar slechts een paar tienden van een seconde later ontplofte – als een logisch gevolg van het feit dat de garage één vlammenzee was – ook de lading onder de DeSoto die voor Winston Churchill was bedoeld. Daarmee was voor Allan bewezen dat de hoeveelheid springstof ruim voldoende was geweest. Het gebouw hing meteen scheef en de begane grond stond in brand toen Allan en de priester wegrenden.

Twee van de drie bewakers waren door de drukgolf tegen de muur geslagen en hadden vlam gevat. De derde kon onmogelijk helder genoeg denken om de prioriteit aan zijn gevangenen te geven. Eerst vroeg hij zich een paar seconden af wat er was gebeurd, daarna rende hij weg om niet te eindigen zoals zijn kameraden. Allan en de priester waren in de ene richting gerend, en de enige overgebleven bewaker rende nu in de andere richting.

Nadat Allan er op zijn speciale manier voor had gezorgd dat de priester en hijzelf uit het hoofdkantoor van de veiligheidspolitie waren ontsnapt, was het de beurt aan de priester om waardevol te zijn. Hij wist namelijk waar de meeste ambassades lagen en bracht Allan naar de Zweedse ambassade. Daar gaf hij Allan een stevige omhelzing om hem te bedanken voor alles wat hij had gedaan.

Allan vroeg wat hij nu ging doen. Waar lag de Engelse ambassade trouwens?

Die was niet zo ver weg, zei de priester, maar wat moest hij daar doen? Daar waren ze tenslotte allemaal al anglicaans. Nee, de geestelijke had een nieuwe strategie bedacht. Als de laatste ontwikkelingen hem iets hadden geleerd, dan was het wel dat alles leek te beginnen en te eindigen bij de overheidsdienst voor Binnenlandse Inlichtingen en Veiligheid. Hij moest die organisatie dus van binnenuit bewerken. Als alle medewerkers en meelopers van de veiligheidspolitie eenmaal anglicaans waren, dan was de rest een makkie.

Hij had nu eenmaal een roeping en het was tijd om afscheid te nemen. De priester wilde de bewaker gaan zoeken die de explosie had overleefd en die de andere kant uit was gerend. Dat was in principe een vriendelijke en zachtaardige jongen, het moest lukken hem het ware geloof aan te praten.

'Vaarwel!' zei de priester plechtig, waarna hij wegliep.

'Tot ziens,' zei Allan.

Allan werd door zijn Sörmlandse dialect binnengelaten bij de Zweedse ambassade, maar daarna werd het lastig, want hij had immers geen documenten om te bewijzen wie hij was. De ambassade kon dus niet zonder meer een paspoort voor hem uitschrijven, en hem nog minder helpen met zijn reis naar Zweden. Bovendien, zei derde secretaris Bergqvist, had Zweden net speciale persoonsnummers ingevoerd, en als het klopte dat meneer Karlsson jarenlang in het buitenland was geweest, dan stond hij waarschijnlijk niet eens in het Zweedse systeem.

Daarop antwoordde Allan dat ongeacht het feit dat Zweedse namen blijkbaar nummers waren geworden, hij Allan Karlsson uit Yxhult bij Flen was en bleef, waarna hij vroeg of de man zo vriendelijk wilde zijn om de papieren in orde te maken.

Bergqvist was op dat moment de hoogst verantwoordelijke op de ambassade. Hij was de enige die niet mee mocht naar de diplomatenconferentie die op dat moment in Stockholm werd gehouden, en natuurlijk gebeurde dan ineens alles tegelijk. Niet alleen stonden bepaalde delen van Teheran blijkbaar sinds een halfuur in brand, maar nu was er ook nog een vreemde man binnengekomen die beweerde dat hij een Zweed was. Natuurlijk waren er aanwijzingen dat de man de waarheid sprak, maar hij moest zich aan de regels houden als hij niet wilde dat zijn carrière plotseling ten einde was. Dus herhaalde Bergqvist zijn besluit dat meneer Karlsson geen paspoort kreeg als hij zich niet kon identificeren.

Allan zei dat de kwestie misschien geregeld kon worden als de derde secretaris een telefoon voor hem had.

Jawel, dat had de derde secretaris, maar telefoongesprekken kostten geld. Waar wilde meneer Karlsson naartoe bellen?

Allan begon genoeg te krijgen van de koppige derde secretaris, dus gaf hij geen antwoord maar stelde in plaats daarvan een vraag. 'Is Per Albin nog steeds de premier?'

'Wat? Nee,' zei de verbaasde man. 'De premier heet Erlander. Tage Erlander. Premier Hansson is vorig jaar overleden. Maar waarom ...'

'Als u even stil bent, is het zo geregeld.'

Allan pakte de hoorn en belde naar het Witte Huis in Washington, stelde zich voor en kreeg de eerste secretaresse van de president aan de telefoon. Ze kon zich meneer Karlsson nog heel goed herinneren en bovendien had de president zoveel goede dingen over hem verteld dat ze wel wilde proberen of het mogelijk was om de president wakker te maken. Het was net acht uur in Washington en zoals meneer Karlsson misschien wel wist, was president Truman 's ochtends zelden vroeg uit bed.

Even later had Allan president Truman aan de telefoon en Allan en hij voerden minutenlang een hartelijk gesprek waarin ze elkaar bijpraatten, voordat Allan uiteindelijk met het verzoek kwam of Harry misschien zo vriendelijk wilde zijn om de nieuwe Zweedse minister-president Erlander te bellen om hem te vertellen wie Allan was, waarop Erlander op zijn beurt misschien derde secretaris Bergqvist van de Zweedse ambassade in Teheran kon bellen om hem mee te delen dat Allan onmiddellijk een paspoort moest krijgen.

Dat wilde Harry Truman best doen, hij wilde alleen eerst de naam van de derde secretaris gespeld horen, zodat hij geen fouten maakte.

'President Truman wil weten hoe je naam wordt gespeld,' zei Allan tegen Bergqvist. 'Kun je zelf met hem praten? Dat is het gemakkelijkst.'

Nadat Bergqvist bijna in trance zijn naam had gespeld, legde hij de hoorn op de haak en zei acht minuten lang niets. Dat was precies de tijd die het duurde voordat premier Tage Erlander opbelde en hem opdracht gaf om 1) Allan Karlsson onmiddellijk een paspoort met diplomatieke status te geven en 2) zonder uitstel vervoer voor meneer Karlsson naar Zweden te regelen.

'Maar hij heeft geen persoonsnummer,' probeerde Bergqvist.

'Ik stel voor dat u de opdracht onmiddellijk uitvoert,' zei premier Erlander. 'Als u geen vierde of vijfde secretaris wilt worden.'

Oorlogsheld Winston Churchill had in 1945 nogal verrassend de Engelse verkiezing om het premierschap verloren, zo groot was de dankbaarheid van het Engelse volk blijkbaar.

Maar Churchill was van plan revanche te nemen en in afwachting daarvan reisde hij de wereld rond. Het zou de voormalige minister-president niet verbazen als de Labour-prutser die Groot-Brittannië momenteel leidde niet alleen de planeconomie zou invoeren, maar het imperium ook wilde weggeven aan mensen die daar niet mee om konden gaan.

Neem alleen Brits-Indië, dat op het punt stond uiteen te vallen. Hindoes en moslims konden natuurlijk niet op goede voet met elkaar staan, en te midden van dat alles zat die verdomde Mahatma Gandhi met zijn benen over elkaar geslagen.

Het was minder erg in Brits Oost-Afrika, nog wel, maar het was een kwestie van tijd voordat de negers daar ook eigen baas wilden zijn.

Churchill begreep dat het niet allemaal kon blijven zoals het was geweest, maar toch hadden de Engelsen nu een legerleider nodig die vastberaden vertelde wat er ging gebeuren, en niet zo'n stiekeme socialist als Clement Attlee.

Churchill begreep dat ze de slag in Indië verloren hadden. De ontwikkelingen waren al jaren in die richting gegaan, en tijdens de oorlog was het uiteindelijk noodzakelijk geweest om zelfstandigheidssignalen naar de Indiërs te zenden om niet midden in de strijd om te overleven ook nog een burgeroorlog te moeten uitvechten.

Maar in veel andere richtingen was er nog steeds voldoende tijd om de ontwikkelingen een halt toe te roepen. Churchill was van plan om in de herfst naar Kenia te reizen om zich ter plekke te informeren, maar eerst ging hij naar Teheran om thee te drinken met de sjah.

Helaas kwam hij in een chaos terecht. De dag ervoor had er een explosie plaatsgevonden bij de overheidsdienst voor Binnenlandse Inlichtingen en Veiligheid. Het gebouw was ingestort en uitgebrand. De politiechef, die zo stom was geweest om zijn klauwen in een onschuldige medewerker van de Engelse ambassade te zetten, was daarbij omgekomen.

Dat was allemaal nog niet zo erg, maar de enige gepantserde auto van de sjah was blijkbaar verloren gegaan in de vlammen, en de kwestie eindigde met een aanzienlijk kortere ontmoeting tussen de sjah en Churchill dan de bedoeling was geweest, die bovendien om veiligheidsredenen op de luchthaven plaatsvond.

Het was niettemin goed dat het bezoek was doorgegaan. Volgens de sjah was de situatie onder controle. De explosie in het hoofdkantoor van de veiligheidspolitie was hinderlijk, en bovendien was er nog niets bekend over de oorzaak, maar de sjah kon ermee leven dat het hoofd van de veiligheidspolitie bij de explosie was omgekomen. Het had toch al geleken alsof hij niet meer zo goed berekend was op zijn taak.

De politieke situatie was dus stabiel. Er werd een nieuw hoofd van de veiligheidspolitie gezocht en de Anglo-Iranian Oil Company had een recordwinst geboekt. Olie maakte zowel

Engeland als Iran stinkend rijk. Voornamelijk Engeland, moest hij toegeven, maar dat was niet meer dan eerlijk omdat het enige wat Iran aan het project bijdroeg goedkope arbeidskrachten waren. Naast de olie natuurlijk.

De situatie in Iran was dus onder controle, concludeerde Winston Churchill, waarna hij de Zweedse militair attaché begroette die een plaats in het vliegtuig terug naar Londen had gekregen.

'Fijn om te horen dat meneer Churchill tevreden is,' antwoordde Allan.

Allan kwam via Londen uiteindelijk op luchthaven Bromma aan en stond voor het eerst in elf jaar op Zweedse bodem. Het was laat in de herfst van 1947 en het weer was navenant.

In de aankomsthal wachtte een jongeman op Allan, die verkondigde dat hij de assistent van premier Erlander was en dat deze meneer Karlsson onmiddellijk wilde ontmoeten als dat mogelijk was.

Allan ging bereidwillig met de assistent mee, die hem trots uitnodigde om plaats te nemen in de gloednieuwe regeringsauto, een zwarte, glanzende Volvo PV 444.

'Heeft meneer Karlsson ooit een stijlvollere auto gezien?' vroeg de in auto's geïnteresseerde assistent. 'Vierenveertig pk!'

'Ik heb vorige week een mooie wijnrode DeSoto gezien,' antwoordde Allan. 'Maar deze auto is in een betere staat.'

De rit ging van Bromma naar Stockholm en Allan keek geïnteresseerd om zich heen. Hij moest tot zijn schande bekennen dat hij nog nooit in de hoofdstad was geweest. Het was werkelijk een mooie stad, met overal water en niet-opgeblazen bruggen.

Bij het regeringskantoor werd Allan naar het kantoor van de premier geleid. Deze heette Allan welkom met een 'Meneer Karlsson! Ik heb zoveel over u gehoord!', waarna hij de assistent het kantoor uit duwde en de deur achter hen dichtdeed.

Het bleek dat premier Erlander president Truman wat later

die dag had teruggebeld en een hele tijd met hem had gesproken over Allan. Daarom wist hij nu alles over ...

Plotseling zweeg premier Erlander. Hij zat nog geen jaar op zijn post en moest nog veel leren. Hij wist inmiddels echter één ding, en dat was dat het in bepaalde situaties beter was om niets te weten, of ervoor te zorgen dat niet bewezen kon worden dat men wist wat men wist.

Daarom maakte de premier zijn zin niet af. Wat president Truman over Allan Karlsson had verteld, bleef voor eeuwig tussen hen beiden. In plaats daarvan ging de premier recht op zijn doel af. 'Ik heb begrepen dat u geen bezittingen in Zweden hebt, daarom heb ik een vergoeding geregeld voor uitgevoerde werkzaamheden in dienst van het land ... op een bepaalde manier ... Hier hebt u in elk geval tienduizend kronen.'

Met die woorden overhandigde de premier een dikke envelop met bankbiljetten aan Allan.

'Hartelijk bedankt, meneer de premier. Met dit geld kan ik nieuwe kleren kopen en een kamer met schone lakens in een hotel nemen.'

De premier deelde mee dat er natuurlijk geen voorwaarden aan de schenking verbonden waren, maar dat hij meneer Karlsson toch wilde vertellen dat er bepaalde kernsplijtingsgerelateerde werkzaamheden in Zweden plaatsvonden en dat hij graag zou zien dat meneer Karlsson zich daar eens in verdiepte.

De waarheid was dat premier Erlander absoluut niet wist wat hij aan moest met een aantal belangrijke kwesties die hij had geërfd toen Per Albins hart er vorig jaar herfst plotseling mee was gestopt. Een daarvan was hoe Zweden zich moest opstellen tegenover het feit dat de atoombom er was. Opperbevelhebber Jung achtervolgde hem met het standpunt dat het land beschermd moest worden tegen de communisten, tenslotte vormde alleen het kleine Finland een buffer tussen Zweden en Stalin.

De kwestie had twee kanten. Aan de ene kant had opperbevelhebber Jung een buitengewoon lucratief huwelijk gesloten en het was algemeen bekend dat hij op vrijdagavond longdrinks dronk met de oude koning. Sociaaldemocraat Erlander kon de gedachte niet verdragen dat Gustav V zich inbeeldde dat hij invloed had op het Zweedse veiligheidsbeleid.

Aan de andere kant kon Erlander niet uitsluiten dat de opperbevelhebber en de koning gelijk hadden. Stalin en de communisten waren per slot van rekening niet te vertrouwen, en als ze het in hun hoofd haalden om hun invloedssfeer naar het westen uit te breiden, lag Zweden onaangenaam dichtbij.

Het FOA, het onderzoeksbureau van defensie, had net al zijn (beperkte) kernenergiekennis overgedragen aan het nieuw opgerichte BV Atomenergi. Daar deden experts nu pogingen te achterhalen wat er precies in Hiroshima en Nagasaki was gebeurd. Daarnaast hadden ze een algemenere opdracht: de nucleaire toekomst vanuit Zweeds perspectief analyseren. Het werd nooit hardop uitgesproken, dat was beter, maar premier Erlander had begrepen dat de onduidelijk geformuleerde opdracht eigenlijk moest luiden: hoe maken we verdomme zelf een atoomboom voor het geval dat nodig mocht zijn?

En nu zat het antwoord op die vraag tegenover hem. Dat wist Tage Erlander, maar hij wist vooral dat hij niet wilde dat anderen wisten dat hij dat wist. In de politiek ging het erom je voeten op de juiste plek neer te zetten.

Daarom had premier Erlander de vorige dag contact opgenomen met de onderzoeksleider bij BV Atomenergi, dr. Sigvard Eklund, en hem gevraagd om Allan Karlsson te ontvangen voor een sollicitatiegesprek om zorgvuldig na te gaan of meneer Karlsson nuttig zou kunnen zijn voor het werk van BV Atomenergi.

Dr. Eklund was helemaal niet enthousiast dat de premier zich bemoeide met wie hij aannam voor het atoomproject. Hij vermoedde meteen dat Allan Karlsson hem op zijn dak werd gestuurd omdat de regering een sociaaldemocratische spion ter plaatse wilde hebben. Maar hij beloofde dat hij de man zou ontvangen voor een gesprek, hoewel de premier vreemd genoeg niets wilde loslaten over diens kwalificaties. Erlander had alleen het woord 'zorgvúldig' herhaald. Dr. Eklund moest zorgvúldig nagaan wat de achtergrond van meneer Karlsson was.

Tienduizend kronen was bijna ongezond veel geld, dacht Allan, waarna hij incheckte in het duurste hotel dat hij kon vinden.

De portier van het Grand Hôtel keek aarzelend naar de smerige, slecht geklede man, tot Allan zich legitimeerde met zijn Zweedse diplomatenpas.

'Natuurlijk hebben we een kamer voor de militair attaché,' verkondigde de portier. 'Wilt u contant betalen of moeten we de factuur naar het ministerie van Buitenlandse Zaken sturen?'

'Contant is prima,' zei Allan. 'Moet ik vooraf betalen?'

'O nee, meneer. Stel u voor!' zei de portier met een buiging.

Als hij in de toekomst had kunnen kijken, had hij absoluut een ander antwoord gegeven.

De volgende dag ontving dr. Eklund een gedouchte en enigszins opgeknapte Allan in zijn kantoor in Stockholm. De doctor vroeg hem te gaan zitten en bood zowel koffie als sigaretten aan, net als de oppermoordenaar in Teheran altijd deed (al koos Eklund ervoor zijn sigaret in een asbak te doven).

Dr. Eklund was ontevreden omdat de premier zich met de sollicitatieprocedure bemoeide. Hij had het probleem telefonisch met de opperbevelhebber besproken en wist dat hij diens morele steun had. Als de man die de premier had gestuurd niet aan de verwachtingen voldeed, werd hij niet aangenomen.

Allan voelde de negatieve energie in de kamer en dacht heel even terug aan zijn ontmoeting met Song Meiling een paar jaar eerder. Mensen mochten zich gedragen zoals ze wilden, maar hij vond dat het over het algemeen onnodig was om chagrijnig te zijn als je de mogelijkheid had om dat niet te zijn.

Het gesprek tussen de mannen was kort.

'De premier heeft me gevraagd om zorgvúldig na te gaan of u geschikt zou kunnen zijn voor een positie binnen onze organisatie, meneer Karlsson. Met uw toestemming ben ik van plan dat nu te doen. Laten we beginnen met uw studie ...'

'Die is niet zo lang geweest,' zei Allan. 'Drie jaar maar.'

'Drie jaar?' riep dr. Eklund. 'Met maar drie jaar academische studie kunt u toch nauwelijks fysicus, wiskundige of chemicus zijn?'

'Nee, drie jaar in totaal. Ik ben van school gegaan toen ik negen was.'

Eklund moest even bijkomen. Die vent had helemaal geen opleiding! Kon hij wel lezen en schrijven? Maar de premier had hem verzocht om ... 'Hebt u dan beroepservaring die als relevant beschouwd wordt in het soort werk dat u zich voorstelt te gaan doen bij BV Atomenergi, meneer Karlsson?'

'Ja, dat kun je wel zeggen,' antwoordde Allan. 'Ik heb op de Los Alamos-basis in New Mexico in de VS gewerkt.'

Nu lichtte dr. Eklunds gezicht op. Misschien had Erlander toch zijn redenen gehad. Wat er in Los Alamos tot stand was gebracht, was inmiddels algemeen bekend. Waar had meneer Karlsson zich daar mee beziggehouden?

'Ik schonk koffie in,' antwoordde Allan.

'Koffie?' Dr. Eklunds gezicht betrok weer.

'Ja, en soms thee. Ik was assistent en ober.'

'U was dus assistént in Los Alamos ... Bent u op enig moment betrokken geweest bij kernsplijtingsgerelateerde besluiten, meneer Karlsson?'

'Nee,' antwoordde Allan. 'Ik ben daar waarschijnlijk het dichtst bij geweest toen ik mijn mening heb gegeven tijdens een bijeenkomst waar ik eigenlijk alleen koffie zou serveren en me verder nergens mee mocht bemoeien.'

'U hebt uw mening gegeven tijdens een bijeenkomst waar u eigenlijk ober was ... en wat is er daarna gebeurd?'

'Tja, we werden onderbroken ... en toen werd ik uitgenodigd.'

Eklund zat zwijgend tegenover Allan. Wie had de premier op hem af gestuurd? Dacht die Erlander dat een ober die op zijn negende van school was gegaan aan het werk kon worden gezet om atoombommen voor Zweden te fabriceren? Zelfs voor een sociaaldemocraat zou er toch een grens moeten zijn aan hoever men de naïeve bewering kon doordrijven dat iedereen dezelfde waarde had?

Eklund zei eerst tegen zichzelf dat het een sensatie zou zijn als die beginner van een premier één jaar vol maakte, daarna zei hij tegen Allan dat hun gesprek afgelopen was als meneer Karlsson er niets aan toe te voegen had. Eklund was van mening dat er in de huidige situatie geen plek was voor meneer Karlsson. De assistente die koffiezette voor de academici bij BV Atomenergi was weliswaar nog nooit in Los Alamos geweest, maar hij vond dat ze niettemin naar tevredenheid functioneerde. Bovendien maakte Greta de kantoren ook schoon en dat beschouwde hij als een bonus.

Allan zweeg even en overwoog of hij zou vertellen dat hij in tegenstelling tot alle academici van dr. Eklund en zeker ook Greta wist hoe je een atoombom moest maken.

Hij besloot echter dat Eklund zijn hulp niet verdiende als hij niet genoeg intelligentie bezat om Allan die vraag te stellen. Bovendien smaakte Greta's koffie naar slootwater.

Allan kreeg geen baan bij BV Atomenergi, daarvoor werden zijn verdiensten als te mager beschouwd. Maar hij was toch tevreden toen hij op een parkbank voor het Grand Hôtel zat, met een mooi uitzicht over het paleis van de koning aan de andere kant van het water. En waarom zou hij niet tevreden zijn? Hij had het grootste deel van het geld dat de premier hem zo gul had gegeven nog, hij sliep chic, hij at elke avond heerlijk in restaurants en op deze vroege januaridag verwarmde een lage middagzon zowel zijn lichaam als zijn ziel.

Het was natuurlijk koud aan zijn billen en daarom was het misschien een beetje verrassend dat er iemand naast hem op de bank kwam zitten.

'Goedemiddag,' zei Allan vriendelijk.

'*Good afternoon, mister Karlsson*,' antwoordde de man naast hem.

14

Maandag 9 mei 2005

Toen commissaris Aronsson de nieuwste ontwikkelingen aan officier van justitie Conny Ranelid in Eskilstuna had gerapporteerd, besloot deze om Allan Karlsson, Julius Jonsson, Benny Ljungberg en Gunilla Björklund bij verstek aan te houden.

Aronsson en de onderzoeksleider hadden doorlopend contact gehad vanaf het moment dat de honderdjarige uit het raam was geklommen en verdween, en de interesse van de officier van justitie nam voortdurend toe. Nu overwoog hij de spectaculaire mogelijkheid om Allan Karlsson te veroordelen voor moord of in elk geval doodslag, hoewel er geen slachtoffer was gevonden. Er was een handvol voorbeelden in de Zweedse rechtsgeschiedenis waaruit bleek dat dat niettemin mogelijk was, maar dat vereiste een uitzonderlijke bewijsvoering en een buitengewoon bekwame officier van justitie. Dat laatste was volgens officier van justitie Conny Ranelid geen probleem, en voor wat betreft het eerste was hij van plan een keten van aanwijzingen op te bouwen, waarvan de eerste schakel de sterkste was en geen enkele schakel heel zwak zou zijn.

Commissaris Aronsson besefte dat hij teleurstelling over de ontwikkeling voelde. Het zou leuker zijn geweest als hij een bejaarde uit de klauwen van een criminele bende had kunnen redden, dan zoals de zaak er nu voorstond en het hem niet was gelukt om de crimineel uit de klauwen van de bejaarde te redden.

'Kunnen we Allan Karlsson en de anderen aan de dood van Bylund, Hultén en Gerdin linken zolang we geen lichamen hebben?' vroeg Aronsson. Hij hoopte dat het antwoord 'nee' zou zijn.

'Nu moet je de moed niet opgeven, Göran,' antwoordde Ranelid. 'Zodra je die ouwe vent voor me hebt opgepakt, zul je zien dat hij alles toegeeft. En als hij daarvoor te seniel is, hebben we de anderen die elkaar zullen tegenspreken.'

Daarna nam Ranelid de zaak opnieuw door met zijn commissaris. Eerst legde hij zijn strategie uit. Hij geloofde niet dat hij hen allemaal voor moord kon laten veroordelen, maar na moord kwam in deze zaak natuurlijk doodslag, medeplichtigheid aan het een of ander, dood door schuld alsmede bescherming van een misdadiger. Zelfs grafschennis zou ter sprake kunnen komen, maar daar had de officier van justitie meer bedenktijd voor nodig.

Hoe later een van de bij verstek aangehouden personen bij de actie betrokken was geraakt, des te moeilijker het zou zijn om hem of haar te veroordelen voor een zwaar misdrijf (voor zover de verdachte niet bekende natuurlijk). Daarom was de officier van justitie van plan zich te richten op degene die er vanaf het begin bij betrokken was geweest, de honderdjarige Allan Karlsson.

'In zijn geval moeten we er waarschijnlijk voor zorgen dat het levenslang in de juiste betekenis van het woord wordt,' grinnikte Ranelid.

De oude man had een motief om eerst Bylund en daarna Hultén en Gerdin te vermoorden. Het motief was dat hij anders het risico liep dat het tegenovergestelde gebeurde, namelijk dat Bylund, Hultén en Gerdin hém hadden vermoord. Ranelid had zowel nieuwe als oude getuigenissen dat de drie leden van de organisatie Never Again de neiging hadden geweld te gebruiken.

Maar de oude man zou zich niet op noodweer kunnen beroepen, want tussen Karlsson aan de ene kant en de drie slachtoffers aan de andere kant stond een koffer met een voor de officier van justitie onbekende inhoud. Het leek erop dat het vanaf het begin om de koffer was gegaan, dus had de oude man een alternatief gehad voor het vermoorden van de anderen;

namelijk de koffer niet stelen of hem teruggeven als hij al gestolen was.

Verder kon de officier van justitie meerdere geografische koppelingen maken tussen die ouwe Karlsson en de slachtoffers. Het eerste slachtoffer was net als meneer Karlsson uitgestapt bij station Byringe, hoewel niet gelijktijdig. Net als meneer Karlsson had slachtoffer nummer één op de lorrie gezeten, en bovendien gelijktijdig met meneer Karlsson. En in tegenstelling tot meneer Karlsson en zijn kompaan was slachtoffer nummer één niet meer gesignaleerd na het ritje op de lorrie. Bovendien had 'iemand' sporen van een lijk achtergelaten. Wie die 'iemand' was leek duidelijk. Zowel die ouwe vent als kruimeldief Jonsson was immers later diezelfde dag aantoonbaar nog in leven geweest.

De geografische koppeling tussen Karlsson en slachtoffer nummer twee was minder sterk. Ze waren bijvoorbeeld niet samen gezien. Maar de zilverkleurige Mercedes aan de ene kant en het achtergelaten pistool aan de andere kant vertelden officier van justitie Ranelid – en absoluut straks ook de rechtbank – dat meneer Karlsson en slachtoffer Hultén alias Hompie zich beiden in Sjötorp in Småland hadden bevonden. Hulténs vingerafdrukken op het pistool waren nog niet bevestigd, maar dat was volgens Ranelid slechts een kwestie van tijd.

Het opduiken van het wapen was een geschenk uit de hemel, omdat deze Hompie aan Sjötorp zou linken, en tevens het motief zou versterken om ook slachtoffer nummer twee om te brengen.

Als het om Karlsson ging, hadden ze bovendien de fantastische uitvinding DNA waartoe ze zich konden wenden. Dat had die ouwe natuurlijk overal in de Mercedes en in Sjötorp verspreid.

DNA zou ook worden gebruikt om vast te stellen dat het bloed in de in puin gereden BMW toebehoorde aan het derde slachtoffer, Per-Gunnar Gerdin, het bendelid dat de Baas werd genoemd. De vernielde auto zou nauwkeurig worden onderzocht, en dan zou onweerlegbaar blijken dat Karlsson en zijn kompanen daar ook bij betrokken waren geweest. Hoe hadden ze het lijk anders uit de auto gekregen?

De officier van justitie had dus een motief en een koppeling voor wat betreft tijd en plaats tussen Allan Karlsson aan de ene kant en de drie dode bendeleden aan de andere kant.

Aronsson besloot te vragen hoe de officier van justitie er zeker van kon zijn dat de drie slachtoffers ook echt slachtoffers waren, dat wil zeggen dood? Ranelid grinnikte en zei dat er voor wat betreft het eerste en derde slachtoffer nauwelijks verder bewijs nodig was. Met betrekking tot het tweede slachtoffer was hij van plan op de rechtbank te steunen – want als de rechtbank het ermee eens was dat het eerste en het derde slachtoffer overleden waren, dan belandde het tweede immers als een schakel in de beroemde keten van aanwijzingen.

'Of denk je misschien dat het tweede slachtoffer zijn pistool volkomen vrijwillig heeft afgegeven aan degene die zijn vriend net van het leven heeft beroofd, waarna hij innig afscheid heeft genomen en is vertrokken zonder op de komst van zijn baas te wachten?' vroeg Ranelid sarcastisch.

'Nee, dat denk ik inderdaad niet,' zei de commissaris verdedigend.

De officier van justitie gaf toe dat de zaak misschien mager was, maar dat de keten van aanwijzingen zoals hij al had gezegd de zaak sterk maakte. Het ontbrak Ranelid aan slachtoffers en moordwapens (behalve de gele verhuisbus), maar hij was van plan om Karlsson in eerste instantie veroordeeld te krijgen voor slachtoffer nummer één. Het bewijs voor slachtoffer nummer drie en vooral twee was op zich niet voldoende, maar had een uitstekende ondersteunende functie om Karlsson veroordeeld te krijgen voor het eerste slachtoffer. Zoals gezegd, misschien niet voor moord ...

'Ik krijg die ouwe kerel in elk geval veroordeeld voor doodslag of medeplichtigheid. En als ik hem heb laten veroordelen, krijg ik de anderen ook. Misschien niet allemaal voor een zwaar misdrijf, maar krijgen doe ik ze!'

De officier van justitie kon natuurlijk geen personen arresteren vanuit de veronderstelling dat ze elkaar zodanig zouden tegenspreken als ze werden verhoord dat het daarna mogelijk was de hele groep te laten veroordelen. Toch had hij de zaak in zijn zak, want het waren tenslotte allemaal amateurs. Een honderdjarige, een kruimeldief, een snackbareigenaar en een oud wijf. Hoe moesten die in vredesnaam weerstand bieden in een verhoorkamer?

'Ga naar Växjö, Aronsson, en neem een goed hotel. Ik lek vanavond het nieuwtje dat de honderdjarige waarschijnlijk een moordmachine is en morgenvroeg heb je zoveel tips over zijn verblijfplaats dat je hem voor de lunch kunt ophalen, dat beloof ik.'

15

Maandag 9 mei 2005

'Hier heb je drie miljoen kronen, lieve broer. En ik bied je mijn verontschuldigingen aan voor mijn gedrag met betrekking tot de erfenis van oom Frasse.'

Benny ging recht op zijn doel af toen hij Bosse voor het eerst in dertig jaar zag. Voordat ze elkaar een hand hadden gegeven, overhandigde hij Bosse een tas met geld. Daarna ging hij op ernstige toon verder: 'Je moet twee dingen weten. Het ene is dat we je hulp echt nodig hebben, want we zitten verschrikkelijk in de problemen. En het tweede is dat het geld dat je hebt gekregen van jou is en dat je dat verdient. Als je ons weg wilt sturen, mag je dat doen, het geld blijft sowieso van jou.'

De broers stonden in het schijnsel van de enige werkende koplamp van de gele verhuisbus, vlak voor de ingang van Bosses ruime woning Klockaregård, op de Västgötavlakte, bijna tien kilometer van Falköping. Bosse ordende zijn gedachten zo goed mogelijk en zei daarna dat hij een aantal vragen had. Afhankelijk van de antwoorden die hij kreeg zou hij daarna bepalen hoe gastvrij hij van plan was te zijn. Benny knikte.

'Dan beginnen we,' zei Bosse. 'Zijn jullie op een eerlijke manier aan het geld gekomen dat ik net heb gekregen?'

'Natuurlijk niet,' zei Benny.

'Zit de politie achter jullie aan?'

'Waarschijnlijk niet alleen de politie, maar ook een bende,' zei Benny. 'Vooral een bende.'

'Wat is er met de verhuisbus gebeurd? Hij is helemaal ingedeukt aan de voorkant.'

'We hebben een bendelid in volle vaart geramd.'

'Is hij dood?'

'Helaas niet. Hij ligt in de bus met een hersenschudding, gebroken ribben, een gebroken rechterarm en een flinke open wond in zijn rechterdijbeen. Zijn toestand is ernstig, maar stabiel, zoals ze zeggen.'

'Jullie hebben hem dus meegenomen?'

'Inderdaad.'

'Wat moet ik nog meer weten?'

'Tja, het kan zijn dat we onderweg nog een paar bendeleden hebben vermoord, vrienden van de halfdode man in de bus. Ze zijn allemaal zo koppig om de vijftig miljoen kronen terug te willen die toevallig in ons bezit zijn gekomen.'

'Vijftig miljoen kronen?'

'Vijftig miljoen kronen. Met aftrek van diverse onkosten. Voor deze verhuisbus bijvoorbeeld.'

'Waarom rijden jullie in een verhuisbus?'

'We hebben een olifant achterin.'

Bosse zweeg even. Daarna zei hij: 'Is de olifant ook gestolen?'

'Nee, zo kun je dat niet zeggen.'

Bosse zweeg weer. Daarna zei hij: 'We eten vanavond gegrilde kip met gebakken aardappelen. Is dat goed?'

'Dat weet ik wel zeker,' zei Benny.

'Is daar ook iets te drinken bij?' vroeg een bejaarde stem uit de verhuisbus.

Toen bleek dat de dode in het autowrak nog leefde, stuurde Benny Julius weg om de verbanddoos achter de voorbank van de bus te halen. Benny zei dat hij daarmee misschien problemen veroorzaakte voor de groep, maar dat hij in zijn hoedanigheid van bijna-arts ook rekening moest houden met zijn bijna-artsenethiek. Het was dus uitgesloten dat hij de dode liet doodbloeden.

Tien minuten later zetten ze hun rit naar de Västgötavlakte voort. Ze hadden de halve dode uit zijn autowrak getild, Benny had hem onderzocht, een diagnose gesteld en met behulp van de verbanddoos eerste hulp gegeven; hij had er vooral voor gezorgd dat hij de krachtige bloedstroom uit de ene dij van de man stopte, en had tevens de breuk in zijn rechteronderarm gespalkt.

Daarna moesten Allan en Julius naar achteren, bij Sonja, om plaats te maken voor de halfdode, die overdwars in de chauffeurscabine van de bus lag, met de Schoonheid als oplettende verpleegster. Benny constateerde dat zijn pols en bloeddruk redelijk stabiel waren, en met een flinke hoeveelheid morfine zorgde hij er bovendien voor dat hij ondanks alle pijn sliep.

Zodra duidelijk was dat de vrienden inderdaad welkom waren bij Bosse, onderzocht Benny de patiënt opnieuw. De man sliep nog steeds diep door de morfine en Benny besloot dat ze zouden wachten met hem verplaatsen.

Terwijl Bosse bezig was met het avondeten dat zo meteen zou worden opgediend, brachten de vrienden beurtelings verslag uit over de dramatiek van de afgelopen dagen.

Hoewel Bosse net tot in detail had gehoord dat er twee mensen waren omgekomen en dat wat er gebeurd was in strijd was met de Zweedse wet, was er maar één kwestie waar hij opnieuw naar vroeg. 'Ik wil even controleren of ik het goed heb begrepen ... Jullie hebben dus een ólifant in de bus voor de deur?'

'Ja, maar morgenochtend mag ze naar buiten, de vrijheid in,' zei de Schoonheid.

Bosse was van mening dat er verder niet veel was om zich blind op te staren. De wet vertelt vaak één ding terwijl de moraal iets anders beweert, meende hij. Hij hoefde alleen maar naar zijn eigen werkzaamheden te kijken om een voorbeeld te vinden voor het feit dat het recht opzij geschoven kan worden zolang je je hoofd opgeheven kunt houden.

'Ongeveer wat jij met de erfenis hebt gedaan, maar dan anders,' zei Bosse tegen Benny.

‘O ja, en wie heeft mijn nieuwe motor vernield?’ antwoordde Benny.

‘Dat was omdat jij stopte met die lascursus,’ zei Bosse.

‘En dat deed ik omdat jij me de hele tijd koeioneerde,’ zei Benny.

Allan onderbrak de broers op dat punt met de opmerking dat hij de wereld had gezien en als hij daar iets van had geleerd, dan was het dat de allergrootste en ogenschijnlijk onmogelijkste conflicten op aarde gemakkelijk voorkomen hadden kunnen worden: ‘Jij bent dom, nee, jij bent dom, nee, jij bent dom.’

‘De oplossing was vaak samen een fles brandewijn leegdrinken en vooruitkijken,’ zei Allan. Helaas was Benny geheelonthouder. Allan kon Benny’s deel van de brandewijn natuurlijk opdrinken, maar hij geloofde niet dat dat hetzelfde was.

‘Dus een fles brandewijn zou het conflict tussen Israël en de Palestijnen oplossen?’ vroeg Bosse. ‘Dat strekt zich al uit tot de Bijbel.’

‘Bij het conflict dat jij noemt is het niet onmogelijk dat er meer dan één fles nodig is,’ antwoordde Allan. ‘Maar het principe blijft hetzelfde.’

‘En het werkt niet als ik iets anders drink?’ vroeg Benny. Hij voelde zich een wereldvernietiger met zijn geheelonthouding.

Maar Allan was tevreden over de ontwikkeling. De ruzie tussen de broers was vergeten. Dat verkondigde hij ook, en hij voegde eraan toe dat de brandewijn in kwestie daarom ook mocht worden gebruikt voor andere dingen dan het oplossen van conflicten.

De drank moest wachten, vond Bosse, want het eten was klaar. Gegrilde kip en in de oven gebakken aardappelen met bier voor de volwassenen en limonade voor zijn broertje.

Op het moment dat ze aan tafel gingen, werd Per-Gunnar ‘de Baas’ Gerdin wakker. Hij had hoofdpijn, het deed pijn als hij ademhaalde, één arm was waarschijnlijk gebroken, want die was gespalkt, en de wond in zijn rechterdijbeen begon te bloeden toen hij uit de verhuisbus stapte. Hij had tot zijn verbazing zijn eigen pistool in het handschoenenkastje gevonden. Soms leek de hele wereld uit idioten te bestaan, behalve hijzelf natuurlijk.

De morfine verdoofde de pijn nog steeds, en de Baas vond het moeilijk om zijn gedachten te ordenen. Hij hinkte rond Klockaregård en keek door de ramen naar binnen tot hij er zeker van was dat alle bewoners van het huis zich in de keuken bevonden. De keukendeur naar de tuin was bovendien niet op slot. Daardoor hinkte de Baas naar binnen, vastbesloten en met het pistool in zijn linkerhand. 'Sluit de hond in de voorraadkast op, anders schiet ik hem meteen dood. Daarna heb ik nog vijf patronen in het magazijn, een voor ieder van jullie,' begon hij.

De Baas verraste zichzelf omdat hij zo beheerst bleef in zijn woede. Buster was verbaasd en een beetje ongerust, maar vooral tevreden. Hij werd opgesloten in een voorraadkast; je kon je een slechter hondenleven voorstellen.

De vijf vrienden moesten op een rij gaan staan. De Baas deelde mee dat de koffer die in de hoek stond van hem was en dat hij van plan was hem mee te nemen als hij vertrok. Misschien leefden een of meerderen van hen dan nog, dat was afhankelijk van de antwoorden die de Baas op zijn vragen zou krijgen en hoeveel er van de inhoud van de koffer was verdwenen.

Allan was degene die de stilte verbrak. Hij zei dat er weliswaar een paar miljoen uit de koffer ontbrak, maar dat de revolverheld daar misschien toch tevreden mee kon zijn omdat twee collega's van hem door verschillende omstandigheden dood waren, zodat hij de inhoud met minder mensen hoefde te delen.

'Zijn Bikker en Hompie dood?' vroeg de Baas.

'Gannef!?' riep Bosse plotseling. 'Ben jij het!? Dat is lang geleden!'

'Bosse Bluf!?' riep Per-Gunnar 'Gannef' Gerdin terug.

Daarna ontmoetten Bosse Bluf en Gannef Gerdin elkaar midden in de keuken voor een omhelzing.

'Ik heb het gevoel dat we dit ook overleven,' zei Allan.

Buster werd uit de voorraadkast bevrijd, Benny verbond 'Gannef' Gerdins bloedende wond opnieuw en Bosse dekte de tafel voor nog een persoon.

'Ik hoef alleen een vork,' verkondigde Gannef. 'Ik kan mijn rechterarm toch niet gebruiken.'

'Je was anders behoorlijk goed met een mes als dat nodig was,' zei Bosse.

Gannef en Bosse Bluf waren heel goede vrienden geweest, en compagnons in de levensmiddelenbranche. Gannef was daarbij de meest ongeduldige, degene die de zaken altijd een stap verder wilde drijven. Uiteindelijk waren ze allebei hun eigen weg gegaan toen Gannef erop had gestaan dat de vrienden Zweedse gehaktballen uit de Filippijnen zouden importeren die waren behandeld met formaline, zodat ze drie maanden (of drie jaar, afhankelijk van de hoeveelheid formaline die je gebruikte) in plaats van drie dagen houdbaar waren. Toen had Bosse er genoeg van. Hij zei dat hij geen voedsel wilde vervuilen met iets waar mensen aan konden doodgaan.

Ze gingen als vrienden uit elkaar. Bosse verhuisde naar Västergötland, terwijl Gannef zijn importfirma in de ijskast zette en fulltime overvaller werd.

In het begin hadden Bosse en Gannef een paar keer per jaar contact met elkaar, maar na verloop van tijd werd dat minder en uiteindelijk spraken ze elkaar helemaal niet meer, tot Gannef geheel onverwacht in Bosses keuken verscheen.

De boosheid van Gannef was verdwenen op het moment dat hij zijn compagnon en kameraad uit zijn jeugdjaren had teruggevonden, en nu zat hij samen met Bosse en zijn vrienden aan tafel. Er was niets aan te doen dat Bikker en Hompie dood waren. Dat en de toestand met de koffer zouden ze de volgende dag bespreken, want nu gingen ze van het avondeten en het bier genieten.

'Proost!' zei Per-Gunnar Gannef Gerdin, waarna hij flauwviel met zijn gezicht recht in zijn eten.

Ze veegden Gannefs gezicht schoon en legden hem in bed. Benny controleerde zijn medische toestand en gaf zijn patiënt een nieuwe dosis morfine, zodat hij tot de volgende dag zou slapen.

Daarna konden Benny en de anderen eindelijk genieten van de kip met gebakken aardappelen. En genieten deden ze!

Iedereen was het erover eens dat ze nog nooit zoiets heerlijks hadden geproefd. Wat was het geheim?

Bosse vertelde dat hij verse kippen uit Polen importeerde ('geen rotzooi, goed spul') en elke kip eigenhandig met een liter van zijn eigen speciale kruidenwatermengsel injecteerde. Daarna verpakte hij de kippen opnieuw en omdat er zoveel werk op de Västgötavlakte was verricht, vond hij dat hij zijn kippen net zo goed 'Zweeds' kon noemen.

'Twee keer zo lekker door het kruidenmengsel, twee keer zo zwaar door het water en twee keer zo gewild door de herkomst,' vatte Bosse samen.

Het was plotseling gaan lopen, hoewel hij maar een kleine handelaar was. Iedereen was gek op zijn kippen, maar hij verkocht uit voorzorg niet aan de groothandelaren in de streek, voor het geval een van hen langs zou komen en zou ontdekken dat er helemaal geen kippen op Bosses boerderij rondscharrelden.

Dat had hij ook bedoeld met het verschil tussen wet en moraal, ging Bosse verder. De Polen waren toch niet slechter in het voeren en doden van kippen dan de Zweden? Kwaliteit had toch niets met landsgrenzen te maken?

'Mensen zijn stom,' stelde Bosse vast. 'In Frankrijk is het Franse vlees het lekkerst, in Duitsland het Duitse. Dat geldt ook voor Zweden. Ik hou bepaalde informatie achter voor de bestwil van het volk.'

'Dat is mooi van je,' zei Allan zonder ironie.

Bosse vertelde dat hij iets dergelijks had gedaan met de watermeloenen die hij eveneens importeerde. Die noemde hij graag Spaans omdat niemand zou geloven dat ze uit Skövde kwamen. Voordat hij ze doorverkocht spoot hij een liter siroop in elke meloen.

'Ze worden twee keer zo zwaar – wat goed is voor mij! – en drie keer zo lekker – wat goed is voor de consument!'

De Schoonheid dacht dat er waarschijnlijk consumenten waren die om medische redenen absoluut geen liter siroop binnen mochten krijgen, maar ze zei niets. Ze was van mening dat niemand die vanavond aan tafel zat recht van spreken had als het om moraal ging. Bovendien smaakte de watermeloen die ze toe kregen bijna net zo goddelijk als de kip daarnet had gedaan.

Commissaris Göran Aronsson zat in het restaurant van hotel Royal Corner in Växjö en at kip cordon bleu. De kip, die niet uit Västergötland kwam, was droog en smakeloos. Aronsson spoelde hem weg met een fles goede wijn.

Op dit moment had de officier van justitie vast en zeker het een en ander in de oren van een verslaggever gefluisterd, en de volgende dag zouden de journalisten allemaal komen opdraven. Ranelid had natuurlijk gelijk dat het tips zou regenen over de verblijfplaats van de gele verhuisbus met ingedeukte voorkant. In afwachting daarvan kon Aronsson net zo goed blijven waar hij was. Hij had immers toch niets om naartoe te gaan: geen gezin, geen goede vrienden, niet eens een zinnige hobby. Als deze merkwaardige achtervolging voorbij was, was zijn leven absoluut toe aan een onderhoudsbeurt.

Aronsson besloot de avond met een gin-tonic, terwijl hij medelijden met zichzelf had en fantaseerde hoe het zou zijn om zijn dienstwapen te pakken en de pianist in de bar neer te schieten. Als hij in plaats daarvan nuchter was gebleven en goed had nagedacht over de informatie die hij inmiddels had, dan had het verhaal beslist een andere wending gekregen.

Bij de krant *Expressen* hielden ze dezelfde avond een korte, taalkundige discussie over de affiche van de volgende dag. Uiteindelijk besloot het nieuwshoofd dat één dode moord was, twee doden kon een dubbele moord worden genoemd, maar drie doden was helaas geen massamoord, wat een aantal afdelingen wilde. Uiteindelijk werd de tekst op de affiche als volgt:

Verdwenen
HONDERD-
JARIGE
verdacht van
DRIEDUBBELE
MOORD

Het was laat in Klockaregård en de stemming was uitstekend. Vrolijke verhalen wisselden elkaar af. Bosse had succes toen hij een bijbel pakte en verkondigde dat hij zou vertellen hoe het was gekomen dat hij het hele boek met frisse tegenzin van de eerste tot de laatste bladzijde had gelezen.

Een paar maanden eerder was hij in gesprek geraakt met een kennis bij de vuilstortplaats van Skövde. Ze hadden elkaar op de drafbaan Axevalla leren kennen, waar hun dromen, telkens als de V75-wedstrijd in de stad werd gehouden, werden verpletterd. De kennis wist dat Bosses geweten een zekere rekbaarheid bezat en dat Bosse altijd geïnteresseerd was in mogelijke nieuwe inkomstenbronnen.

De kennis wist bovendien dat er net een pallet met vijfhonderd kilo boeken was gearriveerd die vernietigd moesten worden, omdat ze waren geclassificeerd als waardeloos materiaal in plaats van literatuur. Bosses kennis was nieuwsgierig wat voor soort literatuur het was, scheurde de verpakking open en hield even later een bijbel in zijn hand (hij had op iets heel anders gehoopt).

'Het was echter geen gewone, goedkope bijbel,' zei Bosse terwijl hij een exemplaar doorgaf om te bekijken. 'We hebben het hier over een *slimline*-bijbel in echt leer met goud op snee en zo ... En kijk hier eens: een lijst met alle personages, kleurenkaarten, een index ...'

De kennis was net zo onder de indruk geweest als de vrienden nu waren en in plaats van de bijbels te verbranden bood hij Bosse aan om de boeken van de stortplaats te smokkelen in ruil voor een briefje van duizend als dank voor de moeite.

Bosse hapte meteen toe en diezelfde middag had hij vijfhonderd kilo bijbels in de schuur staan. Hoe hij de boeken echter ook bestudeerde, hij zag niet wat er mis mee was, dus ging hij op een avond in de zitkamer bij de open haard zitten en begon 'In den beginne schiep ...' te lezen. Voor alle zekerheid gebruikte hij zijn eigen confirmatiebijbel als referentie. Er móést ergens een drukfout in staan, waarom zou je anders iets vernietigen wat zo mooi en ... heilig was?

Bosse las en las, avond na avond, het Oude Testament ging over in het Nieuwe Testament en Bosse las verder, vergeleek de tekst met zijn confirmatiebijbel en had nog steeds geen fout gevonden.

Op een avond had hij het laatste hoofdstuk bereikt, en even later de laatste bladzijde en het laatste vers.

Dat was het! Dat was de onvergeeflijke en onbegrijpelijke misser die ervoor had gezorgd dat de eigenaar van de boeken had besloten dat ze verbrand moesten worden!

Bosse gaf iedereen rond de tafel een exemplaar en ze bladerden allemaal naar het laatste vers van het boek om daarna in lachen uit te barsten.

Bosse was er tevreden mee dat de fout stond waar hij stond, hij probeerde niet uit te zoeken hoe die daar was gekomen. Zijn nieuwsgierigheid was bevredigd, en bovendien had hij voor het eerst sinds zijn schooltijd een boek uitgelezen. Hij was er zelfs een beetje religieus van geworden. Het was niet zo dat Bosse toestond dat God een mening had over de werkzaamheden op Klockaregård, en de Heer was evenmin aanwezig als Bosse zijn belastingaangifteformulier invulde, maar verder legde Bosse zijn leven tegenwoordig in handen van de Vader, de Zoon en de Heilige Geest. Hij was in elk geval niet van plan om in de weekenden op markten in Zuid-Zweden bijbels met een kleine drukfout te verkopen.

Als Bosse het er niet bij had gelaten, en als het hem tegen alle verwachtingen in was gelukt om het ontstaan van de fout te achterhalen, dan had hij zijn vrienden het volgende kunnen vertellen:

Een typograaf maakte een persoonlijke crisis door. Hij was jaren eerder gerecruteerd door de Jehova's getuigen, maar werd eruit geschopt toen hij ontdekte en een beetje te luidkeels verkondigde dat de parochie de terugkomst van Jezus tussen 1799 en 1980 maar liefst veertien keer had voorspeld, en dat ze het alle veertien keer bij het verkeerde eind hadden gehad.

Daarop sloot hij zich aan bij de pinksterbeweging; deze leer met zijn vergeving van zonden beviel hem wel, hij omarmde het idee van Gods uiteindelijke overwinning van het kwaad, van Jezus' terugkomst (zonder dat de pinksterbeweging hier een datum voor vaststelde) en dat de meesten uit de jeugd van de typograaf, met inbegrip van zijn vader, zouden branden in de hel.

De nieuwe parochie wees de typograaf echter ook het gat van de deur. De reden was dit keer dat de ingezamelde collecte van een hele maand zoekraakte terwijl deze onder de hoede van de typograaf was. De typograaf ontkende hevig dat hij iets met de verdwijning te maken had. En trouwens, in het christendom draaide het toch om vergiffenis? Wat had hij dan moeten doen toen zijn auto stukging en hij een nieuwe nodig had om zijn baan te kunnen houden?

Verdrietig begon de typograaf aan de klus van die dag op zijn werk, die ironisch genoeg bleek te bestaan uit het drukken van tweeduizend bijbels!

Met tranen in zijn ogen bewerkte de typograaf hoofdstuk na hoofdstuk met de speciale software van de drukkerij. Toen hij bij het laatste hoofdstuk was beland – de Openbaring – knapte er iets in hem. Hoe zou Jezus op weg terug naar de aarde kunnen zijn? Het kwaad had hier immers de controle over alles! Het kwaad had het goede eens en voor altijd overwonnen, dus wat had het allemaal voor zin? En de Bijbel? Dat was één grote grap!

Zo gebeurde het dat hij een aanvulling toevoegde aan het allerlaatste vers in het allerlaatste hoofdstuk van de bijbel die straks gedrukt zou worden. De typograaf herinnerde zich niet veel van zijn vader, die was verdwenen toen hij nog maar zes jaar was, maar hij wist nog dat zijn vader hem vroeger voorlas en hij herinnerde zich één zinnetje waarvan hij vond dat het heel goed in dit verband paste. Daarom zagen de laatste twee verzen plus het extra vers van de typograaf in de bijbel met goud op snee er als volgt uit.

20. Hij die van dit alles getuigt, zegt: 'Ja, ik kom spoedig!'

Ja, kom Heer Jezus!

21. De genade van de Heer Jezus zij met u allen.

22. En toen kwam er een olifant met een lange snuit en die blies het verhaaltje uit.

De late avond werd nacht in Klockaregård. Zowel de brandewijn als de vriendschap vloeide rijkelijk en dat was waarschijnlijk zo doorgegaan als Benny, de enige die nuchter bleef, niet had ontdekt hoe laat het al was. Uiteindelijk onderbrak hij het gezellige samenzijn door mee te delen dat het de hoogste tijd was om naar bed te gaan. Ze moesten de volgende dag tenslotte veel bespreken en dan was het beter als ze uitgerust waren.

16

1948-1953

De man die naast Allan op het bankje was gaan zitten, had net '*Good afternoon, mister Karlsson*' gezegd, waaruit Allan een aantal conclusies trok. Ten eerste was de man geen Zweed, anders had hij waarschijnlijk wel Zweeds gepraat. Ten tweede wist hij wie Allan was, omdat hij hem bij zijn naam had genoemd.

De man was keurig gekleed; hij droeg een grijze hoed met een zwarte rand, een grijze jas en zwarte schoenen. Hij kon heel goed een zakenman zijn. Hij zag er vriendelijk uit en wilde duidelijk iets van hem, dus vroeg Allan in het Engels: 'Gaat mijn leven misschien weer een nieuwe wending nemen?'

De man antwoordde dat dat niet uitgesloten kon worden, maar voegde er vriendelijk aan toe dat het van meneer Karlsson zelf afhing. De opdrachtgever van de man wilde meneer Karlsson graag ontmoeten om hem een baan aan te bieden.

Allan antwoordde dat hij natuurlijk niet de rest van zijn leven op een bankje in het park kon blijven zitten. Daarna vroeg hij of het te veel was gevraagd om te vernemen wie de opdrachtgever was. Hij vond het gemakkelijker om een aanbod te accepteren of te weigeren als hij wist wat hij accepteerde of weigerde.

Daar was de man naast hem het absoluut mee eens, maar de opdrachtgever in kwestie was nogal eigenzinnig en wilde zich het liefst zelf voorstellen.

'Daarentegen ben ik bereid om u zonder enig oponthoud naar hem toe te brengen, als u dat uitkomt.'

Allan zei dat hij dat absoluut geen probleem vond, waarna hij te horen kreeg dat het een flinke reis was. Als meneer Karlsson zijn bezittingen uit de hotelkamer wilde halen, zou de man in de foyer op hem wachten.

'Ik hoef niet naar mijn hotelkamer,' zei Allan. 'Ik ben gewend om met weinig bagage te reizen.'

'Laten we dan gaan,' zei de vriendelijke man, waarna hij Allan meenam naar een stijlvolle rode Ford Coupé van het nieuwste model. Achter het stuur zat een privéchauffeur; een zwijgzame man. De vriendelijke man tikte zijn chauffeur op de schouder op een manier die 'rijden' betekende.

De rit ging naar Dalarö, ruim een uur over kronkelwegen naar het zuiden.

De zon was ondergegaan toen de rode Ford Coupé het kleine dorp Dalarö in reed, dat 's zomers zo populair was bij scherenkusttoeristen en 's winters zo oneindig donker en stil was.

'Zo, hier woont de opdrachtgever dus,' zei Allan.

'Niet helemaal,' zei de vriendelijke man.

De chauffeur zei niets, hij liet zijn passagiers vlak bij de haven van Dalarö uitstappen en reed daarna weg. Allans gesprekspartner had een bontjas uit de kofferbak van de Ford gehaald, die hij zorgzaam over Allans schouders drapeerde, terwijl hij zich er tegelijkertijd voor verontschuldigde dat ze een korte wandeling in de winterkou moesten maken.

Het zat niet in Allans karakter om onnodige verwachtingen te koesteren over wat er als volgende in zijn leven zou gebeuren. Wat gebeurde, gebeurde, en het had geen zin om daar van tevoren over te piekeren.

Toch was hij verrast toen de man hem naar de rand van de haven van Dalarö leidde, waarna ze in de pikzwarte scherenkustavond aan een wandeling over het ijs begonnen.

Ze bleven lopen. Soms gebruikte de man een zaklamp, waarmee hij in de winteravond knipperde voordat hij hem gebruikte om de juiste richting op zijn kompas te bepalen. Hij praatte niet tegen Allan tijdens de wandeling, maar telde in plaats daarvan hardop zijn stappen in een taal die Allan nog nooit had gehoord.

Na een snelle wandeling van een kwartier in de richting van het absolute niets zei hij dat ze op de plek van bestemming waren. Het was donker om hen heen, afgezien van een flakkerend licht op een eiland in de verte. De man vertelde dat het licht in zuidoostelijke richting van Kymmendö afkomstig was, dat volgens hem een Zweedse cultuurhistorische betekenis had. Daar wist Allan niets van, en meer konden ze niet zeggen, omdat het ijs onder hen openscheurde.

Allans metgezel had zich misschien een beetje verrekend, of anders was de commandant van de onderzeeër minder nauwkeurig geweest dan hij moest zijn. Hoe dan ook, het zevenennegentig meter lange vaartuig brak het ijs te dicht bij hen. Allan en zijn metgezel vielen achterover en het scheelde maar een haar of ze waren in het ijskoude water beland. Het liep echter met een sisser af en vlak daarna kreeg Allan hulp bij het afdalen in de warmte.

'Hieruit blijkt maar weer eens dat het absoluut geen nut heeft om de dag te beginnen met raden hoe die eruit zal zien,' zei Allan.

Zijn metgezel vertelde dat hij Julij Borisovitsj Popov heette, dat hij voor de Socialistische Sovjetrepublieken werkte, dat hij fysicus was, geen politicus of militair, en dat hij naar Stockholm was gestuurd om meneer Karlsson ervan te overtuigen mee naar Moskou te gaan. Julij was voor deze opdracht gekozen omdat ze een zekere onwil van meneer Karlsson hadden verwacht, en Julijs achtergrond als fysicus zou dan een succesfactor kunnen zijn omdat meneer Karlsson en hij zogezegd dezelfde taal spraken.

'Ik ben geen fysicus,' zei Allan.

'Dat kan zijn, maar mijn opdrachtgever zegt dat u iets kunt wat ik graag wil kunnen.'

'Aha, warempel. En waar gaat dat dan om?'

'De bom, meneer Karlsson. De bom.'

Julij en Allan mochten elkaar vanaf het eerste moment. Dat Allan met hem mee was gegaan zonder te weten waarnaartoe, naar wie en waarom, maakte indruk op Julij Borisovitsj en verried een zorgeloosheid die hij zelf niet bezat. Allan waardeerde het aan de andere kant dat hij voor één keer kon praten met iemand die hem geen politiek systeem of religie probeerde aan te smeren.

Bovendien bleek vlak daarna dat ze allebei verzot waren op brandewijn, ook al noemde een van de twee het wodka. Julij had de vorige avond de gelegenheid gehad om de Zweedse variant te proeven terwijl hij – als hij eerlijk was – Allan in de gaten hield in de eetzaal van het Grand Hôtel. Eerst had hij hem te droog gevonden, zonder de Russische zoetheid, maar na een paar glazen was hij eraan gewend geraakt. En nog twee glazen later kwam het waarderende 'niet gek' over zijn lippen.

'Hoewel deze natuurlijk beter is,' zei hij terwijl hij een literfles Stolichnaya in de lucht hield in de officiersmess die hij en Allan voor henzelf hadden. 'Laten we een glas nemen.'

'Dat is goed,' zei Allan. 'Zeelucht maakt dorstig.'

Julij Borisovitsj Popov was een vurig socialist en hij wenste niets liever dan uit naam van het Sovjet-socialisme te mogen werken. Hij wist te vertellen dat kameraad Stalin streng was, maar wie loyaal was en het systeem overtuigd diende had niets te vrezen. Allan antwoordde dat hij niet van plan was om welk systeem dan ook te dienen, maar dat hij Julij natuurlijk een paar tips kon geven als hij was vastgelopen met de atoombomproblematiek. Maar eerst wilde Allan nog een glas.

Julij bedankte Allan ontroerd voor zijn belofte om te helpen en bekende zonder omwegen dat maarschalk Berija, zijn directe chef, de Zweedse expert een eenmalig bedrag van honderdduizend Amerikaanse dollars wilde aanbieden, op voorwaarde dat Allans hulp tot een werkende bom leidde.

'Dat komt wel goed,' zei Allan.

De inhoud van de fles verminderde gestaag terwijl Allan en Julij praatten over het meeste wat zich tussen hemel en aarde bevond (behalve politiek en religie). Ze hadden het ook even over de atoombomproblematiek en hoewel het eigenlijk iets voor de komende dagen was, gaf Allan alvast een aantal tips. En daarna nog een paar.

'Hmm,' zei Julij. 'Ik geloof dat ik begrijp ...'

'Maar dat doe ik niet,' zei Allan. 'Vertel eens wat meer over de opera. Is dat niet enorm slaapverwekkend?'

Julij glimlachte, nam een flinke slok wodka, ging staan en begon te zingen. In zijn roes zong hij niet een of ander volkslied, maar de aria *Nessun Dorma* uit Puccini's *Turandot*.

'Goeie hemel,' zei Allan toen Julij klaar was met zingen.

'Nessun dorma!' zei Julij buiten adem. 'Niemand mag slapen!'

Later sliep zowel Allan als Julij ieder in zijn eigen kooi in de mess. Toen ze wakker werden lag de onderzeeër aangemeerd in de haven van Leningrad. Op de kade wachtte een limousine die hen naar het Kremlin zou brengen voor een ontmoeting met maarschalk Berija.

'Sint Petersburg, Petrograd, Leningrad ... Wordt het geen tijd om eens een beslissing te nemen?' vroeg Allan.

Julij en Allan gingen op de achterbank van een Humber Pullman-limousine zitten voor de rit van Leningrad naar Moskou, die een dag zou duren. Een schuifraam scheidde de chauffeursplek van het zitgedeelte, waar Allan en zijn nieuwe vriend zaten. In het zitgedeelte bevond zich een koelkast met water, frisdrank en alle alcohol waar de passagiers die op dat moment vervoerd werden behoefte aan konden hebben. Daarnaast was er een schaal met frambozenwinegums en een met chocoladebonbons. De auto en inrichting zouden een schitterend voorbeeld zijn geweest van de deskundigheid van de Sovjet-socialistische ingenieurs, als alles niet gewoon uit Engeland was geïmporteerd.

Julij vertelde Allan over zijn achtergrond, onder andere dat hij les had gehad van Nobelprijswinnaar Ernest Rutherford, de Nieuw-Zeelandse, legendarische kernfysicus. Daarom sprak Julij zo goed Engels. Allan vertelde daarna tot steeds grotere verbijstering van Julij over zijn avonturen in Spanje, Amerika, China, de Himalaya en Iran.

'Wat is er daarna met de anglicaanse geestelijke gebeurd?' vroeg Julij.

'Ik weet het niet,' zei Allan. 'Of hij heeft heel Iran razendsnel anglicaans gemaakt, of hij is dood.'

'Het klinkt een beetje alsof je Stalin uitdaagt in de Sovjet-Unie,' zei Julij oprecht. 'Afgezien van het feit dat het een misdaad tegen de revolutie zou zijn, is de prognose om dat te overleven slecht.'

Julijs oprechtheid leek die dag geen grenzen te kennen. Hij vertelde openhartig wat hij vond van maarschalk Berija, het hoofd van de veiligheidsdienst, die vrij snel ook de hoogst verantwoordelijke voor de voortgang van het atoombomproject was geworden. Hij misbruikte vrouwen en kinderen en liet ongewenste elementen naar strafkampen sturen, als hij ze niet zelf vermoordde.

'Begrijp me goed,' verduidelijkte Julij. 'Een ongewenst element moet natuurlijk zo snel mogelijk worden verwijderd, maar zo'n element moet ongewenst zijn om de juiste, revolutionaire redenen. Wie de socialistische zaak niet dient moet weg! Maar wie maarschalk Berija's zaak niet dient ... nee. Maarschalk Berija is geen ware vertegenwoordiger van de revolutie. Maar daar mag je kameraad Stalin de schuld niet van geven. Ik heb nog nooit de eer gehad hem te ontmoeten, maar hij heeft de verantwoordelijkheid voor een heel land, bijna een heel continent. Als hij door al dat werk in de haast maarschalk Berija meer verantwoordelijkheid heeft gegeven dan deze aankan ... En nu ga ik je iets geweldigs vertellen. Jij en ik hebben vanmiddag niet alleen een audiëntie bij maarschalk Berija, maar ook bij kameraad Stalin! Hij heeft ons uitgenodigd om met hem te dineren.'

'Daar kijk ik naar uit,' zei Allan. 'Maar hoe staat het er tot die tijd voor? Is het de bedoeling dat we leven op frambozenwinegums?'

Julij zorgde ervoor dat de limousine stopte in een kleine stad langs de weg om een paar broodjes voor Allan te kopen. Daarna ging de reis verder, net als het interessante gesprek.

Allan dacht tussen twee happen na over maarschalk Berija, die te oordelen naar Julijs beschrijving overeenkomsten leek te hebben met het destijds zo haastig overleden hoofd van de veiligheidspolitie in Teheran.

Julij probeerde van zijn kant zijn Zweedse collega te begrijpen. De Zweed mocht straks met Stalin dineren en hij had gezegd dat hij daarnaar uitkeek, maar Julij voelde zich toch gedwongen te vragen of Allan daarmee het diner of de leider had bedoeld.

'Je moet eten, anders ga je dood,' zei Allan diplomatiek. 'Mag ik je een paar vragen stellen?'

'Vraag maar raak, ik zal mijn best doen om ze te beantwoorden.'

Allan zei dat hij eerlijk gezegd niet zo goed had geluisterd toen Julij zijn politieke betoog daarnet had gehouden, omdat hij politiek absoluut niet interessant vond. Daarentegen was Julijs beschrijving van de menselijke tekortkomingen van maarschalk Berija hem bijgebleven. Allan dacht dat hij eerder in zijn leven dat soort mensen was tegengekomen, en dat kon hij niet helemaal rijmen. Aan de ene kant was maarschalk Berija, voor zover Allan dat had begrepen, meedogenloos. Aan de andere kant had hij ervoor gezorgd dat Allan buitengewoon goed werd verzorgd, met een limousine en alles.

'Wat ik me in alle stilte afvraag is waarom hij me niet gewoon heeft laten ontvoeren om de informatie die hij wil hebben met geweld uit me te trekken,' zei Allan. 'Dan had hij kunnen bezuinigen op de frambozenwinegums, de chocoladebonbons, honderdduizend dollar en nog veel meer.'

Julij zei dat het tragische aan Allans vraag was dat die relevant was. Maarschalk Berija had meer dan eens – en bovendien uit naam van de revolutie – onschuldige mensen gemarteld.

En nu was het zo ... zei Julij terwijl hij een beetje aarzelde. Het was zo ... vervolgde hij terwijl hij de koelkast opende om een versterkend biertje te pakken hoewel het nog niet eens twaalf uur was. Het was zo ... bekende Julij uiteindelijk, dat maarschalk Berija pasgeleden had gefaald met de strategie die Allan net had genoemd. Een westerse expert was uit Zwitserland ontvoerd en naar maarschalk Berija gebracht, maar de situatie was in een drama geëindigd. Als Allan het niet erg vond, wilde Julij het er niet over hebben, maar hij moest Julij op zijn woord geloven; ze hadden van de recente mislukking geleerd dat de noodzakelijke nucleaire diensten gekócht moesten worden op de westerse markt, die was gebouwd op vraag en aanbod, hoe vulgair dat ook was.

Het Sovjet-atoomwapenprogramma begon met een brief van kernfysicus Georgij Nikolajevitsj Fljorov aan kameraad Stalin, waarin de eerste er in april 1942 op wees dat de westerse, geallieerde media helemaal niets hadden geschreven over de kernsplijtingstechniek die in 1939 was ontdekt.

Kameraad Stalin was niet van gisteren en hij dacht, net als kernfysicus Fljorov, dat een zo compacte stilte van drie jaar rond de ontdekking van de kernsplijting niets anders kon betekenen dan dat er meer over te vertellen was, bijvoorbeeld dat iemand bezig was een bom te maken die in één klap de Sovjet-Unie – in Russische beeldspraak verwoord – schaakmat zou zetten.

Er was dus geen tijd te verliezen. Helaas waren Hitler en zijn nazi-Duitsland druk bezig om delen van de Sovjet-Unie te veroveren, preciezer gezegd alles ten westen van de Wolga, dus ook Moskou en, of dat nog niet erg genoeg was, Stalingrad!

Er kwamen weliswaar zo'n anderhalf miljoen mensen om,

maar het Rode Leger won en begon daarop Hitler terug te dringen tot in de bunkers van Berlijn.

Pas toen de Duitsers zich hadden teruggetrokken, kreeg Stalin het gevoel dat hij en zijn land een toekomst hadden, en toen werd er eindelijk haast gemaakt met de kernsplijting, als een moderne variant op de lang geleden verlopen levensverzekering die op naam van Ribbentrop-Molotov stond.

Nu is een atoombom geen wapen dat je op een ochtend in elkaar schroeft. Het atoombomonderzoek van de Sovjet-Unie was al een paar jaar bezig zonder uitzicht op een doorbraak, toen het op een dag knalde – in New Mexico. De Amerikanen hadden de wedloop gewonnen, en dat was ook niet zo vreemd als je bedacht dat ze zoveel eerder waren gaan rennen. Na de woestijntest in New Mexico volgden er twee echte knallen: een in Hiroshima, de andere in Nagasaki. Daarmee gaf Truman Stalin een draai om zijn oren en maakte hij duidelijk wie degene was die de beslissingen nam, en je hoefde Stalin niet goed te kennen om te beseffen dat hij niet van plan was zich daarbij neer te leggen.

'Doe wat je moet doen,' zei kameraad Stalin tegen maarschalk Berija.

Maarschalk Berija begreep dat zijn fysici, chemici en wiskundigen waren vastgelopen, en dat het geen zin had om de helft van hen naar de goelag te sturen. Bovendien had de maarschalk geen aanwijzingen dat de spionnen in het veld op het punt stonden binnen te dringen in het heiligste van het heiligste, de Los Alamos-basis in de VS. Het zou dus niet lukken om de tekeningen van de Amerikanen te stelen.

De oplossing was kennis importeren, zodat ze de al aanwezige expertise in het onderzoekscentrum in de geheime stad Sarov, dat op een paar uur autorijden van Moskou lag, op een afdoende manier konden aanvullen. Omdat alleen het beste goed genoeg was voor maarschalk Berija zei hij tegen het hoofd van de internationale spionagedienst: 'Zorg ervoor dat je Albert Einstein hiernaartoe haalt.'

'Maar ... Albert Einstein ...' zei de man geschokt.

'Albert Einstein heeft het scherpste verstand ter wereld. Ben je van plan om te doen wat ik zeg of heb je een doodswens?' vroeg maarschalk Berija.

Het hoofd van de spionagedienst had net een nieuwe vrouw ontmoet en niemand ter wereld rook zo lekker als zij, dus wilde hij nog niet dood. Voordat hij dat echter aan maarschalk Berija kon vertellen, zei deze: 'Doe wat je moet doen.'

Het was niet eenvoudig om Albert Einstein naar Moskou te halen. Om te beginnen moest hij gelokaliseerd worden. Hij was geboren in Duitsland, maar was eerst naar Italië en daarna naar Zwitserland en Amerika verhuisd, en sindsdien was hij om diverse redenen tussen allerlei verschillende plaatsen heen en weer gereisd.

Op dit moment had hij een huis in New Jersey, maar volgens de spionnen ter plaatse leek het huis leeg te zijn. Bovendien wilde maarschalk Berija dat de ontvoering indien mogelijk in Europa plaatsvond. Het veroorzaakte complicaties om beroemdheden uit de VS en over de Atlantische Oceaan te smokkelen.

Maar waar was die kerel? Hij liet zelden of nooit weten dat hij op reis ging en stond erom bekend dat hij meerdere dagen te laat kon zijn voor belangrijke afspraken.

Het hoofd van de spionagedienst stelde een lijst samen met een handvol plekken die een redelijk nauwe link met Einstein hadden, en daarna liet hij zijn spionnen die plekken bewaken. Het ging om zijn huis in New Jersey, de villa van zijn beste vriend in Genève, het huis van Einsteins publicist in Washington en de woningen van twee vrienden in Basel en Cleveland, Ohio.

Er gingen een paar dagen geduldig wachten voorbij, maar daarna kwam de beloning in de vorm van een man in een grijze jas met een opgezette kraag en een hoed. De man liep in de straat in Genève waar Albert Einsteins beste vriend

Michele Besso een villa had. Hij belde aan en werd hartelijk verwelkomd door Besso zelf, maar ook door een ouder stel, wat nader onderzoek vereiste. De spion riep de hulp in van een collega die met dezelfde opdracht in Basel was, tweehonderdvijftig kilometer verderop, en na uren door het raam kijken en vergelijkingen maken met meegebrachte foto's constateerden de twee spionnen dat Albert Einstein inderdaad op bezoek was bij zijn beste vriend. Het oudere stel was naar alle waarschijnlijkheid Michele Besso's zwager Paul en diens vrouw Maja, die tevens Albert Einsteins zus was. Een intiem familiefeestje dus!

Albert bleef twee zorgvuldig bewaakte dagen bij zijn vriend, zus en haar man, waarna hij zijn jas en handschoenen aantrok, zijn hoed opzette en net zo discreet vertrok als hij was gekomen.

Zodra hij echter de hoek om was, werd hij van achteren vastgepakt en razendsnel op de achterbank van een auto geduwd, waar hij werd bedwelmd met chloroform. Daarna werd hij via Oostenrijk naar Hongarije vervoerd, dat de Unie van Socialistische Sovjetrepublieken voldoende vriendelijk gezind was om geen onnodige vragen te stellen toen de Sovjet-Unie de wens te kennen gaf om op de militaire luchthaven in Pécs te landen om te tanken, twee Sovjetburgers en een heel slaperige man op te pikken, en onmiddellijk weer op te stijgen voor een vlucht met onbekende bestemming.

De volgende dag begon het verhoor van Einstein in het bureau van de veiligheidsdienst in Moskou, onder leiding van maarschalk Berija. De vraag was of Einstein ervoor zou kiezen mee te werken, wat zijn gezondheid ten goede zou komen, of zou tegenwerken, wat absoluut geen zin had.

Helaas bleek het laatste het geval. Einstein wilde niet toegeven dat hij had nagedacht over de kernsplijtingstechniek (hoewel het algemeen bekend was dat hij al in 1939 met president Roosevelt over de kwestie had gesproken, wat had geleid tot het Manhattanproject). Erger nog, Albert Einstein wilde niet eens toegeven dat hij Albert Einstein was. Hij beweerde met onnozele koppigheid dat hij Albert Einsteins jongere broer Herbert Einstein was, terwijl deze helemaal geen broer had. Hij had een zus en verder niet. Daar trapten maarschalk Berija en zijn verhoorleider dus niet in. Ze waren net overgegaan op het gebruik van geweld toen er iets buitengewoon merkwaardigs gebeurde in New York, op een afstand van duizenden kilometers.

Daar, in Carnegie Hall, hield Albert Einstein namelijk een populairwetenschappelijke lezing over de relativiteitstheorie, voor achtentwintighonderd speciaal uitgenodigde gasten, onder wie minstens drie rapporteurs van de Sovjet-Unie.

Twee Albert Einsteins was er één te veel voor maarschalk Berija, ook al bevond een van hen zich aan de andere kant van de Atlantische Oceaan. Al snel bleek dat de Einstein in Carnegie Hall de echte was, dus wie was de andere in vredesnaam?

Onder bedreiging te worden blootgesteld aan dingen waar geen mens aan blootgesteld wilde worden, beloofde de valse Albert Einstein om alles aan maarschalk Berija uit de doeken te doen.

De man die eerder had beweerd dat hij Albert Einsteins onbekende broer Herbert was, haalde diep adem en begon te vertellen.

Er volgde een verhaal dat, als het waar was, zo tragisch was dat maarschalk Berija zich er niet toe kon zetten om de verteller onmiddellijk te executeren.

Herbert Einstein vertelde dat Hermann en Pauline Einstein inderdaad twee kinderen hadden gekregen: eerst zoon Albert en daarna dochter Maja. Tot zover had de maarschalk helemaal gelijk. Papa Einstein kon zijn handen en andere lichaamsdelen echter niet afhouden van zijn mooie maar heel beperkt getalenteerde secretaresse in zijn elektrochemische fabriek in München. Het resultaat daarvan was Herbert, de geheime, onwettige broer van Albert en Maja.

Net als de spionnen van de maarschalk al hadden geconstateerd, was Herbert een exacte kopie van Albert, hoewel hij dertien jaar jonger was. Wat aan de buitenkant niet te zien was, was dat Herbert helaas de intelligentie van zijn moeder had geërfd.

Toen Herbert in 1895 twee jaar was, verhuisde de familie Einstein van München naar Milaan. Herbert mocht mee, maar zijn moeder wilde niet. Vader Einstein had haar natuurlijk een gepaste oplossing aangeboden, maar Herberts moeder had die afgeslagen. Ze kon zich niet voorstellen dat ze braadworst voor spaghetti zou verruilen, en Duits voor ... hoe die taal in Italië ook mocht heten. Bovendien had ze verschrikkelijk veel last van het kind: hij schreeuwde om eten en poepte bovendien! Als iemand Herbert ergens mee naartoe wilde nemen, was dat geen enkel probleem, maar zelf wilde ze blijven waar ze was.

Herberts moeder kreeg een flinke som geld van vader Einstein om van te leven. Het schijnt dat ze later een echte graaf ontmoette die haar overhaalde om al haar geld te investeren in zijn bijna voltooide apparaat voor de productie van een levenselixer dat alle ziekten genas. Daarna verdween de graaf echter en hij had het elixer blijkbaar meegenomen, want Herberts berooide moeder stierf een jaar later aan tuberculose.

Herbert groeide dus op met zijn oudere broer Albert en zijn oudere zus Maja. Om een schandaal te vermijden had vader Einstein echter besloten dat Herbert een neef genoemd moest worden. Herbert en zijn broer kregen nooit een nauwe band, maar hij hield heel veel van zijn zus, ook al moest hij haar nicht noemen.

'Samenvattend,' zei Herbert Einstein, 'ben ik in de steek gelaten door mijn moeder, verloochend door mijn vader, en net zo intelligent als een zak aardappelen. Ik heb in mijn hele leven niets nuttigs gedaan. Ik heb van de erfenis van mijn vader geleefd en niet één intelligente gedachte gehad.'

Maarschalk Berija had tijdens het verhaal zijn pistool laten zakken en vergrendeld. Het was immers mogelijk dat het verhaal klopte en de maarschalk had het gevoel dat hij de zelfkennis die de onnozele Herbert Einstein bleek te bezitten zelfs bewonderde.

Wat moest hij nu doen? De maarschalk kwam nadenkend overeind uit de stoel in de verhoorkamer. Goed en fout had hij uit naam van de revolutie voor alle zekerheid aan de kant geschoven. Hij had genoeg problemen, hij hoefde er niet nog een op zijn dak te krijgen. Tja, het was niet anders. De maarschalk keerde zich naar de twee bewakers bij de deur. 'Maak hem koud,' beval hij.

Daarna liep hij de kamer uit.

Het was natuurlijk geen pretje om de blunder met Herbert Einstein aan kameraad Stalin te vertellen, maar maarschalk Berija had stom geluk, want voordat hij in ongenade viel, vond er een doorbraak plaats in de Los Alamos-basis in New Mexico.

In de loop der jaren waren meer dan honderddertigduizend mensen betrokken geweest bij het Manhattanproject, en natuurlijk was meer dan een van hen loyaal aan de socialistische revolutie, maar het was niemand gelukt om zo ver door te dringen dat de Sovjets de geheimen van de atoombom te pakken hadden gekregen.

Nu hadden ze echter informatie die bijna net zo goed was. Ze wisten dat een Zweed het raadsel had opgelost, en ze wisten hoe hij heette!

Nadat het Zweedse spionagenetwerk was geactiveerd, duurde het maar een halve dag om te achterhalen dat Allan Karlsson in het Grand Hôtel in Stockholm logeerde en dat hij niets te doen had sinds de directeur van het natuurlijk door de Sovjet-Unie geïnfiltreerde Zweedse atoomwapenprogramma aan Karlsson had meegedeeld dat ze geen gebruik zouden maken van zijn diensten.

Deze keer koos maarschalk Berija voor een andere tactiek. In plaats van de man met geweld op te halen, zou Allan Karlsson worden overgehaald om datgene wat hij wist bij te dragen, in ruil voor een rijkelijke vergoeding in Amerikaanse dollars. En degene die in eerste instantie verantwoordelijk was voor het overhalen zou een wetenschapper zoals Allan Karlsson zijn, in plaats van een klunzige, onbehouwen spion. De spion in kwestie belandde in plaats daarvan (voor alle zekerheid) achter het stuur als privéchauffeur van Julij Borisovitsj Popov, de uiterst sympathieke en bijna net zo bekwame fysicus uit maarschalk Berija's kernwapenprogramma.

En nu rapporteerde deze dat alles volgens plan was verlopen, dat hij op weg was naar Moskou, dat hij Allan Karlsson bij zich had en dat Karlsson er positief tegenover stond om hen te helpen.

Het kantoor van maarschalk Berija in Moskou bevond zich binnen de muren van het Kremlin, dat had kameraad Stalin zo gewild. De maarschalk wachtte Allan en Julij op toen ze de foyer binnenkwamen.

'Van harte welkom, meneer Karlsson,' zei hij terwijl hij zijn hand uitstak. 'Als ik de berichten goed heb begrepen bent u bereid om de Socialistische Sovjetrepublieken te helpen met een nucleaire kwestie in ruil voor een vergoeding van honderdduizend dollar.'

Allan antwoordde dat hij niet zozeer aan het geld had gedacht, maar dat hij Julij graag een handje hielp als deze ergens hulp bij nodig had, en dat leek het geval te zijn. Hij zou het wel prettig vinden als de maarschalk tot de volgende dag kon wachten, omdat hij de laatste tijd enorm veel had gereisd.

Maarschalk Berija antwoordde dat hij begreep dat de reis veel van zijn krachten had gevergd, dat ze zo meteen in gezelschap van kameraad Stalin zouden dineren en dat meneer Karlsson daarna mocht uitrusten in het allermooiste gastenappartement dat het Kremlin te bieden had.

Kameraad Stalin was niet karig met het eten. Er waren zalmkuit en haring en zure bommen en vleessalade en gegrilde groenten en borsjtsj en pelmeni en blini's met kaviaar en rivierforel en rollade en lamskarbonaadjes en taart met ijs. Daarbij werden verschillende kleuren wijn en natuurlijk wodka geschonken.

Aan tafel zaten kameraad Stalin, Allan, Julij Borisovitsj Popov, het hoofd van de Russische veiligheidsdienst en een kleine, bijna onzichtbare jongeman zonder naam, die niets at of dronk. Hij was de tolk, en hij leek er niet te zijn.

Stalin was in een fantastisch humeur. Natuurlijk was de blunder met Einstein hem ter ore gekomen, maar dat was nu geschiedenis. Einstein (de juiste dus) had bovendien alleen zijn brein; Karlsson had de exacte en gedetailleerde kennis!

De sfeer werd er niet slechter op toen Karlsson een heel aardige vent bleek te zijn. Hij had Stalin uiterst kort over zijn achtergrond verteld. Zijn vader had in Zweden voor het socialisme gevochten en was daarna met hetzelfde doel naar Rusland vertrokken. Werkelijk prijzenswaardig! Allan had in de Spaanse burgeroorlog gevochten en Stalin was niet van plan zo onbeleefd te zijn om te vragen aan welke kant dat was geweest. Daarna was hij naar Amerika gegaan (Stalin nam aan dat hij gevlucht was) en toen was hij toevallig in dienst van de geallieerden terechtgekomen. Dat was te verdedigen, Stalin had gedurende het laatste deel van de oorlog min of meer hetzelfde gedaan.

Al een paar minuten nadat het hoofdgerecht was geserveerd, had Allan Stalin geleerd om *sjunghoppfaderallanlallanlej* te zingen zodra het tijd was om het glas te heffen. Allan had de zangstem van Stalin geprezen, waarna deze vertelde dat hij in zijn jeugd niet alleen in een koor had gezongen, maar ook als zanger tijdens bruiloften had opgetreden. Hij leverde het bewijs door op te staan, over de vloer in het rond te springen en met zijn benen in alle richtingen te schoppen terwijl hij een lied zong dat Allan bijna Indisch vond klinken ... maar het was goed!

Allan kon niet zingen, maar de sfeer leek te vereisen dat hij toch iets meer dan zijn drankliedje ten gehore bracht, en het enige wat hij zich in de haast kon herinneren was het gedicht van Verner von Heidenstam dat zijn onderwijzer van de lagere school de kinderen van de tweede klas had gedwongen uit het hoofd te leren.

Hij ging staan en begon het gedicht *Sverige, Sverige, fosterland* te declameren. Allan had als achtjarige al niets van de tekst begrepen en nu hij deze opnieuw voordroeg, met een indrukwekkend inlevingsvermogen, besefte hij dat hij er zevenendertig jaar later nog steeds niets van begreep. Hij had de tekst in het Zweeds voorgedragen, dus bleef de Russisch-Engelse tolk op zijn stoel zitten.

Toen het applaus was weggestorven, vertelde Allan dat hij Verner von Heidenstam had voorgedragen. Het is mogelijk dat hij die informatie had achtergehouden als hij had geweten hoe Stalin zou reageren.

Deze was namelijk van jongs af aan een dichter geweest, en bovendien een uiterst bekwame. De tijdgeest had een revolutionaire strijder van hem gemaakt, maar zijn interesse voor de dichtkunst had hij nog steeds, samen met zijn kennis over de belangrijkste dichters uit die tijd.

Jammer genoeg voor Allan kende Stalin Verner von Heidenstam heel goed. En in tegenstelling tot Allan was hij uitstekend op de hoogte van Verner von Heidenstams liefde voor ... Duitsland. Bovendien was die liefde wederzijds. Hitlers rechterhand, Rudolf Hess, was in de jaren dertig bij Heidenstam op bezoek geweest, en vlak daarna had Heidenstam een eredoctoraat aan de universiteit van Heidelberg gekregen.

Dit alles veranderde het humeur van kameraad Stalin op dramatische wijze. 'Beledigt meneer Karlsson de gulle gastheer die hem met open armen heeft ontvangen?' vroeg hij.

Allan verzekerde hem van niet. Als Stalin verontwaardigd was over Heidenstam, dan bood Allan zijn welgemeende verontschuldigingen aan. Misschien was het een troost dat Heidenstam al jaren dood was?

'En dat *sjunghoppfaderallanlallanlej*, wat betekent dat eigenlijk? Is dat een eerbetoon aan de vijanden van de revolutie?' vroeg Stalin.

Allan antwoordde dat hij bedenktijd nodig had om *sjunghoppfaderallanlallanlej* in het Engels te vertalen, maar dat zijn gastheer gerust kon zijn omdat het niets anders was dan een vrolijk drinklied.

'Een vrolijk drinklied?' riep Stalin terwijl zijn stem steeds harder klonk. 'Vindt u dat ik er vrolijk uitzie?'

Allan begon zo langzamerhand genoeg te krijgen van Stalins kleinzieligheid. Zijn wangen waren vuurrood, zo verontwaardigd was hij, en in feite ging het nergens over.

Stalin ging verder: 'En hoe zit het eigenlijk met de Spaanse burgeroorlog? Misschien moet ik toch nog even vragen aan welke kant u vocht?'

Had die rotkerel een zesde zintuig? dacht Allan. Enfin, de man was al zo boos, erger kon het niet worden, dus kon hij net zo goed de waarheid vertellen. 'Ik vocht eigenlijk niet, maar ik heb eerst de republikeinen geholpen voordat ik aan het eind van de oorlog min of meer toevallig van kant wisselde en een goede vriend van generaal Franco werd.'

'Generaal Franco!?' schreeuwde Stalin terwijl hij zo snel opstond dat de stoel achter hem omviel.

Hij bleek duidelijk nog kwader te kunnen worden. Het was een paar keer in Allans veelbewogen leven voorgekomen dat iemand tegen hem had geschreeuwd, maar hij had nooit teruggeschreeuwd, en hij was niet van plan om daar nu mee te beginnen. Hoewel dat niet betekende dat de situatie hem onberoerd liet. Integendeel, hij besefte al snel dat hij die kleine schreeuwlelijk aan de andere kant van de tafel niet mocht. Allan besloot om op zijn eigen, bescheiden manier in de tegenaanval te gaan. 'Niet alleen dat, meneer Stalin. Ik ben ook in China geweest om tegen Mao Zedong te vechten, en daarna ben ik naar Iran gegaan om een aanslag op Churchill te verijdelen.'

'Churchill? Dat vette varken!' riep Stalin.

Hij probeerde op adem te komen terwijl hij een glas wodka

achteroversloeg. Allan wilde zelf ook nog graag een borrel, maar besefte dat dit misschien niet het juiste moment was om die wens naar voren te brengen.

Stalin wachtte tot de wodka die hij net achterover had geslagen zijn maag had bereikt en ging daarna op een normaal volume verder, hoewel hij nog steeds boos was.

'Heb ik het allemaal goed begrepen?' vroeg Stalin. 'Je hebt aan Franco's kant gestaan, je hebt tegen kameraad Mao gevochten, je hebt het leven van dat varken in Londen gered en je hebt het dodelijkste wapen ter wereld in handen van die aartskapitalisten in de VS gegeven.'

'U brengt het misschien wat ongenuanceerd, maar in hoofdzaak klopt het. Mijn vader heeft zich op het laatst trouwens bij de tsaar aangesloten, als meneer Stalin me dat ook wil aanwrijven.'

'Daar kijk ik niet van op,' mompelde Stalin. 'En nu ben je hier om jezelf aan het Sovjet-socialisme te verkopen? Honderdduizend dollar, is dat de prijs voor je ziel? Of is het bedrag vanavond hoger geworden?'

Allan had geen zin meer om te helpen. Natuurlijk vond hij Julij nog steeds een fijne vent en hij had duidelijk hulp nodig, maar hij kon er niet omheen dat het resultaat van Julijs werk in handen van kameraad Stalin zou vallen, en dat was geen man om over naar huis te schrijven. Integendeel, misschien was het wel zo rustig als hij geen atoombom had om mee te spelen.

'Tja,' zei Allan. 'Het is vanaf het begin nooit een kwestie van geld ...'

Hij kwam niet verder, want Stalin explodeerde opnieuw. 'Wie denk je wel niet dat je bent, verdomde rat?!' bulderde hij. 'Geloof je dat jíj, een vertegenwoordiger van het fascisme, van het weerzinwekkende Amerikaanse kapitalisme, van alles op aarde wat ik intens haat, dat jij, jíj, naar het Kremlin kunt komen, naar het Krémlin, om te onderhandelen met míj? De Sovjet-Unie is bereid om opnieuw oorlog te voeren, zeg ik je! Het wordt oorlog, het wordt onvermíjdelijk oorlog, net zo lang tot het Amerikaanse imperialisme is vernietigd.'

'Meen je dat nou?' zei Allan.

'We hebben die verdomde atoombom van jou niet nodig om te vechten en te winnen! Wat we nodig hebben zijn socialistische zielen en harten! Wie voelt dat hij nooit overwonnen kan worden, kan ook nooit overwonnen worden!'

'Voor zover iemand geen atoombom op hem laat vallen,' zei Allan.

'Ik zal het kapitalisme vernietigen! Hoor je dat? Ik zal iedere afzonderlijke kapitalist vernietigen! En ik begin met jou, hond, als je ons niet helpt met die bom!'

Allan wilde echter niet langer aan tafel zitten en beledigingen aanhoren. Hij was naar Moskou gekomen om te helpen, niet om uitgescholden te worden. Stalin mocht het zelf uitzoeken.

'Ik heb iets bedacht,' zei Allan.

'En dat is?' vroeg Stalin boos.

'Zou je die snor van je niet eens afscheren?'

Daarmee was het diner voorbij, want de tolk viel flauw.

De plannen veranderden razendsnel. Allan mocht niet logeren in het mooiste gastenappartement van het Kremlin, maar in een cel zonder ramen in de kelder van de veiligheidspolitie. Kameraad Stalin had uiteindelijk besloten dat de Sovjet-Unie een atoombom zou krijgen, ofwel doordat de eigen experts bedachten hoe dat moest, ofwel door middel van fatsoenlijke spionage. Er zouden géén westerlingen meer ontvoerd worden en er zou absoluut niet worden onderhandeld met kapitalisten of fascisten of allebei.

Julij was diep ongelukkig. Niet alleen omdat hij de vriendelijke Allan naar de Sovjet-Unie had gelokt, waar hem nu een zekere dood wachtte, maar ook omdat kameraad Stalin zulke menselijke onhebbelijkheden bleek te bezitten! De grote leider was intelligent, had een uitstekende algemene ontwikkeling, was een goede danser en had een mooie zangstem, maar hij was ook krankzinnig! Allan had de verkeerde dichter geciteerd en binnen een paar seconden was een gezellig diner veranderd in een catastrofe.

Met risico voor eigen leven probeerde Julij voorzichtig, heel voorzichtig met maarschalk Berija te praten over Allans aanstaande executie en in hoeverre daar misschien een alternatief voor was.

Julij had de maarschalk echter verkeerd beoordeeld. Natuurlijk vergreep hij zich aan vrouwen en kinderen, natuurlijk liet hij zowel schuldigen als onschuldigen martelen en executeren, natuurlijk deed hij dat en nog veel meer, maar hoe weerzinwekkend zijn methoden vaak ook waren, maarschalk Berija deed doelbewust wat het beste voor de Sovjet-Unie was.

'Maak je geen zorgen, meneer Karlsson gaat niet dood. Nu nog niet in elk geval.'

Maarschalk Berija verkondigde dat hij van plan was om Allan achter de hand te houden als reserve, voor het geval het Julij Borisovitsj en zijn onderzoekscollega's niet zou lukken om de bom binnen een aanvaardbare termijn te maken. Die uitleg bevatte een verborgen dreiging en daar was maarschalk Berija heel tevreden over.

In afwachting van zijn proces zat Allan in een van de vele cellen van de veiligheidspolitie. Het enige wat er gebeurde, was dat Allan elke dag een brood, dertig gram suiker en drie maaltijden kreeg (groentesoep, groentesoep en groentesoep).

Het eten in het Kremlin was absoluut beter geweest dan in de gevangenis, maar al smaakte de soep zoals hij deed, Allan kon er in elk geval in alle rust van genieten zonder dat er iemand tegen hem stond te schreeuwen terwijl hij geen flauw idee had waarom.

Dit duurde zes dagen, daarna moest hij voor een speciaal college van de veiligheidsdienst verschijnen. De rechtszaal bevond zich net als Allans cel in het enorme gebouw van de veiligheidsdienst aan het Lubjankaplein, maar dan een paar verdiepingen hoger. Allan moest tegenover een rechter achter een lessenaar op een stoel gaan zitten. Links van de rechter zat de officier van justitie, een man met een nors uiterlijk, en rechts Allans advocaat, eveneens een man met een nors uiterlijk.

Eerst zei de officier van justitie iets in het Russisch wat Allan niet begreep. Daarna zei de advocaat iets anders in het Russisch. Daarop knikte de rechter, waarna hij voor alle zekerheid een spiekbriefje openvouwde en dat las voordat hij het vonnis uitsprak. 'Het speciale college heeft besloten om Allan Emmanuel Karlsson, onderdaan van het koninkrijk Zweden en een gevaarlijk element voor de Sovjet-socialistische samenleving, te veroordelen tot dertig jaar in het verbeteringskamp in Vladivostok.'

De rechter vertelde de veroordeelde dat hij tegen de veroordeling in beroep kon gaan; dat moest binnen drie maanden na vandaag gebeuren bij de Opperste Sovjet. Allans advocaat deelde mee dat Allan Karlsson niet van plan was in beroep te gaan, en dat hij dankbaar was omdat hij zo'n milde straf had gekregen.

Er werd Allan weliswaar nooit gevraagd in hoeverre hij dankbaar was, maar het vonnis had ontegenzeggelijk vriendelijke kanten. Ten eerste omdat hij in leven bleef, wat zelden gebeurde als iemand was geclassificeerd als een gevaarlijk element. En ten tweede omdat hij in de goelag in Vladivostok belandde, waar verreweg het meest draaglijke klimaat van Siberië heerste. Het weer was daar niet veel wispelturiger dan thuis in Sörmland, terwijl het verder naar het noorden en in het binnenland wel zeventig graden kon vriezen.

Allan had dus geluk gehad, en nu werd hij in een tochtige treinwagon geduwd met een stuk of dertig net zo gelukkige pas veroordeelde dissidenten. Het vervoer had bovendien maar liefst drie dekens per gevangene toegewezen gekregen nadat kernfysicus Julij Borisovitsj Popov de gevangenbewaarder en zijn directe chef had omgekocht met een hele stapel roebels.

De chef van de gevangenbewaarders vond het merkwaardig dat een zo vooraanstaande burger zich betrokken voelde bij een eenvoudig goelagtransport en hij overwoog de kwestie aan zijn meerderen te rapporteren. Daarna bedacht hij dat hij het geld immers had aangenomen en dat hij zich daarom beter gedeisd kon houden.

Het was niet gemakkelijk voor Allan om iemand in het gevangenentransport te vinden met wie hij kon praten, bijna iedereen sprak uitsluitend Russisch. Eén man van in de vijftig sprak Italiaans en omdat Allan vloeiend Spaans sprak, begrepen ze elkaar redelijk goed. Goed genoeg om Allan te laten beseffen dat de man intens ongelukkig was en het liefst zelfmoord zou plegen als hij, naar eigen zeggen, niet zo'n lafaard was. Allan troostte hem zo goed mogelijk en zei dat het misschien allemaal goed kwam als de trein het Siberische binnenland bereikte.

De Italiaan snoof en ging zitten. Daarna bedankte hij Allan voor zijn steun en gaf hem een hand. Hij was trouwens geen Italiaan van geboorte, maar een Duitser, en hij heette Herbert. Zijn achternaam deed er niet toe.

Herbert Einstein had nooit geluk in het leven gehad. Vanwege een administratieve misser was hij net als Allan veroordeeld tot dertig jaar verbeteringskamp in plaats van de dood waarnaar hij zo intens verlangde.

Hij vroor ook niet dood op de Siberische toendra, daar zorgden de extra dekens voor. Bovendien was juist de januarimaand van 1948 de zachtste in jaren. Maar Allan beloofde hem dat hij later nieuwe mogelijkheden zou krijgen. Ze waren tenslotte op weg naar een werkkamp, desnoods kon hij zich doodwérken, wat dacht hij daarvan?

Herbert zuchtte en zei dat hij daar waarschijnlijk te lui voor was.

Allan Karlsson stelde geen merkwaardige eisen aan het bestaan. Hij wilde een bed, voldoende eten, iets te doen en op gezette tijden een slok brandewijn. Als hij dat allemaal kreeg, kon hij bijna alles verdragen. Het kamp in Vladivostok had alles wat Allan wenste, behalve de brandewijn.

De haven van Vladivostok bestond in die tijd uit een open en een gesloten deel. Het gesloten deel was omgeven door een twee meter hoge omheining, waarbinnen de goelag lag, die bestond uit veertig bruine barakken in rijen van vier achter elkaar. De omheining liep helemaal naar de kade. De schepen die door de goelaggevangenen werden geladen of gelost, werden binnen de omheining afgemeerd, de andere erbuiten. Bijna alles werd overigens door de gevangenen gedaan, alleen kleine vissersboten met bemanning moesten het zelf redden, plus af en toe een grote olietanker.

Met een paar uitzonderingen zagen de dagen in het verbeteringskamp in Vladivostok er identiek uit. Om zes uur werden de gevangenen gewekt voor het ontbijt van kwart over zes. Ze werkten twaalf uur lang, van halfzeven tot halfzeven, met om twaalf uur een halfuur lunchpauze. Zodra de werkdag voorbij was volgde de avondmaaltijd, waarna ze tot de volgende ochtend werden opgesloten.

Het voedsel was degelijk. Weliswaar was het voornamelijk vis, maar zelden in de vorm van soep. De gevangenbewaarders waren niet bijster vriendelijk, maar ze schoten geen gevangenen zonder reden dood. Zelfs Herbert Einstein mocht blijven leven, al was dat in strijd met zijn eigen ambitie. Natuurlijk treuzelde hij erger dan de andere gevangenen, maar omdat hij dicht bij de hardwerkende Allan in de buurt bleef merkte niemand dat.

Allan had er niets op tegen om voor twee te werken. Wel voerde hij meteen de regel in dat Herbert niet de hele dag mocht zeuren over zijn ellendige bestaan, want dat had Allan al begrepen en er was niets mis met zijn geheugen. Het had daarom weinig nut om het steeds opnieuw te herhalen.

Herbert gehoorzaamde en daarna ging het goed, zoals het meeste goed ging.

Alleen de brandewijn vormde een probleem. Allan hield het precies vijf jaar en drie weken vol. Toen zei hij: 'Nu wil ik een borrel. En er is hier geen borrel, dus is het tijd om te vertrekken.'

17

Dinsdag 10 mei 2005

De voorjaarszon scheen voor de negende dag op rij en hoewel de ochtend kil was, dekte Bosse de tafel voor het ontbijt op de veranda.

Benny en de Schoonheid haalden Sonja uit de bus en brachten haar naar het weiland achter het woonhuis. Allan en Gannef Gerdin zaten samen op de schommelbank en bewogen voorzichtig heen en weer. De een was honderd jaar en de ander voelde zich bijna net zo oud. Gannef had hoofdpijn, door de gebroken ribben haalde hij moeizaam adem en hij kon zijn rechterarm niet gebruiken, maar de vleeswond in zijn rechterbeen was het ergst. Benny onderzocht hem en stelde voor dat ze straks het verband zouden vernieuwen, maar dat het misschien beter was om met een paar sterke pijnstillers te beginnen. Morfine kon hij vanavond nemen als dat nodig was.

Daarna ging Benny terug naar Sonja en liet Allan en Gannef samen achter. Allan meende dat het waarschijnlijk tijd was voor een ernstig gesprek tussen de beide mannen. Hij begon ermee te zeggen dat hij het betreurde dat ... heette hij Bikker? ... dat Bikker in het Sörmlandse bos was gestorven en dat ... Hompie? ... vlak daarna onder Sonja terechtgekomen was. Zowel Bikker als Hompie was buitengewoon dreigend overgekomen, was dat geen verzachtende omstandigheid?

Gannef Gerdin antwoordde dat het tragisch was om te horen dat de jongens dood waren, maar dat het hem in zekere zin niet verbaasde dat ze waren overmeesterd door een honderdjarige bejaarde, al had hij dan wat hulp gehad, want beiden waren ongeëvenaard stom geweest. De enige die hen in domheid kon verslaan was het vierde lid van de club, Caracas, maar die was op weg naar zijn huis in Zuid-Amerika.

Er klonk teleurstelling in zijn stem. Caracas was tenslotte degene geweest die met de cocaïnehandelaren in Colombia had kunnen praten; nu had Gannef geen tolk en geen handlangers meer om zijn handel voort te zetten. Hier zat hij met een onbekend aantal gebroken botten in zijn lichaam, en hij had er geen flauw idee van wat hij met zijn leven moest doen.

Allan troostte hem en zei dat er waarschijnlijk andere drugs waren die hij kon verkopen. Hij was er niet zo in thuis hoe het werkte met drugs, maar konden meneer Gannef en Bosse Bluf niet iets op Bosses land verbouwen?

Gannef antwoordde dat Bosse Bluf zijn beste vriend was, maar dat hij ook een verdomd hoge moraal had. Als dat niet zo was geweest, dan waren Gannef en Bosse op dit moment de gehaktballenkoningen van Europa geweest.

Na het ontbijt verbond Benny de vleeswond in Gannefs dij opnieuw en daarna verkondigde Gannef dat hij een ochtenddutje ging doen.

De daaropvolgende uren op Klockaregård had iedereen zijn eigen bezigheden. Benny en de Schoonheid richtten de schuur anders in, zodat het een waardige en permanentere verblijfplaats voor Sonja werd. Julius en Bosse gingen naar Falköping om boodschappen te doen, waar ze de vijandige kop op de affiches van de kranten zagen over de honderdjarige die blijkbaar overal in het land amok maakte.

Allan keerde na het ontbijt naar de schommelbank terug, met als belangrijkste taak zich niet bovenmatig in te spannen, het liefst in het gezelschap van Buster.

Toen Julius en Bosse terugkwamen van het boodschappen doen riepen ze onmiddellijk iedereen naar de keuken. Zelfs Gannef Gerdin werd uit zijn bed gehaald om aanwezig te zijn.

Julius begon met het verhaal over de affiches die ze in Falköping hadden gezien en wat er in de kranten stond. Wie dat wilde, kon het in alle rust na de bijeenkomst lezen, maar in het kort kwam het erop neer dat iedereen in de keuken bij verstek was aangehouden, behalve Bosse, die nergens werd genoemd, en Gannef, die volgens de berichten dood was.

Julius ging verder met benadrukken dat het natuurlijk ernstig was dat ze verdacht werden van moord, ook als het uiteindelijk misschien toch anders genoemd zou worden. Daarna mocht iedereen zijn mening geven. Moesten ze de politie bellen om te vertellen waar ze zich bevonden en het recht zijn loop laten hebben?

Voordat iemand iets kon zeggen, bulderde Gannef dat ze de politie alleen over zijn halfdode lijk zouden bellen.

'Als jullie dát van plan zijn, dan pak ik mijn pistool. Wat hebben jullie daar trouwens mee gedaan?'

Allan antwoordde dat hij het pistool op een veilige plek had verstopt, met het oog op de vreemde medicijnen die Benny Gannef liet innemen.

Gannef herhaalde dat er niets aan de politie en de officier van justitie gemeld moest worden. Hij had de ervaring dat rechtvaardigheid zelden zo rechtvaardig was als deze zou moeten zijn. De anderen waren het daarmee eens, niet het minst als ze zich voorstelden hoe slecht het met hen zou aflopen als de rechtvaardigheid dit keer rechtvaardig zou zijn.

De consequentie van het korte beraad was dat de gele verhuisbus onmiddellijk werd verstopt in Bosses bedrijfshal, naast een stapel nog niet behandelde watermeloenen. Daarnaast besloten ze dat Bosse de enige was die de boerderij zonder toestemming van de groep mocht verlaten. Hij was namelijk de enige die niet werd gezocht of dood werd gewaand.

De vraag wat er verder moest gebeuren, bijvoorbeeld met de koffer met geld waaruit links en rechts was uitgedeeld, besloot de groep voorlopig uit te stellen.

Het was een hectische dag voor commissaris Aronsson. Dankzij de aandacht in de media regende het tips over de mogelijke verblijfplaats van de veronderstelde drievoudige moordenaar en zijn kompanen, maar de enige tip waar commissaris Aronsson geloof aan wilde hechten was afkomstig van de adjunct-commissaris van politie in Jönköping, Gunnar Löwenlind. Hij had contact opgenomen en verteld dat hij op de E4 ten zuiden van Jönköping, ter hoogte van Råslätt, een gele verhuisbus van het merk Scania had gezien, met een ingedeukte voorkant en maar één werkende koplamp. Als zijn kleinzoon op dat moment niet was gaan overgeven in zijn autostoeltje, had Löwenlind de collega's van de verkeerspolitie ingeseind, maar dat was er niet van gekomen.

Commissaris Aronsson zat voor de tweede avond op rij in de pianobar van hotel Royal Corner in Växjö en was opnieuw zo onverstandig om de situatie met alcohol in zijn lichaam te analyseren.

De E4 in noordelijke richting, dacht de commissaris. Zijn jullie weer op weg naar Sörmland? Of zijn jullie van plan je in Stockholm te verstoppen?

Daarna besloot hij om de volgende dag uit te checken en naar huis te gaan, naar zijn deprimerende driekamerwoning in het centrum van Eskilstuna. Loketmedewerker Ronny Hulth uit Malmköping had in elk geval een kat om te knuffelen. Ik heb niets, dacht Aronsson, waarna hij nog een longdrink nam.

18

1953

In de vijf jaar en drie weken dat Allan in Vladivostok was, had hij niet alleen goed Russisch geleerd, maar ook zijn Chinees opgefrist. De haven was tenslotte een levendige plek en Allan zocht regelmatig contact met terugkerende zeelieden die hem op de hoogte hielden van wat er in de wereld gebeurde.

Op die manier had hij gehoord dat de Sovjet-Unie anderhalf jaar na Allans ontmoeting met Stalin, Berija en de sympathieke Julij Borisovitsj zijn eerste atoombom had getest. Het westen had de Russen verdacht van spionage, omdat het leek alsof de bom volgens precies hetzelfde principe als de Amerikaanse Trinity-bom was gemaakt. Allan probeerde zich te herinneren hoeveel leidraden hij Julij had gegeven terwijl ze in de onderzeeër wodka rechtstreeks uit de fles dronken.

'Ik weet zeker dat jij de kunst verstaat om tegelijkertijd te drinken en te luisteren, beste Julij Borisovitsj,' had hij gezegd.

Wat Allan verder had opgevangen, was dat de VS, Frankrijk en Engeland de door hen bezette zones hadden samengevoegd en de Duitse Bondsrepubliek hadden gevormd. Nu hadden west en oost allebei een deel en dat leek Allan praktisch.

Dat de Zweedse koning was gestorven, had Allan gelezen in een Engelse krant die om een onduidelijke reden in het bezit was van een Chinese zeeman. De koning was weliswaar al bijna een jaar dood toen Allan het nieuws vernam, maar dat maakte niet veel uit. Er was meteen een nieuwe koning gekroond, dus ze hadden niets te klagen in het land.

De zeelieden in de haven praatten het meest over de oorlog

in Korea, en dat was niet zo vreemd. Korea lag tenslotte maar tweehonderd kilometer verderop.

Allan had begrepen dat het Koreaanse schiereiland min of meer was overgebleven nadat de wereldoorlog was beëindigd. Stalin en Truman bezetten broederlijk allebei een deel en gebruikten de achtendertigste breedtegraad als scheidslijn tussen noord en zuid. Daarna volgden eeuwigdurende onderhandelingen over de manier waarop Korea zichzelf zou moeten besturen, maar omdat Stalin en Truman niet helemaal dezelfde politieke opvattingen hadden (of eigenlijk helemaal niet) eindigde het ongeveer net als met Duitsland. Eerst stichtten de VS Zuid-Korea, waarna de Sovjet-Unie een tegenzet deed met Noord-Korea. Daarna lieten zowel de VS als de Sovjet-Unie de Koreanen aan hun lot over.

Dat was niet zo goed gegaan. Kim Il Sung uit het noorden en Syngman Rhee uit het zuiden dachten allebei dat ze het meest geschikt waren om het hele schiereiland te besturen, dus begonnen ze een oorlog over de kwestie.

Na drie jaar en zo'n vier miljoen doden waren ze er nog niet uit. Noord was nog steeds noord, zuid was nog steeds zuid, en de achtendertigste breedtegraad was nog altijd de scheidslijn.

Als het ging om Allans borrel, met andere woorden de voornaamste reden om uit de goelag te vluchten, lag het natuurlijk voor de hand om aan boord te gaan van een van de schepen die aanmeerden in de haven van Vladivostok. Maar dat hadden minstens zeven van Allans vrienden in de gevangenenbarakken bedacht, en alle zeven waren ontdekt en terechtgesteld. Elke keer dat dat gebeurde rouwden de andere gevangenen in de barakken. Vooral Herbert Einstein leek er moeite mee te hebben, maar alleen Allan wist dat Herbert het betreurde dat hij het zelf niet was.

Het probleem om aan boord van een schip te komen was heel eenvoudig; alle gevangenen droegen karakteristieke zwart-witte gevangeniskleding. Het was onmogelijk om op te gaan in de menigte. Bovendien was een smalle loopplank eenvoudig te bewaken, en goed opgeleide waakhonden snuffelden aan alle vracht die met een kraan aan boord van een schip werd gehesen.

Daar kwam bij dat het niet zo gemakkelijk was om een schip te vinden waarop Allan als verstekeling geaccepteerd zou worden. Veel transporten gingen naar het vasteland van China, andere naar Wonsan aan de Noord-Koreaanse oostkust. Er was reden om aan te nemen dat een Chinese of een Noord-Koreaanse kapitein die een goelaggevangene in zijn vracht vond, hem zou terugbrengen of overboord zou gooien.

Nee, ontsnappen via zee was onmogelijk. Over land leek het niet veel eenvoudiger te zijn. Naar het noorden van Siberië en de echte kou was natuurlijk geen oplossing, of in westelijke richting naar China.

Wat overbleef was het zuiden, en daar lag Zuid-Korea, waar ze een goelagvluchteling alsmede een vermoedelijke vijand van het communisme beslist zouden opvangen. Jammer alleen dat Noord-Korea ertussen lag.

Allan besefte nog voordat hij een plan had voor zijn vlucht naar het zuiden dat er nog meer hindernissen op zijn pad lagen. Moest hij het zelf proberen, of samen met iemand anders? Dan zou het met Herbert zijn, de pechvogel. Allan bedacht dat hij bij het voorbereidende werk profijt van Herbert zou kunnen hebben. Bovendien was het absoluut gezelliger om met z'n tweeën te ontsnappen dan alleen.

'Vluchten?' vroeg Herbert Einstein. 'Over land? Naar Zuid-Korea? Via Noord-Korea?'

'Zo ongeveer,' zei Allan. 'Dat is in elk geval het plan.'

'Er is maar een microscopisch kleine mogelijkheid dat ons dat lukt,' zei Herbert.

'Dat klopt,' zei Allan.

'Ik doe mee!' zei Herbert.

Na vijf jaar wist iedereen in het kamp hoe weinig er gebeurde in het hoofd van gevangene 133, en dat wát er gebeurde op de een of andere manier met zichzelf in de knoop leek te komen.

Dat had een enigszins vergevende houding van de gevangenisbewakers tegenover Herbert Einstein veroorzaakt. Als een van de andere gevangenen niet op het juiste moment op zijn plek in de etensrij stond, volgde er in het beste geval een uitbrander, in het op een na beste geval kreeg hij een geweerkolf in zijn maag terwijl het in het slechtste geval 'bedankt en tot ziens' betekende.

Herbert wist – na vijf jaar – nog steeds de weg tussen de barakken niet. Ze waren tenslotte allemaal even bruin en even groot; het was één grote chaos voor hem. Het eten werd altijd uitgedeeld tussen de barakken dertien en veertien, maar gevangene 133 kon net zo goed dwalend bij barak zeven gevonden worden. Of negentien. Of vijfentwintig.

'Verdomme, Einstein,' mopperden de bewakers. 'De etensrij is daar! Nee, niet daar, dáár! Daar is hij verdomme altijd geweest!'

Van die reputatie wilde Allan gebruikmaken. Het was natuurlijk mogelijk om in gevangeniskleding te vluchten, maar het zou moeilijk zijn om daarna in diezelfde gevangeniskleding langer dan een minuut in leven te blijven. Allan en Herbert hadden allebei een soldatenuniform nodig en de enige gevangene die in de buurt van de kledingvoorraad van de soldaten zou kunnen rondhangen zonder dat hij bij ontdekking meteen werd doodgeschoten, was nummer 133, Einstein.

Daarom vertelde Allan zijn vriend wat hij moest doen. Het was de bedoeling om 'verkeerd te lopen' als het lunchtijd was, want dan had het personeel van de kledingvoorraad ook pauze. Gedurende een halfuur werd de voorraad bewaakt door maar één soldaat met een machinegeweer in wachttoren vier. Hij was net als alle anderen bekend met de eigenaardigheden van gevangene 133 en zou bij ontdekking waarschijnlijk eerder tegen hem schreeuwen dan hem vol lood schieten. En als Allan het mis had, was er met het oog op Herberts eeuwige doodswens geen man overboord.

Natuurlijk ging het verkeerd. Herbert verdwaalde echt en kwam voor het eerst sinds een hele tijd in de etensrij terecht. Daar stond Allan al, die zuchtte en Herbert vriendelijk in de richting van de kledingvoorraad duwde. Hoewel dat niet hielp, want Herbert liep opnieuw verkeerd en voordat hij het in de gaten had bevond hij zich in het washok. En wat vond hij daar? Een hele stapel gewassen en gestreken soldatenuniformen!

Hij pakte er twee, verstopte die onder zijn jas en liep weer naar buiten. Vlak daarna werd hij ontdekt door de soldaat in wachttoren vier, die niet eens de moeite nam om te brullen. De bewaker dacht dat het erop leek alsof die idioot op weg was naar zijn eigen barak.

'Een sensatie,' mompelde hij, waarna hij terugkeerde naar waar hij mee bezig was geweest, namelijk dagdromen.

Allan en Herbert hadden nu allebei een soldatenuniform, waardoor ze trotse rekruten van het Rode Leger zouden lijken.

De laatste tijd had Allan een flinke toename geconstateerd van het aantal schepen dat op weg was naar het Noord-Koreaanse Wonsan. De Sovjet-Unie deed officieel niet mee aan de oorlog aan de Noord-Koreaanse kant, maar er begonnen wagonladingen vol militaire goederen per trein naar Vladivostok te komen, waar de vracht werd overgeladen in schepen die allemaal dezelfde bestemming hadden. Er stond natuurlijk niet op waar ze naartoe gingen, maar sommige zeelieden waren goed van de tongriem gesneden, en Allan wist wat hij moest vragen. Soms lukte het bovendien om te zien waaruit de vracht bestond, bijvoorbeeld terreinwagens of zelfs tanks, terwijl het in andere gevallen ging om neutrale houten containers.

Allan had nagedacht over een afleidingsmanoeuvre, zoals zes jaar geleden in Teheran. Volgens het oude Romeinse gezegde dat een schoenmaker het best bij zijn leest kon blijven, dacht hij dat een beetje vuurwerk misschien kon helpen. Op dat moment kwamen de containers naar het Noord-Koreaanse Wonsan in beeld. Allan wist het niet zeker, maar hij vermoedde dat verschillende daarvan explosief materiaal bevatten en als zo'n container vlam zou vatten in het havengebied en deze daarna ongecontroleerd zou exploderen, dan hadden Allan en Herbert de mogelijkheid om weg te sluipen en hun uniformen aan te trekken. Daarna moesten ze een auto te pakken zien te krijgen, en natuurlijk moest de sleutel in het contactslot zitten en de benzinetank vol zijn, plus dat de eigenaar geen aanspraak op zijn auto mocht maken. Maar als dat allemaal was gebeurd, dan zouden de bewaakte hekken op bevel van Allan en Herbert opengaan, en buiten het haven- en goelaggebied zou niemand vermoeden dat er iets vreemds aan de hand was, niemand zou de gestolen auto missen en niemand zou hen volgen. En dat alles terwijl ze zich er nog geen seconde zorgen over hadden gemaakt hoe ze Noord-Korea moesten binnenkomen en – vooral – hoe ze zich daarna van het noorden naar het zuiden moesten verplaatsen.

'Ik ben natuurlijk hartstikke stom,' zei Herbert. 'Maar ik heb het gevoel dat je plan nog niet helemaal klaar is.'

'Je bent niet stom,' protesteerde Allan. 'Nu ja, een beetje misschien, maar hierin heb je helemaal gelijk. Hoe langer ik er echter over nadenk, des te meer neig ik ertoe dat we het moeten laten zoals het is.'

Het eerste en enige deel van het ontsnappingsplan bestond dus uit een geschikte container in brand steken. Daarvoor waren nodig 1) een geschikte container, en 2) iets om die mee in brand te steken. In afwachting van een geschikte container stuurde Allan Herbert opnieuw op pad voor een opdracht. Het lukte Herbert boven verwachting om een lichtraket te stelen en die in zijn broek te verstoppen voordat een Sovjetbewaker hem ontdekte. In plaats van hem te executeren of in elk geval te fouilleren schold de bewaker hem uit omdat gevangene 133 na vijf jaar redelijkerwijs zou moeten stoppen met verdwalen. Herbert verontschuldigde zich en liep onzeker weg, expres de verkeerde kant op.

'De barak ligt línks, Einstein,' brulde de bewaker naar hem. Hoe dom kon je zijn?

Allan prees Herbert voor de goed uitgevoerde opdracht en het overtuigende toneelspel. Herbert bloosde over de lof, terwijl hij die tegelijkertijd wegwuifde met het commentaar dat het niet moeilijk was om je stom te gedragen als je dat ook was. Allan zei dat hij niet wist hoe moeilijk het was, omdat de stomkoppen die hij tot dat moment had ontmoet altijd net deden of ze slim waren.

Het werd 1 maart 1953, de dag waarop het leek te gaan gebeuren. Het was een koude ochtend toen er een trein arriveerde. Het was duidelijk een militair transport, en alles moest worden overgeladen in maar liefst drie schepen die Noord-Korea als eindbestemming hadden. De vracht bevatte onder meer acht T34-tanks, die natuurlijk niet verstopt konden worden, maar verder was alles verpakt in stevige houten containers zonder begeleidende documenten. Allan zag dat er zoveel ruimte tussen de planken zat dat het mogelijk was een lichtraket in een ervan te gooien, en dat was precies wat hij deed.

Natuurlijk begon de container te roken, maar gelukkig duurde het een paar seconden voordat de rook zichtbaar was, zodat Allan kon wegkomen en hij niet verdacht werd. Meteen daarna begon de bewuste houten container te branden.

Volgens plan moesten er nu explosies volgen omdat het vuur vat had gekregen op een verpakte handgranaat of zo. Daarop zouden de bewakers veranderen in kippen zonder kop, en konden Allan en Herbert naar hun barak gaan om zich om te kleden.

Het probleem was dat er geen explosie kwam. De rookontwikkeling was daarentegen enorm, en werd erger nadat de gevangenbewaarders, die zelf niet in de buurt wilden komen, de gevangenen opdracht gaven om water over de brandende container te gieten.

Drie gevangenen probeerden, beschermd door de rook, over de twee meter hoge omheining te klimmen in een poging het open deel van de haven te bereiken. De soldaat in wachttoren twee ontdekte echter wat er aan de hand was. Hij zat al achter zijn machinegeweer en schoot kogelregen na kogelregen door de rook naar de drie gevangenen. Omdat hij gebruikmaakte van lichtspoormunitie raakte hij ze al snel met een groot aantal schoten en de drie mannen vielen dood op de grond. De bewaker in de toren had echter niet alleen de gevangenen doorboord, maar ook de container die links van de container stond die Allan Karlsson in brand had gestoken. Allans container bevatte vijftienhonderd militaire dekens, de container ernaast vijftienhonderd handgranaten. Lichtspoorkogels bevatten fosfor en toen de eerste kogel de eerste granaat trof, ontbrandde deze en nam een tiende van een seconde later de andere veertienhonderdnegenennegentig identieke granaten met zich mee. De explosie was zo krachtig dat de vier containers ernaast van hun plek kwamen en het kamp in vlogen.

Container nummer vijf in de rij bevatte zevenhonderd landmijnen en vlak daarna volgde een explosie die net zo krachtig was als de eerste, met als gevolg dat de inhoud van nog vier containers alle kanten uit vloog.

Allan en Herbert hadden op chaos gehoopt, en ze kregen chaos. Toch was dit nog maar het begin, want nu vatte container na container vlam. Een ervan bevatte dieselolie en benzine. Een andere bestond uit munitie die een eigen leven begon te leiden. Twee van de wachttorens en acht van de barakken stonden in lichterlaaie nog vóór de antitankwapens afgingen. Het eerste schot velde wachttoren drie, door het tweede schot sneuvelde het gebouw bij de hoofdingang van het kamp, met inbegrip van de slagboom.

De vier schepen die bij de kade lagen om geladen te worden, vlogen in brand door het volgende antitankwapen dat afging.

Daarna explodeerde een container met handgranaten, waardoor een nieuwe kettingreactie volgde die uiteindelijk zelfs oversloeg op de container die helemaal achteraan in de rij stond. Deze bleek eveneens antitankwapens te bevatten. De container vloog naar het open deel van de haven, waar een tanker met vijfenzestigduizend ton olie bezig was aan te meren. Een voltreffer van de commandobrug maakte de tanker kapiteinloos, en drie treffers in de zijwand veroorzaakten een enorme brand.

De hevig brandende olietanker dreef stuurloos langs de kaderand naar het centrum van de stad. Tijdens die laatste reis vatten alle huizen waar de tanker langskwam vlam, over een afstand van tweeënhalve kilometer. Tot overmaat van ramp kwam de wind die dag uit het zuidoosten. Het duurde uiteindelijk maar twintig minuten voordat heel Vladivostok in brand stond.

Kameraad Stalin sloot net een gezellig diner af met zijn onderdanen Berija, Malenkov, Bulganin en Chroesjtsjov in de residentie Krylatskoje, toen hem het bericht bereikte dat Vladivostok niet meer bestond, nadat een brand in een container met dekens uit de hand was gelopen.

Stalins nieuwe favoriet, de daadkrachtige Nikita Sergejevitsj Chroesjtsjov, vroeg of hij een goede raad in de kwestie mocht geven.

'Beste kameraad Stalin,' zei Chroesjtsjov. 'Ik stel voor dat wat er is gebeurd, niet is gebeurd. Ik stel voor dat Vladivostok onmiddellijk van de buitenwereld wordt afgesloten, dat we de stad daarna geduldig opnieuw opbouwen en Vladivostok daarna de basis voor onze Stille Zuidzeevloot maken, net als kameraad Stalin al van plan was. Maar voor alles – wat er is gebeurd, is niet gebeurd, want het tegendeel zou een zwakte bewijzen die we ons niet kunnen veroorloven. Bent u het met me eens?'

Stalin voelde zich anders dan anders. Bovendien was hij dronken. Maar hij knikte. Daarna zei hij dat het tijd was om zich terug te trekken, hij voelde zich niet helemaal goed.

Vladivostok, dacht maarschalk Berija. Daar heb ik die Zweedse, fascistische expert toch naartoe gestuurd om achter de hand te hebben voor het geval het ons niet lukte om zelf een atoombom te maken? Ik ben hem helemaal vergeten, ik had die rotvent uit de weg moeten laten ruimen toen Julij Borisovitsj Popov het raadsel zo verdienstelijk had opgelost. Nou ja, waarschijnlijk was hij nu in vlammen opgegaan. Hoewel hij de hele stad niet mee had hoeven te nemen.

Bij de deur naar zijn slaapkamer deelde Stalin mee dat hij onder geen beding gestoord wilde worden. Daarna deed hij de deur dicht, ging op de rand van zijn bed zitten en knoopte zijn overhemd los terwijl hij nadacht.

Vladivostok ... De stad die Stalin had voorbestemd als basis voor de Stille Zuidzeevloot van de Sovjet-Unie! Vladivostok ... dat zo'n belangrijke rol zou gaan spelen in het naderende offensief in de Koreaanse Oorlog. Vladivostok ...

Bestond niet meer!

Stalin vroeg zich af hoe een container met dekens in vredesnaam vlam kon vatten bij een temperatuur van min vijftien tot min twintig graden. Iemand moest verantwoordelijk zijn ... en die klootzak ... zou ... zou ...

Hij viel voorover op de grond. Daar bleef hij na zijn beroerte een heel etmaal liggen, want als kameraad Stalin zei dat hij niet gestoord wilde worden, dan werd hij niet gestoord.

De barak van Allan en Herbert was een van de eerste die vlam vatte, waardoor de vrienden hun plan om naar binnen te sluipen en de uniformen aan te trekken niet konden uitvoeren.

De omheining van het kamp was al kapot en als er nog wachttorens over waren, stond er niemand meer op om de wacht te houden. Het was dus geen probleem om het kamp uit te komen. Het probleem was wat ze daarna moesten doen. Het was niet mogelijk om een van de legerauto's te stelen, want die stonden allemaal in brand. Het was ook niet mogelijk om een vluchtauto in de stad te zoeken. Om de een of andere reden stond heel Vladivostok in brand.

De meeste gevangenen die de brand en de explosies hadden overleefd stonden bij elkaar op de provinciale weg, op een veilige afstand van granaten en antitankwapens en alles wat er nog steeds de lucht in vloog. Een paar sporadische gelukzoekers vertrokken in noordwestelijke richting, want dat was voor een Rus de enige aannemelijke richting om in te vluchten. In het oosten lag immers het water, in het zuiden wachtte de Koreaanse Oorlog, in het westen lag China en in het noorden was een stad volop bezig zowel af als uit te branden. Alleen de weg naar het echte en intens koude Siberië bleef over. Maar de soldaten hadden natuurlijk hetzelfde bedacht en voor de dag ten einde was hadden ze alle vluchtelingen gepakt en naar de eeuwigheid gestuurd.

Een uitzondering hierop waren Allan en Herbert. Het lukte ze om een heuvel ten zuidwesten van Vladivostok te bereiken. Daar hielden ze een korte pauze om naar de ravage te kijken.

'Flinke kracht zat er in die lichtraket,' zei Herbert.

'Een atoombom had het waarschijnlijk niet beter kunnen doen,' zei Allan.

'Wat gaan we nu doen?' vroeg Herbert. Hij verlangde door de kou bijna terug naar het kamp dat niet meer bestond.

'Nu gaan we naar Noord-Korea, vriend,' zei Allan. 'En omdat er geen auto's meer in de buurt zijn, moeten we lopen. Dat houdt ons warm.'

Kirill Afanasievitsj Meretskov was een van de bekwaamste en meest onderscheiden bevelhebbers van het Rode Leger. Hij was onder meer 'held van de Sovjet-Unie' en was maar liefst zeven keer beloond met de Leninorde.

Als commandant van het vierde leger had hij de Duitsers succesvol bestreden, tot de belegering van de stad na negenhonderd dagen afgelopen was. Het was niet vreemd dat Meretskov werd benoemd tot 'maarschalk van de Sovjet-Unie', boven op alle andere ordes, titels en medailles.

Toen Hitler zich definitief had teruggetrokken, ging Meretskov naar het oosten, zesennegentighonderd kilometer met de trein. Hij was nodig om leiding te geven aan het eerste Verre Oostenfront, met de bedoeling de Japanners uit Mant-sjoerije te verdrijven. Het verbaasde niemand dat ook dat hem lukte.

Daarna eindigde de wereldoorlog en Meretskov was uitgeput. Omdat er in Moskou niemand op hem wachtte, bleef hij in het oosten, waar hij achter een legerbureau in Vladivostok eindigde. Het was een mooi bureau van echt teakhout.

Toen Meretskov in de late winter van 1953 vijfenzestig was, zat hij nog steeds comfortabel achter zijn bureau. Vanaf die plek regelde hij de niet-aanwezigheid van de Sovjet-Unie in de Koreaanse Oorlog. Zowel Meretskov als kameraad Stalin waren van mening dat het strategisch belangrijk was dat de Sovjet-Unie op dít moment niet rechtstreeks tegen de Amerikaanse soldaten vocht. Beiden hadden weliswaar de atoombom, maar de Amerikanen hadden een voorsprong. Alles had zijn tijd, dit was geen moment om te provoceren – wat natuurlijk niet betekende dat de Koreaanse Oorlog niet hoefde te worden gewonnen.

Tegenwoordig nam maarschalk Meretskov af en toe wat rust. Hij had bijvoorbeeld een jachthut bij Kraskino, die op een paar uur rijden ten zuiden van Vladivostok lag. Daar ging hij zo vaak mogelijk naartoe, het liefst in de winter. En het allerliefst alleen. Afgezien van zijn adjudant natuurlijk, maarschalken zaten niet zelf achter het stuur, dat zou geen gezicht zijn.

Maarschalk Meretskov en zijn adjudant moesten nog bijna een uur over de bochtige kustweg van Kraskino naar Vladivostok rijden toen ze een zwarte rookkolom in het noorden zagen. Wat was er gebeurd? Stond er iets in brand?

De afstand was zo groot dat het geen zin had om de verrekijker uit de kofferbak te halen. Maarschalk Meretskov gaf het bevel harder te rijden, maar voegde eraan toe dat de adjudant over twintig minuten een parkeermogelijkheid met een goed uitzicht over de baai moest zoeken. Wat kon er gebeurd zijn?

Allan en Herbert hadden ruim een uur over de provinciale weg gelopen toen er een elegante, legergroene Pobeda uit zuidelijke richting naderde. De vluchtelingen verstopten zich achter een sneeuwhoop om de auto te laten passeren. De auto minderde echter vaart en stopte op minder dan vijftig meter afstand van hen. Een met medailles behangen officier en zijn adjudant stapten uit. De adjudant pakte de verrekijker van de man met de medailles uit de kofferbak, waarop zowel de officier met de medailles als de adjudant bij de auto wegliep om een beter uitzicht te hebben op de overkant van de baai, waar tot voor kort Vladivostok had gelegen.

Daarna was het kinderlijk eenvoudig voor Allan en Herbert om naar de auto te sluipen, beslag te leggen op het pistool van de officier en de automatische karabijn van de adjudant, en de mannen er attent op te maken dat ze helaas in een lastige situatie verzeild waren geraakt. Of, zoals Allan het zei: 'Heren, mag ik u vriendelijk verzoeken uw kleren uit te trekken.'

Maarschalk Meretskov was verontwaardigd. Zo behandelde je een maarschalk van de Sovjet-Unie niet, zelfs niet als je een kampgevangene was. Bedoelden de heren dat hij – maarschalk Kirill Afanasievitsj Meretskov – alleen in zijn onderbroek Vladivostok in moest lopen? Allan antwoordde dat dat misschien wat lastig zou zijn omdat Vladivostok op dit moment bezig was tot de grond toe af te branden, maar dat hij en zijn vriend Herbert dat inderdaad ongeveer bedoelden. De heren mochten natuurlijk hun zwart-witte gevangeniskleren hebben en hoe dichter ze Vladivostok naderden – of hoe je de rookwolk en de ruïnes in de verte ook moest noemen – des te warmer werd het.

Daarop trokken Allan en Herbert de gestolen uniformen aan en lieten de gevangeniskleding in een stapeltje op de grond achter. Allan dacht dat het misschien het gemakkelijkst was als hij achter het stuur zat, dus mocht Herbert maarschalk zijn en was Allan zijn adjudant. Herbert ging op de passagiersstoel zitten terwijl Allan achter het stuur kroop en de Pobeda keerde, waarna Herbert en hij naar het zuiden reden, in de richting van Noord-Korea.

Allan en Herbert staken de grens tussen de Sovjet-Unie en Noord-Korea probleemloos over. Eerst begroetten de Sovjet-grenswachten hen met een stramme rug en nek, daarna deden de Noord-Koreanen hetzelfde. Zonder dat er een woord was gewisseld, gingen de slagbomen open. De meest toegewijde van de twee Noord-Koreaanse grenswachten kreeg bovendien glanzende ogen toen hij bedacht wat een persoonlijke betrokkenheid dat betekende. Korea kon zich absoluut geen betere buur wensen dan de Unie van Socialistische Sovjetrepublieken. De maarschalk was vast op weg naar Wonsan om erop toe te zien dat de materiaalleveranties uit Vladivostok op de juiste manier arriveerden en dat ze werden behandeld zoals de bedoeling was.

Allan had van de zeelieden in de haven van Vladivostok opgevangen dat de Koreaanse Oorlog stagneerde en dat de partijen allebei waren teruggekeerd naar hun kant van de achtendertigste breedtegraad. Dat had hij ook meegedeeld aan Herbert, die zich daardoor het beeld had gevormd dat ze alleen een aanloop hoefden te nemen en te springen (als die breedtegraad tenminste niet te breed was), om van noord naar zuid te komen. Natuurlijk bestond het risico dat ze werden beschoten tijdens de sprong, maar dat zou op zich niet zo erg zijn.

Nu bleek echter, tientallen kilometers van de scheidslijn, dat het al volop oorlog was. Amerikaanse vliegtuigen cirkelden in de lucht en het leek erop alsof ze van plan waren alles wat ze zagen te bombarderen. Allan begreep dat een Russische, legergroene luxepersonenauto waarschijnlijk als een goed doelwit werd beschouwd, dus sloeg hij van de hoofdweg af in zuidelijke richting en reed het platteland op, over kleinere wegen, die een snellere en betere bescherming boden als er weer een vliegtuig boven hun hoofd dreunde.

Toen het begon te schemeren sloegen Allan en Herbert af naar een boerderij die eruitzag als een welvarend landbouwbedrijf. De boer, zijn vrouw en hun twee kinderen stelden zich onmiddellijk in een rij op voor de prominente gasten in de elegante auto. Adjudant Allan verontschuldigde zich zowel in het Russisch als in het Chinees omdat de maarschalk en hij zich opdrongen, maar zou het mogelijk zijn dat ze iets te eten kregen? Ze betaalden er graag voor, maar dan wel in roebels, die ze in de zak van Herberts uniform hadden gevonden, want iets anders hadden ze niet bij zich.

De boer en zijn vrouw verstonden geen woord van wat Allan had gezegd, maar hun twaalfjarige zoon leerde Russisch op school en hij vertaalde voor zijn vader. Daarna duurde het niet lang voordat Allan en Herbert bij het gezin werden binnengevraagd.

Veertien uur later stonden ze klaar om hun reis voort te zetten. De vorige avond hadden ze samen met de boer, zijn vrouw en hun kinderen gegeten. Er was rijst en met chili en knoflook gekruid varkensvlees opgediend en daarbij – halleluja! – Koreaanse rijstbrandewijn. De Koreaanse brandewijn smaakte weliswaar anders dan de Zweedse, maar na vijf jaar en drie weken onvrijwillige geheelonthouding was het meer dan goed genoeg.

Na de avondmaaltijd bleef zowel de maarschalk als de adjudant slapen bij het gezin. Maarschalk Herbert kreeg de grote slaapkamer terwijl de vader en moeder bij de kinderen sliepen. Adjudant Allan belandde op de vloer in de keuken.

De volgende ochtend kregen ze een ontbijt van gestoomde groenten, gedroogde vruchten en thee, waarna de boer de tank van hun auto vulde met benzine die hij in een vat in de schuur bewaarde.

Bij het afscheid weigerde de boer de stapel roebels aan te nemen die de maarschalk hem aanbood, net zolang tot deze in het Duits schreeuwde: 'Pak dat geld aan, verdomde boer!'

Daar schrok de boer zo van dat hij deed wat Herbert zei, zonder dat hij had begrepen wat het was.

Ze zwaaiden vriendelijk gedag en daarna zetten ze hun reis in zuidwestelijke richting voort, zonder ander verkeer op de kronkelende weg, maar met het dreigende gedreun van een bommenwerper in de verte.

Naarmate de auto Pyongyang naderde, begon Allan te beseffen dat het misschien tijd was om een nieuw plan te bedenken. Allan was van mening dat ze Zuid-Korea onmogelijk konden bereiken vanaf de plek waar Herbert en hij zich nu bevonden.

Ze moesten in plaats daarvan proberen of ze een ontmoeting met president Kim Il Sung konden regelen. Herbert was tenslotte een Russische maarschalk, dat moest toch voldoende zijn?

Allan begreep dat het een kwestie van tijd was voordat Herbert en hij een stopteken kregen en werden gecontroleerd. Zelfs een maarschalk kon niet rondrijden in de hoofdstad van een oorlogvoerend land zonder dat iemand in elk geval één vraag stelde. Daarom had Allan Herbert een paar uur lang geïnstrueerd over wat hij moest zeggen. Het was één zin, maar die was o zo belangrijk. 'Ik ben maarschalk Meretskov van de Sovjet-Unie, breng me naar jullie leider!'

Pyongyang werd in deze periode beschermd door een buitenste en een binnenste militaire ring. De buitenste ring, die twintig kilometer van de stad lag, bestond uit luchtafweerkanonnen en dubbele rijen wegpatrouilles, terwijl de binnenste ring een barricade was, bijna een frontlinie, om de stad te beschermen tegen een eventuele grondaanval. Allan en Herbert werden bij een van de buitenste wegpatrouilles tegengehouden door een straalbezopen Noord-Koreaanse soldaat met een ontgrendelde mitrailleur voor zijn borstkas. Maarschalk Herbert had zijn zin voortdurend gerepeteerd en nu zei hij: 'Ik ben jullie leider, breng me naar de Sovjet-Unie.'

Gelukkig verstond de soldaat geen Russisch, maar wel Chinees. Adjudant Allan moest voor zijn maarschalk vertalen, zodat alle woorden toch in de juiste volgorde werden uitgesproken.

De soldaat had echter een nagenoeg onmogelijke hoeveelheid alcohol in zijn bloed en wist niet goed wat hij nu moest doen. Hij nodigde Allan en Herbert uit om in de wachtpost plaats te nemen terwijl hij een collega belde die tweehonderd meter verderop bij een wegversperring de wacht hield. Daarna ging hij in een versleten fauteuil zitten en haalde een fles rijstbrandewijn (de derde van die dag) uit zijn binnenzak. Hij nam een slok en begon een liedje te neuriën, terwijl hij met een lege, glazige blik langs de Sovjetgasten in de verte keek.

Allan was niet tevreden met Herberts prestatie bij de patrouillepost en hij besefte dat met Herbert als maarschalk een paar minuten in aanwezigheid van Kim Il Sung voldoende zouden zijn om hen te laten arresteren. Allan zag door het raam dat de andere soldaat naderde. Ze hadden haast.

'Laten we van kleding wisselen, Herbert,' zei Allan.

In alle haast werd de maarschalk adjudant en de adjudant maarschalk. De onmogelijk dronken soldaat keek intussen verdwaasd rond en mompelde iets in het Koreaans.

Even later betrad soldaat nummer twee de ruimte. Hij salueerde onmiddellijk toen hij de prominente gasten zag. Soldaat nummer twee sprak ook Chinees, waarop Allan in de gedaante van de maarschalk opnieuw naar voren bracht dat hij een ontmoeting met president Kim Il Sung wenste. Voordat soldaat nummer twee antwoord kon geven, onderbrak nummer één hem met zijn gebrabbel.

'Wat zegt hij?' vroeg maarschalk Allan.

'Hij zegt dat jullie daarnet jullie kleren hebben uitgetrokken en ze daarna weer hebben aangedaan,' antwoordde soldaat nummer twee.

'De alcohol,' zei Allan terwijl hij zijn hoofd schudde.

Soldaat nummer twee betreurde het gedrag van zijn collega en toen nummer één volhield dat Allan en Herbert zich daarnet wel degelijk hadden uit- en aangekleed, kreeg hij een oplawaai van nummer twee en het bevel om eens en voor altijd zijn kop te houden als hij niet gemeld wilde worden voor dronkenschap.

Soldaat nummer één besloot daarna te zwijgen (en nog een slok te nemen) terwijl nummer twee een paar telefoongesprekken voerde, een pasje in het Koreaans uitschreef, tekende en op twee plekken stempelde, en dat aan maarschalk Allan overhandigde. Daarna zei hij: 'Dit kan de maarschalk bij de volgende controle laten zien. Dan worden jullie naar de eerste assistent van de president gebracht.'

Allan bedankte, salueerde en liep terug naar de auto, terwijl hij Herbert voor zich uit duwde.

'Omdat je daarnet adjudant bent geworden, moet jij nu rijden,' zei Allan.

'Interessant,' zei Herbert. 'Ik heb niet meer autogereden sinds de Zwitserse politie me heeft verboden om ooit nog achter het stuur te gaan zitten.'

'Ik geloof dat het beter is als je daar niets meer over zegt,' zei Allan.

De rit ging verder met Herbert achter het stuur, en dat ging veel beter dan Allan had verwacht. Met behulp van het pasje was het bovendien geen probleem om de stad in te komen en naar het presidentiële paleis te rijden.

Daar werden ze ontvangen door iemand die hen meedeelde dat de eerste assistent pas over drie dagen tijd had voor een gesprek. In afwachting daarvan mochten de heren hun intrek nemen in het gastenappartement. Het diner werd overigens om acht uur geserveerd, als dat hun schikte.

'Ha, zie je wel?' zei Allan tegen Herbert.

Kim Il Sung was in april 1912 in een christelijk gezin aan de rand van Pyongyang geboren. Het gezin leed, net als alle andere Koreaanse gezinnen destijds, onder de Japanse heerschappij. Gedurende de jaren deden de Japanners min of meer wat ze wilden met de mensen uit de koloniën. Honderdduizenden Koreaanse meisjes en vrouwen werden gevangengenomen als seksslaaf voor de Japanse keizerlijke soldaten. De Koreaanse mannen werden gedwongen dienst te nemen in het leger om te vechten voor de keizer, die hen onder meer dwong Japanse namen aan te nemen en ook verder zijn best deed om de Koreaanse taal en cultuur te laten uitsterven.

Kim Il Sungs vader was een vreedzame apotheker, maar hij liet zich zo kritisch uit over de Japanse verschrikkingen dat hij het misnoegen van de Japanners over zich afriep en op een dag genoodzaakt was om samen met zijn gezin naar het noorden te vluchten, naar het Chinese Mantsjoerije.

Daar was het na 1931 echter ook gedaan met de vrede toen de Japanse troepen er binnentrokken. Kim Il Sungs vader was op dat moment al dood, maar zijn moeder moedigde haar zoon aan om zich aan te sluiten bij de Chinese guerrilla, om te helpen de Japanners eerst uit Mantsjoerije en daarna uit Korea te verdrijven.

Kim Il Sung maakte carrière in dienst van de Chinese, communistische guerrilla. Hij had de reputatie dat hij doortastend en moedig was, werd benoemd tot hoogste commandant van een divisie en vocht zo genadeloos tegen de Japanners dat uiteindelijk alleen hij en een paar mannen van zijn divisie nog in leven waren. Dat was in 1941, tijdens de Tweede Wereldoorlog, en Kim Il Sung was gedwongen om de grens naar de Sovjet-Unie over te vluchten.

Ook daar maakte hij carrière. Hij werd meteen benoemd tot kapitein in het Rode Leger en vocht tot 1945 mee.

Na het eind van de oorlog moest Japan Korea uit handen geven. Kim Il Sung kwam terug uit ballingschap, nu als nationale held. Hij hoefde de staat alleen nog officieel te stichten, want het leed geen twijfel dat het volk Kim Il Sung als de grote leider wilde hebben.

De winnaars van de oorlog, de Sovjet-Unie en de VS, hadden Korea echter verdeeld in twee belangengebieden, en de VS waren er pertinent op tegen dat een communist de leider van het hele schiereiland werd. Dus haalden ze hun eigen leider binnen, een Koreaan in ballingschap, en plaatsten hem in het zuiden. Kim Il Sung moest genoegen nemen met het noordelijke deel, maar dat was nu net wat hij niet deed. In plaats daarvan begon hij de Koreaanse Oorlog. Als hij de Japanners had kunnen verjagen, zou hij de Amerikanen en hun VN-volgelingen ook weg kunnen krijgen.

Kim Il Sung had voor de Chinezen en de Russen gevochten, en nu streed hij voor zijn eigen zaak. Hij had van zijn dramatische leven onder meer geleerd om alleen zichzelf en niemand anders te vertrouwen.

Hij was bereid om één uitzondering op die regel te maken en die uitzondering was net benoemd tot zijn eerste assistent.

Wie een ontmoeting met Kim Il Sung wilde, moest daarom eerst een verzoek voor een onderhoud met zijn zoon indienen.

Kim Jong Il.

Elf jaar oud.

'Je moet je bezoekers altijd minstens tweeëntwintig uur laten wachten voordat je hen ontvangt. Dat geeft autoriteit, zoon van me,' had Kim Il Sung hem geïnstrueerd.

'Ik geloof dat ik het begrijp, papa,' jokte Kim Jong Il, waarna hij een woordenboek pakte en het woord 'autoriteit' opzocht.

Allan en Herbert vonden het niet erg om drie dagen te wachten, want het eten was goed en de bedden zacht in het paleis van de president. Het gebeurde bovendien zelden dat de Amerikaanse bommenwerpers Pyongyang naderden, omdat er eenvoudiger doelen waren om zich op te richten.

Uiteindelijk was het echter tijd. Allan werd opgehaald en

door de gangen van het paleis naar het kantoor van de eerste assistent gebracht.

'Ik ben Kim Jong Il, de zoon van de president, en tevens de eerste assistent van mijn vader,' zei Kim Jong Il.

Hij stak zijn hand uit naar de maarschalk en gaf hem een vastberaden handdruk, ook al verdween zijn hand helemaal in de grote knuist van Allan.

'En ik ben maarschalk Kirill Afanasievitsj Meretskov,' zei Allan. 'Heel fijn dat jongeheer Kim kans ziet om me te ontvangen. Ik hoop dat jongeheer Kim het me toestaat om mijn boodschap naar voren te brengen?'

Dat vond Kim Jong Il geen probleem, dus loog Allan verder. De maarschalk had een boodschap voor de president van kameraad Stalin in Moskou. Omdat ze het vermoeden hadden dat de VS – die kapitalistische hyena's – hadden geïnfiltreerd in het Sovjetcommunicatiesysteem (de maarschalk wilde niet in detail treden, als jongeheer Kim hem dat toestond?), had kameraad Stalin besloten dat de boodschap via rechtstreeks contact overgebracht moest worden. En de maarschalk en zijn adjudant hadden deze eervolle opdracht gekregen.

Kim Jong Il keek wantrouwend naar maarschalk Allan en leek bijna gedachten te kunnen lezen toen hij zei dat het zijn taak was om zijn vader tegen elke prijs te beschermen. Die taak hield in dat hij niemand vertrouwde, dat had zijn vader hem geleerd, legde hij uit. Daarom was Kim Jong Il niet van plan om de maarschalk bij zijn vader toe te laten voordat zijn verhaal was geverifieerd bij de Sovjet-Unie. Kim Jong Il was met andere woorden van plan Moskou te bellen om te vragen of de maarschalk inderdaad door Stalin was gestuurd.

Dat was een andere ontwikkeling dan Allan had gewenst, maar hij zat nu eenmaal in het kantoor van Kim Jong Il en het enige wat hij kon doen was proberen het telefoongesprek met Stalin te voorkomen.

'Het is natuurlijk niet gepast voor een eenvoudige maarschalk om u tegen te spreken, maar ik wil toch graag de kanttekening plaatsen dat het misschien niet handig is om de telefoon te gebruiken als je wilt controleren of het waar is dat je de telefoon niet moet gebruiken.'

Jongeheer Kim dacht na over wat maarschalk Allan had gezegd terwijl de woorden van zijn vader in zijn hoofd echoden. 'Vertrouw niemand, zoon van me.' Uiteindelijk bedacht hij een oplossing. Hij zou Stalin bellen, maar hij zou in codetaal praten. Kim had Stalin meerdere keren ontmoet en deze noemde hem altijd 'de kleine revolutionair'.

'Ik bel naar Stalin, stel me voor als "de kleine revolutionair" en vraag of hij iemand heeft gestuurd om mijn vader te bezoeken. Daarmee denk ik dat we niet te veel hebben gezegd, ook als de Amerikanen zouden meeluisteren. Wat denkt u daarvan?'

Allan dacht dat er een slim joch tegenover hem zat. Hoe oud zou hij zijn? Tien? Allan was ook vroeg volwassen geworden. Op de leeftijd van Kim Jong Il sleepte hij al volop dynamiet bij Nitroglycerin BV in Flen. Verder dacht Allan dat zijn plan op het punt stond verkeerd af te lopen, maar dat kon hij niet zeggen.

'Ik ben ervan overtuigd dat jongeheer Kim een heel slimme jongen is en ver kan komen,' zei Allan terwijl hij de rest aan het lot overliet.

'Neem een kop thee terwijl ik Stalin bel.'

Jongeheer Kim liep naar het bruine bureau dat in een hoek van het kantoor stond terwijl Allan een kop thee voor zichzelf inschonk en erover nadacht of hij misschien moest proberen uit het raam te springen. Dat idee verwierp hij echter meteen weer, deels omdat ze zich op de vierde verdieping van het presidentiële paleis bevonden en deels omdat Allan zijn kameraad niet in de steek kon laten.

Plotseling werden zijn gedachten onderbroken doordat jongeheer Kim in huilen uitbarstte. Hij legde de hoorn op de haak, rende naar Allan en riep huilend: 'Oom Stalin is dood!'

Allan dacht dat hij onmogelijk zoveel geluk kon hebben. 'Stil maar, jongeheer Kim,' zei hij. 'Kom hier, dan geeft oom maarschalk jongeheer Kim een omhelzing. Stil maar ...'

Toen Kim enigszins getroost was, was hij niet meer zo vroegoud. Het leek alsof hij de energie niet meer had om volwassen te zijn. Snotterend vertelde hij dat oom Stalin een paar dagen eerder een beroerte had gehad en dat hij was overleden vlak voordat jongeheer Kim belde.

Terwijl Kim nog in elkaar gedoken op Allans schoot zat, vertelde Allan geëmotioneerd over zijn laatste, vrolijke ontmoeting met kameraad Stalin. Ze hadden samen een feestmaal genuttigd en de sfeer was uitstekend geweest, zoals dat alleen gebeurt tussen echte vrienden. Kameraad Stalin had zelfs gedanst en gezongen. Allan neuriede het Georgische volksliedje dat Stalin ten gehore had gebracht vlak voordat hij kortsluiting in zijn hoofd had gekregen, en Kim herkende het liedje. Dat had oom Stalin ook voor hem gezongen! Daarmee – als dat niet al eerder was gebeurd – was alle twijfel verdwenen. De maarschalk was heel duidelijk degene voor wie hij zich uitgaf. Jongeheer Kim zou ervoor zorgen dat zijn vader en tevens de president hem de volgende dag al zou ontvangen. En nu wilde hij nog een omhelzing ...

De president bestuurde zijn halve land niet in een gewoon kantoor. Dat zou hem aan te grote risico's blootstellen. Nee, om Kim Il Sung te ontmoeten was een lange reis nodig die om veiligheidsredenen plaatsvond in een SU-122 infanterietank, omdat de eerste assistent van de president mee zou reizen.

De tocht was niet bepaald comfortabel, maar dat is ook niet het primaire doel van infanterietanks. Tijdens de reis had Allan voldoende tijd om na te denken over twee niet heel onbelangrijke vragen. De eerste was wat hij moest zeggen tegen Kim Il Sung, en de tweede was waar hij wilde dat het gesprek toe zou leiden.

Allan had tegen de jongen gezegd dat hij een belangrijke boodschap van kameraad Stalin had, maar dat was plotseling een heel eenvoudige zaak geworden. Hij kon nu van alles bedenken; Stalin was immers veel te dood om het tegen te spreken. Allan besloot derhalve dat het bericht aan Kim Il Sung zou luiden dat Stalin had besloten om hem tweehonderd tanks te schenken voor de communistische strijd in Korea. Of driehonderd. Hoe meer het er waren, des te blijer zou de president natuurlijk zijn.

De tweede vraag was lastiger. Allan had niet veel zin om naar de Sovjet-Unie terug te keren als hij de boodschap aan Kim Il Sung had overgebracht. Het zou echter niet gemakkelijk worden om de Noord-Koreaanse leider zover te krijgen dat hij Allan en Herbert naar Zuid-Korea liet gaan. En het zou met de dag ongezonder worden om in de buurt van Kim Il Sung te zijn als de tanks wegbleven.

Was China misschien een alternatief? Zolang Allan en Herbert zwart-witte gevangeniskleding hadden gedragen, was het antwoord nee geweest, maar dat deden ze tenslotte niet meer. Korea's enorme buurman was misschien van een dreiging in een belofte veranderd sinds Allan een Sovjetmaarschalk was geworden. Vooral als Allan een mooie introductiebrief van Kim Il Sung kon loskrijgen.

De volgende halte zou China zijn. Als het niet anders ging, konden ze per slot van rekening altijd nog een keer de Himalaya oversteken.

Daarmee was Allan klaar met piekeren. Kim Il Sung zou eerst driehonderd tanks krijgen, of vierhonderd, er was tenslotte geen reden om gierig te zijn, en daarna zou hij nederig de hulp van de president vragen bij het regelen van vervoer en visa voor de reis naar China, omdat de maarschalk eveneens een boodschap had voor Mao Zedong. Allan was tevreden over zijn plan.

Het rupsvoertuig stopte abrupt. De drie passagiers kropen naar buiten en hadden weer vaste grond onder hun voeten. Ze waren op een militair vliegveld terechtgekomen en stonden voor een soort stafgebouw.

Jongeheer Kim hield de voordeur open voor Allan en Herbert, waarna hij langs de heren liep en ook de volgende deur openhield. Daarmee was het trio in het allerheiligste beland. Binnen stond een groot bureau waarop een massa papieren verspreid lag, achter het bureau was een muur met een kaart van Korea en rechts ervan een zitgroep. President Kim Il Sung zat op één bank en op de andere bank zat een gast. Voor de muur aan de tegenoverliggende kant stonden twee met machinegeweren bewapende soldaten onbeweeglijk in de houding.

'Goedenavond, meneer de president,' zei Allan. 'Ik ben maarschalk Kirill Afanasievitsj Meretskov van de Sovjet-Unie.'

'Dat is helemaal niet waar,' zei Kim Il Sung kalm. 'Ik ken maarschalk Meretskov namelijk heel goed.'

De soldaten verbraken hun houding meteen en richtten hun wapens op de valse maarschalk en zijn net zo valse adjudant. Kim Il Sung bleef kalm, maar zijn zoon barstte uit in een woedende huilbui. Misschien verdween op dat moment het laatste restje van zijn jeugd. Hij zou nooit, nooit meer iemand vertrouwen.

'Je gaat dood!' riep hij huilend tegen Allan. 'En jij ook!' schreeuwde hij tegen Herbert.

'Ja, dood gaan jullie inderdaad,' zei Kim Il Sung beheerst. 'Maar eerst zoeken we uit wie jullie heeft gestuurd.'

De echte maarschalk Kirill Afanasievitsj Meretskov had samen met zijn adjudant geen andere keus gehad dan lopen naar dat wat er mogelijk van Vladivostok over was.

Na meerdere uren bereikten ze een van de tentenkampen die het Rode Leger buiten de verwoeste stad had opgericht. Daar was het nog vernederender geweest dan de maarschalk al had vermoed om te worden aangezien voor een ontsnapte gevangene die spijt had. Gelukkig werd hij al snel herkend en kreeg hij daarna de behandeling die bij zijn positie paste.

Maarschalk Meretskov had één keer in zijn leven een onrecht voorbij laten gaan en dat was toen Stalins naaste medewerker Berija hem zomaar had laten vastzetten en martelen en hem absoluut zou hebben laten doden als Stalin hem niet te hulp was geschoten. Meretskov had daarna misschien de strijd met Berija moeten aanbinden, maar hij moest een wereldoorlog winnen en Berija had bovendien te veel macht. Daarom liet hij de zaak rusten, maar Meretskov had zich voorgenomen dat hij het niet zou toelaten om ooit nog eens zo vernederd te worden. Hij móést de twee mannen die hem en zijn adjudant van hun auto en uniform hadden beroofd dus onschadelijk maken.

Meretskov kon niet onmiddellijk achter hen aan gaan omdat hij zijn maarschalksuniform niet had. Het was ook buitengewoon lastig om een kleermaker in de tentenkampen te vinden en toen dat was gebeurd, bleek het zelfs moeilijk om zoiets alledaags als naald en draad te bemachtigen. Alle kleermakerijen in Vladivostok waren immers samen met de stad opgehouden te bestaan.

Na drie dagen was het maarschalksuniform klaar. Zonder medailles natuurlijk, want daar profiteerde de valse maarschalk van. Meretskov liet zich daardoor echter niet tegenhouden.

Hij tekende na enige moeite voor de ontvangst van een nieuwe Pobeda voor zichzelf en zijn adjudant (de meeste militaire voertuigen waren immers verbrand) en vertrok in de dageraad in zuidelijke richting, vijf dagen nadat de ellende was begonnen.

Bij de grens met Noord-Korea werd zijn wantrouwen bevestigd. Een maarschalk, net als hijzelf, was in een Pobeda, net zo een als hij had, de grens overgestoken en in zuidelijke richting gereden. Meer konden de grenswachters niet vertellen.

Maarschalk Meretskov trok dezelfde conclusie als Allan vijf dagen eerder had gedaan, namelijk dat het zelfmoord zou zijn om in de richting van het front te rijden. Daarom sloeg hij af naar Pyongyang en het werd hem na een paar uur duidelijk dat hij de juiste keus had gemaakt. Bij de buitenste wegpatrouille kreeg hij te horen dat maarschalk Meretskov, die in gezelschap van zijn adjudant was, om een ontmoeting met president Kim Il Sung had verzocht en een afspraak had gekregen bij de eerste assistent van de president. Als maarschalk Meretskov Koreaans had verstaan, had hij de ene soldaat horen zeggen dat er iets vreemds met die twee was geweest en dat ze hun kleren met elkaar hadden verwisseld, waarna zijn collega antwoordde dat als de ander eens één keer in staat zou zijn om nuchter te blijven tot na tien uur 's ochtends het misschien mogelijk was om hem te vertrouwen.

Met alle autoriteit die alleen een echte maarschalk kan opbrengen, overtuigde maarschalk Meretskov de autoriteiten er al snel van dat zowel de president als zijn zoon in onmiddellijk levensgevaar verkeerde, en dat ze hem zonder oponthoud de weg naar het hoofdkwartier van de president moesten wijzen. Omdat er geen tijd te verliezen was, vond het vervoer plaats in de Pobeda van de maarschalk, een voertuig dat minstens vier keer zo snel reed als de tank waarin Kim Jong Il, Allan en Herbert waren vervoerd.

'Goed,' zei Kim Il Sung. 'Wie zijn jullie, wie heeft jullie gestuurd en wat is de bedoeling van jullie bedrog?'

Allan had nog geen antwoord gegeven toen de deur openvloog en de echte maarschalk Meretskov de kamer binnenstormde. Hij schreeuwde dat er een aanslag plaatsvond en dat de twee mannen die in het midden van de kamer stonden criminele kampgevangenen waren.

Heel even waren er iets te veel maarschalken en adjudanten voor de twee soldaten met de machinegeweren, maar zodra de president indirect had bevestigd dat de nieuwe maarschalk de echte was, konden de soldaten zich weer op de bedriegers concentreren.

'Je gaat eraan,' zei de verontwaardigde maarschalk Meretskov toen hij Allan in zijn eigen uniform met alle medailles op de borst zag staan.

'Ja, dat zegt iedereen,' antwoordde Allan. 'Eerst jongeheer Kim, daarna de president en nu de maarschalk. De enige die mijn dood niet eist bent u,' zei Allan terwijl hij zich tot de gast van de president wendde. 'Ik weet niet wie u bent, maar er is waarschijnlijk niet veel hoop dat u een afwijkende mening over deze kwestie hebt?'

'Die heb ik inderdaad niet,' glimlachte de gast. 'Ik ben Mao Zedong, de leider van de Volksrepubliek China, en ik kan je zeggen dat ik geen overdreven verdraagzaamheid voel tegenover iemand die mijn kameraad Kim Il Sung kwaad wil doen.'

'Mao Zedong!' riep Allan. 'Wat een eer. Ook al sterf ik straks, u mag niet vergeten om uw mooie vrouw de groeten van me te doen.'

'Ken je mijn vrouw?' vroeg Mao Zedong verbaasd.

'Ja, als meneer Mao de laatste tijd niet van vrouw veranderd is. Dat hebt u tenslotte eerder gedaan. Jiang Qing en ik hebben elkaar een paar jaar geleden in de provincie Sichuan ontmoet. We zijn samen met een jongen, Ah Ming, een tijd door de bergen getrokken.'

'Ben jij Allan Kárlsson?' vroeg Mao Zedong verbaasd. 'De redder van mijn vrouw?'

Herbert Einstein begreep niet veel, maar nu besefte hij dat zijn vriend Allan negen levens moest hebben en dat hun wisse dood op weg was te veranderen in iets anders. Alweer! Dat mocht niet gebeuren! Herbert reageerde in een aanval van machteloosheid. 'Ik loop weg, ik loop weg, schiet me dood, schiet me dood!' riep hij terwijl hij door de kamer rende, zich vergiste in de deuren en in de schoonmaakkast terechtkwam, waar hij struikelde over een zwabber en een emmer.

Dat Mao Zedong zich in het kantoor bevond was niet vreemd, want Kim Il Sung had zijn hoofdkwartier opgeslagen in het Chinese deel van Mantsjoerije, net buiten Shenyang in de provincie Liaoning, ongeveer vijfhonderd kilometer ten noordwesten van het Noord-Koreaanse Pyongyang. Mao had het naar zijn zin in het gebied, waar hij historisch gezien zijn grootste aanhang had. Bovendien vond hij het prettig om met zijn Noord-Koreaanse vrienden om te gaan.

Het kostte heel wat tijd om uit te zoeken wat er uitgezocht

moest worden, en om iedereen die Allans hoofd op een presenteerblaadje wilde hebben op andere gedachten te brengen.

Maarschalk Meretskov was de eerste die een verzoenende hand uitstak. Allan Karlsson had immers net zo onder de waanzin van maarschalk Berija geleden als Meretskov zelf (Allan had voor alle zekerheid het onbetekenende detail weggelaten dat hij degene was die Vladivostok had platgebrand). En toen Allan voorstelde dat hij en de maarschalk van uniformjas zouden wisselen zodat de maarschalk zijn medailles terug had, verdween diens laatste restje woede.

Kim Il Sung vond dat ook hij geen reden had om boos te zijn. Allan was immers nooit van plan geweest hem kwaad te doen. Zijn enige probleem was dat zijn zoon zich zo in de maling genomen voelde.

Jongeheer Kim huilde en schreeuwde nog steeds en bleef Allans onmiddellijke en liefst gewelddadige dood eisen. Uiteindelijk wist Kim Il Sung geen andere oplossing dan zijn zoon een draai om zijn oren te geven en te eisen dat hij onmiddellijk stil zou zijn.

Allan en maarschalk Meretskov werden uitgenodigd om bij Kim Il Sung op de bank te gaan zitten, waar ook de terneergeslagen Herbert Einstein plaatsnam toen hij zich uit de kast had bevrijd.

Allans identiteit werd definitief vastgesteld toen Mao Zedongs twintigjarige chef-kok naar de kamer werd geroepen. Allan en Ah Ming omhelsden elkaar een hele tijd, waarna Mao Ah Ming naar de keuken stuurde om noedels te koken.

Mao Zedongs dankbaarheid over het feit dat Allan het leven van Jiang Qing had gered kende geen grenzen. Hij verkondigde dat hij bereid was om Allan en zijn vrienden te helpen met wat ze maar wilden, zonder beperkingen. Dat omvatte ook in China blijven, waarbij Mao Zedong ervoor zou zorgen dat Allan, maar ook zijn kameraad, hooggeplaatste en comfortabele levens zouden leiden.

Allan antwoordde dat meneer Mao het hem maar moest vergeven, maar dat hij het helemaal had gehad met het communisme en dat hij ernaar verlangde zich ergens te ontspannen waar hij een longdrink zonder begeleidende politieke uiteenzettingen kon krijgen.

Mao antwoordde dat hij dat meneer Karlsson uiteraard vergaf, maar dat hij er niet op moest hopen dat hij het communisme lang zou kunnen ontlopen, want het was in opmars en het zou niet lang duren voordat de hele wereld was veroverd.

Daarop vroeg Allan of een van de heren misschien een tip kon geven over de plek waar het communisme volgens hen het laatst zijn intrede zou doen, en waar bovendien de zon scheen, de stranden wit waren en je iets anders in je glas kreeg dan Indonesische groene bananenlikeur.

'Ik geloof dat ik naar vakantie verlang,' zei Allan. 'Dat heb ik namelijk nog nooit gehad.'

Mao Zedong, Kim Il Sung en maarschalk Meretskov discussieerden onderling over de kwestie. Een van hen stelde het Caraïbische eiland Cuba voor, een kapitalistischere plek konden de heren zich nauwelijks voorstellen. Allan bedankte voor de tip maar zei dat het Caraïbische gebied erg ver weg lag; bovendien had hij net bedacht dat hij geen paspoort en geen geld had, dus moest hij zijn ambitie misschien wat aanpassen.

Als het om een paspoort en geld ging hoefde meneer Karlsson zich geen zorgen te maken. Mao Zedong beloofde zowel hem als zijn vriend van valse papieren te voorzien zodat ze overal naartoe konden. Hij zei ook dat hij ze een gigantische hoeveelheid dollars zou meegeven, want die had hij in overvloed, omdat het geld dat president Truman van de VS naar de Kwomintang had gestuurd in alle haast was achtergebleven toen de Kwomintang naar Taiwan was gevlucht. Maar het Caraïbische gebied lag inderdaad aan de andere kant van de aardbol, dus kon het geen kwaad nog even na te denken.

Terwijl de drie aartscommunisten verdergingen met hun discussie omtrent de vraag waar de man die allergisch was voor hun ideologie vakantie moest gaan vieren, bedankte Allan Harry Truman in stilte voor zijn geldelijke steun.

De Filippijnen kwamen even in beeld, maar die waren politiek instabiel. Uiteindelijk stelde Mao Bali voor. Allan had zich geërgerd aan de Indonesische bananenlikeur en daarom moest Mao aan Indonesië denken. Dat was niet communistisch. En Mao was er zeker van dat ze ook andere drankjes dan bananenlikeur op Bali hadden.

'Dan wordt het Bali,' zei Allan. 'Ga je mee, Herbert?'

Herbert Einstein begon zich er langzamerhand mee te verzoenen dat hij nog een tijdje zou leven en hij knikte berustend. Natuurlijk ging hij mee, wat moest hij anders doen?

19

Woensdag 11 mei-woensdag 25 mei 2005

De voortvluchtigen en de doodgewaande in Klockaregård bleven met succes uit de buurt van mensen. Het huis lag tweehonderd meter van de weg en vanaf daar gezien lagen het woonhuis en de schuur naast elkaar, zodat er een vrije zone was waar Sonja kon lopen. Ze had een wandelstrook tussen de schuur en het kleine stuk bos zonder inkijk van passerend verkeer.

Het leven op de boerderij verliep in hoofdzaak erg prettig. Benny verbond de wond van Gannef regelmatig en gaf hem zo nodig pijnstillers. Buster hield van de open uitzichten van de Västgötavlakte, en Sonja had het overal naar haar zin, zolang ze geen honger had en haar bazinnetje met een paar vriendelijke woorden bij haar in de buurt was. De laatste tijd was de oude man er bovendien bij gekomen en dat vond de olifant een pluspunt.

Voor Benny en de Schoonheid scheen de zon voortdurend, ongeacht het weer; als ze niet voortvluchtig waren geweest, waren ze waarschijnlijk onmiddellijk begonnen met het organiseren van hun bruiloft. Als je wat ouder wordt, besef je eerder dat iets goed is.

Benny en Bosse konden beter met elkaar overweg dan ze ooit hadden gedaan. Toen het Benny eenmaal was gelukt om Bosse te laten beseffen dat hij volwassen was, ook al dronk hij frisdrank in plaats van brandewijn, ging het veel gemakkelijker. Bosse was onder de indruk van alles wat Benny kon. Uiteindelijk leek het toch niet zo onnozel of pure tijdverspilling om naar de universiteit te gaan.

Allan maakte zich niet zo druk. Hij zat overdag op zijn schommelbank, zelfs nu het weer was zoals het in mei in Zweden moest zijn. Soms kwam Gannef een tijdje bij hem zitten om te praten.

In een van die gesprekken tussen Allan en Gannef bleek dat ze een gemeenschappelijk beeld van het nirvana hadden. Beiden dachten dat de ultieme harmonie was te vinden in een ligstoel onder een parasol in een zonnig en warm klimaat, waar het personeel verschillende soorten gekoelde drankjes serveerde. Allan vertelde aan Gannef hoe heerlijk hij het ooit op Bali had gehad, toen hij vakantie vierde van het geld dat hij van Mao Zedong had gekregen.

Als het echter aankwam op de inhoud van de glazen, verschilden Allan en Gannef van mening. De honderdjarige wilde wodka-cola of misschien wodka-grapefruitsap. Bij feestelijkere gelegenheden kon hij zich voorstellen dat hij een wodka-wodka nam. Gannef Gerdin gaf de voorkeur aan vrolijke kleuren. Het liefst oranje dat overliep in geel, ongeveer als een zonsondergang. En er moest een parapluutje in staan. Allan vroeg zich af wat Gannef in vredesnaam met het parapluutje wilde doen. Dat kon je tenslotte niet drinken. Gannef antwoordde dat Allan blijkbaar heel wat van de wereld had gezien en veel meer wist over allerlei zaken dan een eenvoudige bajesklant uit Stockholm, maar dat hij dit niet leek te begrijpen.

Ze kibbelden nog een tijdje over het nirvana. De een was ongeveer twee keer zo oud als de ander, en de ander twee keer zo groot als de een, maar ze konden het goed met elkaar vinden.

Naarmate de dagen en weken voorbijgingen werd het voor de journalisten steeds moeilijker om het verhaal over de van een drievoudige moord verdachte bejaarde en zijn handlangers levend te houden. De televisie en ochtendkranten waren al na een dag gestopt met rapporteren, volgens de ouderwetse en defensieve zienswijze dat je niets meldde als je niets te melden had.

De avondkranten hielden het langer vol. Als ze niets te melden hadden konden ze immers altijd iemand interviewen en citeren die niet begreep dat hij niets te melden had. *Expressen* verwierp wel het idee om met behulp van tarotkaarten te speculeren over de verblijfplaats van Allan. Zij waren vooralsnog klaar met schrijven over Allan Karlsson. Met frisse tegenzin naar het volgende onderwerp, zoals dat heette. Ze moesten met andere woorden een nieuw item zoeken waarmee het land zich kon bezighouden.

De media lieten het mysterie van de honderdjarige dus in vergetelheid raken – met één uitzondering. In *Eskilstuna-Kuriren* bleven ze berichten plaatsen die waren gerelateerd aan Allan Karlssons verdwijning, zoals het feit dat het kantoor van het busstation inmiddels een veiligheidsdeur had gekregen die bescherming bood bij een eventuele toekomstige overval. En dat zuster Alice in het bejaardentehuis had besloten dat Allan het recht op zijn kamer was kwijtgeraakt; die was voor iemand anders, iemand die 'de zorg en de warmte van het personeel meer op waarde wist te schatten'.

In samenhang met elk artikel werd in het kort een lijst met gebeurtenissen herhaald waarvan de politie aannam dat ze te maken hadden met Allans verdwijning uit zijn kamer in het bejaardentehuis van Malmköping.

Eskilstuna-Kuriren had echter een oude zonderling als verantwoordelijke uitgever, iemand met de hopeloos ouderwetse zienswijze dat men als burger onschuldig was tot het tegendeel was bewezen. Daarom was men bij *Kuriren* voorzichtig met het vermelden van de namen van de personen in het drama. Allan Karlsson was weliswaar Allan Karlsson, maar Julius Jonsson was 'de zevenenzestigjarige' en Benny Ljungberg 'de snackbareigenaar'.

Dat zorgde ervoor dat er een verontwaardigde man naar commissaris Aronsson belde. De man zei dat hij anoniem wilde blijven, maar dat hij een doorslaggevende tip had over de verdwenen en van moord verdachte Allan Karlsson.

De man had alle artikelen van de afgelopen maand in *Eskilstuna-Kuriren* gelezen en hij had heel goed nagedacht over wat er gebeurd zou kunnen zijn. Hij zei dat hij natuurlijk lang niet zoveel informatie had als de commissaris, maar voor zover hij de artikelen had gelezen, leek het alsof de politie de buitenlander niet goed had nagetrokken.

'Ik weet zeker dat hij de echte misdadiger is,' zei de anonieme man.

'De buitenlander?' vroeg commissaris Aronsson.

'Ja, ik weet niet of hij Ibrahim of Muhammed heet, omdat de krant zo fijngevoelig is om hem "snackbareigenaar" te noemen, alsof we niet begrijpen dat hij een Turk of een Arabier of een moslim of zoiets is. Er is geen Zweed die een snackbar opent. Vooral niet in Åkers Styckebruk. Dat kan immers alleen werken als je een buitenlander bent en geen belasting betaalt.'

'Tja,' zei Aronsson. 'Dat is nogal wat. Hoewel je natuurlijk zowel Turk als moslim of zowel Arabier als moslim kunt zijn, dat is zelfs heel waarschijnlijk. Voor de goede orde, bedoel ik ...'

'Is hij zowél Turk als moslim? Dat is nog erger! Jullie moeten hem goed natrekken! Hem en zijn verdomde familie. Hij heeft waarschijnlijk honderd familieleden, die allemaal een uitkering krijgen.'

'Geen honderd,' zei de commissaris. 'Zijn enige familielid is een broer ...'

Op dat moment begon er een idee te ontkiemen in commissaris Aronssons brein. Hij had de families van Allan Karlsson, Julius Jonsson en Benny Ljungberg een paar weken geleden laten natrekken, in de hoop dat er een vrouwelijk familielid, bij voorkeur een zus, nicht, kind of kleinkind, zou opduiken, het liefst met rood haar, die in Småland woonde. Dat was voordat Gunilla Björklund was geïdentificeerd. Het resultaat was mager geweest. Er was één naam opgedoken, die helemaal niet relevant was op dat moment, maar nu misschien wel? Benny Ljungberg had namelijk een broer die vlak bij Falköping woonde. Hielden ze zich bij hem schuil? De gedachten van de commissaris werden onderbroken door de anonieme beller: 'En waar heeft die broer zijn snackbar ergens? Hoeveel belasting betaalt hij? Ze komen hiernaartoe en vermoorden onze prachtige Zweedse jongeren. De massa-immigratie moet onmiddellijk stoppen! Hoort u dat?'

Aronsson zei dat hij het hoorde en dat hij dankbaar was voor de tip, ook al heette deze snackbareigenaar Ljungberg en was hij heel erg Zweeds. Of Ljungberg moslim was kon Aronsson niet zeggen. Dat interesseerde hem ook niet.

Aronsson belde officier van justitie Ranelid om te vertellen dat hij de volgende ochtend vroeg, als Ranelid het daarmee eens was, van plan was om naar Västergötland te gaan om een nieuwe tip over de honderdjarige en zijn kompanen na te trekken (Aronsson vond het niet nodig te vertellen dat hij al meerdere weken op de hoogte was van het bestaan van Benny Ljungbergs broer). Ranelid wenste Aronsson veel succes en voelde zich opnieuw opgewonden worden omdat hij zich bijna kon scharen onder de exclusieve groep officieren van justitie die het was gelukt om iemand veroordeeld te krijgen voor moord of doodslag (of in elk geval medeplichtigheid aan het een of het ander) hoewel er geen lijk was. Het zou bovendien de eerste keer in de misdaadgeschiedenis zijn dat het om meer dan één slachtoffer ging. Eerst moesten Karlsson en zijn handlangers natuurlijk uit hun hol kruipen, maar dat was slechts een kwestie van tijd. Misschien zou Aronsson ze zelfs de volgende dag al vinden?

Het was bijna vijf uur, de officier van justitie pakte zijn spullen bij elkaar terwijl hij zachtjes floot en zijn gedachten de vrije loop liet. Zou hij een boek over de zaak schrijven? *De grootste overwinning van de gerechtigheid.* Kon dat de titel zijn? Of was dat te pretentieus? *De grote overwinning van de gerechtigheid.* Beter. En bescheidener. Wat hand in hand ging met het karakter van de schrijver.

20

1953-1968

Mao Zedong voorzag Allan en Herbert van valse Britse paspoorten (ze hadden er geen flauw idee van hoe hij dat voor elkaar had gekregen). Daarna reisden ze met het vliegtuig van Shenyang via Shanghai, Hongkong en Maleisië naar Bali. Al snel zaten de voormalige goelaggevangenen onder een parasol op een spierwit strand op maar een paar meter afstand van de Indische Oceaan.

Alles zou perfect zijn geweest als de goedwillende serveerster niet alles door elkaar haalde. Wat Allan en Herbert ook te drinken bestelden, ze kregen altijd iets anders. Als ze al iets kregen, want het gebeurde regelmatig dat de serveerster op het strand verdwaalde. De druppel voor Allan was toen hij een longdrink wodka-cola ('iets meer wodka dan cola') bestelde en pisang ambon kreeg, een heel erg groene bananenlikeur.

'Nu heb ik er genoeg van,' zei Allan. 'Ik ga de hotelmanager om een andere serveerster vragen.'

'Dat ga je niet doen!' riep Herbert. 'Ze is geweldig!'

De serveerster heette Ni Wayan Laksmi, was tweeëndertig en had eigenlijk al lang geleden uitgehuwelijkt moeten zijn. Ze was mooi, maar kwam niet uit een gegoede familie, had geen geld, en bovendien stond ze erom bekend dat ze net zoveel algemene ontwikkeling had als een *kodok*, de Balinese kikker. Daarom was Ni Wayan Laksmi overgebleven.

Dat had haar op zich niet zo gestoord, want ze had zich altijd ongemakkelijk gevoeld in mannelijk gezelschap. Tot nu! Want er was iets heel speciaals aan een van de twee nieuwe blanken in het hotel. Hij heette Herbert en het was alsof ... ze heel veel overeenkomsten hadden. Hij was weliswaar minstens dertig jaar ouder dan zij, maar dat leek niet belangrijk, want ze was verliefd! En die liefde werd beantwoord. Herbert had nog nooit iemand ontmoet die net zo traag van begrip was als hij.

Toen Ni Wayan Laksmi vijftien was geworden, kreeg ze van haar vader een taalboek voor haar verjaardag. Haar vader wilde dat ze daarmee Nederlands zou leren, want Indonesië was in die tijd een Nederlandse kolonie. Na een vier jaar durend gevecht met het boek kwam er op een dag een Nederlander op bezoek bij de familie. Ni Wayan Laksmi durfde voor het eerst het Nederlands te oefenen dat ze zichzelf met zoveel moeite had aangeleerd en kreeg te horen dat ze Dúíts praatte. De vader, die ook niet overdreven intelligent was, had zijn dochter het verkeerde boek gegeven.

Nu, zeventien jaar later, was die ongelukkige omstandigheid veranderd in een gelukje, want Ni Wayan Laksmi en Herbert konden met elkaar praten en elkaar hun liefde verklaren.

Herbert vroeg en kreeg de helft van de stapel dollars die Mao Zedong aan Allan had gegeven, waarna hij naar Ni Wayan Laksmi's vader ging om hem om de hand van zijn oudste dochter te vragen. Die dacht dat hij in de maling werd genomen. Een buitenlander, een blanke met zijn zakken vol geld, kwam om de hand van zijn allerdomste dochter vragen. Het was al een sensatie dat hij op de deur had geklopt. Ni Wayan Laksmi's familie behoorde tot de *sundra*-kaste, de laagste van de vier mogelijke standen op Bali.

'Ben je echt naar het juiste huis gekomen?' vroeg de vader. 'En bedoel je mijn oudste dochter?'

Herbert Einstein antwoordde dat hij de dingen nogal eens door elkaar haalde, maar dat hij deze keer heel zeker van zijn zaak was.

Twee weken later trouwden ze, nadat Herbert zich had bekeerd tot een religie waarvan hij de naam niet meer wist. Maar het was best grappig, met olifantenkoppen en dat soort dingen.

Herbert probeerde een paar weken lang de naam van zijn vrouw te leren, maar gaf het uiteindelijk op. 'Schat,' zei hij. 'Ik kan me je naam niet herinneren. Vind je het heel erg als ik je in plaats daarvan Amanda noem?'

'Helemaal niet, lieve Herbert. Amanda klinkt mooi. Maar waarom juist Amanda?'

'Ik weet het niet,' zei Herbert. 'Heb jij een beter voorstel?'

Dat had Ni Wayan Laksmi niet, dus vanaf dat moment was ze Amanda Einstein.

Herbert en Amanda kochten een huis in het dorp Sanur, niet ver van het hotel en het strand waar Allan zijn dagen doorbracht. Amanda stopte met serveren, ze dacht dat ze net zo goed ontslag kon nemen omdat ze eigenlijk niets goed deed. Nu moest ze alleen bedenken waar Herbert en zij zich in de toekomst voor zouden kunnen inzetten.

Net als Herbert haalde Amanda alles door elkaar wat ze door elkaar kon halen. Links werd rechts, boven werd beneden, hier werd daar ... Daarom had ze geen opleiding; het minste wat daarvoor vereist is, is dat je de school regelmatig vindt.

Amanda en Herbert hadden echter een gigantische hoeveelheid dollars en daarom zou het beslist allemaal goed komen. Amanda was weliswaar heel onintelligent, verkondigde ze tegen haar echtgenoot, maar ze was niet dom!

Daarna vertelde ze dat in Indonesië alles te koop was en dat dat enorm handig was voor degenen die geld hadden. Herbert snapte niet goed wat zijn vrouw bedoelde en dat herkende Amanda heel goed, dus in plaats van het uit te leggen, zei ze: 'Noem iets wat je graag zou willen, lieve Herbert.'

'Wat bedoel je? Bedoel je ... zoals autorijden?'

'Precies,' zei Amanda.

Daarna verontschuldigde ze zich omdat ze iets moest regelen, maar ze zou voor het avondeten terug zijn.

Drie uur later was ze weer thuis, met een rijbewijs dat op Herberts naam stond, maar er was meer. Ze had ook een diploma dat aantoonde dat Herbert gediplomeerd rijschoolhouder was en een bewijs dat ze de plaatselijke rijschool had gekocht en deze een nieuwe naam had gegeven: Firma Einsteins Rijopleidingen.

Herbert vond het natuurlijk helemaal fantastisch, maar ... dat betekende toch niet dat hij beter auto kon rijden?

'Jawel, op een bepaalde manier wel,' legde Amanda uit. Hij had de positie, en nu was híj degene die bepaalde wat goed autorijden was. Het was in het leven nu eenmaal zo dat júíst niet noodzakelijkerwijs juist was, maar wat degene die bepaalde zéí dat juist was.

Herbert begon te stralen; hij had het begrepen!

Firma Einsteins Rijopleidingen werd een succes. Bijna iedereen op het eiland die een rijbewijs nodig had wilde leren autorijden bij de sympathieke blanke. Herbert groeide snel in zijn rol. Hij gaf zelf alle theorielessen, waar hij vriendelijk maar autoritair dingen uitlegde zoals hoe belangrijk het was om niet te hard te rijden omdat je dan een auto-ongeluk kon veroorzaken. En je mocht ook niet te langzaam rijden, want dan hield je het verkeer op. De leerlingen knikten en maakten aantekeningen. De leraar leek te weten waarover hij het had.

Na zes maanden had Herbert de twee andere rijscholen op het eiland weggeconcurreerd; nu bezat hij het monopolie. Dat vertelde hij aan Allan tijdens een van zijn wekelijkse bezoekjes aan het strand.

'Ik ben trots op je, Herbert,' zei Allan. 'Dat jij van alle mensen rijles bent gaan geven! Met dat links rijden hier ...'

'Links rijden?' vroeg Herbert. 'Rijden ze links in Indonesië?'

Amanda had niet werkeloos toegekeken terwijl Herbert het bedrijf opbouwde dat hij cadeau had gekregen. Ze had een echte opleiding gevolgd en nu was ze econoom. Dat had weliswaar een aantal weken gekost en was behoorlijk duur geweest, maar uiteindelijk had ze het diploma in haar hand. Met prachtige cijfers bovendien, van een van de betere universiteiten op Java.

Met haar opleiding als steun had ze een lange wandeling langs het strand in Kuta gemaakt en gedacht, gedacht, gedacht. Wat kon ze doen met haar leven wat de familie geluk zou brengen? Econoom of niet, ze kon nog steeds niet beter rekenen dan eerst. Maar misschien kon ze ... zou ze ... ja, als ze ... Dat is het! dacht Amanda Einstein. Ik ga de politiek in!

Amanda Einstein richtte de Liberale Democratische Vrijheidspartij op (liberaal, democratie en vrijheid waren drie woorden die goed bij elkaar pasten). Ze kreeg onmiddellijk zesduizend imaginaire leden die allemaal vonden dat ze moest meedoen aan de gouverneursverkiezing komende herfst. De zittende gouverneur zou zich terugtrekken omwille van zijn leeftijd, en voordat Amanda de politiek in was gegaan, was er maar één geschikte kandidaat geweest om hem op te volgen. Nu waren het er twee. De uitslag van de verkiezing zou beslist in Amanda's nadeel uitgevallen zijn, als ze die gigantische hoeveelheid dollars niet had gehad.

Daarmee kwamen ze op de financiering van de campagne. Volgens Amanda zouden ze geen gigantische hoeveelheid dollars meer bezitten als de campagne achter de rug was, want het kostte heel veel geld om te winnen. Wat vond Herbert daarvan?

Herbert krabde aan zijn neus en ging daarna naar Allan, wie hij vertelde over Amanda's plannen. Allan zuchtte bij het idee dat iemand die geen onderscheid kon maken tussen bananenlikeur en een longdrink dacht dat ze gouverneur kon worden. Maar goed, ze hadden tenslotte een gigantische hoeveelheid dollars van Mao Zedong gekregen en Allans helft was niet alleen voldoende, maar hij hield er ook van over. Daarom beloofde hij dat Herbert en Amanda een donatie van hem zouden krijgen als de verkiezing achter de rug was. Maar dan mochten ze niet meer aan projecten beginnen waar ze geen verstand van hadden.

Allans hulp was echter niet nodig. De gouverneursverkiezing werd een groot succes voor Amanda. Ze won met bijna tachtig procent van de stemmen, tegen tweeëntwintig procent van de concurrentie. Dat het totaal meer dan honderd was vond de concurrent wijzen op kiezersbedrog, maar dat wuifde de rechter meteen weg. Bovendien werd de verliezende kandidaat gedreigd met ernstige consequenties als hij de aantredende gouverneur mevrouw Einstein bleef zwartmaken. Vlak voor het vonnis hadden Amanda en de woordvoerder van de rechtbank een kopje thee met elkaar gedronken.

Terwijl Amanda het eiland langzaam maar zeker overnam en Herbert de mensen leerde autorijden (zonder daarvoor zelf meer dan noodzakelijk achter het stuur te gaan zitten), zat Allan in zijn zonnestoel bij de waterrand met een drankje in zijn hand. Sinds Amanda andere dingen te doen had gekregen dan het serveren van toeristen kreeg hij meestal wat hij had gevraagd.

Hij bladerde in de internationale kranten die hij liet bezorgen, at als hij honger kreeg en deed een middagdutje op zijn kamer als het hem allemaal te jachtig werd.

De dagen werden weken, de weken werden maanden en de maanden werden jaren zonder dat Allan genoeg kreeg van het vakantie vieren. Na vijftien jaar had hij bovendien nog steeds een gigantische hoeveelheid dollars over. Dat kwam deels omdat het aan het begin gewoon een gigantische hoeveelheid dollars was geweest, maar ook omdat Amanda en Herbert inmiddels eigenaar van het hotel waren en ze Allan meteen tot de enige gratis logerende gast van het hotel hadden gebombardeerd.

Allan was inmiddels drieënzestig en bewoog nog altijd niet meer dan absoluut noodzakelijk was, terwijl Amanda steeds grotere politieke successen boekte. Ze was populair bij brede lagen van de bevolking, dat toonden talloze onderzoeken aan die werden uitgevoerd door het plaatselijke statistische bureau, dat van haar zus was. Bali was bovendien door een mensenrechtenorganisatie uitgeroepen tot de minst corrupte regio van het land. Dat kwam doordat Amanda het voltallige bestuur van de organisatie had omgekocht, maar goed.

Toch was de strijd tegen de corruptie een van de drie pijlers die Amanda's werk als gouverneur kenmerkten, vooral omdat ze op alle scholen op Bali anticorruptielessen invoerde. Een rector in Denpasar had eerst geprotesteerd, hij vond dat het geheel een tegengesteld effect kon hebben, maar toen Amanda hem tot woordvoerder van het schoolbestuur benoemde en zijn salaris verdubbelde, had hij er geen problemen meer mee.

Pijler nummer twee was Amanda's strijd tegen het communisme. Dat kwam vooral tot uitdrukking doordat ze vlak nadat ze de eerste keer werd gekozen ervoor had gezorgd dat de plaatselijke communistische partij, die groter begon te worden dan goed voor haar was, werd verboden. Op die manier kwam ze uit met een veel kleiner verkiezingsbudget dan ze anders nodig had gehad.

Voor de derde pijler had Amanda hulp gekregen van Herbert en Allan. Van hen kreeg ze te horen dat het in grote delen van de wereld helemaal niet het hele jaar dertig graden was. Vooral in het deel dat ze Europa noemden was het koud, en dan met name helemaal in het noorden, waar Allan vandaan kwam. Amanda bedacht dat er een heleboel stijfbevroren rijkaards op aarde zouden zijn die aangemoedigd moesten worden om naar Bali te komen om te ontdooien. Ze stimuleerde de ontwikkeling van het toerisme door een serie bouwvergunningen af te geven voor luxehotels op grond die ze net had gekocht.

Verder zorgde ze zo goed mogelijk voor iedereen die haar dierbaar was. Haar vader, moeder, broer en zus, ooms, tantes, neven en nichtjes hadden allemaal centrale en lucratieve posities in de Balinese gemeenschap. Dat leidde ertoe dat Amanda maar liefst twee keer werd herkozen als gouverneur.

In de loop van de jaren had Amanda twee zoons gekregen:

eerst Allan Einstein (Herbert had immers bijna alles aan Allan te danken), gevolgd door Mao Einstein (vanwege de gigantische hoeveelheid dollars die zo goed van pas was gekomen).

Maar op een dag werd het allemaal wat lastiger. Het begon ermee dat Gunung Agung, de drieduizend meter hoge vulkaan, uitbarstte. Het gevolg voor Allan, die zeventig kilometer verderop in zijn strandstoel zat, was dat de rook de zon verduisterde. Voor anderen was het erger. Duizenden mensen stierven, nog meer werden gedwongen van het eiland te vertrekken. Bali's tot dat moment zo populaire gouverneur nam geen goede beslissingen. Ze snapte niet eens dat ze beslissingen moest nemen.

De vulkaan kalmeerde langzamerhand weer, maar het eiland wankelde op economisch en politiek gebied, net als het land. In Jakarta nam Suharto het over van Sukarno, en de nieuwe leider was niet van plan mee te waaien met de diverse politieke winden, zoals zijn voorganger had gedaan. Suharto begon communisten, vermeende communisten en af en toe wat onschuldigen te vermoorden. Uiteindelijk werden er tussen de tweehonderdduizend en twee miljoen mensen gedood; de cijfers waren onzeker, want veel Chinezen kregen het stempel 'communist' en werden uit Indonesië verscheept. Als ze daarna in China aan wal gingen, werden ze als kapitalisten behandeld.

Toen de rook was opgetrokken, gaf geen van de tweehonderd miljoen inwoners van Indonesië meer blijk van communistische ideeën. Suharto, die de VS en andere westerse landen aanbood om in de rijkdommen van het land te delen, had zijn taak volbracht. Dat bracht de bal aan het rollen, de mensen kregen het beter en Suharto was al snel onmetelijk rijk.

Amanda vond het niet meer leuk om gouverneur te zijn. Zo'n tachtigduizend Balinezen waren omgekomen door de ijver van de regering in Jakarta om de burgers op de juiste manier te laten denken.

Herbert maakte van de chaos gebruik door met pensioen te gaan en nu dacht Amanda erover hetzelfde te doen, hoewel ze nog geen drieënveertig was. De familie bezat immers zowel grond als hotels, en de gigantische hoeveelheid dollars was door de welstand van de familie alleen nog maar vermeerderd. Ze kon zich net zo goed terugtrekken, maar wat moest ze dan gaan doen?

Toen belde Suharto haar op een dag. 'Wat zeg je ervan om de Indonesische ambassadeur in Parijs te worden?' vroeg hij Amanda nadat hij zich had voorgesteld.

Suharto had Amanda's werk op Bali en haar resolute besluit om de plaatselijke communistische partij te verbieden opgemerkt. Bovendien wilde hij evenwicht tussen de geslachten als het ging om topbetrekkingen bij buitenlandse ambassades (de stand zou 24-1 zijn als Amanda Einstein het aanbod accepteerde).

'Parijs?' vroeg Amanda Einstein. 'Waar ligt dat?'

Allan dacht in eerste instantie dat de vulkaanuitbarsting van 1963 misschien een teken was dat het tijd werd om te vertrekken, maar toen de zon achter de optrekkende vulkaanrook tevoorschijn kwam, werd alles weer min of meer als vanouds. Als de voorzienigheid geen duidelijkere tekens dan dit wilde geven, was hij niet van plan er iets mee te doen. Hij bleef dus nog een paar jaar in zijn zonnestoel zitten.

Dat hij uiteindelijk toch zijn spullen pakte en vertrok was Herberts verdienste. Op een dag vertelde Herbert dat Amanda en hij naar Parijs gingen verhuizen. Als Allan mee wilde, zou hij een Indonesisch paspoort voor zijn vriend regelen in plaats van de valse en verlopen Engelse pas die Allan de laatste keer had gebruikt. Bovendien zou de in dienst tredende ambassadeur zorgen voor een aanstelling bij de ambassade. Niet omdat Allan zo nodig moest werken, maar de Fransen waren nogal kleinzielig als het erom ging wie ze het land binnenlieten.

Allan accepteerde het aanbod. Hij was uitgerust; het was

genoeg geweest. Parijs klonk bovendien rustig en stabiel, zonder de rellen die de laatste tijd op Bali plaatsvonden, zelfs rond Allans hotel.

Ze vertrokken twee weken later. Amanda begon op 1 mei aan haar werk als ambassadeur.

Het was 1968.

21

Donderdag 26 mei 2005

Per-Gunnar Gerdin sliep nog toen commissaris Aronsson het pad naar Klockaregård op reed en tot zijn verbazing Allan Emmanuel Karlsson ontdekte, die op een schommelbank op de grote houten veranda zat.

Benny, de Schoonheid en Buster waren net bezig met de watertoevoer voor Sonja's nieuwe stal in de schuur. Julius had zijn baard laten staan en had daarom toestemming van de groep gekregen om samen met Bosse naar Falköping te gaan om boodschappen te doen. Allan was ingedut en werd pas wakker toen de commissaris hem opmerkzaam maakte op zijn aanwezigheid. 'Allan Karlsson, neem ik aan?' zei commissaris Aronsson.

Allan deed zijn ogen open en knikte.

De commissaris stelde zich voor en zei dat hij al een tijd op zoek was naar meneer Karlsson en dat hij bij verstek was aangehouden omdat hij ervan werd verdacht dat hij mensen had vermoord. De vrienden van meneer Karlsson, de heren Jonsson en Ljungberg en mevrouw Björklund, waren trouwens ook bij verstek aangehouden. Wist hij misschien waar zij zich bevonden?

Allan aarzelde met het antwoord; hij moest zijn gedachten ordenen nu hij net wakker was. Hopelijk begreep de commissaris dat? Je strooide immers geen praatjes rond over vrienden zonder daar goed over nagedacht te hebben.

De commissaris antwoordde dat hij alleen het advies kon geven dat meneer Karlsson zo snel mogelijk moest vertellen wat hij wist. Maar goed, aan de andere kant had hij geen haast.

Dat vond Allan prettig en hij bood de commissaris aan om naast hem op de schommelbank te komen zitten, dan zou Allan koffie voor hem halen in de keuken.

'Gebruikt u suiker in uw koffie? En melk?'

Commissaris Aronsson was er de man niet naar om aangehouden criminelen te laten gaan en staan waar ze wilden, zelfs niet naar een aangrenzende keuken, maar er was iets rustgevends aan deze man. Bovendien had Aronsson vanaf zijn positie op de schommelbank een goed zicht op Karlssons doen en laten in de keuken. Hij nam het aanbod dus aan.

'Melk, graag. Geen suiker,' zei hij.

Allan rommelde in de keuken ('Een koffiebroodje erbij misschien?') terwijl commissaris Aronsson vanaf de veranda toekeek. Aronsson snapte niet helemaal dat hij zo onhandig was geweest om in deze situatie verzeild te raken. Van een afstand had hij een eenzame, oude man op de veranda van de boerderij gezien en hij had aangenomen dat het misschien de vader van Bosse Ljungberg was, en dat Aronsson te horen zou krijgen dat de gezochte personen niet in de buurt waren en dat zijn reis naar Västergötland tevergeefs was geweest.

Toen Aronsson echter dichtbij genoeg was, bleek de man op de schommelbank Allan Karlsson zelf te zijn. Het was een langeafstandsschot in de roos geweest!

Tegenover Allan had Aronsson zich kalm en professioneel gedragen, hoewel het niet bepaald professioneel was om een van een drievoudige moord verdachte man naar de keuken te laten gaan om koffie te zetten, maar inwendig voelde hij zich een amateur. Allan Karlsson, honderd jaar, zag er niet gevaarlijk uit, maar wat moest hij doen als de drie andere verdachten ook opdoken, misschien zelfs in gezelschap van Bosse Ljungberg, die ook aangehouden moest worden voor het beschermen van een misdadiger?

'Had u "melk, maar geen suiker" gezegd?' riep Allan uit de keuken. 'Op mijn leeftijd vergeet je zoiets heel gemakkelijk.'

Aronsson herhaalde dat hij melk in zijn koffie wilde en pakte zijn telefoon om versterking van de collega's in Falköping te regelen. Voor alle zekerheid waren er twee auto's nodig.

Zijn mobiel was de commissaris echter voor. Die ging over voordat Aronsson had kunnen bellen. Aronsson nam op. Het was officier van justitie Ranelid, die sensationeel nieuws voor hem had.

22

Woensdag 25 mei-donderdag 26 mei 2005

De Egyptische zeeman die de overblijfselen van Bikker aan de vissen in de Rode Zee had gevoerd, kwam eindelijk in Djibouti aan voor een verlof van drie dagen.

In zijn achterzak had hij Bikkers portefeuille, waarin onder meer achthonderd Zweedse kronen in contanten zaten. De zeeman had er geen idee van hoeveel dat waard was, maar hij had goede hoop, en nu zocht hij een wisselkantoor.

De hoofdstad van Djibouti heeft nogal fantasieloos dezelfde naam als het land en is een jonge en levendige plaats. Levendig omdat Djibouti heel strategisch in de Hoorn van Afrika bij de monding van de Rode Zee ligt. En jong omdat wie in Djibouti woont, zelden lang leeft. Het is een uitzondering om vijftig jaar te worden.

De Egyptische zeeman stopte bij de vismarkt van de stad, misschien om een gefrituurd visje te eten voordat hij verder zocht naar een wisselkantoor. Vlak naast hem stond een transpirerende man met een koortsachtige, dwalende blik in zijn ogen. De zeeman vond het niet vreemd dat de man zo transpireerde, deels omdat het minstens vijfendertig graden in de schaduw was, en deels omdat de man was gekleed in twee sarongs en twee overhemden en zijn fez zorgvuldig over zijn voorhoofd naar beneden had getrokken.

De man was vijfendertig en had geen enkele ambitie om ouder te worden. Hij was inwendig in opstand. Niet omdat de helft van de bevolking werkloos was, niet omdat bijna iedere vijfde inwoner hiv of aids had, niet omdat er een hopeloos gebrek aan drinkwater was, niet omdat de woestijn zich uitbreidde over het land en de armzalige landbouwgrond die er nog was. Nee, de man was verontwaardigd omdat de VS een legereenheid in het land hadden gestationeerd.

Daarin stonden de VS bepaald niet alleen. Het Franse vreemdelingenlegioen was al veel langer in het land. De band tussen Djibouti en Frankrijk was stevig. Het land heette immers Frans Somaliland voordat het in de jaren zeventig toestemming had gekregen om onafhankelijk te worden.

Vlak naast de basis van het vreemdelingenlegioen hadden de VS inmiddels een eigen basis, precies op de juiste afstand van de Golf en Afghanistan, met een serie centraal-Afrikaanse tragedies om de hoek.

De meeste Djiboutanen kon dat niets schelen. Die waren namelijk druk bezig met overleven.

Maar een van hen had blijkbaar toch tijd om na te denken over de Amerikaanse aanwezigheid. En deze man liep door het centrum van de hoofdstad op zoek naar een groep Amerikaanse soldaten met verlof. Tijdens de wandeling friemelde hij zenuwachtig aan het koord waar hij op het juiste moment aan moest trekken, zodat de Amerikanen naar de hel vlogen terwijl hij zelf in de tegenovergestelde richting suisde.

Het was echter warm en benauwd (dat gebeurt vaker in Djibouti). Niet alleen omdat de bom op zijn buik en rug vastgeplakt zat, maar ook omdat hij twee lagen kleding droeg om deze te verbergen. De man met de zelfmoordbom kookte bijna in de hitte en uiteindelijk friemelde hij een keer te veel aan het snoer.

Daarmee blies hij zichzelf en de stakker die toevallig vlak bij hem stond in stukjes. Nog drie Djiboutanen stierven aan hun verwondingen en een stuk of tien anderen raakten ernstig gewond.

Geen van de verongelukten was Amerikaans. Maar de persoon die het dichtst bij de man met de zelfmoordbom had gestaan, leek een Europeaan te zijn. De politie had zijn portefeuille namelijk in een verbazingwekkend goede staat bij de overblijfselen van de eigenaar gevonden. In de portefeuille zaten achthonderd Zweedse kronen, alsmede een paspoort en een rijbewijs.

De Zweedse honorair consul in Djibouti werd de volgende dag geïnformeerd door de burgemeester van de stad dat alles erop wees dat de Zweedse burger Erik Bengt Bylund het slachtoffer was geworden van de laffe daad op de vismarkt in de stad.

De overblijfselen van Bylund konden helaas niet gerepatrieerd worden, omdat het lichaam te zeer verminkt was. Zijn resten waren daarom met veel respect per omgaande gecremeerd.

De honorair consul mocht Bylunds portefeuille in ontvangst nemen, die zijn paspoort en rijbewijs bevatte (het geld bleek inmiddels verdwenen te zijn). De burgemeester betreurde het dat men de Zweedse burger niet voldoende had kunnen beschermen, maar voelde zich toch genoodzaakt een puntje van kritiek te uiten, als de honorair consul daar geen bezwaar tegen had?

Feit was dat Bylund zich zonder geldig visum in Djibouti had bevonden. De burgemeester wist niet hoeveel keer hij dit probleem inmiddels had opgenomen met de Fransen en zelfs met president Guelleh. Als de Fransen legionairs rechtstreeks naar hun basis wilden vliegen, was dat hun zaak, maar op het moment dat een legionair zich in burger in Djibouti ophield, moest hij geldige papieren hebben. De burgemeester twijfelde er geen seconde aan dat Bylund een legionair was geweest, hij kende het patroon maar al te goed. De Amerikanen regelden dat helemaal zonder problemen, terwijl de Fransen zich gedroegen of ze zich nog steeds in Somaliland bevonden.

De honorair consul bedankte de burgemeester voor de condoleances en beloofde dat hij het visumaspect zou opnemen met de Franse vertegenwoordiging, hoewel hij dat absoluut niet van plan was.

Het was een griezelige ervaring voor Arnis Ikstens, de arme man die de persmachine van de autosloperij ten zuiden van Riga bediende. Toen de laatste auto in de rij in elkaar was geperst, hing er plotseling een mensenarm uit het vierkante pakket dat even daarvoor nog een auto was geweest.

Arnis belde natuurlijk meteen de politie en ging daarna naar huis, hoewel het midden op de dag was. Het beeld van de arm van de dode zou hem nog lang achtervolgen. Hij zou toch wel dood zijn geweest voordat Arnis de auto in elkaar perste?

De hoofdcommissaris van politie in Riga deelde de ambassadeur van de Zweedse ambassade persoonlijk mee dat de Zweedse burger Henrik Mikael Hultén dood was aangetroffen in een Ford Mustang op de autosloperij ten zuiden van de stad.

Dat wil zeggen, het was nog niet vastgesteld dat hij het was, maar de inhoud van de portefeuille die de dode bij zich had duidde daarop.

Donderdagochtend 26 mei om kwart over elf kreeg het ministerie van Buitenlandse Zaken in Stockholm een fax van de honorair consul in Djibouti, met informatie en documentatie betreffende een overleden Zweedse burger. Acht minuten later arriveerde er nog een fax, met hetzelfde thema, maar dit keer van de ambassade in Riga.

De verantwoordelijke ambtenaar bij het ministerie herkende de naam en de foto van de dode man onmiddellijk. Hij had niet lang geleden over hem gelezen in *Expressen*. Een beetje vreemd, vond de ambtenaar, dat de man zo ver van Zweden was overleden, want zo had het uit de krant niet geleken. Dat was echter het probleem van de politie en de officier van justitie. De ambtenaar scande beide faxen en stelde een e-mail op met alle relevante informatie met betrekking tot beide slachtoffers. Die stuurde hij onder andere naar de districtspolitie in Eskilstuna. Daar ontving een andere ambtenaar de mail, las hem, trok zijn wenkbrauwen op en stuurde hem door naar officier van justitie Ranelid.

Diens leven stond op het punt in te storten. De zaak van de drievoudig moordende honderdjarige had immers de beroepsmatige doorbraak moeten worden waar Ranelid al zo lang op wachtte en die hij zo hevig verdiende.

Nu bleek echter dat slachtoffer nummer één, dat in Sörmland zou zijn omgekomen, drie weken later in Djibouti was gestorven. En slachtoffer nummer twee, dat in Småland zou zijn omgekomen, deed hetzelfde nog een keer in Riga.

Na een tiental keer diep ademhalen bij de wijd open ramen van zijn kantoor begonnen Ranelids hersenen weer te werken. Hij moest Aronsson bellen. En Aronsson móést een DNA-koppeling vinden tussen de honderdjarige en het derde slachtoffer. Dat móést.

Toen commissaris Aronsson Ranelids stem door de telefoon hoorde, begon hij meteen te vertellen dat hij daarnet Allan Karlsson had gelokaliseerd en dat deze nu onder arrest stond (ook al bracht hij dat genoemde arrest door in de keuken waar hij een kop koffie met iets lekkers voor Aronsson maakte).

'Ik verwacht dat de andere verdachten zich in de buurt ophouden, maar ik denk dat ik het best eerst versterking kan ...'

Officier van justitie Ranelid onderbrak de commissaris en vertelde vertwijfeld dat slachtoffer nummer één dood in Djibouti was gevonden en slachtoffer nummer twee in Riga en dat de keten van aanwijzingen op het punt stond te breken.

'Djibouti?' vroeg commissaris Aronsson. 'Waar ligt dat?'

'Dat weet ik niet,' antwoordde Ranelid, 'maar zolang het meer dan twintig kilometer van Åkers Styckebruk ligt, verzwakt dat mijn zaak ernstig. Nu móét je slachtoffer nummer drie vinden, hoor je dat, Göran? Je móét hem vinden!'

Op dat moment liep de net wakker geworden Per-Gunnar Gerdin de veranda op. Hij knikte vriendelijk maar afwachtend naar commissaris Aronsson, die met wijd opengesperde ogen naar hem terugkeek.

'Ik geloof dat slachtoffer nummer drie míj net heeft gevonden,' zei hij.

23

1968

Allan kreeg geen zware taak bij de Indonesische ambassade in Parijs. De nieuwe ambassadeur, mevrouw Amanda Einstein, gaf hem zijn eigen kamer met bed en zei dat hij vrij was om te doen wat hij wilde.

'Het zou echter heel vriendelijk van je zijn als je me af en toe kunt helpen als tolk, als het ooit zover komt dat ik mensen uit andere landen moet treffen.'

Daarop antwoordde Allan dat hij niet wilde uitsluiten dat dat inderdaad zou gebeuren, als je bedacht welk karakter haar baan had. De eerste buitenlander stond toch al voor de volgende dag gepland, als Allan het goed had begrepen?

Amanda vloekte toen ze eraan dacht dat ze de volgende dag naar het Élysée moest om geaccrediteerd te worden. De ceremonie duurde weliswaar niet langer dan twee minuten, maar dat was meer dan voldoende voor iemand die de neiging had om stommiteiten uit haar mond te laten rollen.

Allan was van mening dat het beslist goed zou gaan bij president De Gaulle, als ze er maar voor zorgde dat ze tijdens die twee minuten alleen Indonesisch sprak, glimlachte en er vriendelijk uitzag.

Daarna ging Allan een wandeling in de Franse hoofdstad maken. Enerzijds vond hij dat het geen kwaad kon om zijn benen na vijftien jaar in een zonnestoel te strekken, anderzijds had hij zichzelf net in een spiegel van de ambassade gezien, wat hem eraan herinnerde dat hij sinds de vulkaanuitbarsting van 1963 niet meer was geknipt of geschoren.

Het bleek echter onmogelijk een kapper te vinden die open was. Of iets anders wat open was. Alles was gesloten, het leek alsof iedereen staakte en gebouwen bezette en demonstreerde en auto's omgooide en schreeuwde en vloekte en dingen naar anderen gooide. Dranghekken verhieven zich aan beide zijden van de straat waar Allan in elkaar gedoken liep.

Het deed hem denken aan Bali. Het was hier alleen iets koeler. Allan brak zijn wandeling af, draaide zich om en liep terug naar de ambassade.

Daar werd hij opgewacht door een opgewonden ambassadeur. Er was net gebeld door het Élysée om mee te delen dat de twee minuten durende accreditatieceremonie was vervangen door een lunch, dat de ambassadeur van harte welkom was om haar echtgenoot en natuurlijk een eigen tolk mee te nemen, dat president De Gaulle van plan was om minister van Binnenlandse Zaken Fouchet uit te nodigen, en dat de Amerikaanse president Lyndon B. Johnson eveneens aanwezig zou zijn.

Amanda was vertwijfeld. Twee minuten in het gezelschap van de president zou ze misschien redden zonder een onmiddellijke uitwijzing te riskeren, maar drie uur en bovendien met nóg een president aan tafel?

Een accreditatieceremonie tussen president De Gaulle aan de ene kant en een ambasseur van een afgelegen en onbelangrijk land aan de andere kant, duurde meestal zestig seconden, maar kon uitlopen tot het dubbele als de diplomaat in kwestie praatziek was.

Dat de accreditatie van de Indonesische ambassadeur anders liep had zware politieke redenen die Allan Karlsson nooit had kunnen bedenken.

President Lyndon B. Johnson, die zich in de Amerikaanse ambassade in Parijs bevond, verlangde naar een politiek succes. De wereldwijde protesten tegen de oorlog in Vietnam waren gegroeid tot orkaansterkte en het symbool van die oorlog, president Johnson, was, voorzichtig uitgedrukt, nergens populair. Johnson had lang geleden zijn plannen opgegeven om in november herkozen te worden, maar hij liet liever een prettige herinnering achter dan alle onvriendelijke benamingen, zoals moordenaar, die nu overal werden gescandeerd. Daarom had hij eerst een pauze ingelast in het bombarderen van Hanoi en daarna een vredesconferentie georganiseerd. Dat er daarna een halve oorlog uitbrak in de straten van de stad waar de conferentie zou worden gehouden, vond president Johnson bijna komisch. Dat was iets waar die De Gaulle zijn tanden in mocht zetten.

Johnson vond De Gaulle een klootzak, die duidelijk was vergeten wie de mouwen hadden opgestroopt om zijn land van de Duitsers te redden. Maar het politieke spel vereiste nu eenmaal dat een Franse en een Amerikaanse president die in dezelfde hoofdstad verbleven op z'n minst samen lunchten.

Er was dus een lunch geregeld waar hij zo meteen naartoe moest. Gelukkig hadden de Fransen geblunderd (dat verbaasde Johnson niets) en een dubbele afspraak voor de president gemaakt. Daarom zou de nieuwe ambassadeur van Indonesië – een vrouw trouwens – ook aan tafel zitten. Dat vond president Johnson uitstekend, want dan kon hij met haar praten in plaats van met die De Gaulle.

Het ging echter niet om een dubbele afspraak. President De Gaulle had op het allerlaatste moment het schitterende idee gekregen om net te doen alsof dat zo was. Op die manier zou de lunch draaglijk zijn omdat hij met de Indonesische ambassadeur – een vrouw trouwens – zou kunnen praten in plaats van met die Johnson.

President De Gaulle mocht Johnson niet, maar dat had eerder een historische dan een persoonlijke reden. De VS hadden aan het eind van de oorlog geprobeerd Frankrijk onder Amerikaans militair bewind te plaatsen – ze hadden zijn land willen stelen! Hoe moest De Gaulle hun dat vergeven, ook al was de huidige president daar niet bij betrokken geweest?

Amanda en Herbert overlegden met elkaar en waren het er vrijwel meteen over eens dat Herbert het best in de ambassade kon blijven tijdens de ontmoeting met de presidenten in het Élysée. Zo zou het risico dat de situatie uit de hand liep worden gehalveerd.

Terwijl hij wachtte op de lunch hoorde De Gaulle in de verte het lawaai van de demonstraties die in zijn geliefde Parijs woedden. De Vijfde Franse Republiek begon te wankelen, plotseling en vanuit het niets. Eerst waren het een paar studenten geweest die vóór vrije seks en tégen de oorlog in Vietnam waren en die hun ongenoegen over de gang van zaken ventileerden.

De demonstraties namen echter in aantal toe en werden groter en gewelddadiger en nu lieten de vakbonden hun stem horen en dreigden om tien miljoen arbeiders te laten staken. Tíén miljoen! Het hele land zou tot stilstand komen!

De arbeiders wilden minder werken voor een hoger salaris en ze wilden dat De Gaulle aftrad. Dat waren drie eisen waaraan hij geen gehoor zou geven, dacht de president. De centrale adviseurs van het ministerie van Binnenlandse Zaken raadden de president aan het hard tegen hard te spelen. Het ging beslist níét om iets groters, bijvoorbeeld een door de Sovjet-Unie georkestreerde poging om het land in bezit te krijgen, maar daar zou die Johnson natuurlijk wel op speculeren als hij er de kans voor kreeg. Voor alle zekerheid had De Gaulle minister van Binnenlandse Zaken Fouchet en diens buitengewoon deskundige ambtenaar meegenomen. Zij waren samen verantwoordelijk voor het hanteren van de chaos in het land en dan mochten ze ook zelf antwoord geven als die Johnson brutaal begon te worden.

'Verdomme,' zei president Charles de Gaulle, waarna hij opstond om zich naar de lunch te begeven.

Het veiligheidspersoneel van de Franse president was extra zorgvuldig geweest met het natrekken van de baardige, langharige tolk van de Indonesische ambassadeur, maar zijn papieren waren in orde en hij was niet gewapend. Bovendien stond de ambassadeur voor hem in. Daarom kreeg de baardaap ook een plek aan de lunchtafel, ingeklemd tussen een beduidend jongere en verzorgdere Amerikaanse tolk aan de ene kant en een Franse kopie daarvan aan de andere kant.

De baardige Indonesische tolk had het meest te doen. De presidenten Johnson en De Gaulle stelden allebei vragen aan de ambasadeur in plaats van aan elkaar.

President De Gaulle vroeg naar de beroepsmatige achtergrond van de ambassadeur. Amanda Einstein antwoordde dat ze eigenlijk heel dom was, dat ze steekpenningen had betaald om gouverneur op Bali te worden en dat ze daarna twee verkiezingen had overleefd door opnieuw steekpenningen te betalen.

Ze had alles in haar moedertaal gezegd en de langharige, baardige tolk vertaalde haar woorden in het Engels. Tegelijkertijd maakte Allan van de gelegenheid gebruik om bijna alles wat ze had gezegd te vervangen door dingen die volgens hem beter geschikt waren om te vertellen.

Toen de lunch ten einde liep, waren beide presidenten het over één ding eens, ook al wisten ze dat niet van elkaar. Beiden vonden ambassadeur Einstein onderhoudend, goed geïnformeerd, interessant en slim.

De buitengewoon deskundige ambtenaar van de minister van Binnenlandse Zaken, Claude Pennant, was in 1928 in Straatsburg geboren. Zijn ouders waren overtuigde en vurige communisten, die naar Spanje vertrokken om tegen de fascisten te vechten toen daar de oorlog in 1936 uitbrak. Hun achtjarige zoon Claude ging met hen mee.

Het gezin overleefde de oorlog en vluchtte via ingewikkelde omwegen naar de Sovjet-Unie. In Moskou meldden ze zich aan om het internationale communisme te dienen. Ze stelden hun zoon Claude, inmiddels elf jaar, voor en verkondigden dat hij al drie talen sprak: Duits en Frans uit hun tijd in Straatsburg en inmiddels ook Spaans. Kon hij op termijn de revolutie misschien dienen?

Ja, dat kon hij. De talenknobbel van de jonge Claude werd zorgvuldig getest, waarna zijn algemene kennis in kaart werd gebracht met behulp van een serie intelligentietesten. Daarna werd hij op een ideologische taalschool geplaatst. Voordat hij vijftien jaar was, sprak hij vloeiend Frans, Duits, Russisch, Spaans, Engels en Chinees.

Op achttienjarige leeftijd, vlak na het eind van de Tweede Wereldoorlog, hoorde Claude hoe zijn moeder en vader hun twijfels uitten over de richting die de revolutie onder leiding van Stalin nam. Hij rapporteerde dat aan zijn superieur en meteen daarna werden Michel en Monique Pennant veroordeeld en geëxecuteerd vanwege niet-revolutionaire activiteiten. In samenhang daarmee kreeg de jonge Claude zijn eerste onderscheiding, een gouden medaille die aan hem werd uitgereikt omdat hij de beste leerling van het schooljaar 1945-1946 was.

Na 1946 werd Claude voorbereid op een positie in het buitenland. De bedoeling was om hem in het westen te plaatsen en hem in een regering te laten infiltreren als slapende spion, desnoods decennialang. Claude viel nu onder maarschalk Berija's beschermende haviksvleugels en hij werd zorgvuldig weggehouden van alle openbare gelegenheden waar hij kon worden gefotografeerd. De enige taak waarmee de jonge Claude zich mocht bezighouden was een sporadische bijdrage als tolk, en dat uitsluitend als de maarschalk zelf aanwezig was.

In 1949 ging Claude Pennant op eenentwintigjarige leeftijd naar Frankrijk terug, maar nu naar Parijs. Hij mocht zelfs zijn eigen naam houden, ook al werd zijn levensverhaal herschreven. Hij begon zijn carrière aan de Sorbonne.

Negentien jaar later, in mei 1968, had hij zich tot in de onmiddellijke nabijheid van de Franse president opgewerkt. Hij was sinds een paar jaar de rechterhand van minister van Binnenlandse Zaken Fouchet en als zodanig diende hij de internationale revolutie meer dan ooit. Zijn advies aan de minister van Binnenlandse Zaken – en in het verlengde daarvan aan de president – was om het hard tegen hard te spelen met betrekking tot de opstand van studenten en arbeiders. Voor alle zekerheid zorgde hij ervoor dat de Franse communisten signalen uitstuurden dat ze niet achter de eisen van de studenten en de arbeiders stonden. De communistische revolutie in Frankrijk was hoogstens een maand weg, en De Gaulle en Fouchet hadden niets in de gaten.

Na de lunch strekte iedereen de benen, waarna het tijd was voor koffie in de salon. Johnson en De Gaulle hadden nu geen andere keus dan beleefdheden met elkaar uit te wisselen. Daar waren ze net mee bezig toen de langharige, baardige tolk plotseling naast hen kwam staan.

'Het spijt me dat ik de heren stoor, maar ik heb een boodschap voor president De Gaulle die volgens mij niet langer kan wachten.'

Allan vertelde dat hij twintig jaar geleden het twijfelachtige genoegen had gehad om met de heren Stalin en Berija te dineren, alsmede met de rechterhand van de minister van Binnenlandse Zaken, die bij die gelegenheid zonder enige twijfel Stalins tolk was geweest, en nu niets anders dan een spion kon zijn.

'Het is weliswaar twintig jaar geleden, zoals ik al zei, maar hij is het. Destijds zag ik er anders uit. Ik had geen baard en mijn haar stond niet naar alle kanten uit. Ik herken de spion kort gezegd, maar de spion herkent mij niet.'

President De Gaulle werd vuurrood, verontschuldigde zich en eiste onmiddellijk een gesprek onder vier ogen met zijn minister van Binnenlandse Zaken.

President Johnson en de Indonesische tolk bleven achter. Johnson keek heel tevreden. Hij besloot de tolk een hand te geven, bij wijze van indirect bedankje omdat hij de Franse president zover had gekregen dat deze zijn superieure masker had laten vallen.

'Leuk u te ontmoeten,' zei president Johnson. 'Hoe is uw naam?'

'Ik ben Allan Karlsson,' zei Allan. 'Ik heb ooit de voorganger van de voorganger van uw voorganger, president Truman, leren kennen.'

'Kijk eens aan,' zei president Johnson. 'Harry is bijna negentig, maar hij leeft nog en voelt zich prima. We zijn goede vrienden.'

'Doe hem maar de groeten van me,' zei Allan, waarna hij zich verontschuldigde en Amanda ging zoeken (hij wilde haar vertellen wat ze aan tafel tegen de presidenten had gezegd).

De lunch met de twee presidenten kreeg een haastig eind en iedereen keerde naar zijn bezigheden terug. Allan en Amanda waren nog maar net in de ambassade toen president Johnson belde om Allan uit te nodigen voor een diner in de Amerikaanse ambassade om acht uur diezelfde avond.

'Dat lukt wel,' zei Allan. 'Ik was toch van plan om vanavond te eten, en je kunt zeggen wat je wilt over het Franse eten, maar een bord is zo leeg zonder dat je veel naar binnen hebt gekregen.'

Dat was een observatie die bijzonder in de smaak viel bij president Johnson, en hij keek reikhalzend naar de avond uit.

Er waren minstens drie goede redenen voor president Johnson om Allan uit te nodigen. Ten eerste wilde hij meer horen over de spion en Karlssons ontmoeting met Berija en Stalin. Ten tweede had Harry Truman hem net aan de telefoon verteld wat Allan Karlsson in 1945 in Los Alamos had gedaan, wat op zich al een dinertje waard was. En ten derde was president Johnson heel tevreden over de ontwikkelingen in het Élysée. Hij had het aan Allan Karlsson te danken dat hij van zo dichtbij had mogen meemaken dat de mond van De Gaulle was opengevallen van verbazing.

'Welkom, meneer Karlsson,' begroette president Johnson hem met een stevige handdruk. 'Mag ik de heer Ryan Hutton aan u voorstellen, hij is ... tja, hij is een beetje geheim op de ambassade, om het zo te zeggen. Ik geloof dat hij juridisch adviseur wordt genoemd.'

Allan begroette de geheime adviseur en daarna ging het trio aan tafel. President Johnson had opdracht gegeven dat er bier en sterkedrank bij de maaltijd werd geschonken, want Franse wijn deed hem aan de Fransen denken en dit moest een vrolijke avond worden.

Bij het voorgerecht vertelde Allan gedeelten van zijn verleden, onder andere over het uit de hand gelopen diner in het Kremlin. Daar was de toekomstige rechterhand van minister van Binnenlandse Zaken Fouchet immers flauwgevallen in plaats van Allans laatste belediging voor de al zo verontwaardigde Stalin te vertalen.

President Johnson vond het al niet meer zo grappig dat Claude Pennant een Sovjetspion in de buurt van de Franse president was, want hij had net van Ryan Hutton gehoord dat monsieur Pennant in het grootste geheim ook informant van de CIA was. In feite was Pennant tot dat moment de belangrijkste bron van de CIA geweest met betrekking tot de visie dat er geen communistische revolutie ophanden was in het zo door communisten geïnfiltreerde Frankrijk. Nu moest die analyse heroverwogen worden.

'Dat is natuurlijk niet-officiële en vertrouwelijke informatie,' zei president Johnson, 'maar ik vertrouw erop dat u een geheim kunt bewaren.'

'Daar zou ik niet al te zeker van zijn,' zei Allan.

Daarop vertelde hij dat hij aan boord van een onderzeeër in het Östersjön om het hardst had gedronken met Julij Borisovitsj Popov, een heel aardige man en bovendien een van de belangrijkste kernfysici van Rusland, en dat hij onder invloed van alle alcohol iets te veel nucleaire details had losgelaten.

'Heb jij aan Stalin verteld hoe je een atoombom moet bouwen?' vroeg president Johnson. 'Ik dacht dat je in het werkkamp was terechtgekomen omdat je juist weigerde dat te vertellen.'

'Niet aan Stalin. Hij zou het toch niet begrepen hebben. Maar de dag ervoor met die fysicus ben ik misschien wat gedetailleerder geweest dan ik had moeten zijn. Dat gebeurt nu eenmaal als je een beetje te veel brandewijn drinkt. En ik wist niet wat een vreselijke man Stalin was, daar kwam ik de volgende dag pas achter.'

De president haalde zijn hand van zijn voorhoofd, kamde met zijn vingers door zijn haar en bedacht dat vertellen hoe je atoombommen maakte niet iets was wat zomaar gebeurde, ongeacht hoeveel alcohol er in het spel was geweest. Was Allan Karlsson dus een verrader? President Johnson had bedenktijd nodig.

'Wat is er daarna gebeurd?' vroeg hij bij gebrek aan een andere vraag.

Allan dacht dat het misschien het best was om niet te veel details achterwege te laten omdat het tenslotte een president was die hem dit vroeg. Dus vertelde hij over Vladivostok, over maarschalk Meretskov, over Kim Il Sung, over Kim Jong Il, over Stalins gelukkige dood, over Mao Zedong, over de gigantische hoeveelheid dollars die Mao hem in al zijn vriendelijkheid had gegeven, over het kalme leven op Bali en uiteindelijk over de reis naar Parijs.

'Dat was alles,' zei Allan. 'Ik heb een enorm droge keel gekregen van al dat gepraat.'

De president bestelde nieuw bier, maar voegde er geïrriteerd aan toe dat iemand die in aangeschoten toestand nucleaire geheimen verspreidde wellicht zou moeten overwegen om geheelonthouder te worden. Hij dacht even na over Karlssons absurde verhaal. 'Je hebt dus een vakantie gehad die vijftien jaar duurde en die is gefinancierd door Mao Zedong?' vroeg hij.

'Ja. Of ... nee. Eigenlijk was het Chiang Kai-sheks geld en hij had dat op zijn beurt van onze gezamenlijke vriend Harry Truman gekregen. Nu u dat zo zegt, meneer de president, zou ik Harry misschien moeten bellen om hem te bedanken.'

President Johnson had grote problemen met de wetenschap dat de baardige, langharige man tegenover hem de atoombom aan Stalin had gegeven. En dat hij aan de rol was geweest met Amerikaans ontwikkelingsgeld. Tot overmaat van ramp konden ze de demonstranten voor de ambassade horen scanderen: 'U-S-A uit Vietnam! U-S-A uit Vietnam!' Johnson zweeg en zag er ellendig uit.

Allan dronk zijn glas leeg terwijl hij het bezorgde gezicht van de Amerikaanse president bestudeerde. 'Kan ik misschien ergens mee helpen?' vroeg hij.

Johnson stond op het punt om Allan te vragen de oorlog in Vietnam voor hem te winnen, maar toen keerde hij terug naar de werkelijkheid en zag hij opnieuw *de man die Stalin de atoombom had gegeven* voor zich.

'Ja, je kunt me ergens mee helpen,' zei president Johnson met een vermoeide stem. 'Je kunt weggaan.'

Allan bedankte voor het eten en vertrok. President Johnson en het Europese hoofd van de CIA, Ryan Hutton, bleven achter.

'Luister, Hutton,' zei president Johnson. 'Wat moeten we doen? Moeten we die verdomde Karlsson oppakken?'

'Ja,' zei de geheime Hutton. 'Dat kan ... of we zorgen ervoor dat we profijt van hem hebben.'

Hutton was niet alleen geheim, hij had ook zijn huiswerk goed gedaan en wist wat vanuit het perspectief van de CIA grote politiek strategische betekenis had. Hij kende bijvoorbeeld het bestaan van de fysicus met wie Allan Karlsson zo'n plezier had gehad in de onderzeeër tussen Zweden en Leningrad. Julij Borisovitsj Popov had vanaf 1949 carrière gemaakt. De eerste duw naar boven kon hij heel goed te danken hebben gehad aan de informatie die Allan Karlsson hem had gegeven, het was zelfs waarschijnlijk dat het op die manier was gegaan. Nu was Popov drieënzestig en het hoofd van de technische afdeling van het verzamelde kernwapenarsenaal van de Sovjet-Unie. Daarmee had hij kennis die zo waardevol was voor de VS dat het bijna niet te bevatten was.

Als de VS erachter konden komen wat Popov wist en daarmee de bevestiging zouden krijgen dat het westen superieur was op het gebied van kernwapens, zou president Johnson het initiatief kunnen nemen tot wederzijdse ontwapening. En de weg naar die genoemde kennis liep via Allan Karlsson.

'Je wilt een Amerikaanse spion van Karlsson maken?' vroeg president Johnson terwijl hij dacht dat een beetje ontwapening zijn nagedachtenis waarschijnlijk wel zou kunnen oppoetsen, met of zonder die verdomde oorlog in Vietnam.

'Precies,' zei Hutton.

'En waarom zou Karlsson zich daarmee inlaten?'

'Tja ... hij bood u daarnet nog zijn hulp aan.'

'Ja,' zei president Johnson. 'Dat heeft hij inderdaad gedaan.'

De in eerste instantie harde houding van de Franse regering tegenover het ongenoegen van het volk leidde er inderdaad toe dat het land tot stilstand kwam. Miljoenen Fransen staakten. De haven van Marseille ging dicht, net als de internationale luchthavens, het spoorwegennet en een oneindig aantal warenhuizen.

De distributie van brandstof kwam tot stilstand en de gemeentereiniging werd stopgezet. Er kwamen van alle kanten eisen. Voor hogere lonen, natuurlijk. En kortere werktijden. En veiligere arbeidsomstandigheden. En meer invloed.

In aanvulling daarop werden er echter ook nieuwe onderwijsmethoden geëist. En een nieuwe samenleving. De Vijfde Republiek werd bedreigd.

Honderdduizenden Fransen demonstreerden en dat ging er niet vreedzaam aan toe. Auto's werden in brand gestoken, bomen werden omgehakt, stenen werden uit straten gelicht, barricades werden gebouwd ... er waren gendarmes, mobiele eenheid, traangas en wapenschilden ...

Op dat moment gooiden de Franse president, de minister-president en de regering het roer helemaal om. De buitengewoon deskundige ambtenaar van de minister van Binnenlandse Zaken had geen invloed meer (hij zat trouwens gevangen in het gebouw van de veiligheidsdienst en had er enorm veel moeite mee om uit te leggen waarom hij een radiozender in zijn badkamermuur had geïnstalleerd). De stakende arbeiders kregen plotseling een flinke verhoging van het minimumloon aangeboden, een algemene loonsverhoging van tien procent, een werkweek die twee uur korter duurde, meer kinderbijslag, meer macht voor de vakbonden, onderhandelingen over omvangrijke collectieve afspraken en indexlonen. Een aantal ministers in de regering moest bovendien opstappen, onder wie minister van Binnenlandse Zaken Christian Fouchet.

Met deze serie maatregelen neutraliseerden de regering en de president de meest revolutionaire jongeren. Er was geen steun van het volk om nog verder door te gaan op de ingeslagen weg. De arbeiders gingen aan het werk, de bezettingen stopten, winkels gingen open, het vervoer begon weer te functioneren. Mei 1968 was overgegaan in juni en de Vijfde Franse Republiek bestond nog steeds.

President Charles de Gaulle belde persoonlijk naar de Indonesische ambassade in Parijs omdat hij de heer Allan Karlsson een medaille wilde overhandigen. Bij de ambassade deelde men hem echter mee dat Allan Karlsson daar niet langer werkte en dat niemand, met inbegrip van de ambassadeur zelf, wist waar hij uithing.

24

Donderdag 26 mei 2005

Officier van justitie Ranelid moest redden wat er te redden viel van zijn carrière en eer. Volgens de stelling 'beter voorkomen dan genezen' hield hij diezelfde middag een persconferentie om mee te delen dat er drie mannen en een vrouw waren aangehouden in verband met de verdwenen honderdjarige.

Ranelid was in veel dingen goed, maar niet in het erkennen van zijn eigen tekortkomingen en vergissingen, wat invloed had op de haastig georganiseerde persconferentie. Hij wrong zich in allerlei bochten rond de redenatie dat Allan Karlsson en zijn vrienden weliswaar niet langer aangehouden waren (ze waren trouwens dezelfde middag in Västergötland gevonden), maar dat ze waarschijnlijk toch schuldig waren, dat hijzelf had gedaan wat juist was en dat het enige nieuws was dat het bewijs enigszins van karakter was veranderd, zodat de aanhoudingen voorlopig niet meer rechtsgeldig waren.

De vertegenwoordigers van de media vroegen natuurlijk op welke manier het bewijs van karakter was veranderd, en Ranelid vertelde gedetailleerd over de nieuwe informatie van het ministerie van Buitenlandse Zaken met betrekking tot het lot van Bylund en Hultén in respectievelijk Djibouti en Riga. Daarna rondde hij zijn verhaal af met de opmerking dat de situatie af en toe vereiste dat aangehouden personen werden vrijgelaten, hoe stuitend dat in sommige gevallen ook kon zijn.

Ranelid had het gevoel dat het allemaal niet was overgekomen zoals had gemoeten en hij kreeg daar meteen de bevestiging van toen de vertegenwoordiger van *Dagens Nyheter* hem over zijn leesbril aankeek en een monoloog begon die bestond uit een serie uiterst onaangename vragen aan de officier van justitie: 'Heb ik goed begrepen dat u Allan Karlsson ondanks de nieuwe omstandigheden nog steeds beschouwt als schuldig aan moord of doodslag? Bedoelt u in dat geval dat Allan Karlsson, die zoals gezegd honderd jaar is, de tweeëndertigjarige Bengt Bylund heeft gedwongen mee te gaan naar de Hoorn van Afrika en Bylund, maar niet zichzelf, daar gisterochtend heeft opgeblazen, waarna hij in alle haast naar Västergötland is teruggekeerd waar hij – volgens uw eigen verhaal daarnet – vanochtend is gevonden? Kunt u, afgezien van dat alles, mij dan uitleggen welk vervoermiddel Karlsson heeft gebruikt, gezien het feit dat er voor zover ik weet geen rechtstreekse vluchten zijn tussen Djibouti en de Västgötavlakte en gezien het feit dat Allan Karlsson volgens de gegevens geen geldig paspoort heeft?'

Ranelid haalde diep adem en zei daarna dat hij verkeerd begrepen moest zijn. Er bestond geen enkele twijfel dat Allan Karlsson, Julius Jonsson, Benny Ljungberg en Gunilla Björklund onschuldig waren aan de feiten waarvan ze waren beschuldigd.

'Geen enkele twijfel,' herhaalde Ranelid, die tevreden was dat het hem op het laatste moment was gelukt zich eruit te praten.

Die verdomde journalisten namen er echter geen genoegen mee. 'U hebt de chronologie en geografie van de drie veronderstelde moorden in een eerder stadium heel gedetailleerd beschreven. Als de verdachten nu plotseling onschuldig zijn, hoe ziet de nieuwe loop der gebeurtenissen er dan uit?' vroeg de journalist van *Eskilstuna-Kuriren*.

Ranelid had zich blootgegeven, maar nu was het genoeg. De vertegenwoordigster van een plaatselijke krant mocht niet denken dat ze zomaar kritiek op hem kon hebben.

'Om onderzoekstechnische redenen kan ik op dit moment

niets meer zeggen,' rondde Ranelid de persconferentie af, waarna hij overeind kwam.

'Onderzoekstechnische redenen' had een officier van justitie meer dan eens uit een lastig parket gered, maar deze keer lukte dat niet. Ranelid had immers wekenlang luidkeels de redenen geventileerd waarom de vier schuldig waren, en nu vond de pers het terecht dat hij in elk geval een minuut de tijd nam om hun onschuld uit te leggen.

Ranelid balanceerde op de rand van de afgrond. Bijna alles sprak ervoor dat hij zou vallen, nu meteen of over een dag. Hij had echter één voordeel ten opzichte van de journalisten. Ranelid wist waar Allan Karlsson en de anderen zich bevonden. Västergötland was tenslotte groot. Hij zei dus: 'Het zou prettig zijn als jullie me eens een keer lieten uitpraten! Om onderzoekstechnische redenen kan ik op dit moment niets meer zeggen. Maar morgenmiddag om drie uur geef ik opnieuw een persconferentie in deze zaal en dan ben ik van plan antwoord te geven op al jullie vragen.'

'Waar in Västergötland bevindt Allan Karlsson zich nu?' vroeg de journalist van *Svenska Dagbladet.*

'Dat zeg ik niet,' zei Ranelid, waarna hij de zaal uit liep.

Hoe had het allemaal zo kunnen eindigen? Ranelid had zichzelf in zijn kantoor opgesloten en rookte voor het eerst in zeven jaar een sigaret. Hij zou in de Zweedse misdaadgeschiedenis worden opgenomen als de eerste officier van justitie die een dader veroordeeld kreeg voor meerdere slachtoffers van wie de lichamen niet waren aangetroffen. En dan werden de lichamen gevonden. Op de verkeerde plek! Bovendien leefde slachtoffer nummer drie nog, die het meest dood van allemaal had geleken.

'Eigenlijk zou je die klootzak bij wijze van straf dood moeten slaan,' mompelde Ranelid.

Hij moest echter zijn eer en carrière zien te redden, en daarvoor was moord waarschijnlijk niet de beste oplossing. De officier van justitie dacht na over de catastrofaal verlopen persconferentie. Hij had aan het eind heel duidelijk gezegd dat Karlsson en zijn handlangers onschuldig waren en dat was alleen omdat hij het eigenlijk niet wist. Wat was er in vredesnaam gebeurd? Bikker Bylund móést dood op die lorrie hebben gezeten. Dus hoe kon hij dan verdomme een paar weken later in een heel ander continent opnieuw overlijden?

Ranelid vervloekte zichzelf omdat hij de pers zo snel te woord had gestaan. Hij had Allan Karlsson en zijn handlangers eerst moeten arresteren, alles moeten uitzoeken en daarna een standpunt moeten innemen over wat de media mochten weten en wat niet.

In de huidige situatie – na zijn categorische uitspraak over de onschuld van Karlsson en zijn handlangers – zou het als pure treiterij kunnen worden beschouwd als hij ze liet ophalen voor een 'informatief' verhoor. Toch had Ranelid niet veel keus. Hij moest informatie hebben ... en hij moest die informatie ruim voor drie uur de volgende middag hebben. Anders was hij in de ogen van zijn collega's geen officier van justitie meer, maar een clown.

Commissaris Aronsson was in een uitstekend humeur terwijl hij op de schommelbank van Klockaregård zat en koffie dronk met iets lekkers erbij. De jacht op de verdwenen honderdjarige was voorbij, en bovendien was de sympathieke bejaarde niet eens meer aangehouden. Waarom de oude man bijna een maand geleden uit zijn raam was geklommen en wat er daarna allemaal was gebeurd, moest natuurlijk uitgezocht worden, maar op dit moment was dat niet belangrijk. Er kon toch niet zoveel haast bij die kwestie zijn dat ze niet eerst wat konden kletsen?

De doodgewaande en wederopgestane Per-Gunnar 'Gannef' Gerdin bleek een heel fatsoenlijke man te zijn. Hij had meteen voorgesteld dat ze elkaar zouden tutoyeren en gezegd dat hij er zelf de voorkeur aan gaf Gannef genoemd te worden.

'Dat vind ik prima, Gannef,' zei commissaris Aronsson. 'Ik ben Göran.'

'Gannef en Göran,' zei Allan. 'Dat klinkt goed, misschien kunnen jullie samen zaken gaan doen?'

Gannef zei dat hij niet zeker wist of hij voldoende respect had voor loonbelasting en dat soort zaken om een bedrijf te beginnen met een commissaris, maar hij bedankte Allan toch voor de tip.

De sfeer was meteen goed geweest en die werd er niet slechter op toen Benny en de Schoonheid zich bij hen aansloten, en daarna Julius en Bosse.

Ze praatten over van alles op de veranda, behalve over de gebeurtenissen van de afgelopen maand. Allan boekte succes toen hij samen met Sonja een korte dansvoorstelling ten beste gaf. Julius begon de baard af te scheren die hij had moeten laten staan om zich in Falköping te kunnen vertonen.

'Stel je voor, ik ben mijn hele leven schuldig geweest en nu ben ik plotseling onschuldig!' zei Julius. 'Ik kan je vertellen dat dat een heerlijk gevoel is!'

Bosse vond dat reden genoeg om een fles echte Hongaarse champagne te halen, zodat de vrienden en de commissaris konden toosten. De commissaris protesteerde zwakjes en zei dat zijn auto voor de boerderij stond. Hij had een kamer gereserveerd in het stadshotel van Falköping, maar als commissaris kon hij daar natuurlijk niet aangeschoten arriveren.

Toen bemoeide Benny zich ermee. Hij zei dat geheelonthouders in het algemeen – volgens Allan – weliswaar een bedreiging voor de wereldvrede vormden, maar dat ze goed waren om achter de hand te hebben als er een lift gegeven moest worden.

'Neem een glas champagne, commissaris, dan zorg ik ervoor dat u op tijd in het hotel komt.'

Meer overreding had de commissaris niet nodig. Hij leed al heel lang aan een ernstig gebrek aan sociale contacten en nu hij eindelijk in een prettig gezelschap was terechtgekomen, was hij niet van plan een spelbreker te zijn.

'Goed, één glaasje dan om op jullie onschuld te toosten, dat moet kunnen,' zei hij. 'Of zelfs twee als dat nodig is, jullie zijn tenslotte met een hele groep ...'

Er gingen een paar vrolijke uren voorbij voordat de mobiel van commissaris Aronsson weer overging. Het was opnieuw officier van justitie Ranelid. Hij vertelde Aronsson dat hij op grond van ongelukkige omstandigheden tijdens de persconferentie de drie mannen en de vrouw op een bijna onherroepelijke manier onschuldig had verklaard. Bovendien moest hij binnen minder dan een etmaal weten wat er precies was gebeurd sinds de dag dat die ouwe sok van een Karlsson uit zijn raam was geklommen, want de pers verwachtte dat verhaal morgenmiddag om drie uur.

'Je zit met andere woorden behoorlijk in de penarie,' zei de lichtelijk aangeschoten commisaris.

'Je moet me helpen, Göran!' smeekte Ranelid.

'Waarmee? De lijken verplaatsen? Of de mensen vermoorden die de slechte smaak hebben gehad om iets minder dood te zijn dan jij had gewild?'

Ranelid bekende dat hij inderdaad even aan dat laatste had gedacht, maar dat het waarschijnlijk geen begaanbare weg was. Nee, hij had gehoopt dat Göran voorzichtig aan Allan Karlsson en zijn helpers zou kunnen vragen of Ranelid de volgende ochtend welkom was voor een informeel gesprek over de gebeurtenissen, zodat er duidelijkheid kwam in wat er de afgelopen tijd in de bossen van Sörmland en Småland had plaatsgevonden. Bovendien vertelde Ranelid dat hij uit naam van de politie van Sörmland zijn excuses aan de vier onschuldigen wilde aanbieden.

'De politie van Sörmland?' vroeg commissaris Aronsson.

'Inderdaad ... of ... misschien eerder uit naam van mezelf,' zei Ranelid.

'Op die manier. Als je even geduld hebt, Conny, dan zal ik voor je informeren. Ik bel over een paar minuten terug.'

Commissaris Aronsson hing op en begon met het prettige nieuws dat officier van justitie Ranelid daarnet een persconferentie had gehouden waarin hij had benadrukt dat Allan Karlsson en zijn vrienden volkomen onschuldig waren. Daarna vertelde hij dat de officier van justitie de volgende ochtend graag een verhelderend gesprek met hen wilde hebben.

De Schoonheid zei dat het nauwelijks nut kon hebben om de ontwikkelingen van de afgelopen weken gedetailleerd uit de doeken te doen. Julius was het met haar eens. Als je onschuldig was, dan was je dat.

Allan zei dat zijn vrienden zich niet over elke kleinigheid ongerust moesten maken. De kranten en de televisie zouden de groep niet met rust laten voordat ze hun verhaal hadden verteld. Het was beter dat ze hun verhaal nu aan de officier van justitie vertelden dan dat ze de komende weken journalisten in de tuin zouden hebben.

'Bovendien hebben we de hele avond om te bedenken wat we gaan zeggen,' zei Allan.

Die laatste opmerking had commissaris Aronsson niet willen horen. Hij kwam overeind om zijn aanwezigheid kenbaar te maken en te voorkomen dat ze nog meer dingen zouden zeggen die Aronsson niet wilde horen. Daarna zei hij dat hij wegging. Als Benny zo vriendelijk wilde zijn hem naar het hotel in Falköping te rijden was Aronsson hem dankbaar. Op weg daarnaartoe was Aronsson van plan Ranelid te bellen om hem mee te delen dat hij de volgende ochtend om tien uur welkom was, als de groep het daarmee eens was. Aronsson was van plan om zelf met een taxi te komen, zodat hij zijn auto kon ophalen. Mocht hij trouwens nog een half glas van die uitgelezen Bulgaarse champagne voordat hij vertrok? O, was het Hongaarse? Dat maakte eigenlijk niets uit.

Commissaris Aronsson kreeg nog een glas, tot de rand gevuld, dat hij haastig leegdronk, waarna hij over zijn neus wreef en op de passagiersstoel van zijn eigen auto ging zitten, die

Benny al had voorgereden. Hij draaide het zijraam naar beneden en begon te declameren:

Ach, als we toch goede vrienden hadden,
En Hongaarse wijn voor onze keel ...

'Carl Michael Bellman,' knikte bijna-literatuurwetenschapper Benny.

'Johannes 8:7, vergeet dat morgenvroeg niet, commissaris!' riep Bosse met een plotselinge ingeving naar hem. 'Johannes 8:7!'

25

Vrijdag 27 mei 2005

De afstand van Eskilstuna naar Falköping legde je niet in een kwartier af. Officier van justitie Conny Ranelid was 's ochtends in alle vroegte opgestaan (nadat hij de hele nacht slecht had geslapen) zodat hij om tien uur in Klockaregård zou zijn. Het gesprek mocht niet meer dan een uur duren, anders klopte zijn schema niet meer. De persconferentie begon immers om drie uur.

Ranelid was bijna in tranen toen hij op de E20 bij Örebro reed. *De grote overwinning van de gerechtigheid*, dat zou de titel van zijn boek zijn. Bah! Als er ook maar enige gerechtigheid was, dan zou de bliksem op dit moment in dat verdomde huis inslaan en zouden ze allemaal verbranden, zodat Ranelid tijdens de persconferentie kon vertellen wat hij wilde.

Commissaris Aronsson had een ochtendje uitslapen in het stadshotel van Falköping heel erg nodig gehad. Hij werd om negen uur wakker met een beetje spijt over de gebeurtenissen van de vorige dag. Hij had champagne gedronken met potentiële delinquenten, en hij had Allan Karlsson luid en duidelijk horen zeggen dat ze een verhaal moesten verzínnen voor de officier van justitie. Stond Aronsson op het punt medeplichtig te worden? En zo ja, waaraan?

Toen de commissaris de vorige avond in zijn hotel was aangekomen, had hij – op aanraden van Bosse Ljungbergs aanbeveling – Johannes 8:7 opgezocht in de bijbel die de Gideons zo verdienstelijk in een van de bureauladen van de kamer hadden gelegd. En hij was blijven lezen, in een hoek van de hotelbar, onder begeleiding van een glas gin-tonic.

Het hoofdstuk in kwestie ging over een vrouw die was vreemdgegaan en die door de farizeeën naar Jezus was gebracht om deze voor een dilemma te plaatsen. Als de vrouw volgens Jezus níét moest worden gestenigd voor haar vergrijp, dan ging Jezus in tegen Mozes (derde Mozes-boek). Als Jezus daarentegen de kant van Mozes koos, dan was dat in strijd met de Romeinen, die het alleenrecht op de doodstraf hadden. Zou Jezus tegen Mozes of tegen de Romeinen in gaan? De farizeeën dachten dat ze de meester in een hoek hadden gedreven, maar Jezus was Jezus en na enige bedenktijd zei hij: 'Wie van u zonder zonde is, mag de eerste steen gooien.'

Jezus ontweek daarmee een conflict, zowel met Mozes als met de Romeinen als met de farizeeën die voor hem stonden. Toch was de zaak beslist. De farizeeën slopen de een na de ander weg (mannen zijn in het algemeen niet vrij van zonde) en uiteindelijk waren alleen Jezus en de vrouw over.

'Waar zijn ze gebleven? Heeft niemand u veroordeeld?' vroeg Jezus.

'Niemand, Heer,' antwoordde ze.

'Ook ik veroordeel u niet,' zei Jezus. 'Ga, maar zondig voortaan niet meer.'

De commissaris voelde dat er iets niet pluis was. Maar Karlsson en zijn vrienden waren de vorige dag onschuldig verklaard door Ranelid, en wie was Aronsson om ze dan criminelen te noemen? Bovendien ging het om een groep heel sympathieke mensen en – zoals Jezus heel juist onder de aandacht had gebracht – wie was in staat om de eerste steen te gooien? Aronsson dacht terug aan een paar duistere momenten uit zijn eigen leven, maar hij ergerde zich vooral aan officier van justitie Ranelid, die de door en door vriendelijke Gannef Gerdin dood had gewenst, alleen omdat dat gunstig voor hem was.

'Nee, verdomme, dit mag je zelf oplossen, Ranelid,' zei commissaris Göran Aronsson, waarna hij de lift naar de ontbijtzaal op de begane grond nam.

Hij spoelde zijn cornflakes, geroosterd brood en een ei weg met zowel *Dagens Nyheter* als *Svenska Dagbladet*. In beide kranten werd in voorzichtige bewoordingen uitdrukking gegeven aan de blunder van de officier van justitie met betrekking tot de verdwenen, van moord verdachte en daarna onschuldig verklaarde honderdjarige. De kranten moesten echter toegeven dat ze te weinig van de zaak wisten. De honderdjarige was nog niet gevonden en de officier van justitie wilde vrijdagmiddag pas meer vertellen.

Daarna bestelde de commissaris een taxi naar Klockaregård, waar hij om negen minuten voor tien aankwam, precies drie minuten voor de officier van justitie.

Het was bewolkt en koud. Daarom hadden de bewoners van de boerderij zich in de ruime keuken verzameld voor de bijeenkomst.

De vorige avond had de groep gepraat over een alternatief verhaal dat ze Ranelid op de mouw konden spelden, en voor alle zekerheid hadden ze hun verhaal tijdens het ontbijt gerepeteerd. Nu waren alle rollen voor de voorstelling van die ochtend duidelijk, onder voorbehoud dat de waarheid nu eenmaal altijd veel eenvoudiger te onthouden was dan, zoals in dit geval, het tegendeel. Voor wie slecht liegt, kan het gemakkelijk beroerd aflopen, dus was het belangrijk dat de leden van de groep goed op hun woorden letten. Bovendien waren alle methoden om officier van justitie Ranelid af te leiden meer dan toegestaan.

De officier van justitie begon: 'Tja, ik wil ermee beginnen jullie te bedanken omdat jullie me willen ontvangen, dat waardeer ik echt. En ik wil mijn verontschuldigingen aanbieden omdat ... meerderen van jullie zonder enige reden bij verstek zijn aangehouden. Nu ik dat heb gezegd, wil ik heel graag weten wat er is gebeurd vanaf het moment dat meneer Karlsson uit het raam van het bejaardentehuis is geklommen. Wilt u beginnen, meneer Karlsson?'

Daar had Allan niets op tegen. 'Dat wil ik absoluut, meneer Ranelid, ook al ben ik oud en gebrekkig en is mijn geheugen niet wat het was,' zei Allan. 'Ik herinner me in elk geval dat ik uit het raam ben geklommen, dat klopt. En daar had ik zo mijn redenen voor, dat had ik. U moet begrijpen dat ik op weg was naar mijn goede vriend Julius Jonsson, en niemand gaat graag naar hem toe zonder een fles brandewijn en juist die had ik in een onbewaakt ogenblik bij de staatsslijter gekocht. Trouwens, tegenwoordig hoef je daar zelfs niet meer naartoe te gaan, je kunt ook gewoon bellen met ... nee, ik ben niet van plan zijn naam tegen u te zeggen en daarvoor bent u natuurlijk niet hier, maar hij woont centraal en verkoopt particulier geïmporteerde brandewijn voor minder dan de helft van de prijs. Maar in elk geval, Eklund was helaas niet thuis – oeps, nu heb ik zijn naam toch gezegd – en ik had geen andere keus dan naar de staatsslijter te gaan. Daarna lukte het me om de fles naar mijn kamer te smokkelen en dat is nooit een probleem, maar deze keer moest hij mijn kamer ook weer uit, en dat bovendien op een moment dat het hoofd van de afdeling dienst had en zij heeft ogen in haar achterhoofd, dat kan ik u wel vertellen. Zuster Alice heet ze en die laat zich niet snel beetnemen. Daarom dacht ik dat ik beter door het raam kon klimmen om naar Julius te gaan. Ik werd die dag trouwens honderd jaar en wie vindt het prettig dat zijn verjaardagsborrel in beslag wordt genomen als hij honderd wordt.'

De officier van justitie begon te vrezen dat dit wel even zou duren. Die ouwe Karlsson had al een hele tijd gekletst zonder iets te zeggen en over minder dan een uur moest Ranelid weer op weg zijn naar Eskilstuna.

'Bedankt, meneer Karlsson, maar ik hoop dat u me verontschuldigt als ik u vraag iets bondiger te vertellen, we hebben weinig tijd, dat begrijpt u toch wel? Hoe ging het met de koffer en de ontmoeting met Bikker Bylund in het busstation van Malmköping?'

'Ja, hoe ging dat? Per-Gunnar heeft Julius gebeld en die heeft mij weer gebeld ... Volgens Julius wilde Per-Gunnar dat ik de verantwoordelijkheid op me zou nemen voor de bijbels en dat wilde ik wel doen, want ik ...'

'Bijbels?' vroeg Ranelid.

'Als u het geen probleem vindt, kan ik misschien bijspringen om wat achtergrondinformatie te geven?' zei Benny.

'Heel graag,' zei Ranelid.

'Allan is een goede vriend van Julius uit Byringe, die op zijn beurt een goede vriend is van Per-Gunnar, dat is degene van wie u dacht dat hij dood was, en ik ben niet alleen de broer van mijn broer Bosse, de gastheer van deze gezellige bijeenkomst, maar ik ben ook de verloofde van Gunilla, dat is de mooie vrouw die aan de korte kant van de tafel zit, en Gunilla houdt zich bezig met exegetiek en heeft op die manier raakvlakken met Bosse, die bijbels verkoopt, onder anderen aan Per-Gunnar.'

De officier van justitie had een vel papier voor zich en een pen in zijn hand, maar alles was te snel gegaan, hij had nog geen woord opgeschreven. Het eerste wat hij bedacht was: 'Exegetiek?'

'Ja, Bijbeluitleg,' verduidelijkte de Schoonheid.

Bijbeluitleg? dacht commissaris Aronsson, die zwijgend naast de officier van justitie zat. Was het mogelijk om de Bijbel uit te leggen en tegelijkertijd zoveel te vloeken als Aronsson de Schoonheid de vorige avond had horen doen? Hij zei echter niets. Ranelid mocht het zelf uitzoeken.

'Bijbeluitleg?' vroeg Ranelid, maar hij besloot op hetzelfde moment verder te gaan. 'Laat maar zitten, vertel in plaats daarvan hoe het is gegaan met de koffer en Bikker Bylund op het busstation van Malmköping.'

Nu was het Per-Gunnar Gerdins beurt om zijn rol in de voorstelling te spelen.

'Mag ik misschien iets zeggen, meneer Ranelid?' vroeg hij.

'Natuurlijk,' antwoordde de officier van justitie.

'U weet natuurlijk dat ik een organisatie heb geleid met de naam Never Again,' zei Per-Gunnar Gerdin. 'De naam van de organisatie sloeg er in het begin op dat de leden nooit meer in de gevangenis zouden belanden, hoewel legale redenen daarvoor niet zouden ontbreken, maar sinds enige tijd heeft Never Again een andere betekenis. We zullen nooit meer in de verleiding komen om de wet te overtreden, niet alleen de wetten die door de mens zijn geschreven, maar vooral ook de hemelse wetten.'

'Heeft Bikker daarom een wachtruimte vernield, een loketbediende mishandeld en een buschauffeur met bus en al ontvoerd?' vroeg officier van justitie Ranelid.

'Ik bespeur een zeker sarcasme,' zei Per-Gunnar Gerdin. 'Alleen omdat ík het licht heb gezien, hoeft dat niet voor mijn werknemers te gelden. Een van hen is weliswaar naar Zuid-Amerika gegaan om missionaris te worden, maar met de twee anderen is het slecht afgelopen. Ik had Bikker opdracht gegeven om de koffer met tweehonderd bijbels uit Uppsala te halen en naar Bosse in Falköping te brengen. Die bijbels heb ik nodig om blijdschap te brengen onder de wanstaltigste klootzakken van het land, als meneer Ranelid me mijn taal vergeeft.'

Tot nu toe had de eigenaar van Klockaregård, Bosse, gezwegen. Nu tilde hij echter een zware, grijze koffer op de keukentafel en maakte hem open. In de koffer lag een groot aantal slimline-bijbels in echt zwart leer, met goud op snee, parallelle verwijzingen, driedubbel leeslint, personenindex, bijbelleesplan, kleurenkaarten en nog veel meer.

'Een prachtigere bijbelbelevenis dan deze zult u niet meemaken,' zei Bosse Ljungberg met overtuiging in zijn stem. 'Staat u me toe u een exemplaar te schenken? Zelfs in uw wereld ben je het best af als je het licht zoekt, dat zou u moeten weten.'

Bosse was de eerste van de groep die geen onzin praatte, maar echt meende wat hij zei. Dat voelde Ranelid misschien, want hij begon te twijfelen. Hij pakte de bijbel van Bosse aan en bedacht dat onmiddellijke verlossing misschien het enige was wat hem nog kon redden. In plaats daarvan zei hij echter: 'Kunnen we teruggaan naar de gebeurtenissen? Hoe ging het met die koffer in Malmköping?'

'Ben ik nu weer aan de beurt?' vroeg Allan. 'Goed, ik werd iets eerder dan ik in het begin had gedacht naar het busstation gestuurd, omdat Per-Gunnar dat aan Julius had gevraagd. Julius vertelde dat Bikker Bylund naar Per-Gunnar in Stockholm had gebeld en nogal – ik hoop dat u me mijn taal vergeeft – bezopen was! En u weet natuurlijk dat als de brandewijn verschijnt het verstand verdwijnt, of hoe je dat ook noemt. Ik heb trouwens ooit in een dronken bui mijn mond voorbijgepraat in een onderzeeër op tweehonderd meter diepte in het Öster...'

'Kunt u godbetert ter zake komen?' zei officier van justitie Ranelid.

'Niet vloeken!' zei de Schoonheid.

Ranelid steunde zijn voorhoofd op één hand terwijl hij een paar keer in- en uitademde. Allan ging verder: 'Goed, Bikker Bylund had naar Per-Gunnar in Stockholm gebeld en had gelald dat hij zijn lidmaatschap van Per-Gunnars bijbelclub wilde opzeggen, dat hij van plan was om bij het vreemdelingenlegioen te gaan maar dat hij voor die tijd – het is maar goed dat u zit, want wat ik nu ga zeggen is verschrikkelijk – dat hij voor die tijd de bijbels op het plein in Malmköping wilde verbranden! Het is dus niet zo vreemd dat ik erop uit ben gestuurd om meneer Bikker te zoeken en de koffer van hem af te pakken zolang daar nog tijd voor was. De tijd is tenslotte vaak krap en soms krapper dan je zou kunnen vermoeden. Zoals bijvoorbeeld die keer dat generaal Franco in Spanje voor mijn ogen bijna in stukjes werd geblazen.'

'Wat heeft generaal Franco met deze geschiedenis te maken?' vroeg Ranelid.

'Eigenlijk niets, meneer Ranelid, behalve dat ik hem als lichtend voorbeeld gebruik. Je kunt nooit duidelijk genoeg zijn.'

'Wat gebeurde er met de koffer?'

'Nou, meneer Bikker wilde hem niet afgeven en mijn fysieke gesteldheid stond me niet toe om de koffer met geweld af te pakken. Tja, en toen meneer Bikker midden in dat alles het openbare toilet van het busstation moest bezoeken, maakte ik van de gelegenheid gebruik om met koffer en al op de Strängnäsbus te stappen, naar Byringe en mijn oude vriend Julius.'

De officier van justitie zweeg opnieuw even. Hij had inmiddels wat aantekeningen gemaakt en omdat hij het heerlijk vond om strepen en pijlen op het papier te zetten, vroeg hij: 'Maar u betaalde de busrit met een briefje van vijftig en vroeg hoever u daarmee kon komen. Hoe valt dat te rijmen met het feit dat u willens en wetens op weg was naar Byringe en nergens anders naartoe?'

'Ach,' zei Allan. 'Ik weet wel wat het kost om naar Byringe te rijden. Ik had een briefje van vijftig in mijn portefeuille en toen maakte ik een grapje. Dat is toch niet verboden? Of wel soms, meneer Ranelid?'

Ranelid deed geen moeite antwoord te geven op de vraag in hoeverre het al dan niet verboden was om een grapje te maken. In plaats daarvan spoorde hij Allan nog een keer aan om het tempo van zijn verhaal op te voeren.

'In korte lijnen. Wat gebeurde er daarna?'

'In korte lijnen? In korte lijnen hebben Julius en ik samen een heel gezellige avond gehad, totdat meneer Bikker op de deur bonkte. Maar omdat we brandewijn op tafel hadden staan, was hij meteen minder boos toen hij besefte dat hij niet alleen elandenbiefstuk, maar ook een borrel tegemoet kon zien. Later die avond besloot hij zelfs om de bijbels niet in brand te steken, als dank voor de drank die hij had gekregen. Alcohol heeft ook zijn goede kanten, vindt u ...'

'Ga door!'

'De volgende ochtend had meneer Bikker natuurlijk een enorme kater, dat zult u begrijpen. Ik heb zelf geen kater meer gehad sinds het voorjaar van '45, toen ik mijn best heb gedaan om vicepresident Truman met behulp van twee flessen tequila onder tafel te drinken. Helaas ging president Roosevelt op dat moment dood, dus moesten we ons feestje voortijdig afbreken, en dat was misschien maar goed ook want, jeminee, wat voelde ik dat de volgende dag in mijn hoofd. Ik voelde me maar een klein beetje beter dan Roosevelt, dat kan ik u wel vertellen.'

De officier van justitie knipperde met zijn ogen terwijl hij nadacht over zijn volgende vraag. Uiteindelijk won zijn nieuwsgierigheid het. Het lukte hem trouwens niet meer om u tegen Allan Karlsson te zeggen. 'Waar heb je het over? Heb je tequila gedronken met vicepresident Truman terwijl president Roosevelt op hetzelfde moment het tijdelijke met het eeuwige verwisselde?'

'Nu ja, verwisselde, Roosevelt deed dat natuurlijk niet zelf,' zei Allan. 'Maar ik begrijp wat u bedoelt. Hoewel we ons misschien niet te veel moeten verdiepen in details, vindt u ook niet?'

De officier van justitie zei niets, dus Allan ging verder: 'Meneer Bikker was in elk geval niet in staat om te trappen toen het de volgende ochtend tijd was om op de lorrie naar Åkers Styckebruk te rijden.'

'Ik heb begrepen dat hij niet eens schoenen droeg,' zei Ranelid. 'Wat hebt u daar voor verklaring voor?'

'Meneer Ranelid heeft natuurlijk niet gezien hoe erg Bikkers kater was. Hij had net zo goed alleen in zijn onderbroek kunnen zitten.'

'En de schoenen? Uw pantoffels zijn immers later in Julius Jonssons huis gevonden.'

'Ik heb schoenen van Julius geleend. Als je honderd jaar bent, gebeurt het nog weleens dat je alleen op pantoffels vertrekt, dat zult u zelf zien als u nog veertig tot vijftig jaar wacht.'

'Zo lang leef ik waarschijnlijk niet,' zei officier van justitie Ranelid. 'Hoe verklaart u dat er lijksporen op de lorrie werden aangetroffen toen die was gevonden?'

'Tja, wie zal het zeggen, meneer Ranelid. Meneer Bikker was

de laatste die de lorrie verliet, dus misschien had hij dat kunnen vertellen als hij niet zo ongelukkig om het leven was gekomen in Djibouti. Denkt u dat het mijn schuld is? Ik ben nog niet dood, maar ik ben verschrikkelijk oud ... Kan een lijkenlucht als het ware voortijdig beginnen?'

Ranelid begon ongeduldig te worden. De tijd tikte door en er was minder dan één etmaal van de zesentwintig dagen besproken. Negentig procent van wat er uit de mond van die ouwe vent kwam was trouwens grote onzin.

'Ga door!' zei Ranelid zonder commentaar te geven op de lijkenluchtkwestie.

'We lieten Bikker slapend op de lorrie achter en maakten een verfrissende wandeling naar de snackbar van Per-Gunnars vriend Benny.'

'Heb jij ook in de gevangenis gezeten?' vroeg de officier van justitie.

'Nee, maar ik heb criminologie gestudeerd,' zei Benny waarheidsgetrouw, waarna hij bij elkaar loog dat hij in dat verband gevangenen had geïnterviewd en op die manier in contact was gekomen met Per-Gunnar.

Ranelid leek een nieuwe aantekening te maken, waarna hij Allan Karlsson monotoon aanspoorde: 'Ga door!'

'Graag.' We hadden afgesproken dat Benny Julius en mij naar Stockholm zou brengen, zodat we de koffer met bijbels aan Per-Gunnar konden geven, maar Benny zei dat hij het liefst een omweg wilde maken via Småland, waar zijn verloofde woont, dat is Gunilla hier ...'

Ranelid knikte kort naar de Schoonheid en richtte zijn aandacht weer op Allan, die verderging: 'Benny kende Per-Gunnar immers het best en Benny zei dat die nog wel een paar dagen kon wachten met de bijbels, hij was van mening dat er toch geen kakelverse nieuwtjes in stonden en daar kun je hem alleen maar gelijk in geven.'

'Niet opnieuw afdwalen, Karlsson. Hou je hoofd erbij!'

'Hoe dan ook, Benny geloofde niet dat het Jezus zou lukken

om terug te keren terwijl wij net in Småland waren, en voor zover ik dat weet heeft hij daar gelijk in gekregen. We reden dus met z'n drieën naar Småland zonder het eerst aan Per-Gunnar te vertellen, en dat was niet zo slim.'

'Dat was het inderdaad niet,' viel Per-Gunnar Gerdin hem bij. 'Ik kon natuurlijk best een paar dagen wachten op de bijbels, dat was het niet. Maar u moet begrijpen dat ik dacht dat Bikker zich had misdragen tegenover Julius, Allan en Benny. Bikker had het namelijk nooit een goed idee gevonden dat Never Again het evangelie zou gaan verspreiden en ik werd er natuurlijk niet geruster op toen ik al die berichten in de kranten las.'

De officier van justitie knikte en maakte een notitie. Misschien begon zich een enigszins logische lijn af te tekenen? Daarna richtte hij zich tot Benny: 'Waarom heb je geen contact met de politie opgenomen toen je al die verhalen over Never Again en meesterdief Julius Jonsson en de ontvoering van de honderdjarige had gelezen?'

'O, die gedachte is wel bij me opgekomen, maar toen ik de kwestie met Allan en Julius besprak waren die er pertinent op tegen. Julius antwoordde dat hij uit principe niet met de politie praatte, en Allan zei dat hij was weggelopen uit het bejaardentehuis en dat hij absoluut niet naar zuster Alice teruggebracht wilde worden alleen omdat de kranten en de televisie het een en ander verkeerd begrepen hadden.'

'Je praat uit principe niet met de politie?' vroeg Ranelid aan Julius Jonsson.

'Ja, dat klopt. Ik heb gedurende de jaren wat pech gehad in mijn relatie met de politie. Maar in prettiger omstandigheden, zoals met commissaris Aronsson gisteren en natuurlijk met u vandaag, maak ik graag een uitzondering. Wilt u nog een kopje koffie?'

Dat wilde de officier van justitie inderdaad. Hij had alle kracht en sterkte nodig die hij kon opbrengen om wijs te worden uit dit gesprek en straks om drie uur iets aan de media te presenteren. Iets wat waar of in elk geval geloofwaardig was.

Ranelid wilde zijn greep op Benny Ljungberg echter niet laten verslappen. 'En waarom heb je je vriend Per-Gunnar Gerdin toen niet gebeld? Je moet toch begrepen hebben dat hij in de krant over je gelezen had?'

'Ik denk dat het misschien niet duidelijk was bij de politie en de officier van justitie dat Per-Gunnar Jezus had ontmoet, want zijn telefoon werd afgeluisterd. Of niet?'

De officier van justitie humde, maakte een notitie en betreurde het dat hij dat detail aan de journalisten had verteld, maar gebeurd was gebeurd. Daarna ging hij verder, en nu richtte hij zich tot Per-Gunnar Gerdin.

'Het lijkt erop dat u een tip hebt gekregen waar Allan Karlsson en zijn vrienden zich bevonden. Waar kwam die tip vandaan, meneer Gerdin?'

'Helaas ben ik daar nooit achter gekomen. Die informatie heeft mijn collega Hompie Hultén met zich mee het graf in genomen.'

'Wat was dat voor tip?'

'Dat Allan, Benny en zijn vriendin in het Smålandse Rottne waren gezien. Ik geloof dat een kennis van Hompie hem heeft gebeld. Ik was namelijk geïnteresseerd in die informatie. Ik wist dat Benny's vriendin in Småland woonde en dat ze rood haar had, dus gaf ik Hompie opdracht om naar dat dorp te gaan en voor de supermarkt op wacht te gaan staan. Eten moet je immers altijd ...'

'En dat deed Hompie graag, uit naam van Jezus?'

'Nou, daar slaat u de spijker op zijn kop. Over Hompie kun je veel zeggen, maar niet dat hij religieus was. Hij was bijna nog verontwaardigder dan Bikker over de nieuwe richting die de club was ingeslagen. Hij had het erover dat hij naar Rusland of de Baltische staten wilde om een drugskartel te beginnen, hebt u ooit zoiets verschrikkelijks gehoord? Het is natuurlijk niet onmogelijk dat hij al is begonnen, maar dat moet u aan hem vragen ... O nee, dat gaat natuurlijk niet ...'

Ranelid keek wantrouwend naar Per-Gunnar Gerdin.

'We hebben een bandopname, waarop Benny Ljungberg daarnet al zinspeelde. Daarop vloek je nogal. Wat vindt de Heer daarvan?'

'O, de Heer vergeeft snel, dat zult u zien als u het boek openslaat dat u net hebt gekregen.'

'"Als jullie iemand zijn zonden vergeven, zijn ze vergeven", zegt Jezus,' vulde Bosse aan.

'Het Johannesevangelie?' vroeg commissaris Aronsson, die het citaat leek te herkennen van zijn uren in de hoek van de hotelbar de vorige avond.

'Lees jíj de Bijbel?' vroeg Ranelid verbaasd.

Aronsson gaf geen antwoord, maar glimlachte vroom. Per-Gunnar Gerdin ging verder: 'Ik koos er in dat gesprek voor om een toon aan te slaan die Hompie van vroeger kende; ik dacht dat hij me daardoor misschien zou gehoorzamen,' legde Per-Gunnar Gerdin uit.

'En deed hij dat?' informeerde Ranelid.

'Ja en nee. Ik wilde niet dat hij bij Allan, Julius, Benny en zijn vriendin zou opduiken, want ik was bang dat zijn lompe gedrag misschien niet goed zou vallen in de groep.'

'En dat was inderdaad zo,' vulde de Schoonheid aan.

'Hoezo?' vroeg Ranelid.

'Hij tuimelde mijn woning binnen en pruimde en vloekte en wilde alcohol ... Ik kan veel hebben, maar mensen die beginnen te vloeken als ze iets willen zeggen kan ik niet verdragen.'

Commissaris Aronsson had moeite met het doorslikken van de hap die hij net van zijn koffiebroodje had genomen. De Schoonheid had gisteravond op de veranda bijna onafgebroken gevloekt. Aronsson voelde steeds meer dat hij absoluut geen deelgenoot wilde zijn van de waarheid in deze moeilijke situatie.

De Schoonheid ging verder: 'Ik ben er vrij zeker van dat hij al aangeschoten was toen hij binnenkwam en stel je voor, hij was met de auto! Daarna zwaaide hij met zijn pistool om interessant te doen en schepte op dat hij dat nodig had voor zijn drugshandel in ... Riga, geloof ik. Maar toen heb ik tegen hem geschreeuwd, dat moet ik toegeven. Ik riep: "Geen wapens in mijn huis!" en daarna moest hij zijn pistool op de veranda leggen. Ik vraag me af of hij het niet glad vergeten is toen hij eindelijk vertrok. Ik heb nog nooit een chagrijniger en onaangenamer mens ontmoet ...'

'Misschien raakte hij zo uit zijn humeur door die bijbels,' overwoog Allan. 'Religie roept tenslotte gemakkelijk gevoelens op. Op een keer, toen ik in Teheran was ...'

'Teheran?' liet de officier van justitie zich ontvallen.

'Ja, dat was een paar jaar geleden. Er heerste orde in die tijd, zoals Churchill tegen me zei toen we daarvandaan vlogen.'

'Churchill?' vroeg Ranelid.

'Ja, de minister-president. Hoewel hij op dat moment geen minister-president was, maar daarvoor wel. En later.'

'Ik weet verdómme heel goed wie Winston Churchill was, ik vroeg me alleen af ... was je samen met Churchill in Teheran?'

'Niet vloeken, meneer Ranelid,' zei de Schoonheid.

'Nu ja, niet precies samen. Ik heb daar een tijd bij een missionaris gewoond, die er heel goed in was om de mensen in zijn omgeving slechtgehumeurd te maken.'

En slechtgehumeurd, dat was precies wat Ranelid begon te worden. Dat maakte Allan echter niet uit. Integendeel. Hij praatte dus verder: 'Jongeheer Hompie was net een menselijke onweerswolk die boven Sjötorp hing. Hij klaarde eigenlijk maar één keer op, en dat was toen hij vertrok. Hij draaide het autoraam naar beneden en riep: "Op naar Letland!"'

Per-Gunnar viel in. 'Over Never Again kan ik nog zeggen dat Bikker naar Afrika ging om legionair te worden, Hompie ging naar Letland om een narcoticahandel op te starten en Caracas ging naar huis. Waarmee alleen ik over was. Ik besloot naar Gunilla te gaan, Benny's vriendin die in Sjötorp woont. Hompie had me tenslotte gebeld en het adres doorgegeven voordat hij het land uit ging. Hij had waarschijnlijk toch een beetje schaamtegevoel.'

'Hm, daar heb ik een paar vragen over,' zei Ranelid. 'De eerste is aan jou, Gunilla. Waarom kocht je een verhuisbus in de dagen voordat jullie vertrokken – en waarom vertrokken jullie?'

De vrienden hadden de vorige avond besloten om Sonja erbuiten te houden. Ze was immers net als Allan weggelopen, maar bezat niet Allans burgerrechten. Waarschijnlijk zou ze niet eens als Zweeds worden beschouwd en in Zweden was je, net als in de meeste landen, niet veel waard als je buitenlander was. Sonja zou uitgewezen worden, of worden veroordeeld om haar leven in een dierentuin te slijten. Misschien zelfs allebei.

Zonder Sonja als verklaring moesten ze opnieuw hun toevlucht nemen tot een leugen om uit te leggen waarom de vrienden plotseling hadden besloten om in een verhuisbus rond te trekken.

'Tja, de bus staat weliswaar op mijn naam,' zei de Schoonheid, 'maar Benny en ik hebben hem eigenlijk samen gekocht voor Benny's broer, Bosse.'

'En die gaat hij vullen met bijbels?' vroeg Ranelid, die het niet langer op kon brengen zijn humeur en fatsoen te bewaren.

'Nee, met watermeloenen,' antwoordde Bosse. 'Wilt u de zoetste watermeloen ter wereld proeven?'

'Nee, dat wil ik niet,' antwoordde Ranelid. 'Ik wil duidelijkheid over de rest van het verhaal, dan wil ik naar huis om de persconferentie te houden en daarna wil ik op vakantie. En nu wil ik dat we verdergaan. Waarom in jezus ... vredesnaam zijn jullie met de bus uit Sjötorp vertrokken op het moment dat Per-Gunnar Gerdin daar aankwam?'

'Ze wisten natuurlijk niet dat ik onderweg was,' zei Per-Gunnar Gerdin. 'Vindt u het moeilijk om het verhaal te volgen?'

'Inderdaad,' zei Ranelid. 'Zelfs Eínstein zou het moeilijk vinden om deze onzin te volgen.'

'Nu u over Einstein begint ...' zei Allan.

'Nee, meneer Karlsson,' antwoordde Ranelid vastbesloten. 'Ik wil geen sprookjes horen over wat Karlsson en Einstein samen hebben gedaan. In plaats daarvan wil ik dat meneer Gerdin antwoord geeft op de vraag waar de Russen in beeld komen.'

'Hoezo?' vroeg Per-Gunnar Gerdin.

'De Russen. Je overleden collega Hompie had het over Russen in jullie afgeluisterde telefoongesprek. Je klaagde erover dat Hompie je niet op je prepaid telefoon had gebeld, en Hompie antwoordde dat hij dacht dat dat alleen moest als jullie zaken deden met de Russen.'

'Daar wil ik het niet over hebben,' zei Per-Gunnar Gerdin, voornamelijk omdat hij niet wist wat hij moest zeggen.

'Maar ik wel,' zei Ranelid.

Er viel een korte stilte aan tafel. Dat de Russen waren genoemd in Gerdins telefoongesprek had niet in de krantenreportages gestaan, en Gerdin had er zelf niet aan gedacht.

'*Jesli tjelovek kurit, on plocho igrajet v futbol*,' zei Benny ineens.

Iedereen keek hem met opengesperde ogen aan.

'Met de Russen worden mijn broer Bosse en ik bedoeld,' legde Benny uit. 'Onze vader – moge hij rusten in vrede – en onze oom Frasse – moge ook hij rusten in vrede – waren nogal links georiënteerd. Daarom drilden ze ons gedurende onze hele jeugd met alles wat Russisch was en daarom noemden onze vrienden en kennissen ons "de Russen". Dat legde ik daarnet in het kort uit, maar dan in het Russisch.'

Zoals alles wat er die ochtend werd gezegd, had Benny's uitleg niet veel met de waarheid te maken. Hij had tenslotte alleen geprobeerd Gannef Gerdin uit zijn benarde situatie te redden. Benny had bijna volledig examen in Russisch gedaan (hij had alleen zijn eindopdracht nooit ingeleverd), maar dat was een tijd geleden en het enige wat hij in alle haast had kunnen bedenken, was: 'Als je rookt, heeft dat een negatieve invloed op je voetbalspel.'

Het werkte echter. Van iedereen die aan tafel in Klockaregård zat, had alleen Allan verstaan wat Benny net had gezegd.

Nu begon het Ranelid te veel te worden. Eerst al die krankzinnige verwijzingen naar historische figuren, en mensen die Russisch begonnen te praten ... en dat terwijl hij wijs moest worden uit het onbegrijpelijke feit dat Bikker dood in Djibouti en Hompie dood in Riga was gevonden. Nee, het begon niet te veel te worden, het wás te veel. En toch was er nog één onmogelijke kwestie die opgehelderd moest worden.

'Kunt u bij wijze van afsluiting aan me uitleggen, meneer Gerdin, hoe het kwam dat u eerst werd doodgereden door uw vrienden, en hoe u daarna uit de dood bent opgestaan en nu hier aan tafel ... watermeloen zit te eten? Mag ik trouwens toch een stukje proeven?'

'Natuurlijk,' zei Bosse. 'Maar het recept is geheim! Ze zeggen niet voor niets altijd: als het eten echt lekker moet zijn, mag de Voedselautoriteit niet toekijken als het wordt bereid.'

Dat was een uitdrukking waar zowel commissaris Aronsson als officier van justitie Ranelid nog nooit van had gehoord. Maar Aronsson had eens en voor altijd besloten om zo veel mogelijk te zwijgen, en Ranelid wilde niets liever dan een eind maken aan ... waar hij ook bij betrokken was geraakt ... en vertrekken. Daarom vroeg hij geen verklaring. In plaats daarvan constateerde hij dat de watermeloen in kwestie de lekkerste was waar hij ooit zijn tanden in had gezet.

Terwijl Ranelid op zijn watermeloen kauwde, legde Per-Gunnar Gerdin uit hoe hij bij Sjötorp was aangekomen op het moment dat de verhuisbus wegreed, hoe hij bij het huis was gestopt en om zich heen had gekeken voordat hij begreep dat de vrienden die hij zocht in de bus zaten, hoe hij ze achterna was gescheurd, was gedraaid, in een slip was terechtgekomen ... en ... tja, er hadden tenslotte foto's van het autowrak in de kranten gestaan dus dat was waarschijnlijk geen nieuws voor meneer Ranelid.

'Dat hij ons inhaalde was niet zo vreemd,' voegde Allan, die een tijdje stil was geweest, eraan toe. 'Hij had immers meer dan 300 pk onder de motorkap.'

'Hou alstublieft uw mond,' zei Ranelid.

De leider van Never Again ging verder met zijn verhaal. Natuurlijk had hij een beetje bloed verloren, of eigenlijk heel veel, maar hij was snel verbonden, en hij had het niet nodig gevonden om naar het ziekenhuis te gaan voor zoiets onnozels als een vleeswond, een armbreuk, een hersenschudding en een paar gebroken ribben.

'Bovendien heeft Benny geschiedenis gestudeerd,' zei Allan.

'Geschiedenis?' vroeg Ranelid.

'Zei ik geschiedenis? Ik bedoelde geneeskunde.'

'Ik heb trouwens ook geschiedenis gestudeerd,' zei Benny. 'Mijn favoriete onderwerp was de fundamenten van de westerse beschaving, en dan vooral de middeleeuwse geschiedenis ...'

'Begin nu niet net als Karlsson,' zei de officier van justitie. 'Ga verder met je verhaal.'

Hij keek tijdens zijn dringende verzoek naar Allan, dus die zei: 'Als u me wilt verontschuldigen, maar het verhaal is klaar. Hoewel, als u absoluut meer van ons wilt horen, kan ik nog wel over een paar ontberingen vertellen uit de tijd dat ik spion voor de CIA was. Of toen ik de Himalaya overstak. Wilt u weten hoe je lekkere brandewijn van geitenmelk maakt? Het enige wat je daarvoor nodig hebt is een suikerbiet en wat zonneschijn. En geitenmelk natuurlijk.'

Soms gebeurt het dat je praat terwijl je hersenen nog stilstaan, en daar leed Ranelid misschien aan toen hij in weerwil van wat hij net had besloten toch commentaar gaf op Allans laatste uitweiding.

'Bent u de Himalaya overgestoken? Op honderdjarige leeftijd?'

'Nee, natuurlijk niet,' zei Allan. 'U moet begrijpen dat ik niet mijn hele leven honderd ben geweest. Dat ben ik nog niet zo lang.'

'Kunnen we verder ...'

'We groeien tenslotte allemaal op en worden ouder,' ging Allan verder. 'Dat geloof je misschien niet als je een kind bent ... neem jongeheer Kim Jong Il bijvoorbeeld. Die arme ziel zat op mijn schoot te huilen, maar nu is hij staatshoofd, met alles wat dat inhoudt ...'

'Kunnen we het hierbij laten, Karlsson ...'

'Natuurlijk, het spijt me. U wilt het verhaal horen over hoe ik de Himalaya ben overgestoken. Eerst had ik maandenlang alleen het gezelschap van een kameel, en je kunt zeggen wat je wilt over kamelen, maar ...'

'Nee!' barstte Ranelid uit. 'Dat wil ik helemaal niet horen. Ik wil gewoon ... Ik weet het niet ... Kunt u niet gewoon ...'

Hij was heel even stil, waarna hij met zachte stem zei dat hij geen vragen meer had ... behalve misschien dat hij niet begreep waarom de vrienden zich wekenlang verborgen hadden gehouden op de Västgötavlakte als daar geen enkele reden voor was. 'Jullie waren toch onschuldig?'

'Met onschuld kan het verkeren, dat is afhankelijk vanuit wiens perspectief je het bekijkt,' zei Benny.

Conny Ranelid kwam langzaam overeind, bedankte voor de meloen, de koffie, het koffiebroodje en ... het gesprek ... en omdat de vrienden in Klockaregård zo behulpzaam waren geweest.

Daarna liep hij de keuken uit, ging in zijn auto zitten en reed weg.

'Dat ging heel goed,' zei Julius.

'Absoluut,' zei Allan. 'Ik geloof dat ik het meeste heb kunnen vertellen.'

In de auto op de E20 in noordoostelijke richting verdween de geestelijke verlamming van Ranelid stukje bij beetje. Zo langzamerhand begon hij het verhaal dat hij had gehoord door te nemen, hij voegde toe en schrapte (hij schrapte voornamelijk) en werkte bij en polijstte tot hij dacht dat hij een geflatteerd verhaal had dat nog zou kunnen werken ook. Het enige wat hij echt jammer vond als het ging om de geloofwaardigheid van het verhaal, was dat de journalisten evenmin zouden geloven dat de lijkenlucht voortijdig was losgekomen bij de honderdjarige Allan Karlsson.

In Ranelids hoofd groeide een idee. Die verdomde politiehond ... Zou hij die rothond de schuld kunnen geven?

Als Ranelid geloofwaardig kon maken dat was gebleken dat de hond krankzinnig was, dan had hij ineens oneindig veel mogelijkheden om zijn gezicht te redden. Het verhaal zou dan kunnen luiden dat er nooit een lijk op een lorrie in het bos van Sörmland had gezeten, maar dat Ranelid in de verleiding was gebracht om het tegendeel te geloven en dat had op zijn beurt geleid tot een serie logische conclusies en besluiten – die weliswaar volslagen geschift waren gebleken, maar dat kon niemand de officier van justitie aanrekenen, dat was tenslotte de schuld van de hond.

Ranelid dacht dat het zelfs briljant kon zijn. Het enige wat hij daarvoor nodig had was dat het verhaal over de hond die zijn greep op de werkelijkheid kwijt was uit een andere richting werd bevestigd, en natuurlijk dat ... Kicki ... heette ze zo? ... dat Kicki bliksemsnel het leven liet. Het kon natuurlijk niet dat ze na het verhaal van Ranelid bleef bewijzen hoe slim ze was.

Ranelid had iets tegoed van Kicki's hondenbegeleider; tenslotte had hij een paar jaar geleden een oogje dichtgeknepen bij een politiekruimeldiefstal in een supermarkt. Ranelid was van mening dat een politiecarrière niet hoefde te eindigen door een niet-betaalde muffin. Maar nu was voor de hondenbegeleider het moment gekomen om iets voor hem terug te doen.

'Tot ziens, Kicki,' zei Conny Ranelid, waarna hij voor de eerste keer in een oneindig lange tijd glimlachte terwijl hij over de E20 in noordoostelijke richting naar Eskilstuna reed.

Even later ging zijn mobiel. Het was de districtshoofdcommissaris van politie, die het obductie- en identificatierapport uit Riga net op zijn bureau had gekregen.

'Ze bevestigen dat het lijk in de samengeperste hoop schroot inderdaad Henrik Hultén was,' zei de hoofdcommissaris.

'Fijn,' zei Ranelid. 'En goed dat je belt. Wil je zo vriendelijk zijn me door te schakelen naar de centrale? Ik moet met Ronny Bäkman praten. De hondenbegeleider, je weet wel ...'

De vrienden van Klockaregård hadden Ranelid uitgezwaaid en waren op Allans initiatief teruggekeerd naar de keukentafel. Hij was van mening dat er nog een kwestie was die uitgepraat moest worden.

Allan begon het gesprek met aan commissaris Aronsson te vragen of hij bepaalde standpunten had over wat de officier van justitie net had gehoord. Misschien wilde hij liever een eindje gaan wandelen terwijl de vrienden met elkaar praatten?

Aronsson antwoordde dat het verhaal op alle punten helder en duidelijk was geweest. Voor hem was de zaak gesloten, en als hij aan de tafel mocht blijven zitten, deed hij dat graag. Overigens was hij zelf absoluut niet vrij van zonden en was hij niet van plan om in deze kwestie de eerste of zelfs de tweede steen te gooien.

'Daarentegen mogen jullie me het plezier doen om geen dingen te vertellen die ik liever niet hoor. Als er ondanks alles alternatieve antwoorden zijn voor de informatie die jullie Ranelid daarnet hebben gegeven, bedoel ik ...'

Allan zei dat hij en de anderen de commissaris dat plezier graag wilden doen, en daarna voegde hij eraan toe dat vriend Aronsson van harte welkom was om aan de tafel te blijven zitten.

Vriend Aronsson, dacht Aronsson. Door de jaren heen had hij in verband met zijn werk veel vijanden gemaakt onder alle rekbare gewetens die het land telde, maar niet één vriend. Hij vond werkelijk dat het tijd werd! Daarna zei hij dat het hem niet alleen trots maar ook blij zou maken als Allan en de anderen hem in hun vriendenkring wilden opnemen.

Allan antwoordde dat hij tijdens zijn lange leven bevriend was geweest met priesters en presidenten, maar nog nooit met een politieagent. En omdat Aronsson absoluut niet te veel wilde weten, beloofde Allan om niet te vertellen waar al het geld van de groep vandaan kwam. Ter wille van de vriendschap, dus.

'Al het geld?' vroeg commissaris Aronsson.

'Ja,' zei Allan. 'Die koffer, snap je? Voordat er slimline-bijbels in echt leer in zaten, was hij tot de rand gevuld met biljetten van vijfhonderd kronen. Ongeveer vijftig miljoen.'

'Alle duivelse ...' zei commissaris Aronsson.

'Vloek er maar op los,' zei de Schoonheid.

'Als je toch iemand moet aanroepen, wil ik Jezus graag aanbevelen,' zei Bosse. 'Met of zonder officier van justitie aan tafel.'

'Vijftig miljoen?' vroeg commissaris Aronsson.

'Met aftrek van wat onkosten tijdens de reis,' zei Allan. 'Nu moeten we de verdeelsleutel bespreken. En daarmee geef ik het woord aan jou, Gannef.'

Per-Gunnar Gannef Gerdin krabde zich achter zijn oor terwijl hij even nadacht. Daarna zei hij dat hij wilde dat de vrienden en de miljoenen bij elkaar bleven, want Gannef verlangde op dit moment nergens meer naar dan een drankje met een parapluutje dat hij geserveerd kreeg onder een parasol ergens ver weg. Bovendien was Gannef te weten gekomen dat Allan dezelfde droom koesterde.

'Maar dan zonder parapluutje,' zei Allan.

Julius zei dat hij het eens was met Allan dat een bescherming tegen de regen boven een longdrink niet tot de noodzakelijkheden van het leven behoorde, vooral niet als je al onder een parasol zat en de zon aan een blauwe hemel stond, maar dat de vrienden geen ruzie over die kwestie hoefden te maken. Een gezamenlijke vakantie klonk immers fantastisch!

Commissaris Aronsson lachte verlegen bij het idee, hij durfde er nog niet echt zeker van te zijn dat hij bij de groep hoorde. Dat merkte Benny, waarna hij zijn arm rond de schouder van de commissaris sloeg en vroeg waar de vertegenwoordiger van de politiemacht bij voorkeur zijn vakantiedrankje dronk.

Aronsson begon te stralen en zou net antwoorden toen de Schoonheid een domper op de feestvreugde zette: 'Ik reis geen meter zonder Sonja en Buster!' Ze was even stil. 'Verdomme,' voegde ze er daarna aan toe.

Omdat Benny zich niet kon voorstellen dat hij een meter zonder de Schoonheid zou reizen, had hij meteen geen zin meer. 'Bovendien heeft de helft van ons niet eens een geldig paspoort,' zuchtte hij.

Allan bedankte Gannef voor zijn gulheid voor wat betreft de verdeling van het geld in de koffer. Een vakantie leek hem een goed idee, het liefst zoveel mogelijk kilometers bij zuster Alice vandaan. Als de andere leden van de groep het daarmee eens waren, zou het vervoer naar een bestemming waar ze niet zo zorgvuldig waren met visa voor mens of dier beslist in orde komen.

'En hoe moeten we een vijf ton zware olifant mee krijgen in het vliegtuig?' vroeg Benny ontmoedigd.

'Dat weet ik niet,' zei Allan. 'Maar als we gewoon positief denken komt het wel in orde.'

'En het feit dat we niet eens allemaal een geldig paspoort hebben?'

'Als we maar positief denken, zei ik al.'

'Ik geloof op zich dat Sonja niet meer dan vier ton weegt, misschien vierenhalf,' zei de Schoonheid.

'Zie je, Benny,' zei Allan. 'Dat bedoel ik met positief denken. Het probleem is meteen een ton lichter geworden.'

'Ik heb misschien een idee,' ging de Schoonheid verder.

'Ik ook,' zei Allan. 'Mag ik een telefoon lenen?'

26

1968-1982

Julij Borisovitsj Popov woonde en werkte in de stad Sarov bij Niznij Novgorod, ongeveer driehonderdvijftig kilometer ten oosten van Moskou.

Sarov was een geheime stad, die bijna nog geheimer dan Ryan Hutton was. Het mocht niet eens meer Sarov heten, maar had de niet bepaald romantische naam Arzamas-16 gekregen. Bovendien was de stad van alle kaarten verwijderd. Sarov bestond niet en tegelijkertijd wel. Ongeveer zoals met Vladivostok gedurende een aantal jaar na 1953, maar dan omgekeerd.

Verder was de stad omgeven door prikkeldraad en niemand kwam erin of eruit zonder een zorgvuldige veiligheidscontrole. Voor wie een Amerikaans paspoort had en verbonden was aan de Amerikaanse ambassade in Moskou, was het absoluut niet aan te raden in de buurt te komen.

CIA-man Ryan Hutton had samen met zijn leerling Allan Karlsson wekenlang gewerkt met het ABC van spionnen, waarna Allan in de ambassade in Moskou werd ondergebracht onder de naam Allen Carson en met de vage titel administrateur.

Het was behoorlijk gênant voor Hutton dat hij helemaal was voorbijgegaan aan het feit dat het object dat Allan Karlsson moest benaderen onbereikbaar was, opgesloten achter prikkeldraad in een stad die zo beschermd was dat die niet eens mocht heten zoals hij heette of mocht liggen waar hij lag.

Hutton verontschuldigde zich voor zijn vergissing, maar voegde eraan toe dat meneer Karlsson daar waarschijnlijk wel raad op wist. Popov kwam af en toe beslist naar Moskou en Allan hoefde alleen uit te zoeken wanneer dat was.

'Nu moet u me echter verontschuldigen, meneer Karlsson,' zei Hutton aan de telefoon vanuit de Franse hoofdstad. 'Ik heb nog heel veel op mijn bureau liggen waar ik dringend aan moet beginnen. Veel succes!'

Daarna legde hij de hoorn op de haak, zuchtte hartgrondig en keerde terug naar de chaotische nasleep van de door de CIA gesteunde militaire coup in Griekenland van het afgelopen jaar. Zoals zoveel de laatste tijd was het niet precies gegaan zoals de bedoeling was geweest.

Allan had geen beter idee dan elke dag een verfrissende wandeling naar de stadsbibliotheek in Moskou maken, waar hij urenlang kranten en tijdschriften las. Hij hoopte dat hij in een artikel zou lezen dat Popov van plan was om zich buiten het prikkeldraad te begeven dat rond Arzamas-16 was gespannen.

De maanden gingen voorbij, maar iets dergelijks las hij niet. Daarentegen las Allan onder andere dat presidentskandidaat Robert Kennedy hetzelfde lot had ondergaan als zijn broer en dat Tsjechoslowakije de Sovjet-Unie om hulp had gevraagd om het binnenlandse socialisme op orde te krijgen.

Verder las Allan op een dag dat Lyndon B. Johnson een opvolger met de naam Richard M. Nixon had gekregen. Omdat de onkostenvergoeding van de ambassade echter elke maand in een envelop bleef komen, voelde Allan zich verplicht om naar Popov te blijven zoeken. Als Hutton daar verandering in wilde, zou hij vast en zeker contact opnemen.

Het jaar 1968 werd 1969 en het voorjaar naderde toen Allan tijdens zijn eeuwige geblader in de bibliotheek iets interessants las. De Weense Staatsopera zou een gastoptreden in het Bolsjojtheater in Moskou verzorgen, met Franco Corelli als tenor en de Zweedse wereldster Birgit Nilsson als Turandot.

Allan krabde zich op zijn tegenwoordig weer baardloze kin

en herinnerde zich de eerste avond die Julij en hij samen hadden doorgebracht. Julij had op een bepaald moment een aria gezongen. *Nessun dorma* – niemand mag slapen! Niet lang daarna waren ze om aan alcohol gerelateerde redenen toch in slaap gevallen, maar dat was iets anders.

Allan redeneerde dat iemand die ooit in een onderzeeër op een diepte van een paar honderd meter enigszins recht had kunnen doen aan Puccini en *Turandot*, hoogstwaarschijnlijk niet een gastoptreden uit Wenen met dezelfde opera in het Bolsjojtheater in Moskou zou willen missen. Vooral omdat de betrokkene maar op een paar uur van Moskou woonde en bovendien zoveel medailles had dat het redelijkerwijs geen probleem zou zijn om een plaats in de theaterzaal te krijgen.

Of misschien niet. En in dat geval moest Allan doorgaan met zijn dagelijkse wandelingen naar en van de stadsbibliotheek. Erger dan dat kon de situatie niet worden.

Voorlopig hield Allan er in elk geval rekening mee dat Julij bij de opera zou verschijnen. Hij hoefde er alleen voor te zorgen dat hij daar stond en 'bedankt voor laatst' zei, en dan was de zaak geregeld.

Op de avond van 22 maart 1969 stond Allan strategisch links van de grote ingang van het Bolsjojtheater. Hij had gedacht dat hij vanaf die positie Julij zou herkennen als deze hem op weg naar de zaal passeerde. Het bleek echter een probleem dat alle bezoekers er bijna hetzelfde uitzagen. De mannen droegen een zwart kostuum onder een zwarte jas en de vrouwen een lange jurk die onder een zwarte of bruine bontjas tevoorschijn kwam. Ze liepen allemaal twee aan twee en haastten zich van de kou de warmte in, langs Allan die op de bovenste trede van de statige trap stond. Het was ook donker, dus hoe moest Allan in vredesnaam een gezicht identificeren dat hij eenentwintig jaar geleden twee dagen had gezien? Als hij tenminste niet het onbegrijpelijke geluk zou hebben dat Julij in plaats daarvan Allan herkende.

Dat geluk had Allan echter niet. Het was natuurlijk verre van zeker dat Julij Borisovitsj, waarschijnlijk samen met iemand anders, zich nu in het theater bevond, maar als dat zo was, dan was hij zijn vriend van vroeger zonder hem te herkennen op een paar meter afstand gepasseerd. Wat moest Allan nu doen? Hij dacht hardop na: 'Als je daarnet het theater bent in gegaan, beste Julij Borisovitsj, dan is het vrij zeker dat je over een paar uur door dezelfde deur naar buiten komt. Maar dan zie je er waarschijnlijk nog steeds net zo uit als alle anderen. Ik kan je dus niet vinden, wat betekent dat jij mij zult moeten vinden.'

Zo moest het zijn. Allan ging naar zijn kleine kantoor in de ambassade, trof zijn voorbereidingen en was ruim voor het moment dat prins Calaf het hart van prinses Turandot liet smelten terug.

Wat Allan tijdens zijn opleiding bij Ryan Hutton meer dan iets anders had moeten repeteren was het woord 'discretie'. Een succesvolle spion mocht nooit ophef maken, hij mocht zich niet onderscheiden, hij moest versmelten met de omgeving waarin hij werkte tot hij bijna onzichtbaar was.

Birgit Nilsson en Franco Corelli werden twintig keer teruggeroepen; het succes was volkomen. Daarom duurde het extra lang voordat het publiek vertrok en alle mensen die er hetzelfde uitzagen de trap weer af stroomden. Wat íédereen zag was de man die midden op de onderste traptrede stond en een zelfgemaakt bord omhooghield waarop stond:

IK BEN
ALLAN
KARLSSON

Allan had de lessen van Hutton weliswaar begrepen, maar hij had een bedoeling met het bord. In Huttons Parijs was het misschien voorjaar, maar in Moskou was het kil en donker. Allan had het koud en hij wilde resultaat zien. Eerst had hij Julijs naam op het bord willen schrijven, maar op het laatste moment had hij besloten dat de indiscretie waar hij gebruik van maakte in eerste instantie voor hemzelf moest gelden, en niet voor anderen.

Larissa Aleksandrevna Popova, de vrouw van Julij Borisovitsj Popov, hield de arm van haar man liefdevol vast en bedankte hem voor de vijfde keer voor de fantastische ervaring die ze net hadden gedeeld. Birgit Nilsson zong net zo zuiver als Maria Callas! En de plaatsen! Rij vier, helemaal in het midden. Larissa was al heel lang niet zo gelukkig geweest. Vanavond zouden Jurij en zij bovendien in een hotel slapen, zodat ze pas over bijna een etmaal naar die verschrikkelijke stad achter prikkeldraad hoefden terug te keren. Het zou een romantisch diner voor twee worden ... alleen Julij en zij ... en daarna misschien zelfs ...

'Het spijt me, lieverd,' zei Julij terwijl hij op de bovenste traptrede bleef staan, net voor de deuren van het theater.

'Wat is er, liefste?' vroeg Larissa ongerust.

'Zie je die man daar beneden met dat bord? Dat kan niet waar zijn ... maar ik moet ... Hij is toch dood?'

'Wie is dood, liefste?'

'Kom,' zei Julij terwijl hij zijn vrouw de trappen af loodste.

Julij bleef drie meter voor Allan staan en probeerde zijn hersenen te laten begrijpen wat zijn ogen al hadden geregistreerd. Allan zag zijn vriend van vroeger, die als een idioot naar hem stond te staren, liet het bord zakken en zei: 'Was Birgit goed?'

Julij zei nog steeds niets, maar zijn vrouw vroeg fluisterend aan haar echtgenoot of dit de man was die volgens hem dood was.

Allan antwoordde dat hij niet dood was, maar dat hij het enorm koud had, en dat de Popovs, als ze er zeker van wilden zijn dat hij niet dood zou vriezen, hem het best onmiddellijk mee konden nemen naar een restaurant waar hij wat wodka kon krijgen, en misschien zelfs een beetje voedsel.

‘Je bent het echt,’ stamelde Julij uiteindelijk. ‘Maar ... praat je Russisch?’

‘Ja, ik heb meteen nadat we elkaar voor het laatst hadden gezien een vijfjarige cursus in jouw moedertaal gevolgd,’ zei Allan. ‘De school heet goelag. Hoe staat het met de wodka?’

Julij Borisovitsj was een man met veel moraal, en hij was eenentwintig jaar lang gekweld door het feit dat hij de Zweedse atoombomexpert naar Moskou had gelokt, waarna die was doorgestuurd naar Vladivostok, waar de Zweed waarschijnlijk – als dat niet al eerder was gebeurd – was omgekomen bij de brand waarvan alle enigszins geïnformeerde Russen wisten. Hij leed er al eenentwintig jaar onder, niet het minst omdat hij de Zweed met zijn nagenoeg oneindige positivisme onmiddellijk graag had gemogen.

Nu stond Julij Borisovitsj voor het Bolsjojtheater in Moskou terwijl het vijftien graden vroor, na een hartverwarmende opera en ... nee, hij kon het niet geloven. Allan Karlsson had het overlééfd. Hij leefde nog steeds. En op dit moment stond hij recht tegenover Julij. Midden in Moskou. En hij praatte Russisch!

Julij Borisovitsj was al veertig jaar getrouwd met Larissa Aleksandrevna en ze waren heel gelukkig samen. Ze hadden geen kinderen, maar hun wederzijds vertrouwen kende geen grenzen. Ze deelden alles in voor- en tegenspoed en Julij had al heel vaak aan zijn vrouw verteld hoe verdrietig hij was over het lot van Allan. En nu, terwijl Julij nog steeds contact met zijn hersenen probeerde te maken, nam Larissa Aleksandrevna het bevel over.

‘Als ik het goed begrijp is dit je vriend van vroeger, degene die je indirect de dood in hebt gestuurd. Hoe zou het zijn, lieve Julij, als we in overeenstemming met zijn wens razendsnel naar een restaurant gaan en ervoor zorgen dat hij wat wodka krijgt voordat hij echt doodgaat?’

Julij gaf geen antwoord, maar hij knikte en liet zich door zijn vrouw naar de wachtende limousine leiden, waarna ze hem naast zijn doodgewaande vriend plaats liet nemen en de chauffeur de instructie gaf om te rijden. 'Restaurant Pusjkin, graag.'

Het kostte twee flinke borrels voordat Allan ontdooide en nog twee voordat Julij weer als mens begon te functioneren. In de tussentijd maakten Allan en Larissa kennis met elkaar.

Toen Julij eindelijk zijn verstand terug had en de schok overging in blijdschap vond Allan dat het tijd was om recht op zijn doel af te gaan. Als je iets te zeggen had, kon je dat net zo goed meteen doen.

'Wat zeg je ervan om spion te worden?' zei Allan. 'Dat ben ik ook en het is eigenlijk heel spannend.'

'Een spion?' vroeg Larissa terwijl haar echtgenoot hoestte.

'Ja, of een geheim agent. Ik weet het verschil eigenlijk niet zo goed.'

'Wat interessant! Vertel eens wat meer.'

'Nee, doe dat niet, Allan,' hoestte Julij. 'Doe dat niet! We willen het niet weten!'

'Praat geen onzin, lieve Julij,' zei Larissa. 'Je vriend moet toch over zijn werk kunnen vertellen nu jullie elkaar zoveel jaar niet hebben gezien. Ga verder.'

Allan ging verder en Larissa luisterde geïnteresseerd terwijl Julij zijn gezicht in zijn handen verborg. Allan vertelde over het diner met president Johnson en Hutton van de CIA en de ontmoeting de volgende dag met Hutton, die had voorgesteld dat Allan naar Moskou zou gaan om uit te zoeken hoe het er voor stond met de Sovjetraketten.

Allan besefte dat het alternatief in Parijs blijven was, waar hij elke dag druk bezig zou zijn ervoor te zorgen dat de ambassadeur en haar man geen diplomatieke crises veroorzaakten op het moment dat ze hun mond opendeden. Omdat Amanda en Herbert met z'n tweeën waren en Allan onmogelijk op meer dan één plek tegelijk kon zijn, accepteerde hij het aanbod van

Hutton. Het klonk gewoon iets rustiger. Bovendien zou het leuk zijn om Julij na al die jaren weer te zien.

Julij hield nog steeds zijn handen voor zijn gezicht, maar keek met één oog tussen zijn vingers door naar Allan. Had Julij de naam Herbert Einstein weleens gehoord? Julij herinnerde zich hem en het zou heerlijk zijn als ook Herbert de ontvoering en het gevangeniskamp had overleefd waaraan Berija hem had blootgesteld.

Dat was zo, bevestigde Allan. Daarna vertelde hij in het kort over zijn twintig jaar met Herbert, zijn vriend die altijd dood wilde, maar die, toen dat afgelopen jaar december op zesenzeventigjarige leeftijd uiteindelijk zomaar gebeurde, daar heel anders over dacht. Hij had een succesvolle vrouw, die diplomaat was in Parijs, en twee tieners achtergelaten. De laatste berichten uit de Franse hoofdstad vertelden dat de familie Herberts overlijden goed had opgenomen en dat mevrouw Einstein erg populair was bij invloedrijke mensen. Haar Frans was weliswaar verschrikkelijk slecht, maar dat was ook een deel van haar charme, want daardoor zei ze af en toe stomme dingen die ze redelijkerwijs niet kon menen.

'Ik denk dat we van ons onderwerp afdwalen,' zei Allan. 'Je hebt nog geen antwoord op mijn vraag gegeven. Wil je spion worden, bij wijze van afwisseling?'

'Dat kan toch niet! Ik heb meer onderscheidingen voor mijn inzet voor het vaderland gekregen dan alle andere burgers in de moderne geschiedenis van de Sovjet-Unie. Het is volkomen uitgesloten dat ik spion word!' zei Julij terwijl hij zijn zesde glas wodka naar zijn mond bracht.

Larissa vroeg zich af wat zowel zij als Julij, die binnenkort allebei vijfenzestig jaar werden, eigenlijk aan de Sovjet-Unie te danken had. Natuurlijk, Julij had drie keer een onderscheiding gekregen en daardoor kregen ze mooie plaatsen voor de opera, maar verder?

Larissa wachtte Julijs antwoord niet af, maar ging verder met de constatering dat ze allebei opgesloten zaten in Arzamas-16, een stad waarvan de naam alleen al deprimeerde, en die bovendien achter prikkeldraad lag. Natuurlijk wist ze dat het hun vrijstond om te komen en te gaan wanneer ze wilden, maar ze zou het fijn vinden als Julij haar niet zou onderbreken, want ze was nog lang niet klaar.

Voor wiens bestwil zwoegde Julij dagen achtereen? Eerst was het voor Stalin, en die was niet helemaal goed bij zijn hoofd geweest. Daarna was het Chroesjtsjovs beurt geweest, en het enige teken dat hij menselijke warmte bezat was waarschijnlijk dat hij maarschalk Berija had laten terechtstellen. En nu was het Brezjnev, en die stonk!

'Larissa!' riep Julij Borisovitsj geschrokken.

'Je hebt zelf gezegd dat Brezjnev stinkt, Julij.'

Daarna betoogde ze dat Allan als geroepen kwam, want de laatste tijd voelde ze zich steeds verdrietiger worden bij de gedachte dat ze binnen dat prikkeldraad zou sterven in een stad die officieel niet bestond. Zouden Larissa en Julij wel echte grafstenen krijgen? Of was daarvoor ook codetaal nodig, voor alle zekerheid?

'Hier rusten kameraad X en zijn trouwe vrouw Y,' zei Larissa.

Julij gaf geen antwoord. Zijn lieve vrouw had een punt.

Larissa was aan het slot van haar uiteenzetting gekomen. 'Waarom dus niet een paar jaar samen met je vriend spioneren, en daarna krijgen we hulp om naar New York te vluchten en als we daar eenmaal zijn gaan we elke avond naar het Metropolitan. We krijgen een leven, lieve Julij, voordat we doodgaan.'

Nu Julij erin leek te berusten, legde Allan de details uit. Hij had zoals gezegd via allerlei kronkelwegen in Parijs ene meneer Hutton ontmoet, een man die dicht bij ex-president Johnson leek te staan en bovendien een hoge positie binnen de CIA had.

Toen het Hutton ter ore kwam dat Allan Julij Borisovitsj van vroeger kende en dat Julij bovendien misschien bij Allan in het krijt stond, had hij een plan bedacht.

Allan deed een poging om samen te vatten wat Hutton had

gezegd. Het had ermee te maken dat de Sovjet-Unie de VS zou aanvallen met kernwapens, of dat ze dat niet zouden doen. Verder had Hutton, voor zover Allan zich dat herinnerde, uiting gegeven aan zijn ongerustheid over de consequenties die een Sovjetaanval voor de VS zou hebben. Want zelfs als het Sovjetkernwapenarsenaal net groot genoeg was om de VS maar één armzalige keer van de aardbodem weg te vagen, dan nog vond Hutton dat erg genoeg.

Hoe Hutton de vergelijking aan het eind had samengevat, kon Allan niet zeggen. Om de een of andere reden wilde hij in elk geval weten hoe het Sovjetarsenaal eruitzag; als hij dat eenmaal wist kon hij president Johnson adviseren om onderhandelingen met de Sovjet-Unie over kernwapenontwapening te beginnen. Hoewel Johnson nu geen president meer was, dus ... nee, Allan wist het niet. Politiek was vaak niet alleen onnodig, maar zo nu en dan ook onnodig ingewikkeld.

Julij was weliswaar het hoofd van de technische afdeling van het totale Sovjetkernwapenprogramma en hij wist alles over de strategie, geografie en sterkte van het programma, maar tijdens de drieëntwintig jaar in dienst van het nucleaire programma van de Sovjet-Unie had hij nog nooit één politieke gedachte gehad, en dat had ook niet gehoeven. Het was een omstandigheid die Julij en zijn gezondheid buitengewoon goed uitkwam. Hij had immers in de loop der jaren drie verschillende leiders en bovendien maarschalk Berija overleefd. Het was niet veel machtige mannen gegund om zo lang te leven terwijl ze zo'n hoge positie bekleedden.

Julij wist echter hoeveel opofferingen Larissa zich had moeten getroosten. En nu – nu ze eigenlijk pensioen en een datsja aan de Zwarte Zee verdienden – was haar onbaatzuchtigheid groter dan ooit. Ze had nog nooit geklaagd. Nooit. Daarom luisterde Julij eens te meer naar haar toen ze verderging. 'Lieve Julij. Laten we eerst samen met Allan een kleine bijdrage aan de vrede op aarde leveren, en laten we daarna naar New York verhuizen. Je onderscheidingen mag Brezjnev terug hebben, zodat hij ze kan opbergen op een plek waar de zon niet schijnt.'

Julij gaf het op en zei 'ja' tegen het hele pakket (behalve zijn onderscheidingen op de plek waar de zon niet schijnt) en daarna werden Julij en Allan het erover eens dat president Nixon de waarheid niet precies hoefde te horen, maar eerder iets wat hem vrolijk stemde. Want een vrolijke Nixon kon Brezjnev vrolijk maken, en als ze allebei vrolijk waren zouden ze toch geen oorlog beginnen?

Toen Ryan Hutton, het Europese hoofd van de CIA in Parijs, het bericht kreeg dat de rekrutering was voltooid en dat er snel geleverd zou worden, zei hij tegen zichzelf dat deze Karlsson waarschijnlijk professioneler was dan hij aanvankelijk had geleken.

Het Bolsjojtheater vernieuwde het repertoire drie tot vier keer per jaar. Daarnaast was er minstens één jaarlijks gastoptreden, zoals dat van de Weense Staatsopera.

Er was dus een handvol gelegenheden per jaar waarbij Allan en Julij Borisovitsj elkaar discreet konden ontmoeten in de hotelsuite van Julij en Larissa om geschikte kernwapeninformatie te verzinnen om door te geven aan de CIA. Ze vermengden verzinsels en werkelijkheid op zo'n manier dat de informatie vanuit Amerikaans perspectief zowel geloofwaardig als opbeurend was. De consequentie van Allans spionagerapporten was dat president Nixons staf aan het begin van de jaren 1970 Moskou begon te bewerken om een topontmoeting te organiseren met wederzijdse ontwapening op de agenda. Nixon voelde zich veilig omdat de VS het sterkst waren van de twee landen.

Voorzitter Brezjnev stond van zijn kant niet afkerig tegenover een ontwapeningsafspraak, omdat zijn spionagerapporten hem vertelden dat de Sovjet-Unie het sterkste land van de twee was. De kwestie werd alleen bemoeilijkt omdat een schoonmaakster op de afdeling Spionage van de CIA buitengewoon merkwaardige informatie aan de GRU had doorgesluisd. Ze had haar hand weten te leggen op documenten die van het CIA-kantoor in Parijs waren gestuurd, waaruit bleek dat de CIA een spion op een centrale plek in het Sovjetkernwapenprogramma had. Het probleem was dat de informatie niet klopte. Als Nixon wilde ontwapenen aan de hand van de opgaven die een Sovjetfantast naar de CIA in Parijs had gestuurd, dan had Brezjnev daar natuurlijk niets op tegen, maar de kwestie was zo lastig dat hij bedenktijd nodig had. En de fantast moest in elk geval gelokaliseerd worden.

Brezjnev riep zijn hoofd van de technische afdeling voor kernwapens bij zich, de onwankelbaar loyale Julij Borisovitsj Popov, om hem te vragen waar de desinformatie die de Amerikanen hadden vandaan kon komen. Want zelfs al had de CIA een flink onderschat beeld van de kernwapencapaciteiten van de Sovjet-Unie gekregen, toch waren ze voldoende goed ingelicht om vragen op te roepen. Daarvoor had hij de expertise van Popov nodig.

Popov las wat hij samen met zijn vriend Allan had verzonnen en haalde zijn schouders op. Dit zou iedere willekeurige student kunnen samenstellen na wat geblader in een bibliotheek, dacht Popov. Daar hoefde kameraad Brezjnev zich geen zorgen over te maken.

Brezjnev bedankte het hoofd van de technische afdeling voor kernwapens hartelijk voor zijn hulp en zei tegen hem dat hij de groeten moest doen aan Larissa Aleksandrevna, diens charmante vrouw.

Terwijl de KGB zonder resultaat discreet bepaalde kernwapengerelateerde literatuur in tweehonderd bibliotheken in de Sovjet-Unie liet bewaken, dacht Brezjnev na over zijn houding tegenover Nixons officieuze voorstellen. Tot de dag dat Nixon bij Mao Zedong in China werd uitgenodigd! Brezjnev en Mao hadden elkaar vlak daarvoor gevraagd om eens en voor altijd naar de pomp te lopen, en nu bestond plotseling het risico dat China en de VS een goddeloos bondgenootschap tegen de Sovjet-Unie zouden vormen. Dat mocht natuurlijk niet gebeuren!

De dag erna kreeg Nixon een officiële uitnodiging om de Sovjet-Unie te bezoeken. Daarop volgde hard werk in de coulissen en toen puntje bij paaltje kwam hadden Nixon en Brezjnev elkaar niet alleen de hand geschud, maar ook twee ontwapeningsafspraken ondertekend; de ene had betrekking op antiballistische raketten (het ABM-verdrag), de andere op strategische wapens (SALT). Omdat het ondertekenen in Moskou plaatsvond, maakte Nixon van de gelegenheid gebruik om de hand te schudden van de spion die hem zo voorbeeldig had voorzien van informatie over de kernwapencapaciteiten van de Sovjet-Unie.

'Graag gedaan, meneer de president,' zei Allan. 'Bent u niet van plan me een diner aan te bieden? Dat doen ze altijd.'

'Wie doen dat altijd?' vroeg de verbaasde president.

'Tja,' zei Allan. 'Degenen die tevreden waren ... Franco en Truman en Stalin ... en bevelhebber Mao ... die eigenlijk alleen noedels serveerde ... hoewel het natuurlijk al vrij laat op de avond was ... en van de Zweedse premier Erlander heb ik alleen koffie gekregen, nu ik erover nadenk. Op zich niet verkeerd, want het was tenslotte rantsoenering en zo ...'

Gelukkig was president Nixon op de hoogte van het verleden van de spion, dus kon hij kalmpjes meedelen dat er helaas geen tijd was voor een etentje met meneer Karlsson. Daarna voegde hij eraan toe dat een Amerikaanse president niet graag minder gastvrij was dan een Zweedse premier, dus een kop koffie werd het in elk geval, met een cognacje erbij. Nu meteen, als dat uitkwam?

Allan bedankte voor de uitnodiging en vroeg of een dubbele cognac tot de mogelijkheden behoorde als hij afzag van de koffie. Nixon antwoordde dat de Amerikaanse staatsbegroting zich beide wel kon veroorloven.

De heren brachten samen een gezellig uur door, hoewel Nixon koppig over politiek bleef praten. De Amerikaanse president vroeg hoe het politieke systeem in Indonesië werkte. Zonder Amanda bij naam te noemen, vertelde Allan tot in detail hoe het eraan toe kon gaan als je in Indonesië carrière in de politiek wilde maken. President Nixon luisterde aandachtig en keek nadenkend.

'Interessant,' zei hij. 'Interessant.'

Allan en Julij waren tevreden over de ontwikkelingen. Het leek er bovendien op dat de GRU en de KGB hun jacht op de spion op een laag pitje hadden gezet en Allan en Julij vonden dat prima.

Allan vond dat ze niet te veel tijd moesten verdoen aan KGB, GRU en alle andere afkortingen waaraan ze toch niets konden doen. In plaats daarvan was het de hoogste tijd om het volgende spionagerapport te verzinnen voor Hutton en zijn president. Ernstige roestaanval bij middenafstandsmagazijn in Kamtsjatka, kon dat iets zijn om uit te werken?

Julij prees Allan om zijn geweldige fantasie. Daardoor werd het buitengewoon gemakkelijk om rapporten op te stellen en bleef er meer tijd over voor eten, drinken en gezelligheid.

Het Amerikaanse volk hield van zijn president en koos Nixon in november 1972 met grote overmacht opnieuw. Nixon won in negenenveertig staten, George McGovern met moeite in één.

Maar toen werd alles lastiger. En uiteindelijk moest hij iets doen wat geen andere Amerikaanse president vóór hem had gedaan.

Hij moest aftreden.

Allan las in alle toegankelijke media in de stadsbibliotheek in Moskou over het zogenaamde Watergateschandaal. Nixon had geknoeid met de belasting, had illegale campagnedonaties aangenomen, had geheime bombardementen laten uitvoeren, had politieke vijanden vervolgd en had zich beziggehouden met inbraak en afluisterpraktijken. Het zou Allan niet verbazen als de president zich had laten beïnvloeden door hun gesprek onder het genot van een dubbele cognac. 'Je had moeten investeren in een carrière in Indonesië. Daar had je het ver kunnen schoppen,' zei hij tegen de foto van Nixon in de krant.

De jaren gingen voorbij. Nixon werd vervangen door Gerald Ford, en die werd vervangen door Jimmy Carter, terwijl Brezjnev standhield. Net als Allan, Julij en Larissa. De drie bleven elkaar vijf tot zes keer per jaar ontmoeten en hadden het elke keer heel gezellig. De ontmoetingen resulteerden altijd in een verzonnen rapport met betrekking tot de actuele status van de kernwapenstrategie van de Sovjet-Unie. Allan en Julij hadden er gedurende de jaren voor gekozen om de Sovjetcapaciteit steeds meer af te zwakken, want ze merkten hoe tevreden de Amerikanen daardoor werden (ongeacht wie de president was) en hoeveel vriendelijker de sfeer daarom leek te worden tussen de leiders van beide landen.

Op een dag, vlak nadat het SALT II-verdrag was ondertekend, kwam Brezjnev op het idee dat Afghanistan zijn hulp nodig had. Daarom stuurde hij zijn elitetroepen naar het land, die het onmiddellijk voor elkaar kregen om de zittende president te vermoorden, zodat Brezjnev geen andere keus had dan hem te vervangen door een eigen man.

President Carter was natuurlijk nijdig (op zijn zachtst gezegd) op Brezjnev. De inkt op het tweede SALT-verdrag was tenslotte nauwelijks droog. Carter regelde daarom een boycot van de Olympische Spelen in Moskou, terwijl hij bovendien de geheime CIA-steun aan de fundamentalistische Afghaanse Mujaheddin uitbreidde.

Veel meer kon Carter niet doen, want daarna nam Ronald Reagan het over en die was beduidend chagrijniger aangelegd als het ging om communisten in het algemeen en die ouwe sok van een Brezjnev in het bijzonder.

'Reagan lijkt verschrikkelijk boos,' zei Allan tegen Julij bij hun eerste ontmoeting sinds de nieuwe president was aangetreden.

'Ja,' antwoordde Julij. 'En we kunnen het kernwapenarsenaal van de Sovjet-Unie niet nog meer afzwakken, want dan blijft er niets van over.'

'Dan stel ik voor dat we het tegenovergestelde doen,' zei Allan. 'Je zult zien dat Reagan daardoor wat milder gestemd raakt.'

Het volgende spionagerapport aan de VS, via Hutton in Parijs, meldde daarom een sensationeel Sovjetoffensief om zich te verdedigen tegen raketaanvallen. Allans fantasie had geen grenzen gekend. Hij had bedacht dat de Sovjet-Unie ballistische raketten van de VS buiten de dampkring onschadelijk kon maken.

Daarmee hadden de politiek dove Amerikaanse spion Allan en zijn politiek blinde Russische hoofd van de technische afdeling voor kernwapens Julij de basis gelegd voor de instorting van de Sovjet-Unie. Ronald Reagan werd namelijk stapelgek toen hij het spionagerapport las en begon onmiddellijk met Strategic Defense Initiative, een project met laserschietende satellieten, bijna een kopie van wat Allan en Julij een paar maanden eerder hadden gefantaseerd onder invloed van, zoals ze zelf vonden, een heel bescheiden hoeveelheid wodka. Het Amerikaanse budget voor de kernwapenverdediging reikte bijna tot in de hemel. De Sovjet-Unie probeerde een tegenzet te doen, zonder dat ze daarvoor het geld hadden. En zo begon het land aan de randen te kraken.

Of het de schok over Amerika's nieuwe militaire offensief was of iets anders, viel niet te zeggen, maar op 10 november 1982 stierf Brezjnev aan een hartaanval. De avond daarna hadden Allan, Julij en Larissa toevallig een van hun spionagebijeenkomsten.

'Is het geen tijd om met die flauwekul te stoppen?' vroeg Larissa.

'Inderdaad, we moeten maar eens stoppen,' zei Julij.

Allan knikte en zei dat hij de volgende ochtend meteen Hutton zou bellen. Dertienenhalf jaar in dienst van de CIA moest genoeg zijn. Ze vonden trouwens alle drie dat ze Hutton en zijn uiterst prikkelbare president beter niet konden vertellen dat ze bijna alle spionagerapporten hadden verzonnen.

De CIA zou ervoor zorgen dat Julij en Larissa naar New York kwamen, dat was beloofd, terwijl Allan zich afvroeg hoe het in Zweden zou zijn.

De CIA en de geheime Hutton hielden zich aan hun belofte. Julij en Larissa werden via Tsjechoslowakije en Oostenrijk naar de VS vervoerd. Ze kregen een appartement in West 64th Street in Manhattan toegewezen en een jaarlijkse toelage die ruim voldoende was voor de behoeften van de echtelieden. Het werd geen kostbare zaak voor de CIA, want in januari 1984 stierf Julij in zijn slaap en drie maanden later stierf zijn Larissa van verdriet. Beiden waren negenenzeventig geworden en hun gelukkigste jaar was 1983, het jaar waarin het Metropolitan zijn honderdjarige jubileum vierde, wat een oneindige reeks onvergetelijke ervaringen voor het paar opleverde.

Allan pakte zijn koffer in het appartement in Moskou in en deelde de administratieve afdeling van de Amerikaanse ambassade mee dat hij voorgoed vertrok. Op dat moment ontdekte de kanselarij dat ambtenaar Allen Carson om onduidelijke redenen alleen een onkostenvergoeding uitbetaald had gekregen gedurende de dertien jaar en vijf maanden die hij bij hen in dienst was geweest.

'Hebt u nooit gemerkt dat u geen salaris kreeg?' vroeg de klerk aan Allan.

'Nee,' antwoordde Allan. 'Ik eet weinig en de brandewijn is goedkoop in Rusland. Het was voldoende.'

'Dertien jaar lang?'

'Ja, de tijd vliegt.'

De klerk keek ongelovig naar Allan en beloofde ervoor te zorgen dat het geld werd uitbetaald zodra meneer Carson, of hoe hij in werkelijkheid ook heette, de kwestie bij de Amerikaanse ambassade in Stockholm meldde.

27

Vrijdag 27 mei-donderdag 16 juni 2005

Amanda Einstein leefde nog. Ze was inmiddels vierentachtig en woonde in een suite in het luxehotel op Bali dat eigendom was van haar oudste zoon Allan.

Allan Einstein was eenenvijftig en bijzonder intelligent, net als zijn een jaar jongere broer Mao. Maar terwijl Allan econoom was geworden (echt) en later hotelmanager (hij had het hotel op zijn veertigste verjaardag van zijn moeder gekregen), zette Mao zich in voor het ingenieursvak. In het begin liep zijn carrière beroerd, want Mao was bijzonder nauwkeurig. Hij had een baan gekregen bij een toonaangevend Indonesisch oliebedrijf en had de taak om de kwaliteit van de productie te waarborgen. Mao's fout was dat hij dat ook deed. Plotseling kon de middenmanager van het bedrijf zijn zakken niet langer vullen met geld dat onder tafel werd betaald als er reparaties aangekocht moesten worden, want er waren geen reparaties meer aan te kopen. De effectiviteit van het oliebedrijf steeg met vijfendertig procent en Mao Einstein werd de minst populaire werknemer van het concern. Toen het algemene tiranniseren van zijn collega's veranderde in rechtstreekse bedreigingen vond Mao Einstein het genoeg en nam hij in plaats daarvan een baan aan in de Verenigde Arabische Emiraten. Daar verhoogde hij de effectiviteit ook al snel, terwijl het concern in Indonesië tot ieders tevredenheid binnen de kortste keren terug was op het oude niveau.

Amanda was oneindig trots op haar zoons, maar ze begreep niet hoe ze allebei zo slim konden zijn. Herbert had een keer verteld dat er goede genen in zijn familie zaten, maar ze herinnerde zich niet echt wat hij daarmee had bedoeld. Hoe dan ook, Amanda was dolgelukkig met het telefoontje van Allan Karlsson en zei dat hij en al zijn vrienden van harte welkom waren op Bali. Ze zou de kwestie meteen met Allan junior bespreken; hij moest er gewoon een paar andere gasten uit gooien als bleek dat ze volgeboekt waren. En ze zou Mao in Abu Dhabi bellen om hem te vertellen dat hij vakantie moest nemen en naar Bali moest komen. Ja, natuurlijk werden er drankjes in het hotel geserveerd, zowel met als zonder paraplu. En ja, Amanda beloofde dat zij zich niet zou bemoeien met het serveren ervan.

Allan zei dat ze binnenkort zouden arriveren, en daarna sloot hij af met de opwekkende woorden dat hij niet geloofde dat er één mens op aarde was die zo ver was gekomen met zo'n beperkte intelligentie als Amanda had. Dat vond Amanda zo mooi gezegd dat ze tranen in haar ogen kreeg.

Officier van justitie Ranelid begon de persconferentie van die middag met een verdrietige mededeling over politiehond Kicki. Ze had een dood lichaam waargenomen op de lorrie bij Åkers Styckebruk, en dat had op zijn beurt geleid tot een serie veronderstellingen van de kant van de officier van justitie correct vanuit de waarneming van de hond, maar tegelijkertijd heel erg verkeerd.

Inmiddels was gebleken dat de hond in kwestie vlak daarvoor haar verstand was kwijtgeraakt en dus niet vertrouwd kon worden. Er had zich kortom nooit een lijk op die plek bevonden.

Helaas had de officier van justitie net vernomen dat de politiehond was afgemaakt, wat een verstandig besluit was van haar begeleider (dat Kicki in plaats daarvan met een nieuwe naam op weg was naar de broer van de hondenbegeleider in Härjedalen zou de officier van justitie nooit te weten komen).

Verder beklaagde Ranelid zich erover dat de politie van Eskilstuna had nagelaten hem te informeren over Never Agains nieuwe, uiterst respectabele, evangelische richting. Met die kennis zou de officier van justitie heel andere instructies hebben gegeven met betrekking tot de voortgang van het onderzoek. De conclusies die Ranelid had getrokken waren dus deels gebaseerd op een krankzinnige hond, en deels op door de politie geleverde, foutieve informatie. Daar wilde Ranelid, uit naam van de politie, zijn verontschuldigingen voor aanbieden.

Wat betreft het in Riga aangetroffen lichaam van Henrik Hompie Hultén zou een nieuw moordonderzoek plaatsvinden. De zaak van de net zo dode Bengt Bikker Bylund was inmiddels echter gesloten. Er waren op zijn zachtst gezegd sterke aanwijzingen dat Bylund dienst had genomen in het Vreemdelingenlegioen. Omdat iedereen daar werd aangenomen onder een schuilnaam konden ze dat onmogelijk controleren. Het was echter meer dan waarschijnlijk dat Bylund een van de slachtoffers was van de terreurdaad die een paar dagen geleden in het centrum van Djibouti was gepleegd.

De officier van justitie bracht gedetailleerd verslag uit over de onderlinge verhoudingen van de betrokkenen en wees in dat verband op het exemplaar van de slimline-bijbel die hij eerder die dag van Bosse Ljungberg had gekregen.

De journalisten wilden weten waar Allan Karlsson en zijn gevolg zich bevonden, omdat ze hun kijk op de zaak wilden horen, maar daar kon Ranelid niets over vertellen (hij had er helemaal geen behoefte aan dat die ouwe vent met de vertegenwoordigers van de pers over Churchill en god weet wie nog meer ging praten). Daarop richtten de journalisten hun aandacht op Hompie Hultén. Hij was naar alle waarschijnlijkheid vermoord, en de eerdere verdachten waren niet langer verdacht. Door wie was Hultén dan vermoord?

Ranelid had gehoopt dat hij die kwestie in de vergetelheid kon laten verdwijnen, maar nu moest hij onderstrepen dat het onderzoek onmiddellijk na de lopende persconferentie zou beginnen en hij vroeg of hij daarop mocht terugkomen.

Tot verbazing van Ranelid waren de journalisten tevreden met de uitleg. Officier van justitie Ranelid en zijn carrière hadden het overleefd.

Amanda Einstein had Allan en zijn vrienden gevraagd zo snel mogelijk naar Bali te komen, en dat was geheel in overeenstemming met de ambitie van de vrienden. Op elk moment kon een te bekwame journalist Klockaregård immers vinden, en dan was het wel zo rustig als ze al weg waren. Allan had zijn deel gedaan door contact op te nemen met Amanda. De rest was de taak van de Schoonheid.

Niet ver van Klockaregård lag luchtmachtbasis Såtenäs, waar een Herculesvliegtuig was gestationeerd dat met gemak een olifant, of zelfs twee, zou kunnen opslokken. Het vliegtuig in kwestie was meerdere malen over Klockaregård gevlogen, waarvan de olifant zich elke keer doodschrok, en daardoor was de Schoonheid op het idee gekomen.

Ze praatte met een kolonel van Såtenäs, maar hij was onwaarschijnlijk lastig. Hij wilde allerlei certificaten en vergunningen zien voordat hij van plan was om intercontinentale vervoershulp te geven aan een aantal mensen en twee dieren. Het leger mocht bovendien niet zonder meer concurreren met de vrije markt. Verder waren er minstens vier tussenlandingen nodig, en op elke luchthaven moest een dierenarts klaarstaan om de gezondheid van de dieren te controleren. Bovendien moest er voor de gezondheid van de olifant rekening worden gehouden met minstens twaalf uur rust per tussenlanding.

'Verdomme, wat een Zweedse bureaucratie,' zei de Schoonheid, waarna ze Lufthansa in München belde.

Die toonden nauwelijks meer bereidheid om mee te werken. Natuurlijk konden ze een olifant en een aantal reizigers ophalen, dat moest dan gebeuren vanaf Landvetter bij Göteborg, en natuurlijk konden ze iedereen naar Indonesië vervoeren. Het enige wat daarvoor vereist was, was een eigendomsbewijs van de olifant. Bovendien moest er een bevoegde dierenarts aan boord zijn. Daarnaast moesten er natuurlijk visa voor toegang tot de Indonesische republiek worden overlegd, voor zowel mensen als dieren. Onder die voorwaarden kon de administratie van de luchtvaartmaatschappij de reis op zijn vroegst over drie maanden inplannen.

'Verdomme, wat een Duitse bureaucratie,' zei de Schoonheid, waarna ze rechtstreeks met Indonesië belde.

Het kostte wat tijd, want in Indonesië opereren eenenvijftig luchtvaartmaatschappijen die lang niet allemaal Engelssprekende telefonistes in dienst hebben. De Schoonheid gaf echter niet op, en uiteindelijk lukte het haar. In Palembang, op Sumatra, was een vervoersmaatschappij die tegen een redelijke vergoeding graag een retourvlucht naar Zweden wilde maken. Ze hadden een Boeing 747 voor dat doel, die onlangs was overgenomen van het Azerbeidzjaanse leger (gelukkig gebeurde dat voordat alle Indonesische luchtvaartmaatschappijen op de zwarte lijst van de EU kwamen en niet meer in Europa mochten landen). De maatschappij beloofde de administratie met Zweden in orde te maken terwijl degene die de vlucht boekte voor landingstoestemming op Bali moest zorgen. Een dierenarts? Waarom?

Nu moest alleen de betaling nog geregeld worden. Het werd uiteindelijk twintig procent duurder dan eerst was gemeld, maar toen was het de Schoonheid met maximaal voordeel van haar rijke woordenschat gelukt om de maatschappij te laten instemmen met contante betaling in Zweedse kronen bij aankomst in Zweden.

Terwijl de Indonesische Boeing opsteeg met bestemming Zweden hielden de vrienden opnieuw overleg. Benny en Julius kregen de taak om wat papieren te vervalsen waarmee ze voor de ogen van het waarschijnlijk overijverige personeel op Landvetter konden zwaaien en Allan beloofde dat hij de landingstoestemming op Bali zou regelen.

Het werd inderdaad wat lastig op de luchthaven bij Göteborg, maar Benny had niet alleen zijn geliefde bijna-dierenartslegitimatie, maar wist ook een aantal dierenartsgerelateerde uitdrukkingen te gebruiken. Samen met het eigendomsbewijs en de gezondheidsverklaring van de olifant en een hele stapel geloofwaardige documenten die door Allan in het Indonesisch waren opgesteld, zorgde dat ervoor dat iedereen aan boord kwam. Omdat de vrienden bovendien hadden verteld dat hun bestemming Kopenhagen was, vroeg niemand naar hun paspoorten.

De groep bestond uit Allan, Julius Jonsson, Benny Ljungberg, zijn verloofde, de mooie Gunilla Björklund, haar twee huisdieren, de olifant Sonja en de herdershond Buster, Benny Ljungbergs broer Bosse, politiecommissaris Aronsson uit Eskilstuna, Per-Gunnar Gerdin en zijn moeder, de tachtigjarige Rose-Marie, die ooit een ongelukkige brief aan haar zoon had geschreven toen deze een gevangenisstraf uitzat in de Hall-gevangenis.

De vlucht duurde elf uur, zonder een heleboel onnodige tussenlandingen, en iedereen was in een uitstekend humeur toen de Indonesische gezagvoerder meedeelde dat het vliegtuig de internationale luchthaven van Bali naderde en dat het de hoogste tijd was dat Allan Karlsson de landingstoestemming tevoorschijn haalde. Allan antwoordde dat de gezagvoerder het alleen hoefde te zeggen als de verkeerstoren op Bali zich meldde, dan zou Allan de rest regelen.

'Ja, daar zijn ze,' zei de gezagvoerder ongerust. 'Wat moet ik antwoorden? Ze kunnen ons tenslotte uit de lucht schieten.'

'Dat doen ze niet,' zei Allan en hij pakte de koptelefoon met microfoon van de gezagvoerder aan. 'Hallo? Bali Airport?' riep hij in het Engels. Hij kreeg meteen te horen dat het vliegtuig zich onmiddellijk moest identificeren als ze niet de Indonesische luchtmacht op hun dak wilden hebben.

'Mijn naam is Dollar,' zei Allan. 'Eénhonderdduizend Dollar.'

Het werd doodstil in de verkeerstoren. De Indonesische gezagvoerder en zijn copiloot keken bewonderend naar Allan.

'Op dit moment overlegt de luchtverkeersleider met zichzelf en zijn omgeving hoe ze het bedrag gaan verdelen,' legde Allan uit.

'Ik weet het,' zei de gezagvoerder.

Het duurde een paar seconden voordat de luchtverkeersleider opnieuw van zich liet horen.

'Hallo? Bent u daar, mister Dollar?'

'Ja, dat ben ik,' zei Allan.

'Het spijt me, maar wat was uw voornaam ook al weer, mister Dollar?'

'Eénhonderdduizend,' zei Allan. 'Ik ben mister Eénhonderdduizend Dollar, en ik wil toestemming om op uw luchthaven te landen.'

'Het spijt me, mister Dollar. U bent slecht te verstaan. Wilt u zo vriendelijk zijn uw naam nog een keer te zeggen?'

Allan legde aan de gezagvoerder uit dat de luchtverkeersleider hiermee een onderhandeling was begonnen.

'Mijn voornaam is Tweehonderdduizend,' zei Allan. 'Hebben we uw toestemming om de landing in te zetten?'

'Eén moment, mister Dollar,' zei de luchtverkeersleider. Blijkbaar kreeg hij toestemming van zijn omgeving, want daarna zei hij: 'U bent van harte welkom op Bali, mister Dollar. Het zal een genoegen zijn u hier te hebben.'

Allan bedankte de luchtverkeersleider en gaf de koptelefoon met microfoon terug aan de gezagvoerder.

'U bent hier vast eerder geweest,' zei de gezagvoerder glimlachend.

'Indonesië is een land met mogelijkheden,' antwoordde Allan.

Toen de hoge heren van Bali's internationale luchthaven in de gaten kregen dat verschillende reisgenoten van mister Dollar geen paspoort hadden, en dat een van hen bijna vijf ton woog en vier poten had in plaats van twee benen, kostte het nog eens vijftigduizend dollar om alle douanepapieren, een verblijfsvergunning en geschikt transport voor Sonja te regelen. Maar al ruim een uur na de landing was de hele groep in het hotel van de familie Einstein, met inbegrip van Sonja, die samen met Benny en de Schoonheid in een van de cateringauto's van de luchthaven was vervoerd (de middagvlucht naar Singapore bleef helaas verstoken van eten).

Ze werden ontvangen door Amanda, Allan en Mao Einstein en na een heleboel omhelzingen werden de reizigers naar hun kamer gebracht. Sonja en Buster mochten hun poten strekken in de enorme, omheinde tuin van het hotel. Amanda betreurde het dat er niet zoveel olifantenvriendjes voor Sonja op Bali waren, maar ze zou zo snel mogelijk regelen dat er een potentiële vriend voor haar van Sumatra werd gebracht. Buster kon zelf wel een vriendinnetje vinden; er liepen genoeg knappe vrouwtjeshonden op het eiland rond.

Daarna vertelde Amanda dat ze 's avonds een daverend Balinees feest voor hen had georganiseerd en ze raadde hun aan om te beginnen met een dutje.

Daar gaven ze gehoor aan, op drie na. Gannef en zijn moeder konden niet langer wachten op de drankjes met paraplu, en voor Allan gold hetzelfde, maar dan zonder paraplu.

Ze liepen met z'n drieën naar de zonnestoelen bij de waterrand, gingen zitten en wachtten tot hun bestelling werd gebracht.

'Hier is een rood parapludrankje voor u, meneer Gerdin. O, en een groen parapludrankje voor u, mevrouw Gerdin. En ... wacht eens ... jij hebt toch geen melk besteld, Allan?'

'Ik dacht dat je had beloofd om je niet met het serveren te bemoeien, lieve Amanda,' zei Allan.

De duisternis viel in boven het paradijs en de vrienden kwamen bij elkaar voor een driegangenmaaltijd, waarvoor ze waren uitgenodigd door Amanda, Allan en Mao Einstein. Als voorgerecht werd *sate lilit* geserveerd, als hoofdgerecht *bebek betutu* en als dessert *jaja batun bedil.* Daarbij dronken ze *tuak wayah*, palmboombier, behalve Benny, die water dronk.

De allereerste avond op Indonesische bodem werd het bijna net zo laat als het gezellig was.

Bosse had het gevoel dat deze dag en avond vol overvloed een beetje in balans gebracht moesten worden, hij vouwde zijn handen en bedankte de Heer voor een hoogst ongewone en ongewoon mooie dag.

Bosse had de Heer bedankt en misschien bedankte de Heer hen op zijn beurt, want het geluk bleef en verdiepte zich voor de bonte verzameling Zweden in het Balinese hotel. Benny deed de Schoonheid een huwelijksaanzoek ('Wil je met me trouwen?' 'Ja, verdomme! Onmiddellijk!') De bruiloft werd de volgende avond gehouden en duurde drie dagen. Rose-Marie Gerdin, tachtig jaar, leerde leden van de plaatselijke gepensioneerdenvereniging hoe ze het Schatkamerspel moesten spelen (maar niet beter dan zij het zelf kon, zodat ze elke keer won); Gannef lag dag in dag uit onder een parasol op het strand en dronk parapludrankjes in alle kleuren van de regenboog; Bosse en Julius kochten een vissersboot, die ze daarna zelden verlieten, en commissaris Aronsson werd een populair lid van de Balinese betere kringen; hij was tenslotte een blanke, *bule*, politiecommissaris en alsof dat niet genoeg was, kwam hij uit het minst corrupte land ter wereld. Het kon niet exotischer.

Allan en Amanda maakten elke dag lange wandelingen langs de krijtwitte stranden voor het hotel. Ze hadden altijd veel om over te praten en ze konden het steeds beter met elkaar vinden. Het ging niet snel, want zij was vierentachtig en hij ruim honderd.

Na een tijd begonnen ze elkaars hand vast te houden, voor het evenwicht. Daarop kozen ze ervoor om 's avonds met zijn tweeën op Amanda's terras te eten, het werd soms te lawaaiig met alle anderen. En uiteindelijk trok Allan voorgoed bij

Amanda in. Op die manier konden ze Allans kamer verhuren aan een toerist, dat was goed voor de winst van het hotel.

Tijdens een van die wandelingen stelde Amanda voor om hetzelfde te doen als Benny en de Schoonheid, dat wil zeggen trouwen, nu ze toch al samenwoonden. Allan antwoordde dat Amanda weliswaar nog maar een meisje was, maar dat hij zich er waarschijnlijk wel toe kon zetten dat over het hoofd te zien. Hij mengde zijn longdrinks inmiddels zelf, dus dat was ook geen probleem. Allan zag kort gezegd geen doorslaggevende bezwaren om niet in te gaan op wat Amanda net had voorgesteld.

'Dan doen we het dus?' vroeg Amanda.

'Ja, we doen het,' zei Allan.

Daarna hielden ze elkaars hand extra stevig vast. Omwille van het evenwicht.

Het onderzoek naar de dood van Henrik Hompie Hultén was kort en zonder resultaat. De politie groef in zijn verleden en verhoorde onder anderen Hompies vroegere kameraden in Småland (niet ver van Gunilla Björklunds Sjötorp), maar die hadden niets gehoord of gezien.

De collega's in Riga vonden de alcoholist die de Mustang naar de autosloperij had gebracht, maar uit hem was geen verstandig woord te krijgen tot een van de politieagenten op het idee kwam om de vent een fles rode wijn te laten drinken. Toen wist hij plotseling te vertellen dat hij er geen idee van had wie hem die gunst had gevraagd. Het was iemand die op een dag gewoon naast zijn bankje in het park had gestaan, met een plastic tas vol wijn.

'Ik was weliswaar niet nuchter,' zei de alcoholist, 'maar zo dronken dat ik vier flessen wijn weiger word ik nooit.'

Er was maar één journalist die na een paar dagen informeerde hoe het ging met het moordonderzoek rond Hompie Hultén, maar officier van justitie Ranelid ontsnapte aan dat gesprek.

Hij was op vakantie gegaan en had in alle haast een lastminutecharter naar Las Palmas genomen. Eigenlijk wilde hij nog verder weg, hij had gehoord dat Bali mooi was, maar daar waren geen kamers meer vrij.

Het werden de Canarische Eilanden, en daar zat hij nu in een zonnestoel onder een parasol, met een parapludrankje in zijn hand, terwijl hij zich afvroeg waar Aronsson was gebleven. Hij had ontslag genomen, had al zijn vrije dagen opgenomen en was gewoon verdwenen.

28

1982-2005

Het geld van de Amerikaanse ambassade kwam goed van pas. Allan vond een rood huis op maar een kilometer afstand van de plek waar hij was geboren en getogen. Hij kocht het en betaalde contant. Daardoor moest hij de strijd aanbinden met de Zweedse autoriteiten rond het feit dat hij bestond. Uiteindelijk gaven ze het op en kreeg Allan tot zijn verbazing AOW.

'Waarvoor is dat?' vroeg Allan.

'U bent gepensioneerd,' zei de medewerker van de overheidsinstantie.

'Ben ik dat?' vroeg Allan.

Dat was hij inderdaad, en met een ruime marge bovendien. Volgend voorjaar zou hij achtenzeventig worden, en daardoor besefte Allan dat hij oud was geworden, tegen alle verwachtingen in en zonder er veel bij nagedacht te hebben. Hoewel hij nog veel ouder zou worden ...

De jaren gingen in een bedaard tempo voorbij zonder dat Allan enige invloed uitoefende op de ontwikkelingen in de wereld. Hij had niet eens invloed op de ontwikkelingen in Flen, waar hij af en toe naartoe ging om boodschappen te doen (bij de kleinzoon van groothandelaar Gustavsson die de eigenaar van de Icasupermarkt was en er gelukkig geen idee van had wie Allan was). De bibliotheek in Flen kreeg daarentegen geen bezoek meer van Allan, want hij had ontdekt dat hij zich kon abonneren op de kranten die hij wilde lezen en dat ze dan netjes in de brievenbus voor zijn huis belandden. Buitengewoon praktisch!

Toen de kluizenaar in het huisje bij Yxhult drieëntachtig was geworden, begon al het fietsen naar en van Flen hem tegen te staan, dus kocht hij een auto. Eén moment overwoog hij om zijn rijbewijs te halen, maar toen de rijinstructeur had verteld over de ogentest en de rijvergunning besloot Allan om zonder rijbewijs te rijden.

In 1989 begon de Sovjet-Unie uiteen te vallen, en dat verbaasde de oude man in Yxhult helemaal niets. De nieuwe jongeling aan het roer, Gorbatsjov, was zijn tijd aan de macht immers begonnen met een campagne tegen het allesomvattende wodkadrinken in het land. Daarmee kreeg je de massa niet mee, dat begreep toch iedereen?

Hetzelfde jaar, op Allans verjaardag, zat er plotseling een jong katje op zijn verandatrap, dat liet merken dat het honger had. Allan liet het in zijn keuken en gaf het melk en worst. Dat stond het katje zo aan dat het bij Allan bleef.

Het was een gestreepte huiskat, een kater, die de naam Molotov kreeg en niet was vernoemd naar de minister van Buitenlandse Zaken maar naar de bom. Molotov zei niet veel, maar hij was buitengewoon intelligent en kon fantastisch goed luisteren. Als Allan iets te vertellen had, hoefde hij alleen de kat te roepen, die altijd meteen kwam aanlopen (als hij niet op muizen aan het jagen was, Molotov wist hoe hij prioriteiten moest stellen). De kat sprong op Allans schoot, ging lekker liggen en spitste zijn oren, ten teken dat het baasje nu kon zeggen wat hij wilde zeggen. Als Allan Molotov tegelijkertijd op zijn achterhoofd en in zijn nek krabde, was er geen grens aan hoe lang het praatuurtje mocht duren.

En toen Allan een tijd later kippen kocht, was het voldoende om één keer tegen Molotov te zeggen dat hij niet achter ze aan mocht rennen, waarna de kat knikte omdat hij het begreep. Dat hij zich er daarna niets van aantrok en toch achter de kippen aan rende tot hij het niet meer leuk vond, was een ander verhaal. Wat kon je van hem verlangen? Hij was tenslotte een kat.

Allan vond niemand listiger dan Molotov, niet eens de vos die voortdurend rond het kippenhok sloop en naar gaten in het gaas zocht. De vos had ook trek in kat, maar Molotov was veel te snel voor hem.

Er kwamen meer jaren bij en elke maand kreeg Allan zijn AOW zonder dat hij daar iets voor hoefde te doen. Van het geld kocht Allan kaas, worst, aardappelen en af en toe een pak suiker. Daarnaast betaalde hij zijn abonnement op *Eskilstuna-Kuriren* en de elektriciteitsrekening als die binnenkwam.

Maar als hij dat en nog iets meer had betaald, bleef er elke maand geld over, en wat moest hij daarmee? Allan besloot om het overschot in een envelop naar de autoriteiten terug te sturen, maar na een tijd kwam er een ambtenaar naar Allans huisje die meedeelde dat hij dat niet mocht doen. Allan kreeg zijn geld terug en moest beloven dat hij de instanties niet meer zou lastigvallen.

Allan en Molotov hadden het goed samen. Als het weer het toeliet maakten ze elke dag een fietstocht langs de grindpaden in het gebied. Allan trapte op de pedalen terwijl Molotov in de fietsmand zat en genoot van de wind en de snelheid.

Het kleine gezin leefde een prettig en geregeld leven. En dat bleef zo tot de dag waarop bleek dat niet alleen Allan, maar ook Molotov ouder werd. Op een keer kreeg de vos de kat namelijk te pakken, en dat was net zo verrassend voor de vos en de kat als het treurig was voor Allan.

Allan was verdrietiger dan hij ooit was geweest, en zijn verdriet ging al snel over in woede. De oude springstofexpert ging met tranen in zijn ogen op de veranda staan en riep in de winternacht: 'Als je oorlog wilt, dan kun je oorlog krijgen, klootzak van een vos!'

Voor de eerste en enige keer in zijn leven was Allan boos. En dat ging niet over met longdrinks, zonder rijbewijs in zijn auto rondrijden of extra lange fietstochten maken. Allan wist dat wraak geen drijfveer in het leven was, en toch was dat nu precies wat hij op de agenda had staan.

Allan bracht een lading springstof aan op het kippenhok die zou exploderen als de vos honger kreeg en zijn neus een stukje te ver in het domein van de kippen stak, maar in zijn woede vergat Allan dat hij zijn dynamietvoorraad bewaarde in de schuur die tegen het kippenhok aan was gebouwd.

Zo kwam het dat er in de schemering van de derde dag na Molotovs overlijden een explosie weerklonk in het bos van Sörmland, zo erg als de bewoners sinds 1920 niet meer hadden meegemaakt.

De vos vloog de lucht in, net als Allans kippen, het kippenhok en de houtschuur, maar de springlading was ook ruim voldoende voor de schuur en het woonhuis. Allan zat in zijn fauteuil toen het gebeurde, werd met fauteuil en al opgetild en landde in een sneeuwhoop voor de aardappelkelder.

Hij was op dat moment negenennegentig jaar en voelde zich zo gekneusd dat hij bleef zitten waar hij zat. Het was niet moeilijk voor de ambulance, de politie en de brandweer om de juiste plek te vinden, want de vlammen op de heuvel waren hoog. En toen iedereen had kunnen constateren dat de bejaarde in de fauteuil in de sneeuwhoop ongedeerd was, werd de sociale dienst ingeschakeld.

Binnen een uur was Henrik Söder, ambtenaar bij de sociale dienst, ter plaatse. Allan zat nog steeds in zijn fauteuil, maar de ambulancemedewerkers hadden meerdere gele dekens rond zijn lichaam gewikkeld, wat op zich niet nodig was omdat de vlammen van het huis hem nog steeds goed verwarmden.

'U hebt uw huis dus opgeblazen?' vroeg maatschappelijk werker Söder.

'Ja,' zei Allan. 'Dat is een slechte gewoonte van me.'

'Wil dat zeggen dat u nu geen plek meer hebt om te wonen?' ging Söder verder.

'Daar zit wel iets in,' zei Allan. 'Hebt u een voorstel?'

Dat had de maatschappelijk werker niet zo een-twee-drie,

daarom mocht Allan op kosten van de sociale dienst voorlopig in het stadshotel van Flen logeren, en vierde hij de avond daarna in een vrolijke sfeer oudjaar met onder anderen ambtenaar Söder en diens vrouw.

Zo riant had Allan het niet meer gehad sinds Stockholm, toen hij een tijd in het luxe Grand Hôtel had geslapen. Het werd trouwens tijd om die rekening te betalen, want dat was in alle haast nooit gebeurd.

Een paar dagen later had ambtenaar Söder een potentiële woonplek gevonden voor de sympathieke bejaarde die een week eerder plotseling dakloos was geworden.

Allan belandde in het bejaardentehuis van Malmköping, waar net een kamer was vrijgekomen. Hij werd ontvangen door zuster Alice, die weliswaar vriendelijk glimlachte, maar Allan ook alle levenslust ontnam met het opdreunen van alle regels van het bejaardentehuis. Zuster Alice vertelde over het rookverbod, het alcoholverbod en het televisieverbod na elf uur 's avonds. En ze vertelde dat het ontbijt doordeweeks om kwart voor zeven werd geserveerd en in het weekend een uur later. De lunch was om kwart over elf, koffie om kwart over drie en de avondmaaltijd om kwart over zes. Wie op stap was, de tijd vergat en te laat kwam liep het risico geen eten te krijgen.

Daarop vertelde zuster Alice de regels met betrekking tot douchen en tandenpoetsen, bezoek van anderen en bezoek onderling, hoe laat de medicijnen uitgedeeld werden en op welk tijdstip men het recht had om zuster Alice of een van haar collega's lastig te vallen, voor zover het niet dringend was.

'Mag ik schijten wanneer ik dat zelf wil?' vroeg Allan.

Allan en zuster Alice stonden zodoende in minder dan een kwartier nadat hij was gearriveerd al op gespannen voet met elkaar.

Allan was niet tevreden over de manier waarop hij de oorlog tegen de vos was begonnen (ook al had hij die gewonnen). Het zat immers niet in zijn karakter om zijn goede humeur te verliezen. Bovendien had hij taal gebruikt die het afdelingshoofd van het bejaardentehuis misschien verdiende, maar die toch niet bij Allan paste. Als je daar de meterslange lijst met regels aan toevoegde waar Allan zich nu aan moest houden ...

Allan miste zijn kat. Bovendien was hij negenennegentig jaar en acht maanden, leek hij de greep op zijn humeur kwijt te zijn en botste hij nu al met zuster Alice.

Het was genoeg.

Allan was klaar met het leven, want het leven leek ook klaar te zijn met hem, en hij was immers nog steeds niet iemand die zich op wilde dringen.

Hij besloot om netjes naar kamer 1 te gaan en om kwart over zes zijn avondmaaltijd te eten. Daarna zou hij gedoucht en in een nieuwe pyjama naar bed gaan en overlijden in zijn slaap, waarna ze hem naar buiten zouden dragen, begraven en vergeten.

Allan voelde hoe zich een bijna elektriserende tevredenheid door zijn lichaam verspreidde toen hij om acht uur 's avonds voor de eerste en laatste keer in zijn bed in het bejaardentehuis ging liggen. Over minder dan vier maanden zou hij honderd geworden zijn. Hij deed zijn ogen dicht en voelde heel duidelijk dat hij nu voorgoed zou inslapen. Het was spannend geweest, maar niets duurt eeuwig.

Daarna dacht Allan niets meer. De moeheid nam het over en alles werd donker.

Tot het weer licht werd. Hij zag een wit schijnsel. Stel je voor dat de dood sprekend op slapen leek. Dat had hij niet gedacht voordat het afgelopen was. En ook niet dat hij wist wat hij voor die tijd had gedacht. Maar wacht, hoeveel kun je eigenlijk denken voordat je klaar bent met denken?

'Het is kwart voor zeven, Allan, tijd voor het ontbijt. Als je het niet opeet, halen we je pap weg en dan krijg je niets voordat het lunchtijd is,' zei zuster Alice.

Allan constateerde dat hij naïef was geworden op zijn oude dag. Het was natuurlijk niet mogelijk om op bestelling dood te gaan. Het risico dreigde dat hij ook de dag daarna zou worden gewekt door die vreselijke Alice, en de bijna net zo vreselijke pap voor zijn neus kreeg.

Maar goed, het duurde nog een paar maanden voordat hij honderd werd en voor die tijd zou het hem zeker lukken om de pijp uit te gaan. 'Alcohol is dodelijk!' had zuster Alice het alcoholverbod in de kamers gemotiveerd. Dat klonk veelbelovend, dacht Allan. Zou hij nog even naar de staatsslijter sluipen?

De dagen gingen voorbij en werden weken. Na de winter werd het voorjaar en Allan verlangde bijna net zo naar de dood als zijn vriend Herbert vijftig jaar eerder had gedaan. Herbert kreeg niet wat hij wilde voordat hij van mening was veranderd. Dat voorspelde niet veel goeds.

En wat nog erger was: het personeel van het bejaardentehuis was Allans verjaardag aan het voorbereiden. Als een dier in een kooi moest hij het verdragen om bekeken en toegezongen te worden en taart gevoederd te krijgen. Dat was absoluut niet waar hij om had gevraagd.

Hij had nog maar één nacht om dood te gaan.

29

Maandag 2 mei 2005

Je zou kunnen denken dat hij zijn beslissing eerder had kunnen nemen en dat hij flink genoeg had kunnen zijn om zijn omgeving erover te vertellen.

Allan Karlsson had echter nooit lang gepiekerd. Zodra het idee zich vastzette in zijn hoofd deed hij het raam van zijn kamer op de benedenverdieping van het bejaardentehuis in het Sörmlandse Malmköping open, klom naar buiten en belandde in een plantenperk.

De manoeuvre kostte hem moeite en dat was niet zo vreemd, want Allan was die dag honderd geworden. Over minder dan een uur zou het verjaardagsfeest in de gemeenschappelijke ruimte van het bejaardentehuis losbarsten. Zelfs de wethouder zou aanwezig zijn. En de plaatselijke krant. En alle andere bejaarden. En het voltallige personeel, met de kwaadaardige zuster Alice voorop.

Alleen de hoofdpersoon was niet van plan op te komen dagen.

EPILOOG

Allan en Amanda waren heel gelukkig samen. Ze pasten tenslotte uitstekend bij elkaar. De een was allergisch voor alles wat met ideologie en religie te maken had, terwijl de ander niet eens wist wat het woord 'ideologie' betekende en zich, al zou haar leven ervan afhangen, niet kon herinneren wat de naam was van de God die ze zou moeten aanbidden. Bovendien bleek op een avond toen de wederzijdse nabijheid extra intens was dat professor Lundborg die dag in augustus 1925 ondanks alles wat slordig was geweest met het operatiemes, want Allan was tot zijn eigen verbazing in staat te doen wat hij tot dat moment alleen in films had gezien.

Op haar vijfentachtigste verjaardag kreeg Amanda een laptop met internetaansluiting cadeau van haar echtgenoot. Allan had gehoord dat de jeugd zich met dat soort dingen bezighield.

Het kostte tijd voordat Amanda had geleerd om in te loggen, maar ze was koppig en na een paar weken was ze een eigen blog gestart. Daarin schreef ze dagen achtereen over van alles en nog wat. Ze vertelde onder andere over de reizen en avonturen van haar lieve echtgenoot. Haar publiek bestond uit haar vriendinnen uit de Balinese hogere kringen; iemand anders zou haar blog toch niet lezen?

Allan zat zoals gewoonlijk op de veranda en genoot van zijn ontbijt toen er op een dag een heer in kostuum verscheen. De man stelde zich voor als een vertegenwoordiger van de Indonesische regering. Hij vertelde dat hij kennis had genomen van een opzienbarende blog op internet en dat hij namens de president het verzoek deed om gebruik te mogen maken van de speciale kennis van de heer Karlsson, als wat er in de blog stond geschreven inderdaad waar bleek te zijn.

'Mag ik vragen waar de president hulp bij wil hebben?' vroeg Allan. 'Er zijn maar twee dingen die ik beter kan dan de meesten. De ene is brandewijn van geitenmelk maken en de andere is een atoombom in elkaar zetten.'

'Dat is precies waar we belangstelling voor hebben,' zei de man.

'Geitenmelk?'

'Nee,' zei de man. 'Niet de geitenmelk.'

Allan vroeg de vertegenwoordiger van de Indonesische regering om te gaan zitten en legde daarna uit dat hij ooit, heel lang geleden, de bom aan Stalin had gegeven en dat dat een vergissing was geweest omdat Stalin niet goed bij zijn hoofd bleek te zijn. Allan wilde dus eerst weten hoe het er voor stond met het verstand van de Indonesische president. De regeringsvertegenwoordiger antwoordde dat president Yudhoyono heel slim was en een buitengewoon groot verantwoordelijkheidsgevoel had.

'Dat is fijn om te horen,' zei Allan. 'Dan help ik graag.'

En dat deed hij.

Veel dank aan Micke, Liza, Rixon, Maud en oom Hans.
Jonas